A MACCHIA D'OLIO

I CONQUISTATORI DI K'TARA - LIBRO 3

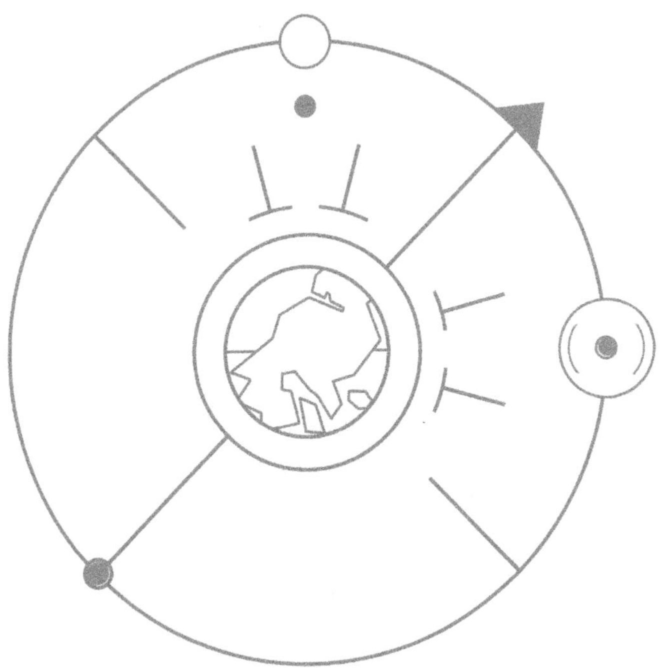

L.A. DI PAOLO

TRADOTTO DA PAOLO PILATI

i

RINGRAZIAMENTI

Questa volta miei ringraziamenti saranno ancora più brevi. Innanzitutto, vorrei ringraziare Mark T. Anderson, l'illustratore che ha sostituito Michele (Mikehleh) Parisi. Temevo che un altro artista non sarebbe stato in grado di rendere al meglio le nuove scene, dovendosi rifare a illustrazioni preesistenti. Tuttavia, sono convinto che Mark abbia svolto un lavoro fantastico realizzando la copertina del libro sulla base dei disegni di Michele che ritraggono la Serpe.

Voglio ringraziare anche Paolo Pilati, che ha tradotto quest'opera con la stessa passione che ha avuto per il primo e il secondo libro, e Valentina Salierno per il suo lavoro di redazione e i suoi preziosi consigli, che ho ascoltato con immenso piacere e che spesso hanno contribuito a rendere il testo più chiaro.

Infine, ci tengo a ringraziare in modo particolare coloro che hanno continuato a incoraggiarmi e il mio caro amico e scrittore Jim Chrichton, perché senza il suo contributo la storia non sarebbe stata così coesa.

L.A. DI PAOLO

Indice

1. UN ALTRO ATTACCO DELLA SERPE

I.   Allarme

I soldati stavano per arrivare alla casa della donna, seguiti apprensivamente dalla recluta più giovane.

Areto, un ragazzo alto e smilzo, dalla pelle chiara e i capelli rossi, chiese: "Siete sicuri che nessuno scoprirà quello che stiamo facendo?"

Uno dei soldati più vecchi rispose troppo bruscamente per la timida recluta: "Seriamente, Areto. Sei un uomo o un albero? Un po' di godimento non romperà il tuo giuramento."

"Ma come reagirà il comandante se mi scopre?"

"Come ti abbiamo già spiegato, Areto, non farà proprio un bel niente. Sa già che i soldati ci vanno. In verità, l'intero reparto di comando degli eserciti del Re incoraggia questa pratica per assicurarsi che nessuno si faccia venire strane idee e magari violenti qualcuno durante le campagne più lunghe. Si fa così da secoli."

Scioccato, Areto disse: "Pensavo che fossero in grado di prevenire l'arruolamento di uomini con tendenze sessuali aggressive."

"È fattibile in tempo di pace, ma non quando c'è la leva obbligatoria."

Il giovane guardiano indietreggiò sorpreso: "Ok, capisco. Ma se ne diventassi..."

Il veterano rispose con una risata beffarda: "Dipendente? Stai scherzando?"

Areto annuì con incertezza.

Questa volta fu l'alto e imponente Hanne a intervenire: "Hai mai sentito parlare di una dipendenza legata a un qualcosa di immaginario?"

Areto scrollò le spalle, ma era ancora riluttante e chiese: "E nel mentre quella donna mi guarderà?"

Con un lungo e paziente sospiro Hanne replicò: "I suoi occhi rimarranno chiusi, perché dovrà entrare nel Legame per connettersi alla tua mente e fare ciò che sa fare. Perciò non temere, non noterà la tua minuscola protuberanza."

La compagnia scoppiò a ridere sguaiatamente. Areto arrossì, digrignò i denti e strinse i pugni. Tuttavia, da che mondo è mondo i soldati si divertivano a schernirsi l'un l'altro e il ragazzo lo sapeva. Così, la curiosità, nonché le sue pulsioni adolescenziali, presero il sopravvento sulla timidezza. Si limitò a esclamare un "E chi se ne frega!"

Uno degli altri due veterani che accompagnavano Areto in visita dalle elicitatrici — donne che avevano capacità di Sensazione, ma non facevano parte della Sorellanza e usavano le loro abilità per fornire servizi privati agli uomini — domandò: "Allora, ti sei deciso? Non abbiamo tutto il giorno."

Dopo essersi guardato intorno per l'ennesima volta con circospezione, Areto entrò.

***

Già da qualche ora Lina Lux Baiula se ne stava seduta sul tappeto all'erta, pronta a ricevere eventuali segnalazioni di allarme, e intanto si massaggiava la testa con movimenti esausti. Proprio quando stava per fare pausa e rilassarsi un po', ricevette la trasmissione di una delle Sorelle dell'Alta Alvinoria. La donna aveva appena avvistato la Serpe e, se ne aveva interpretato correttamente i segnali, la creatura non sembrava aver preso il volo per godersi il panorama. Lina Lux Baiula emise un gemito prolungato e rumoroso, poi fece una domanda alla collega: *Hai idea di dove sia diretta, Alna?*

"Sta attraversando le Cime e, se manterrà la rotta, arriverà a Capua, una piccola città sul vostro versante della montagna."

Lina sentì il battito accelerare, nonostante la stanchezza. Imprecò e ringraziò la Sorella, poi uscì dal Legame. Si alzò di scatto dal pavimento del suo alloggio, forse fin troppo in fretta, e barcollò per un attimo. Si riprese lanciando nel frattempo un'altra maledizione e corse verso gli uffici della Prima Barriera a tutta velocità, senza curarsi di come sarebbe apparsa agli uomini che l'avrebbero vista correre forsennatamente nella sua veste di Fascia Gialla.

La donna irruppe nella stanza di Laiella ed esclamò: "Prima Barriera! La Serpe! È tornata."

La Prima Barriera Laiella Lux Baiula, ora anche Prima nella Guardia del Principe, stava leggendo un documento appoggiata al muro, dando le spalle alla porta. Dopo aver sentito la voce allarmata di Lina, si girò ed esclamò: "Cosa hai detto?!"

"La Serpe si sta dirigendo verso Capua. Dobbiamo inviare subito una squadra di difesa!"

"Chi te l'ha detto?"

"Alna; è di stanza a Kipoth, una città sul versante occidentale delle Cime del Furano."

"È *sicura* che sia diretta a Capua?"

La donna annuì esitante e disse: "In base alla sua direzione e alla morfologia di quell'area, è molto probabile che *arrivi* a Capua."

"Maledizione! Allora diamo l'allarme!"

Lina Lux Baiula non perse altro tempo e suonò subito la campana lì da dove si trovava, usando un vincolo sonattivo. Tuttavia, avendo passato la notte sveglia in attesa di eventuali comunicazioni, le sue scorte energetiche erano scarse e dovette trasmettere per due volte la vibrazione sonora diretta alla campana al centro della fortezza, prima di riuscire effettivamente a colpirla. In tutta la cittadella i muscoli si irrigidirono all'udire il suono concitato di quel rintocco. Ben presto, però, l'addestramento dei guardiani si rivelò utile e gli ufficiali e i soldati cominciarono a radunarsi diligentemente in piazza. Anche i cuori degli abitanti del villaggio si fermarono per un istante, ma conoscevano le varie tipologie di segnali e capirono che Passo del Corno non era in pericolo — almeno per ora — e così ognuno tornò a fare ciò che stava facendo, benché alcuni si misero invece a pregare che il pericolo rimanesse lontano.

In quel momento, il Signore Comandante si precipitò nelle stanze del suo primo ufficiale.

"Laiella, hai dato *tu* l'allarme?"

Il clamore dei soldati che si assembravano nella fortezza rese ancora più sollecita la risposta di Laiella, che avanzò verso il principe e la porta: "L'ha dato Lina. La Serpe è stata avvistata in movimento verso est. Dovrebbe arrivare a Capua. Dobbiamo andare subito là. Spero che i quintanali[1] siano pronti."

Toras sentì i suoi muscoli contrarsi: "Sì, lo sono."

Laiella non rispose; si limitò ad annuire e ad aspettare che il suo comandante si voltasse e uscisse.

Giunta in piazza, Laiella si avvicinò a uno dei due Secundi, i cui uomini sarebbero stati i primi a essere messi alla prova in quanto membri di un quintanale, e disse con evidente irritazione: "Sembra che alcuni dei suoi uomini siano assenti, Secundus Yuuto. Dove sono?"

Yuuto maledisse la sorte e spiegò che erano andati al villaggio per... Non finì la frase. Scosse la testa, stizzito. Il suo naso lungo e ondeggiante da Pargahni avrebbe reso la sua espressione comica, se non per la gravità della situazione.

---

[1] Quintanale: una squadra di cinquanta unità furaniche, ideata per combattere la Serpe.

Fortunatamente per Yuuto e i guardiani in questione, i soldati che mancavano all'appello avevano appena attraversato il portico della fortezza in sella ai loro vorani e si stavano dirigendo al galoppo verso le stalle per scambiarli con i loro furani, rischiando nel mentre di investire i loro compagni.

Laiella esclamò un "Soldati", seguito da un "Fate in modo che siano tutti pronti entro venti minuti".

Fu Yuuto a occuparsene e quando la Prima fece la sua ricomparsa in groppa al furano, tutte e cinquanta le unità furaniche erano pronte a partire, i soldati erano schierati al fianco delle rispettive cavalcature.

Toras sedeva nervosamente in sella a Brucio. Accanto a lui c'era Laiella in sella a Radice. Il volto della donna era duro come la pietra, scrutava la compagnia cercando di verificarne la prontezza. Alla sua destra c'era Xena Lux Baiula, in sella a un furano alto e grigiastro, uno dei più vecchi del branco. Nonostante l'età, l'animale era ancora affidabile, oltre a essere una cavalcatura più facile per una cavallerizza inesperta, anche se a giudicare dall'aspetto, Xena era pronta e determinata tanto quanto gli altri.

Il prossimo incontro con la Serpe sarebbe stato il primo per Laiella, mentre era già il secondo per Xena e il terzo per Toras. La Prima sperava che i soldati fossero pronti; gli altri due *pregavano* che lo fossero. Senz'altro loro due già avevano vissuto quell'orrore e conoscevano bene il prezzo pagato da molti dei loro uomini.

Eppure, una cosa dava speranza a Toras: la riorganizzazione della Guardia Nera in quintanali: le truppe specializzate di cinquanta unità furaniche ciascuna. Questi soldati e i loro furani erano stati addestrati nel modo più completo e approfondito di sempre. Toras era sicuro che fossero pronti, ma sapeva che Laiella aveva ancora dei dubbi sull'uso del simulacro e della proiezione come metodo di addestramento.

A quel punto, Laiella posò gli occhi su Toras, come se si aspettasse qualcosa.

"Cosa c'è?"

"Parlerete voi ai soldati o sarò io a doverlo fare?"

"Odio fare discorsi. Preferisco limitarmi a dare ordini."

Laiella sbatté le palpebre, distogliendo lo sguardo dal principe e dirigendolo di fronte a sé, là dove altre novecentocinquanta paia di occhi osservavano la piazza o i bastioni della fortezza.

"Uomini! È arrivata la vostra occasione di dimostrare quanto valete. È passato un po' di tempo da quando avete affrontato la Serpe, ma ora vedremo se le estenuanti giornate passate ad addestrarvi contro la creatura-effige di Maestro Neros hanno prodotto il risultato che... io e il Signor Comandante ci aspettiamo." Laiella si voltò a guardare Toras, per accertarsi che lui avesse capito che si era appena inclusa nel gruppo dei responsabili.

"La Serpe si sta dirigendo a Capua, o nei paraggi. Voleremo fin là e la intercetteremo, prima che possa distruggere un altro villaggio."

I soldati batterono un piede sul terreno.

"Siete pronti?!"

I soldati risposero battendo il piede un'altra volta e lanciando grida di sfida indirizzate alla creatura.

Toras ringraziò Laiella e aggiunse: "Guardiani, sarà un viaggio arduo. Dobbiamo arrivare a Capua entro un paio d'ore, quando normalmente ce ne vorrebbero quasi tre. Dunque, preparate i vostri dispositivi di abbeveraggio, montate in sella e partiamo!"

Il volo in direzione di Capua fu impegnativo, proprio come aveva preannunciato Toras. I due soli non furono un problema, poiché il Sole Blu era ormai nascosto dietro il suo gemello rosso, ma i venti soffiavano impetuosi da sud. La compagnia cavalcava i furani il più velocemente possibile, prestando attenzione a non sfinirli prima dello scontro con la Serpe, che sicuramente sarebbe avvenuto... *Doveva* arrivare quel momento. Girando per la seconda volta la valvola del dispositivo di abbeveraggio di Brucio, Toras si compiacque di aver ordinato a tutti di portare le sacche d'acqua. Solitamente, si utilizzavano solo nei voli più lunghi effettuati nei mesi caldi, per via del fatto che le sacche appesantivano molto i furani.

Il quintanale era ormai a una decina di chilometri da Capua. La città — un comune piuttosto facoltoso ai piedi delle Cime dei Furani, dove si produceva gran parte del legno e dei prodotti in legno venduti in tutto il regno — era già visibile in lontananza. Le unità percorsero questo ultimo tratto di cielo con ansiosa trepidazione, un nervosismo che non risparmiò Laiella e Xena, le quali iniziarono a lanciarsi degli sguardi di comprensione e a pregare che la loro abilità nel generare nebulose si rivelasse sufficiente. Del resto, si erano esercitate quotidianamente e avevano raggiunto un'ottima padronanza della tecnica. Tuttavia, il raggio delle loro nebulose era inferiore a quello raggiunto da Elyana e non avevano mai avuto davvero modo di testarne l'efficacia, a qualsiasi distanza.

Se solo avessero potuto tornare a Urbs Lucis per un quarto; a Laiella era stato detto che la sua seconda in comando stava replicando gli attacchi mentali della Serpe per addestrare le Sorelle di ogni fascia. Ahimè, Laiella e Xena avrebbero scoperto se le loro nebulose erano efficaci solo nel momento in cui la Serpe avrebbe tentato di friggere i loro cervelli.

Quando giunsero a meno di due chilometri da Capua, circa alle otto post-Altosole, Toras alzò una mano e tutti gli altri rallentarono fino a fermarsi completamente a mezz'aria. Toras scrutò i soldati e i loro furani. Sembravano in buone condizioni, nonostante il viaggio intenso.

Poi, Toras scrutò l'area circostante in cerca del loro nemico: ancora niente. Forse, però, la Serpe era là, nascosta dietro quella nuvola di fumo rosso e collerico che avvolgeva il villaggio. Il fumo si agitava con rabbia sotto la luce del sole rosso, quando uno stridio lo penetrò raggiungendo i soldati e facendo correre brividi lungo le loro schiene.

Laiella alzò la voce, abbastanza per sovrastare il vento, e disse: "Comandante, la vedete?"

Toras iniziò a scuotere la testa proprio quando la Serpe, circondata da svariati rokon, troppi per poterli contare, emerse da quella foschia foriera di morte. Toras guardò le Lux Baiulae, che volavano ai suoi lati, con un'espressione interrogativa e incredula. Tuttavia, quel momento non durò a lungo e il cuore di Toras gridò all'azione. Ma cosa ci facevano i rokon con la Serpe? Erano effettivamente dei rokon quelli? *Merda! Merda, davvero. Beh, che importanza ha ora cosa sono quelle cose?*

Toras gridò: "Prima Barriera, dobbiamo attaccare. Adesso!"

Laiella, nonostante fosse sorpresa quanto Toras, aveva già elaborato i dati che le presentava la sua visione e calcolato i rischi. A quel punto, suonò il corno, ordinando alle truppe di sbarazzarsi delle sacche d'acqua e di schierarsi in dieci pentagoni. Trasmise anche una chiamata mentale a Xena e, non appena le nebulose furono pronte, il quintanale riprese a volare. Se non fosse stato per il vento, gli ufficiali avrebbero potuto udire le preghiere di ogni singolo membro della compagnia, così come le imprecazioni di coloro che non riuscivano a slacciare le sacche d'acqua. Comunque, di lì a breve, una pioggia anomala ed effimera irrorò il terreno sottostante.

Man mano che si avvicinavano alla città, il numero dei rokon si fece più definito attraverso la coltre di fumo: erano circa due decine. Laiella pensò: *Spero che non abbiano le stesse abilità della Serpe.* Questa volta Laiella amplificò la sua voce per dire: "Tenetevi pronti." Mentre i furani aguzzavano la vista e l'istinto, e i soldati ispezionavano rapidamente le loro armi, i rokon si divisero in due gruppi: una dozzina seguì la Serpe, che stava virando verso sud, e il resto — all'incirca un'altra dozzina — si diresse contro il nemico.

Toras speronò il fianco sinistro di Brucio per indirizzarlo verso Laiella. "Prima, prenda con sé metà del quintanale più Xena e intercetti la Serpe; io resterò qui con gli altri e mi occuperò dei rokon. Vi seguiremo non appena avremo annientato i rettili e ispezionato Capua."

Laiella scosse la testa.

"Ha forse qualcosa da obiettare?!"

Laiella avrebbe voluto prendere a calci Toras per il modo in cui si era rivolto a lei, ma invece disse: "Non sappiamo se le lucertole più piccole siano dei normali esemplari di rokon o se siano in grado di sferrare un ACES come la Serpe. Xena dovrebbe rimanere con voi."

Poiché i rokon si avvicinavano rapidamente, Toras non si mise a discutere. Digrignò i denti e rispose: "D'accordo. Ora andiamo! Non si lasci sfuggire quel mostro."

Laiella annuì e partì all'istante con i suoi venticinque per raggiungere la Serpe e fermarla, prima che potesse raggiungere e distruggere il suo prossimo bersaglio.

Toras pensò che avrebbe dovuto augurare buona fortuna agli inseguitori — e a Laiella — ma non voleva urlare e perciò si limitò a tacere e a maledirsi. Osservò i soldati, chiedendosi quanti ne avrebbe persi questa volta. Erano addestrati a respingere o abbattere i rokon, ma lo avevano sempre fatto combattendo da terra. In questo caso, invece, combattevano sul terreno del nemico, per così dire. E se anche questi rokon fossero in grado di trasmettere un ACES? *Prego Aiala che Laiella si sbagli.*

Il principe pregò anche che l'addestramento svolto con la replica della Serpe e la sua proiezione aiutasse uomini e furani a tenere sotto controllo la paura e a essere lucidi. Toras chiamò Marius, un medico addestrato a Urbs Lucis e assegnato di recente alla Guardia Nera, quindi lo mandò giù a terra ad attendere insieme al branco di furani che trasportavano le loro scorte. Quindi, si rivolse a Xena e, dopo aver ricevuto un cenno di prontezza dalla Fascia Rossa, volarono dai rettili.

Incerto su cosa avrebbero dovuto affrontare di preciso, Toras ordinò ai suoi uomini di volare in formazione, più compatti possibile, in modo che Xena riuscisse a proteggerli tutti. Questa scelta causò qualche piccolo incidente, poiché le ali, sbattendo violentemente, colpivano soldati e furani, ma per il momento non avevano alternativa e la squadra di Toras continuò a dirigersi verso l'obiettivo — gli aggressori — che a questo punto si trovavano a duecento metri, o poco più, davanti a loro.

Di lì a poco, gli arcieri incoccarono e scoccarono le prime frecce, accompagnandone la traiettoria con preghiere agli dèi, a K'Tara o a Madre Fortuna. Eppure, a causa del vento contrario, solo alcune colpirono il loro bersaglio, e lo fecero senza sortire particolare effetto. Nel frattempo, il vento cominciò ad alzarsi, creando raffiche impetuose e intermittenti che rendevano le balestre del tutto inutili. Quindi, i soldati misero da parte gli archi ed estrassero le spade.

Lo scontro fu brutale. I rokon avevano l'aspetto di esemplari comuni, ma erano molto più feroci, come se fossero spinti alla follia da una compulsione esterna. La loro aggressività spaventò sia alcuni dei soldati che alcuni dei furani. Effettivamente, i destrieri erano leggermente più piccoli dei rettili e, con gli umani in groppa, avevano qualche difficoltà a sterzare prontamente e a evitare gli aggressori, anche perché volavano ancora in formazione compatta.

In ogni caso, ventisei unità furaniche avrebbero dovuto far danno ai meno numerosi rokon, ma i lucertoloni erano difficili da avvicinare a causa dei loro movimenti frenetici e dei loro interminabili strilli che assordavano chiunque si trovasse a distanza ravvicinata.

Nel corso della battaglia aerea, Toras notò che alcune unità furaniche erano finite al di fuori del raggio d'azione della nebulosa di Xena. Eppure, erano incolumi. Il principe ordinò a Brucio di avvicinarsi a Xena. Lo sguardo della donna era più severo del solito, forse perché era appena stata quasi disarcionata da Luna, il suo furano. Toras le urlò degli uomini fuori dalla nebulosa. La Lux Baiula capì e un sorriso di sollievo apparve sul suo volto duro come il marmo.

Poco dopo, il primo bolide infuocato colpì un rokon, facendolo stramazzare al suolo tra le acclamazioni dei soldati. La morte di uno dei loro sembrò intimidire gli altri rettili che si raggrupparono e, come una cosa sola, sfrecciarono contro le unità furaniche, con i tipici movimenti a spirale che usavano per triturare e rendere più tenera la carne delle loro vittime. Questo vorticare rendeva del tutto inutili le spade, perciò Toras ordinò agli uomini di impugnare le lance. Nel frattempo, Xena lanciò un altro bolide, abbattendo un altro rokon e raddoppiando la furia di quelli rimanenti.

Toras capì che le unità furaniche sarebbero state fatte a pezzi se fossero rimaste in formazione, quindi, con un ruggito fragoroso e dei gesti, ordinò agli uomini di rompere la formazione. Tuttavia, non lo sentirono, né videro i suoi gesti: gli stridi dei rokon avevano fagocitato le sue grida e i loro movimenti innaturali catturavano l'attenzione dei soldati.

La rabbia di Toras cominciò a montare, ma in quell'istante gli venne un'idea. Si chinò sul suo destriero e urlò: "Brucio, di' agli altri furani di sparpagliarsi, subito!"

Qualche istante dopo, appena prima che i rokon accecati dalla frenesia li trafiggessero facendoli a pezzi, i furani si dispersero in tutte le direzioni, facendo sobbalzare i loro cavalieri sorpresi. Xena imprecò contro la propria cavalcatura, mentre questa virava rapidamente in giù per poi scattare a sinistra, quasi provocandole una distorsione al collo.

Brucio scelse di eludere le lucertole in arrivo lanciandosi improvvisamente in picchiata e Toras sentì le budella salirgli in gola. Riprendendosi, si guardò alle spalle e notò che le creature si stavano preparando a un secondo assalto. Doveva impartire un altro ordine ai suoi uomini, così chiese a Brucio di richiamare l'attenzione delle altre cavalcature. I furani si voltarono verso il principe e gli uomini questa volta non opposero resistenza. Xena, però, non se ne accorse e si rifiutò di lasciare che il furano prendesse il controllo, strattonando le redini. Toras la vide e agitò furiosamente le braccia. Dopo un attimo che al principe sembrò fin troppo lungo, la donna capì e permise al destriero di voltarsi verso di lui.

Toras accompagnò le sue grida a dei segnali con la mano. Ordinò ai soldati di attaccare in coppia, di controllare le cinghie di sicurezza anteriori e posteriori, e di fissare le gambe ai furani in modo da potersi alzare da sella e avere un raggio d'azione più ampio.

Toras si schierò con la giovane recluta di nome Areto, che cavalcava un furano di piccola taglia ma robusto. Il soldato gli lanciò un'occhiata preoccupata. Toras gridò: "Faremo passare un rokon tra me e te. Assicurati che le cinghie siano agganciate correttamente e tieni stretta la lancia!"

Quando i rokon caricarono, Xena riprese a scagliare i suoi vincoli, mentre gli altri attendevano il segnale del Signore Comandante.

"Carica!"

Insieme, le undici coppie più una triade caricarono. Nel frattempo, Xena condusse il suo furano, Luna, sul lato del campo di battaglia aereo, in modo da colpire le creature in arrivo senza rischiare di colpire i suoi.

Xena scelse di creare dei proiettili più piccoli per poterli scagliare contro ogni singolo rokon. Li rallentò, ma non riuscì a fermarli. Provò allora a generare una spirale e riuscì a inghiottire uno dei rokon nelle fiamme.

Una volta scelto il bersaglio, Toras lanciò un urlo al suo compagno e i due regolarono il volo dei loro destrieri, posizionandosi ai lati del rokon in arrivo. Le altre squadre li imitarono all'istante.

"Tre, due, uno..."

L'impatto del rokon contro le loro lance avrebbe certamente disarcionato sia Toras che Areto, se non fossero stati ben agganciati ai loro destrieri. Gli stessi furani vennero sbalzati dalla loro traiettoria. Tuttavia, la tattica aveva funzionato e il rokon emise uno stridio agghiacciante quando gli aprirono due tagli profondi, sul fianco e sulle ali.

Toras stava per esultare, ma si accorse che due unità furaniche erano state eliminate e un soldato era appena stato disarcionato. Il furano dell'uomo si avvitò in picchiata, per cercare di afferrare il cavaliere prima che si schiantasse a terra, ma un rokon lo intercettò. Il soldato colpì il suolo, spaccandosi il cranio su una roccia e ricongiungendosi infine alle altre due unità nei Cieli Neri.

"O Fondatori! Li avevo avvertiti di controllare le cinghie."

Toras temprò il suo cuore avvilito e si mise ad analizzare la situazione. *Sono rimasti cinque rokon contro le nostre ventitré unità. In più, abbiamo Xena e il suo furano. Sta andando bene.* Sul campo di battaglia vagava un furano senza cavaliere, infuriato e vendicativo. *Non posso fare nulla per lui. Basta che non ci ostacoli.* Toras chiese a Brucio di richiamare l'attenzione degli altri, per poi ordinare ai soldati di caricare nuovamente le lucertole in coppia.

Xena eliminò un altro rokon da sé, mentre altri due vennero macellati dalla coppia di lance che squarciò la loro carne; anche le ultime due lucertole caddero di lì a poco, ma una portò con sé il furano errante che, una volta affondato il becco nel collo del rettile, non aveva alcuna intenzione di mollare la presa.

Quando si udirono gli strilli spaventati e rabbiosi dell'ultimo rokon che soccombeva, i sopravvissuti allo scontro aereo non esplosero di gioia. Al contrario, gli uomini scossero la testa sconsolati e poi si abbandonarono a una silenziosa cupezza, infranta esclusivamente dal battito d'ali dei furani, che colpiva l'aria con un fare stremato.

Toras ruppe il cordoglio per richiamare a sé Xena e il Secundus Yuuto: "Xena, per favore, trasmetti un messaggio a Lina Lux Baiula e falle inviare una squadra di recupero per seppellire i furani e riportare indietro i corpi dei nostri caduti."

La Fascia Rossa rispose con una durezza pacata che fece deglutire amaro il religioso Secundus Yuuto, che poi disse: "Quante altre bestie aberranti dovremo combattere, Comandante? Di certo Aiala non può permettere che l'Oscuro rivolti l'intero creato contro K'Tara."

L'unica risposta che il Secundus ricevette fu un lungo sguardo infastidito che si interruppe solo quando una folata di vento fece rinculare Brucio. Quando il furano tornò nella sua posizione iniziale, Toras disse: "Dobbiamo andare a Capua a controllare la situazione. Richiama i tuoi uomini, Secundus. Io scendo a terra." Detto ciò, Brucio perse quota e planò verso i resti di quella che un tempo era una città prospera e orgogliosa.

Lo scenario a Capua era terrificante, un disastro addirittura peggiore di quello verificatosi a Passo del Corno: persone accasciate con espressioni terrorizzate e spettrali sul volto; altre distese a terra e la loro carne, lentamente digerita dagli enzimi dei rokon, era alla mercé dei saprofagi; case distrutte e un silenzio di morte tutt'intorno. I soldati non aprirono bocca, finché il loro comandante non ordinò a tutti di dividersi in coppie e di ispezionare le abitazioni in cerca di sopravvissuti.

Toras portò con sé Areto. Il giovane sembrava aver bisogno di qualcuno che gli infondesse coraggio. *Suppongo che sia una buona regola, quella di vietare ai soldati di prestare servizio nelle loro regioni d'origine. Eppure, probabilmente si staranno chiedendo tutti se la stessa sorte toccherà anche alle loro città. O Fondatori!*

Il principe e il guardiano entrarono in una casa con il tetto parzialmente divelto, ma per lo più intatta al suo interno. Nel soggiorno trovarono una famiglia — padre, madre, figli — accasciata sulle ginocchia e con le più orribili smorfie impresse sul volto. Gli occhi secchi e raggrinziti penzolavano dalle loro orbite. La più piccola, una bambina di non più di qualche mese, era sporcata dal sangue che pareva essere uscito dalle fosse del suo viso distorto. Areto svuotò lo stomaco proprio in quel momento, ma non prima di aver dato le spalle al comandante.

Il principe scosse la testa e sospirò pesantemente. Si strofinò per un attimo la fronte, incerto se fingere di essere impegnato in altro o cercare di consolare il ragazzo. Alla fine, si avvicinò al soldato dai capelli rossi e gli diede una pacca sulla spalla, poi disse: "Uccideremo quella cosa. Lo giuro."

Quando il soldato fece un cenno, Toras proseguì: "Dobbiamo continuare a cercare. Se qualcuno è sopravvissuto, ha bisogno del nostro aiuto. Sei pronto?"

Areto annuì, si alzò e seguì il comandante.

I due ispezionarono altre nove case, ma i padroni di casa erano tutti morti e sembravano corpi pietrificati in seguito a un'eruzione vulcanica, immortalati nelle loro espressioni di terrore. Eppure, quando entrarono nella camera da letto dell'undicesima casa ispezionata, furono accolti da grida sguaiate di paura.

Una madre e sua figlia erano sopravvissute. Si stringevano l'una all'altra, e ai loro familiari morti.

Toras ci mise un po' a far sì che la donna mollasse i corpi del marito e del figlio e, anche se alla fine la convinse ad alzarsi, i suoi singhiozzi ostinati gli fecero desiderare che ci fosse lì Xena a prendersi cura di lei. La figlia, al contrario, non fiatò e rimase immobile dietro la madre. Toras indicò ad Areto la ragazza con un cenno del capo, sperando che il giovane volto del soldato potesse richiamare alla realtà la mente della figlia.

Il principe si schiarì la gola un paio di volte e disse: "Signora, mi riconosce?"

La donna alzò lo sguardo per un breve istante, prima di tornare a fissare i corpi del marito e del figlio.

"Mi dispiace molto per quello che è successo. Se fossimo riusciti ad arrivare prima e fermare l'attacco, lo avremmo fatto."

La donna scoppiò a piangere di nuovo.

Non sapendo come comportarsi, il principe chiese alla donna il suo nome.

"Ita, vorrei che voi due ci seguiste."

"Ma... non posso... non lo farò..."

"Dobbiamo prenderci cura di lei e in particolare di sua figlia, Ita."

Il fatto di aver menzionato la sua prole riportò la donna alla realtà. Si voltò a cercarla e vide la ragazza che teneva per mano il giovane soldato. Ita la raggiunse e seguì il principe, tenendo la figlia stretta nel suo abbraccio, come se temesse che potesse essere rapita da un momento all'altro.

Toras le condusse in un punto da cui proveniva un certo trambusto. I suoi soldati e Xena avevano radunato i pochi altri sopravvissuti in quello che doveva essere un tempo il parco della città.

Un gruppo di adulti piangeva e singhiozzava in compagnia, mentre un uomo era seduto da solo in stato catatonico e due ragazzi se ne stavano in disparte. Il medico Marius — riconoscibile dallo stemma con la fiamma bianca sul braccio — cercava di ottenere risposte dall'uomo seduto, senza successo.

Toras chiamò a sé il medico e gli disse a bassa voce: "Non credo che si possa aiutare, Marius. Quell'uomo non è morto, ma si capisce che ha subito uno degli attacchi mentali della Serpe."

Il medico visitò gli altri pazienti, poi tornò dal principe e disse: "Vorrei essere stato lì a Passo del Corno quando attaccò la Serpe. Ora sarei più preparato."

"Beh, non saresti stato pronto allora, e lo sarai la prossima volta! Comunque, come ho già detto, quest'uomo non può essere aiutato."

Il medico stava per obiettare, ma ci ripensò quando la cicatrice sul volto del principe — rimediata quell'estate nei pressi di Spiritii — lampeggiò d'ira.

Quando vide che il soldato era pronto a seguire gli ordini, Toras indicò con un cenno del mento le donne alle sue spalle e disse: "Per favore, prenditi cura di Ita e di sua figlia."

Mentre il medico andava a occuparsene, Toras aggiunse: "Areto può assisterti. Mi sembra che la ragazza si fidi di lui."

Il giovane Areto tentennò per un momento, poi acconsentì e si recò ad aiutare Marius.

Rivolgendosi all'ufficiale, che si trovava lì a pochi passi di distanza, Toras disse: "Secundus, per favore, incarichi due uomini di portare i sopravvissuti a Passo del Corno, dove potranno trovare riparo... per tutto il tempo necessario."

Ita, che lo aveva sentito, esclamò allarmata: "Ma mio marito e mio figlio? Il prete, Orvald, è ancora vivo? Devo fargli eseguire il rituale di trapasso. Come potranno altrimenti i loro corpi essere accolti dagli Dei nel Giorno dell'Unione?"

Toras avrebbe voluto opporsi, ma tenne per sé le sue proteste e chiese al Secundus Yuuto informazioni sul chierico. Yuuto scosse la testa.

"Mi dispiace, signora. Nessun altro è sopravvissuto."

Il Secundus si schiarì la gola e affermò che avrebbe potuto celebrare lui stesso la cerimonia, se Ita acconsentiva.

La donna, che conosceva bene la profonda religiosità dei Pargahni, accettò senza esitare.

Mentre Yuuto eseguiva il rituale, Xena si avvicinò al principe e disse: "Signore Comandante, non appena Yuuto avrà concluso, dobbiamo andarcene. Ho ricevuto una chiamata mentale da parte di Laiella, la trasmissione era debole ma, a quanto pare, hanno bisogno del nostro aiuto."

Il principe strinse i pugni e guardò Yuuto e i capuani, espirando impazientemente.

II.   Il rapporto di Neaj

Poco prima dell'ora in cui era consuetudine cenare, Neaj Trebloc chiese udienza al principe. Il Maestro Rovali lo fece entrare, pur provando un leggero fastidio.

"Mio Principe, perdonatemi se vi disturbo a quest'ora."

"Nessun disturbo, Maestro Trebloc. So che lei non è un tipo prolisso, perciò la prego di andare dritto al punto."

"Mi avete chiesto di indagare sull'amico di Kildare... quel giovane di nome Luvius Arco." Attese un cenno di conferma del principe, poi proseguì: "Ho dovuto scavare a fondo, ma ho scoperto che la fortuna del nostro gentiluomo oggigiorno è in declino, da tempo in realtà. Sebbene suo padre, Linus Arco, continui a presentarsi come un mercante di successo, i fatti dimostrano il contrario." In quel momento, Aithen, decisamente incuriosito, inarcò un sopracciglio. Neaj riprese: "Ho cercato di ricostruire gli spostamenti di Luvius e di suo padre attraverso le note di debito che hanno emesso e altri mezzi simili, e ho scoperto che Luvius Arco si trovava a Urbs Lucis prima di venire qui. In quel frangente, si è incontrato con il Maestro Lusk Methrim in uno dei ristoranti più esclusivi in città. La fattura del ristorante è stata emessa a nome del Maestro Arco, ma in realtà è stata saldata da Maestro Methrim."

Aithen sbuffò ripetutamente, ogni volta le fessure dei suoi occhi si facevano più strette.

"Ha scoperto altro che possa destare sospetti?"

"No, questo è tutto."

"Grazie, Neaj. Ottimo lavoro."

Trebloc rispose con un gesto di gratitudine, quindi si voltò e se ne andò.

Aithen rimase qualche minuto a riflettere, borbottando tra sé e sé e grattandosi il pollice destro con l'indice e il medio. Non c'era nulla di sospetto di per sé nell'incontro tra Methrim e questo Luvius, ma era una coincidenza davvero strana. C'erano milioni di umani in Alvinoria, di cui trecentomila nella zona settentrionale dell'Alta Alvinoria. A farli incontrare doveva esserci qualcosa di più del caso. *Che la famiglia Arcos, trovandosi in difficoltà, non si sia rivolta a Lusk per avere accesso alla sua rete di contrabbandieri? È possibile. Spero sia questa la ragione per cui Kil si sente a disagio quando* parla di questa sua nuova conoscenza. Ho problemi più grossi di cui occuparmi. Maledizione!

III.   Successo e delitto a Urbs Lucis

Kelysia Lux Baiula era rimasta quasi ininterrottamente in ascolto accanto al dispositivo, sin dal momento in cui Gina aveva piazzato quel mattone in quella taverna di Kartak. All'inizio, si era sforzata di decifrare le parole che sentiva attraverso il dispositivo di inversione che captava i segnali trasmessi dal mattone intrecciato adiacente, restituendoli in forma di suoni. A mano a mano, si era abituata a determinati rumori, che si ripetevano con una certa frequenza, e aveva cominciato a distinguere alcune parole. Ciononostante, non riusciva ancora a ricostruire delle frasi complete a partire da quei suoni: il suo cervello si aspettava che le parole si collocassero in un certo qual modo, ma ciò che sentiva non corrispondeva mai allo schema previsto. Kelysia stava per rinunciarci e aveva già posato il telo silenziante sopra l'invertitore, quando arrivò Gina.

Gina si stava sfregando le mani per l'eccitazione, disse: "Sorella! Immaginavo che fossi proprio qui, in ascolto. Come procede?"

"Gina. Non mi aspettavo che tornassi così presto. Sei davvero un asso col furano."

La donna, imbarazzata dal complimento, rispose: "Beh, avevo i venti a favore... Allora, hai già scoperto qualcosa?"

Kelysia replicò con un mugugno: "Dai, qualcosa sì. Sono riuscita a decifrare alcuni suoni, ma una frase intera ancora no."

La donna più giovane replicò, sulla difensiva: "Sono certa di aver seguito correttamente le tue istruzioni su come installare il dispositivo."

"Oh, non ne dubito. Saara ed io sapevamo che probabilmente il dispositivo aveva ancora bisogno di essere perfezionato. Tuttavia, con la guerra alle porte, lo abbiamo autorizzato all'uso così com'è. I suoni sono ancora poco chiari e, sebbene sia riuscita a distinguere molte parole, non riesco a dare un senso alle conversazioni."

Gina disse: "Beh, in effetti non mi sorprende. Al di là del fatto che i suoni non siano nitidi, la gente di laggiù non parla come tu ed io. Ciò rende tutto più difficile."

Kelysia la corresse: "Come me e te."

"È esattamente quello che ho detto."

Kelysia sbatté le palpebre e Gina aggiunse: "Quello che voglio dire è che abbiamo bisogno che ad ascoltare sia qualcuno che abbia familiarità con il gergo parlato da quei furfanti."

"E a quale Sorella potremmo chiedere?"

"Beh, io di certo non mastico i dialetti di quei luoghi, né il loro gergo criminale, vile e volgare. Ma però, prima di unirmi alla Sorellanza, avevo un fratello con abitudini e amicizie discutibili."

Kelysia dapprima si corrucciò per l'errore grammaticale, ma poi pensò che, forse, l'esperienza di Gina era proprio ciò di cui avevano bisogno. Disse: "In tal caso, provaci tu, Gina."

La Sorella più giovane si sedette davanti ai due mattoni: l'invertitore e il ricevitore — il corrispettivo del mattone a Kartak. "Questi mattoni saranno di sicuro opera di qualche maschio per essere così grossi e spessi."

La Sorella più anziana sgranò gli occhi perplessa dopo quel commento, ma non replicò.

Gina esclamò: "Se un nonsensante ci vedesse qui sedute davanti a questi mattoni, meravigliate come due bambine davanti a un acquario mentre un pesce ventaglio ipnotizza le sue prede, ci troverebbe strane... forse pazze. Ma per me il mattone intrecciato, specialmente, è più sorprendente di qualsiasi altra cosa che la natura ha mai creato. Questa è la nostra creazione; una creazione che in qualche modo è in grado di replicare i suoni ricevuti dal mattone *gemello* a centinaia di chilometri di distanza.”

Kelysia sorrise. Era d'accordo con il parere della collega.

Gina rimosse il velo che copriva l'invertitore. Si udì un gran baccano. “Qualcuno sta urlando.” Sentire il rumore di voci lontane centinaia di chilometri era senz'altro la cosa più emozionante che Gina avesse provato negli ultimi tempi, ancor più della missione di posizionamento del mattone sorgente nel muro della taverna.

Gina si sedette con un sorriso infantile sulle labbra e ascoltò pazientemente, passando la prima ora semplicemente a familiarizzare con i suoni che udiva, cercando di individuare in essi delle parole. Cominciò a fremere per l'eccitazione quando riconobbe le prime parole, e poi altre ancora. A un certo punto, durante la seconda ora, scattò in piedi all'improvviso, battendo le mani. Kelysia, che si era seduta lì vicino a un'altra scrivania e stava rileggendo i suoi appunti e quelli di Saara sullo sviluppo dei dispositivi, scosse la testa in segno di disapprovazione per quella reazione infantile. “Sono riuscita a capire tutta una frase!”

“Oh... Beh, cosa diceva?”

“Un uomo, probabilmente il locandiere, stava dicendo a un altro uomo che i suoi compagni sarebbero dovuti arrivare tra circa cinquanta minuti. E credo abbia detto anche che avrebbe installato dei dispositivi di smorzamento del suono prima del loro arrivo, per garantire un po' di riservatezza.”

Un'affermazione che attirò l'attenzione di Kelysia. “Sei sicura che abbia parlato di dispositivi di smorzamento del suono?”

“Credo proprio di sì.”

"E dove se li sarebbe procurati? Non vendiamo minerali risonanti a nessuno, se non alla Corona, ai latifondisti e a quei pochi altri che godono della nostra fiducia."

Gina scrollò le spalle.

Kelysia mormorò: "Spero che non interferiscano con il mattone intrecciato."

Gina disse: "Lo spero anch'io. Non ho proprio voglia di tornare a Kartak per posizionare un altro mattone nella taverna o in qualsiasi altro punto della città." Poi riportò la propria attenzione sull'invertitore e disse: "Non parlano più. Credo che questi orribili stridori siano solo il chiacchiericcio delle altre persone nel locale, lontano dal mattone."

"D'accordo, allora aspettiamo. Se il proprietario desidera riservatezza, forse discuterà di cose che potrebbero interessarci. Speriamo che i dispositivi di smorzamento non interferiscano. O Fondatori! Forse dovrei sottoporre la questione all'attenzione di Bilena più tardi."

E così le due Sorelle attesero. Gina impostò la sveglia sul disco del tempo e tornò a sedersi per studiare i suoi appunti sulla lingua kartaki. Intanto Kelysia era alla ricerca di dati che potessero indicare se il mattone fosse suscettibile agli effetti dei minerali risonanti del dispositivo di smorzamento.

Poco dopo, Gina sentì un rumore provenire dall'invertitore che sembrava proprio una rumorosa scoreggia; si mise a ridere e si girò per chiedere a Kelysia se l'avesse sentita anche lei, ma non era più lì.

"Ah già, un minuto fa ha detto che aveva sete. Oh, beh."

Gina sobbalzò al rintocco del disco, ma reagì prontamente. Posò il taccuino e si piazzò nuovamente accanto all'invertitore, in trepida attesa. Non passò molto tempo prima che sentisse un uomo dare il benvenuto ai suoi compagni. Il ventre di Gina si agitò per l'eccitazione. Ad alta voce, esclamò: "Kelysia!" Ma non era ancora tornata. Gina lanciò una piccola maledizione, scrollò le spalle e scacciò via i pensieri sulla collega.

Per trenta minuti quegli uomini si scambiarono solo chiacchiere e convenevoli. Gina stava quasi per ricoprire l'invertitore con il telo dalla frustrazione, quando sentì per la prima volta delle parole che la spaventarono. Erano state pronunciate dal presunto capo. Disse: "L'Umbra... invia... a Kynaria... Gr... Sacerdotessa e... i nostri obiettivi... devono essere rapidi. Ci metteremo poi in contatto... a Urbs..." Gina sentì il proprio battito accelerare. Avrebbe voluto che anche Kelysia fosse lì ad ascoltare la trasmissione, ma ahimè. Un'altra voce disse: "Qual è... nome?"

Proprio mentre il capo iniziava a pronunciare il nome richiesto, Gina sentì dei passi macinare un granello di pietra alle sue spalle. Si voltò con urgenza, portandosi un dito alla bocca per fare segno a Kelysia di non fare rumore. Tuttavia, si stupì di trovare al suo posto un'altra Sorella. Prima che Gina potesse proferire parola, la donna le coprì le labbra con la mano e la Fascia Gialla sentì il proprio cervello esplodere in mille pezzi. E niente più: era morta. L'impostore la posò dolcemente a terra, le accarezzò il viso e se ne andò.

IV.   La Serpe e i rokon

Il volo verso Laiella e il resto della compagnia fu carico di angoscia per il principe. L'unica cosa che gli impedì di perdere ogni speranza fu il fatto che Xena confermò, dopo aver comunicato con la Barriera, che Laiella era ancora viva. Eppure, le risposte della Lux Baiula lo preoccupavano alquanto, poiché quando le chiedeva aggiornamenti, lei si limitava ad aggiungere un breve e conciso: "Hanno bisogno di noi." E ogni volta, di riflesso, speronava Brucio, il che fece irritare non poco il furano, portandolo a reagire con movimenti esasperati delle ali che colpivano i fianchi di Toras.

Circa quindici minuti più tardi, Toras e la metà del quintanale riuscirono finalmente a scorgere gli altri. La squadra sembrava notevolmente ridimensionata e in difficoltà. Era in balia dei rokon e della Serpe, che l'avevano accerchiata. Svariati furani volavano senza cavaliere. Toras sentì le budella contorcersi.

Qualcosa gli faceva sperare che la sua unità potesse in qualche modo liberare gli altri dall'accerchiamento in cui erano finiti. In effetti, né il nemico né gli uomini di Laiella sembravano averli ancora notati. Il principe sollevò il braccio per richiamare le unità intorno a sé e definire un piano di azione.

Toras urlò, ma non troppo forte, giusto per sovrastare il rumore del vento causato dal volo dei furani: "Xena, la Serpe sta attaccando la mente dei soldati?"

Xena consultò il Legame, poi scosse la testa.

"Molto bene, allora possiamo colpire in sicurezza."

Ci vollero un paio di minuti apparentemente interminabili e snervanti prima che la squadra accettasse di ricorrere alla tattica che avevano praticato contro il simulacro della Serpe a Passo del Corno. Intanto, Toras lanciava di tanto in tanto sguardi inquieti verso i combattimenti: "Gente! Prendete posizione. Speriamo che la squadra di Laiella segua il nostro esempio e si divida anch'essa in gruppi da cinque. Marius! Scopri se c'è qualche sopravvissuto a terra e preghiamo che nessun altro precipiti."

Le unità furaniche si disposero e Xena formò una nebulosa tutt'intorno, nel caso in cui la Serpe avesse deciso di usare l'ACES. Proprio in quel momento un guardiano vide una delle unità in battaglia venire colpita da un rokon. Gridò per avvertire il comandante che un altro uomo e il suo furano stavano cadendo giù. Toras sentì l'ira ribollire e deflagrare dentro sé, perciò alzò il braccio per dare il segnale di attacco, ma Xena gridò: "No!"

Toras si voltò con uno sguardo assassino: "Come sarebbe a dire 'No'?"

"La Prima Barriera mi ha appena inviato una chiamata mentale per dirvi di non attaccare ora, Comandante."

"Cosa?! E perché mai?"

"Non lo so."

"Allora chiediglielo!"

Xena ci provò, ma non riusciva più a contattare Laiella.

Le imprecazioni fioccarono. La pazienza del Signore Comandante sfumò definitivamente, quando vide un'altra delle unità di Laiella cadere dopo lo scontro con un rokon. Incurante delle rinnovate proteste di Xena, ordinò la carica e spronò Brucio ad avanzare il più rapidamente possibile. Questa volta il furano non si lamentò.

La Serpe fu la prima a volgersi nella loro direzione e diede subito l'allarme cacciando uno strillo rabbioso e mandando all'attacco cinque dei suoi tifoni scarnificatori, che si levarono in cielo con tutta la rabbia degli Abissi.

Toras pregò che la tattica elaborata per contrastare la Serpe funzionasse anche contro i suoi cugini naturali. Gridò: "Uomini! Ricordatevi di permettere ai furani di prendere il controllo, se lo richiedono."

Gli umani si prepararono a denti stretti, alcuni stringevano intimoriti le redini delle loro cavalcature, altri provavano a gestire i tic nervosi che agitavano i loro furani.

Individuato il bersaglio, il principe allungò il braccio per indicarlo e urlò alle unità che formavano il suo pentagono: "Quello!" All'istante, Toras e gli altri quattro cavalieri coordinarono il volo dei loro furani in modo che il rokon fosse costretto a passare in mezzo a loro.

Lo scontro fu terribile, ma questa tattica permise a tre formazioni, compresa quella del comandante, di sventrare un rokon ciascuna. Tuttavia, due delle lucertole si avventarono volando a spirale contro i pentagoni e puntandoli, a una velocità talmente impetuosa che la rotazione fece cadere le lance dalle mani di alcuni soldati, lacerando i fianchi di furani e cavalieri. Il primo assalto si concluse in un coro di grida agonizzanti d'ambo le parti, a destra e a sinistra, in alto e in basso, e altri sei uomini piombarono a terra con i loro furani, a giacere accanto alle carcasse sanguinanti dei rettili.

Prima che i restanti rokon si avvicinassero, Toras lanciò un'occhiata a Laiella e alle sue unità. Scosse la testa indispettito e ringhiò quando vide che erano ancora intrappolati tra la Serpe e i suoi compari. Poi, guardò le proprie unità e le vide riorganizzarsi in nuovi pentagoni. A quel punto, un urlo richiamò prepotentemente la sua attenzione.

"Comandante, un altro rokon ci sta caricando!"

"In formazione!"

Toras si allarmò quando il rettile puntò verso una delle unità furaniche ai lati anziché dirigersi verso il centro aperto del pentagono. Urlò: "Dobbiamo volare in direzione della lucertola e forzarla a passare nel mezzo! Adesso!"

Mentre gli uomini spronavano i loro furani, Toras segnalò a Brucio di rompere la formazione e di posizionarsi al centro di quello che ora sarebbe diventato un quadrilatero. Gli uomini si misero a sbraitare e a imprecare contro di lui, ma Toras alzò il braccio per farli tacere.

Il principe posizionò Brucio qualche metro dietro il quadrilatero, gli disse di mantenere la posizione, strinse per bene la lancia e ruggì, cercando di attirare il rokon verso di sé. La lucertola reagì e gli volò incontro, sibilando, stridendo e ruotando come un tornado fuori controllo. Toras sorrise, la frenesia della stanchezza e della frustrazione lo isolavano dalle grida dei suoi uomini.

"Lance!"

Le lance, affilate il giorno prima fino a rendere le loro punte sottili come un rasoio, erano pronte a spillare il sangue della creatura, nel momento in cui sarebbe passata in mezzo ai soldati, proprio come quando si taglia la gola a un muggitore. Il rokon emise uno stridio mentre le lame gli fendevano la carne. Un liquido caldo schizzò sui suoi aggressori. Tuttavia, avvolto com'era tra le ali mentre sfrecciava attraverso il centro del quadrilatero, il corpo della creatura non venne scalfito dalle armi. Il rokon era ancora ferocemente e furiosamente vivo quando si schiantò contro Brucio.

Brucio strepitò e si allungò, distendendo le zampe posteriori in una posizione insolita, a trecento metri d'altezza, ed estraendo gli artigli corti in tutte e quattro le zampe.

Quando il rokon colpì il furano, Toras sentì il proprio corpo separarsi dalla cavalcatura e il cuore fermarsi per un breve ma terribile istante. Poi le sue braccia si allungarono di riflesso verso il collo di Brucio. Il battito di Toras rallentò quando le sue dita incontrarono la pelliccia dell'animale e vi si aggrapparono.

Brucio ora lottava per scrollarsi di dosso la lucertola, mentre Toras cercava invano di aiutare il suo destriero con la lancia. Il furano e il rokon continuarono a lottare in questo modo per diversi interminabili minuti. Il primo cercava disperatamente di liberarsi e il secondo cercava freneticamente di conficcare il becco nel collo di Brucio. Intanto, Toras veniva ripetutamente e inavvertitamente colpito ed escoriato sia dal proprio destriero che dal rokon, mentre le due creature si dimenavano sbattendo le ali per rimanere in quota.

Toras non aveva possibilità di essere d'aiuto a Brucio dalla sua posizione e maledì se stesso, quel rettile e gli dèi per la sua totale inutilità. E continuò a imprecare quando sentì un rantolo grave di dolore di Brucio, proprio nel momento in cui i muscoli dell'animale si contrassero. Toras pensò che quella fosse la loro fine. Invece il rokon emise un grido atroce e repentino e lasciò andare Brucio. Mentre il rettile precipitava giù, Toras notò che aveva una freccia conficcata nella schiena. Di fronte a lui, dritto in cima al suo furano, Areto gli fece un largo sorriso, sopraffatto dal sollievo.

Toras lo ringraziò con un cenno del capo e rivolse di nuovo la sua attenzione a Brucio. Il furano riportava numerosi tagli sul ventre e sui fianchi, ma fortunatamente per lui, e per il suo cavaliere, erano stati causati dagli artigli del rokon anziché dai denti velenosi che ricoprivano il ventre e la superficie esterna delle ali di quelle bestie. Toras fece un respiro profondo, prima di chiedere: "Sei in grado di continuare, Brucio?"

Il furano rispose affermativamente con un movimento del capo e il principe ordinò ancora una volta ai soldati di schierarsi in formazione. Soffocarono ogni loro obiezione quando lo videro raggiungerli e schierarsi all'esterno.

Toras si concesse una brevissima pausa per valutare la situazione e scegliere il prossimo obiettivo. "Diciassette unità dalla nostra parte e..." Toras deglutì amareggiato dopo aver contato quel che rimaneva del mezzo quintanale della Prima: "Otto da Laiella." Il volto del principe si contorse per la preoccupazione e il disappunto. "E uno, due, tre... sei rokon più la Serpe si oppongono a noi. Quindi, cinque pentagoni per eliminare sette nemici, a meno che Xena e Laiella non riescano ad abbattere altri due rokon con i loro vincoli."

Tale speranza svanì in fretta, quando notò che Xena si era unita a un pentagono e non scagliava più vincoli contro le creature.

Toras guardò un'altra volta Laiella e vide un rokon avanzare verso di lei. Il suo cuore si strinse. Pensò di soccorrerla, ma a quel punto la Serpe si voltò verso di lui, lo guardò dritto negli occhi ed emise un sibilo assassino che attraversò la distanza, come un dio che parla dall'alto dei cieli. Quell'urlo penetrò le ossa di tutti i presenti. Toras si infervorò e ordinò alla sua squadra di avvicinarsi alla vile creatura.

Quando giunsero a meno di duecento metri dalla battaglia principale, un tremendo stridio squarciò il cielo e le squadre di Toras — uomini e furani — cominciarono ad accusare un mal di testa lancinante.

Xena urlò le più ignobili profanità al principe, mentre cercava di creare una nebulosa. Tuttavia, le ultime caramelle salate che aveva ingoiato pochi minuti prima non erano bastate a reintegrare le scorte di energia e tutti i suoi sforzi non avevano portato ad altro che a una leggera attenuazione delle vibrazioni della Serpe.

A quel punto, i furani cominciarono a volare con movimenti irregolari e a scatti. Gli ordini, gli insulti e le suppliche dei cavalieri vennero ignorati in egual misura dai destrieri in preda al dolore.

Rendendosi conto che, date le sue condizioni, non sarebbe stata in grado di aiutarli con i vincoli, Xena inviò una chiamata mentale alla Sorella. Disse: *"Laiella, mi senti?"*

La Prima Barriera ci mise un attimo a rispondere: *"Sì."*

"Che cosa facciamo? La mia nebulosa è troppo debole, io sono troppo debole. Dobbiamo finirla in qualche modo."

La risposta di Laiella fu un'invettiva adirata: *"È vero. Che sia maledetto il Principe! Non ho altra scelta."*

"Cosa..." Xena si strinse la testa tra le mani quando i vincoli della Serpe si intensificarono all'improvviso.

Laiella, ormai esausta dopo due ore di lotta e di resistenza al lucertolone, e dopo aver perso due terzi della propria squadra, guardò il principe con furore, rabbia e disperazione. Questo però non era il momento di lasciarsi sopraffare dalle emozioni, quindi si prese un momento per valutare le opzioni a sua disposizione. Fortunatamente, le rimaneva abbastanza energia per proteggere se stessa e il suo furano dall'ACES della Serpe. Ma anche quella nebulosa ristretta cominciava a indebolirsi. Iniziò a sentire quelle vibrazioni debilitanti penetrarle il cervello. Le si presentava un'unica soluzione possibile, la sola in grado di porre fine al rettile, ma che poteva esserle fatale.

Sospirando sconsolata in direzione opposta a quella del principe, ordinò a Radice di entrare in azione. Il furano rispose con tutta la spinta che gli rimaneva, cercando di superare il rettile. Non appena Laiella intravide la schiena della Serpe, si fece coraggio, innescò il proprio metabolismo per difendersi dagli enzimi digestivi della bestia, si sganciò da Radice e saltò.

L'impatto dell'atterraggio sulla schiena della Serpe si accompagnò al dolore dovuto alla lacerazione degli stinchi. Le mani, protette dai guanti, fortunatamente non si tagliarono, anche se poteva sentire i denti dorsali della bestia spingere attraverso il cuoio. La Serpe ruggì infuriata, sentendosi aggredita fisicamente da una di quei miserabili umani, ma la Barriera non perse tempo e conficcò i suoi stivali dalla suola spessa nei denti, assicurandosi alla creatura nel caso in cui avesse iniziato a vorticare. Infine, con un movimento rapido e deciso, piantò il suo gladio tra le spalle della creatura. Non sapeva se il colpo avrebbe indebolito o meno il lucertolone, in ogni caso, la risposta della Serpe non si fece attendere.

I suoi lamenti e la sua voce ingiuriosa erano assordanti e Laiella fu costretta a usare il Legame per attutire il suono prima che potesse stordirla o lacerarle i timpani.

Inizialmente, la creatura cercò di raggiungerla con il becco, ma quel movimento le provocò dolore e rinunciò.

Allora cominciò a roteare, costringendo Laiella ad appiattirsi sulla sua schiena, afferrare il gladio e stringere i piedi e le cosce contro la creatura. La Lux Baiula pregò di avere abbastanza energia per mantenere attivo il suo fegato e neutralizzare la tossina che si infiltrava attraverso i molteplici tagli.

Dopo due interminabili minuti — in cui la Serpe fece del suo meglio per scrollarsi di dosso l'umana, che a sua volta fece del suo meglio per non mollare la presa, malgrado le ripetute incisioni e i numerosi attimi in cui pensò di cadere — questa volta fu Laiella a gridare disperata: la Serpe aveva intensificato il suo attacco mentale e lo stava indirizzando direttamente contro la Prima. La sua nebulosa si disperse e sentì un dolore atroce attanagliarle il cervello, come se una morsa idraulica lo stesse stritolando.

La Serpe trasmise un pensiero spietato alla Barriera: *"Conoscerai un'agonia mai vissuta da altri Umani! Tu..."*

Le Ali dell'Oscuro Signore non fece in tempo a concludere la frase, poiché Laiella aveva usato tutte le forze che aveva in corpo per conficcare il gladio ancora più a fondo nella schiena del nemico. La creatura emise uno strillo esplosivo e si dimenò con una tale violenza che la Lux Baiula perse la presa e venne sbalzata via, destinata a precipitare al suolo.

Le sue grida raggiunsero Radice, che si tuffò senza un attimo di esitazione, cercando di intercettare la caduta della padrona. Invece, fu un rokon a intercettare il destriero, attaccandolo a un fianco. Radice riuscì solo ad avvisare i suoi simili con un verso lamentoso, prima di perdere i sensi. Brucio, che si era ripreso dai precedenti attacchi della Serpe — così come Toras — allertò il cavaliere, che si voltò a guardare nella direzione indicata dal furano. Il cuore del principe si fermò per un istante, quando vide Laiella in caduta libera; cacciò un urlo potente per richiamare Xena. Non accorgendosi di aver agitato sia lei che la cavalcatura, Luna, che si dimenò violentemente, le fece segno con la mano di ingaggiare la Serpe, mentre lui si tuffava all'inseguimento di Laiella. Xena, nel frattempo, maledì il principe.

Quando si riavvicinarono alla Serpe, Brucio fu il primo a percepire l'attacco mentale della creatura e cominciò a dimenarsi. "O Fondatori! Brucio, devi farcela!" A Laiella rimanevano forse una decina di secondi prima di toccare il terreno roccioso. In quel momento, anche Toras si strinse la testa tra le mani e capì che lui, Brucio e Laiella erano ormai perduti.

E invece, all'improvviso, l'attacco della Serpe cessò. Forse, la lama infilzata nella schiena aveva finalmente fatto il suo dovere. Brucio si ricompose in volo come meglio poteva e quando sentì il suo padrone distendersi aderente sul collo e puntare i piedi in avanti — il comando che indicava di tuffarsi in picchiata — si lasciò precipitare come una freccia scagliata dal cielo. A Toras servì tutta la sua forza di volontà per non svuotare le viscere proprio là sul suo destriero, anche perché la sua pancia era stretta con vigore dalla cinghia posteriore che gli tirava la cintura.

Nell'avvicinarsi alla donna svenuta, a cui restavano ormai pochi secondi, Toras si irrigidì e strinse le gambe intorno ai fianchi di Brucio, preparando se stesso e il destriero a prendere al volo la Lux Baiula. Un attimo dopo, Toras tirò le redini e Brucio virò bruscamente, mentre il corpo floscio di Laiella arrivava dritto addosso ai due, con tutto il suo peso. Il furano sobbalzò e Toras strabuzzò gli occhi quando si sentì Laiella scivolargli di mano. Ma non perse tempo a pensare: con un movimento perfetto e preciso, che poteva essere indotto solo da un'emergenza di vita o di morte, issò la Prima appoggiandola sulle gambe, si sganciò dalla cinghia posteriore e riagganciò la donna, per poi prendere finalmente fiato e ordinare a Brucio di rallentare.

Esaminando la situazione, il principe si rese conto che a quel punto nessuna strategia o tattica avrebbe assicurato la vittoria, perciò disse a Brucio: "Dobbiamo ritirarci." Provò ad afferrare il corno, ma era sotto il corpo di Laiella, quindi ordinò a Brucio di richiamare gli altri furani.

Quelli che portavano ancora in groppa il loro cavaliere risposero immediatamente e cominciarono a seguire Brucio. Tuttavia, i tre animali rimasti senza cavaliere, ignorarono completamente il richiamo e anzi, si lanciarono contro la Serpe in un ultimo impeto di rabbia contro quella creatura invincibile. Uno fu afferrato dal becco della Serpe e con il suo ultimo respiro emise una richiesta di soccorso mentre la sua schiena veniva spezzata. I soldati digrignarono i denti e le loro cavalcature cominciarono a comunicare tra loro con dei lugubri lamenti, cercando di richiamare al branco i due furani che continuavano i loro folli e futili tentativi di assaltare la Serpe e gli ultimi rokon sopravvissuti.

Fortunatamente, per i sopravvissuti del quintanale di Toras, la Serpe non li inseguì, né mandò al loro inseguimento i rokon. Toras non capì se dovessero ringraziare i due furani che avevano deciso di morire provandoci o la lama di Laiella. Comunque, era contento di sapere che avrebbero vissuto almeno un altro giorno... e ci avrebbero riprovato.

***

La compagnia di Toras atterrò all'avamposto di Lago Montagna mezz'ora dopo, trascinandosi e gemendo mestamente. I soldati, storditi e afflitti da un forte mal di testa, scesero dalle loro cavalcature con un'insolita lentezza e goffaggine. I furani, invece, si gettarono a terra, incuranti delle selle ancora allacciate al dorso, ed emisero un lamento profondo e prolungato, per poi chiudere gli occhi e riposare.

Il sergente Tamas li attendeva con i suoi uomini, pronto a prestare soccorso ai combattenti, umani e animali. Fu proprio Tamas a correre in aiuto del Signore Comandante, che reggeva ancora tra le braccia la Prima, svenuta.

Mentre cercava di afferrare Laiella per le gambe, il sergente chiese: "Signore Comandante, cos'è successo?"

Toras scosse la testa e disse: "Ha bisogno di cure mediche, Sergente. Quanto a quello che è successo, si faccia gli affari suoi!"

Tamas sussultò, ma sostituì subito la sua espressione di sorpresa con una di empatia.

Marius si avvicinò al principe e si caricò Laiella sulle spalle, per portarla dentro la caserma. L'uomo di mezza età e dalla barba pulita chiese al sergente: "Avete un'infermeria?"

"Sì, c'è. Valente la accompagnerà. È il nostro apprendista medico."

Marius annuì e seguì l'apprendista guaritore dai capelli ricci, arrivato poco prima.

Toras si guardò intorno e scosse la testa nel vedere i suoi uomini lamentarsi e soffrire, così come i furani. Anche Brucio era taciturno; se ne stava in disparte a leccarsi le ferite con fare stanco.

Il principe gemette a sua volta, per via del terribile mal di testa. Si strofinò la fronte, poi disse a Tamas, con la voce strozzata dal dolore: "Sergente, per favore, si assicuri che i suoi uomini si occupino dei miei soldati e delle cavalcature."

"Certo, Signor Comandante. Magari però dovreste farvi sondare anche da una Lux Baiula."

"Me la caverò, Sergente. La prego di eseguire gli ordini che le ho dato."

Tamas non discusse oltre e andò a impartire le direttive. Seguendo l'uomo con lo sguardo, Toras si rese conto che qualcosa non andava in quell'avamposto. Esclamò: "Sergente, che è successo qui? Cos'è quel buco sul tetto della stalla? La Serpe e i suoi rokon hanno attaccato pure voi?"

L'ufficiale si girò e disse: "No. Siamo stati attaccati dai grugni la notte scorsa e l'unica via d'uscita per i nostri furani era il tetto. Fortunatamente, sono riusciti a sfondarlo, altrimenti ora sarebbero tutti morti."

Allarmato, Toras chiese: "Quante perdite? Degli uomini sono..."

"Abbiamo perso tre furani e un uomo."

"Maledetti siano i Fondatori! Maledetti siano loro e le loro cazzate, Tutto ciò è una follia."

"Quindi siete stati attaccati dall'immonda Serpe e da dei... rokon? Sono loro che vi hanno ridotto così?"

"Sì! Roba da matti, quei rokon del cazzo al comando della Serpe... Ci venivano addosso come se non gli importasse nulla di morire, volevano solo abbatterci!"

Tamas esitò, ma alla fine pose la sua domanda: "A quanto ammontano le vostre perdite, Signore?"

"Troppi! Metà del nostro quintanale..."

"Un quinta che?"

Toras scosse la testa: "Sono dei nuovi battaglioni formati da cinquanta unità furaniche, che abbiamo addestrato per combattere la Serpe."

Tamas annuì: "E la Serpe?"

"La Serpe e i rokon sopravvissuti si stavano dirigendo verso sud. Ma sono stanco di essere interrogato, Sergente. Vado a vedere come sta La..."

Il povero Tamas stava per scusarsi con il suo comandante, quando si avvicinò Xena, pensierosa.

La Fascia Rossa tentennò per un momento, indecisa su come rivolgersi al principe senza mostrargli la rabbia che provava. Alla fine, con una voce stanca, ma affilata e tagliente, disse: "Comandante, la Prima Barriera Laiella ha bisogno di cure mediche che nessuno di noi qui è in grado di fornire. Ho già inviato un messaggio alle mie Sorelle della Fascia Bianca nella regione, e Mara Lux Baiula ha detto che una sua collega di Spiritii dovrebbe raggiungerci entro domani. Mara ha detto che dovrebbe essere in grado di curare le lesioni mentali che la Prima Barriera Laiella ha subito in seguito agli... *sfortunati* eventi."

Il volto di Toras si irrigidì e il suo sguardo si riempì di risentimento. Disse: "Perché si rivolge a me con questo *tono*, Lux Baiula?"

"La *Prima* vi aveva chiesto di non entrare in battaglia, ma voi l'avete fatto lo stesso. È per questo che lei ora è lì a soffrire chissà quale agonia, mentre voi siete qui, incolume."

Il sergente Tamas intuì che la conversazione stava per degenerare, indietreggiò e lanciò a tutti gli altri degli sguardi severi per ordinare loro di stare alla larga. Intanto, il principe cominciò a innervosirsi, irritato e stupito dalla faccia tosta della donna.

"Cosa hai detto, donna?!"

"Che è tutta colpa vostra, Comandante."

"Colpa mia?!" Toras sbuffò furiosamente, non riuscendo a capacitarsi della sfrontatezza di quella donna: "Sono l'ufficiale comandante di questa forza. Devo prendere decisioni basate sui fatti."

"La Prima Barriera mi aveva istruito di trattenervi, perché sospettava che, se la Serpe avesse visto noi, e voi in particolare, unirsi alla battaglia, avrebbe ricominciato a usare l'ACES, e a nessuna di noi era rimasta abbastanza energia per formare delle nebulose efficaci. E infatti, così *ha fatto* la Serpe e avete visto cosa è successo. La maggior parte di noi sarebbe morta se non fosse stato per il coraggio della Prima Barriera.”

“E come potevo saperlo, visto che non me l’hai detto?”

“Se aveste mitigato la vostra reazione, l’avreste capito.”

“L’avrei capito? Avresti dovuto darmi le informazioni necessarie fin dall’inizio! Questo è ciò che avresti dovuto fare. Ma non l’hai fatto e io ho preso le mie decisioni. E adesso... Argh!”

In quel momento, un’improvvisa consapevolezza colpì Toras e il suo petto si sgonfiò rapidamente come un palloncino. Sapeva che lo stavano osservando tutti, e aveva abbastanza esperienza per sapere che un “dibattito” pubblico avrebbe solo peggiorato le cose. Per giunta, Xena aveva un ruolo fondamentale, anche se in quel momento gli dava il voltastomaco. Perciò, digrignò i denti e se ne andò infuriato in infermeria.

Xena si sentì gli occhi degli uomini addosso e non sapeva se rispondere ai loro sguardi sfidandoli o semplicemente andarsene via come il principe. Alla fine, indurì la sua espressione e si incamminò verso il bosco, in cerca di un posto in cui sedersi a meditare per un po’.

Il Signore Comandante trovò Marius intento a curare Laiella, in una piccola stanza che fungeva da infermeria. Valente lo assisteva in qualità di infermiere.

Un cipiglio adirato, volto a celare il suo senso di colpa, scolpì la faccia del principe, quando vide le terribili condizioni in cui si trovava la donna — il soldato — dai capelli rossi e dalla pelle verde. Il viso della Prima Barriera, normalmente vigoroso, tonico e vibrante, era deformato dal dolore e arrossato dal principio di una tremenda febbre. Dei brividi cominciavano ad agitare il suo corpo.

Senza girarsi e notare la presenza del principe, il medico disse un po' bruscamente: "Ho bisogno di acqua fresca."

Valente era già alquanto infastidito da quell'uomo, ma andò a prendere un secchio d'acqua fredda senza protestare, pur lanciando uno sguardo che esprimeva frustrazione al Signore Comandante, mentre gli passava accanto.

Il principe guardò la sua Prima e digrignò i denti, sospirando rumorosamente e sistemandosi i capelli con la mano. Quando vide che la donna era scoperta, si irritò e disse: "Ha bisogno di una coperta." Quindi, andò a prendere una trapunta che si trovava lì in un angolo.

Il medico non aveva sentito il commento del principe e quando Toras si avvicinò per coprire Laiella, la sua reazione lo fece irritare ulteriormente.

Marius si frappose tra i due, fece cenno con la mano di fermarsi e disse: "Mi scusi, Signore Comandante, ma i nativi breminesi hanno una fisiologia diversa dalla nostra e non vanno coperti."

Toras cominciò a ringhiare esasperato. Comunque, si allontanò con la coperta e provò inutilmente a ripiegarla.

All'improvviso, il medico gridò: "Dov'è Valente?! E perché non c'è acqua fresca in questa stanza?"

Toras non rispose.

Il medico si alzò un'altra volta, invitò il suo comandante a non toccare la Prima e se ne andò a prendere l'acqua.

In quel momento, Hanne entrò nella stanza. Era venuto a vedere come stava la Prima. Quando notò l'espressione del suo comandante, disse: "So che non volevate vedere la Prima ridotta in questo stato, Comandante, e so che avete a cuore tutti i vostri soldati. Vi ho già visto scagliarvi contro il pericolo per proteggerci, anche se a noi dà fastidio."

Toras non rispose. Invece, pensò tra sé e sé: *Se Kendor fosse stato qui, non sarebbe successo. Eppure...* Il suo sguardo si posò nuovamente sulla donna tremante e lui gridò: "Dannati Fondatori!"

Non sapendo come reagire, Hanne continuò: "Non dovreste essere così duro nei vostri confronti, Comandante. Vi conoscevo già prima di arrivare a Passo del Corno, quando ero di stanza proprio qui, in questo avamposto, e so che..."

"Non ho bisogno che mi tiri su il morale, Hanne. Non doveva succedere, punto. E ora potrebbe costarci..."

Il principe si fermò quando Valente e Marius tornarono con l'acqua.

"Grazie per le belle parole, Hanne. Medico, la prego di fare tutto il possibile per lei."

Marius annuì e disse: "Mi prenderò cura del suo corpo, Comandante, ma serve una Fascia Bianca e al più presto, perchè non posso fare molto per le sue lesioni mentali."

Toras si sfregò la fronte, infastidito dai residui del suo senso di colpa. Diede un'ultima occhiata a Laiella che si lamentava agonizzante, poi si rivolse ai due medici senza guardarli in faccia: "Domani ne arriverà qui una. Fate del vostro meglio fino ad allora e avvisatemi se ci fossero sviluppi."

Andandosene, Toras pensò: *Devo parlare con Tamas; l'ho trattato un po' ingiustamente, prima. E poi devo controllare come sta Brucio... e i soldati. O Fondatori!*

V.   A Zeblinia

Con un qual certo disprezzo, celato a malapena, una donna disse all'altra: "*Eterna Consigliera*, perché non dovremmo usare gli uomini? In ogni caso, non hanno più alcuna utilità per noi; lo ha detto lei stessa a Nostra Grandezza, la Regina Zebula."

Le due stavano bisticciando in un ufficio spazioso, pieno di oggetti di ogni tipo appesi alle pareti, nonché sugli scaffali che le fiancheggiavano. Quegli oggetti erano disposti in sequenza in base a tipologia, colore e dimensione, in sei diverse permutazioni dei loro attributi. Da sempre, per quanto la consigliera della sovrana potesse ricordare, quell'allestimento era apparso alquanto bizzarro a chiunque avesse messo piede nel suo ufficio, e di certo non risultava meno inconsueto alla sua attuale ospite.

Con una voce perfettamente intonata e resa grave dal tempo, sebbene il suo aspetto contraddicesse l'età, l'Eterna Consigliera della Regina disse: "In effetti, l'avevo detto, Generale Marikai. Ma ora temo che potrebbero rivoltarsi contro l'esercito o più semplicemente disertare, se li portaste con voi. La invito quindi a portarne un numero ridotto, se proprio deve."

"E come faremo spazio per i maschi alvinoriani che cattureremo, se terremo qui i nostri shutsha?"

Con un gesto di disprezzo, la consigliera affermò: "Ci sono altri modi per eliminare gli indesiderati. So perché desidera i nostri maschi. Tuttavia, non ne ha bisogno: le Lux Baiulae sono più deboli delle Janarae. Ho rifatto i miei calcoli e ora mi è chiaro: con una strategia militare adeguata le sconfiggerete facilmente."

La generale, scioccata, non riuscì a trattenersi dal rispondere mostrando indignazione. Strategia militare corretta? Chi era lei per darle consigli militari? Nessuno! D'altronde, lo suggeriva il nome stesso: *Nihildrina.* Marikai abbassò lo sguardo e fece un profondo respiro, prima di parlare. Il suo tono rimase comunque glaciale: "Una corretta strategia militare richiede che si usino le forze d'élite per sferrare il colpo fatale, non per ammorbidire le posizioni del nemico. I maschi non causeranno problemi — lo assicuro io. Porterò la quantità minima di uomini necessaria per raggiungere i nostri obiettivi e avere perdite minime tra le mie

Janarae in questa stupida guerra. O crede forse che gli shutsha siano più preziosi delle Janarae, Eterna Consigliera?”

La cadenza dell’ufficiale irritò Nihildrina: dava sempre enfasi alle sillabe sbagliate.

“Generale, si rende conto che il Re... che la Regina ha approvato il nostro piano, e che quindi è dovere di ognuna di noi garantirne il successo. Pertanto, bisogna credere fermamente in quest’impresa. Dubitare della sua rettitudine non è accettabile, perché mette in discussione le decisioni della Regina e indebolisce la determinazione di coloro che sono incaricati di attuare la sua volontà.” Nihildrina fece una pausa prima di incrociare lo sguardo con il generale in cerca di sfida: “Crede in questa missione?”

L’espressione dell’ufficiale, dapprima frivola e beffarda, ora si era indurita al punto da potersi quasi crepare. Marikai era felice di non portare con sé una lama, perché avrebbe potuto fare qualche sciocchezza che la regina le avrebbe fatto pagare a caro prezzo.

Nihildrina riconobbe la reazione della donna per quello che era: la reazione di chi non è abituato a essere sfidato. Senza abbassare lo sguardo, proseguì: “Generale, tutte noi dobbiamo rispondere a questa domanda finché serviamo la regina. E allora, lo chiedo di nuovo: crede in questa missione?”

“Eseguirò gli ordini e vincerò, Eterna Consigliera.”

Nihildrina studiò la donna con lo sguardo, uno sguardo abituato a ispezionare e analizzare ogni dettaglio del volto della gente e a riconoscerne motivazioni e intenzioni. Del resto, conosceva il generale ormai da due decenni e la conosceva bene; aveva già dato molte volte quella risposta nel corso degli anni. La giustificava con l’illogica equazione retrospettiva tra causa ed effetto: se l’effetto delle sue azioni era quello desiderato dalla regina, allora la causa doveva essere la sua fede nella missione. Nihildrina aveva sempre dubitato di quel nesso logico, ma non era mai riuscita a dimostrare la slealtà del generale. Naturalmente, sapeva che non appoggiava l'invasione del regno di Alvinoria, il più potente delle Terrae Regis, finalizzata esclusivamente all'acquisizione di maschi, da utilizzare principalmente per ringiovanire i propri sistemi creatici. Zenara Marikai ripugnava quest'idea, ancor più di quanto non la odiasse la regina.

"Molto bene. Come al solito, accetto la sua risposta. Se desidera ancora utilizzare i nostri uomini come fanteria, consiglierò alla Regina di condurre in Alvinoria una parte delle forze che aveva intenzione di portare con sé."

I lineamenti del generale non si addolcirono, ma riuscì a forzare un sorriso e uscì dall'ufficio della consigliera della regina, sbuffando e scuotendo la testa, mentre il suo sguardo si soffermava sulle eccentriche decorazioni alle pareti.

Quando la porta si chiuse alle spalle del generale, Nihildrina si diresse verso la veranda nel retro del suo ufficio. Il suo santuario — casa sua da quattrocento anni — si trovava alla periferia di Zeblinia. In piedi, davanti alla finestra, ammirava il paesaggio magnifico, e minaccioso. Zebulonia era una terra fredda per la maggior parte dell'anno. I venti soffiavano impetuosi e, quando risalivano le pendici del monte Sagr fino a toccare il cielo, provocavano nevicate interminabili. La civiltà zebuloniana avrebbe potuto lasciare che la natura la facesse da padrona e concentrare le proprie energie sul riscaldarsi e nutrirsi, ma non fu così. Invece, si era sviluppata, sotto l'attenta guida di Nihildrina, in una società potente e ingegnerizzata da ogni punto di vista: fisiologicamente, socialmente, civilmente. I pendii che si affacciavano sulla proprietà di Nihildrina scintillavano nel loro denso biancore, ma qui — all'interno e nei dintorni della capitale, che Nihildrina poteva osservare sulla destra — ce n'era ben poca di neve. In effetti, tutte le città principali di Zebulonia tenevano le strade, le piazze e le aree circostanti ben pulite, grazie all'azione di enormi pale spazzaneve imbracate sui varagoti. Inoltre, iutilizzavano il Legame per togliere la neve dai tetti che, per un motivo o per l'altro, erano piatti. L'effetto dovuto alla nebulizzazione di una tipologia particolare di alghe trasformava le strade, le vie e i cortili in tele illuminate da striature rosso-arancio che incantavano sempre i più giovani — e talvolta anche Nihildrina: questa pratica serviva a prevenire la formazione del ghiaccio. La maggior parte degli edifici sembravano giganteschi cilindri che fuoriuscivano dal terreno con un angolo di quarantacinque gradi e dei giganteschi pezzi di vetro costituivano la loro facciata settentrionale. Nihildrina sospirò quando il suo sguardo tornò a fissarsi sulle montagne innevate; la neve zebuloniana era molto diversa da quella grigiastra e piena di polvere che Nihildrina ricordava in altri luoghi e altri tempi, tant'è che spesso si chiedeva se quelle memorie fossero reali.

Voltando la testa verso la porta, il Chirurgo e l'Eterna Consigliera della Regina disse tra sé e sé: "Non è andata come volevo. Può essere che Zenara avrà un esercito di Alterintranti troppo consistente al suo ritorno, e non mi piace l'idea che la Generale faccia ritorno con un esercito vittorioso."

Nihildrina non temeva di essere spiata. Aveva protetto la sua dimora da vibrazioni indesiderate.

"Devo contattare Lusk per farmi aggiornare sui piani difensivi alvinoriani. Prima però devo incontrare Zebula e ricordarle che partirò oggi pomeriggio. Sarà piacevole trascorrere un po' di tempo in un clima più caldo, anche se non so quanto mi piacerà il rit— Argh! Non posso presentarmi davanti a Zebula e commettere ancora questi errori!"

L'atmosfera nell'ufficio della Magna Mater era a dir poco tesa. Larca stava riferendo della scomparsa di una terza Sorella nel giro di altrettanti quarti — tutte e tre appartenenti al suo Fasciato e impegnate in missioni di esplorazione in giro per il regno.

Krystiana disse: "E non hai idea di cosa sia successo? Le esploratrici non dovrebbero essere sempre connesse tra loro?"

La Praefecta Milites strinse i denti con rabbia: "Certo che sì, Mater. Se sono state uccise o rapite, i loro assassini o rapitori sapevano cosa stavano facendo e si sono assicurati di coglierle di sorpresa, in modo da non lasciare il tempo di reagire e trasmettere un messaggio."

"Perché supponi che siano state catturate o uccise? Non potrebbero essere state convertite e aver deciso di sconnettersi dal Legame deliberatamente per unirsi al nemico?"

La treccia a ventaglio di Larca si arruffò. Bilena, mossa dall'esigenza di colmare i decenni di diffidenza che le separavano, intervenne in favore della generale. Si schiarì la voce e disse: "Come sa, Mater, quando una Sorella si sconnette volontariamente da un'altra le opzioni sono due: o riceviamo un segnale o non riceviamo nulla. Nel caso di queste sparizioni, la loro ufficiale ha ricevuto una vibrazione che le ha pizzicato la corteccia telesensoriale, come se un elastico si fosse spezzato nel suo cervello. Questo mi fa pensare che le esploratrici non si siano scollegate volontariamente."

Krystiana fece un cenno di assenso, validando quel ragionamento.

Bilena aprì la mente a qualsiasi cosa potesse provenire da Larca e fu felice di intercettare una flebile vibrazione di gratitudine. Resistette alla tentazione di guardare oltre il suo lungo naso pargahni per rispondere alla trasmissione della generale. Si limitò a trasmetterle una vibrazione simile e lasciò che la sensazione di un possibile successo la rasserenasse.

Lo scambio non era passato inosservato a Krystiana che non sapeva ancora bene cosa pensare. Ad ogni modo archiviò il fatto per ricordarlo in seguito e disse: "Supponiamo che siano state catturate o... uccise, allora. Come volete reagire e come pensate di evitare altre perdite?"

"Ho già inviato delle squadre a perlustrare le zone in cui sono state localizzate l'ultima volta. Hanno l'ordine di tornare entro la fine del quarto, se non trovano nulla, o di attendere i rinforzi in loco, se invece scoprono qualcosa. Per quanto riguarda i piani per prevenire ulteriori sparizioni, stiamo ancora valutando come agire."

"D'altronde, così vanno le cose. Ti prego di tenermi aggiornata, Larca. È una notizia davvero inquietante, anche se sono ben consapevole di quanto sia rischioso fare esplorazione."

La generale annuì e Krystiana tornò a sedersi sulla sua morbida poltrona in foglie di lacora, con le mani incrociate, gli indici che toccavano le labbra e lo sguardo che si spostava per forzarsi a mettere da parte le preoccupazioni e affrontare l'argomento successivo.

Quando il suo sguardo si posò nuovamente sulle praefectae, disse: "Allora, che cosa abbiamo appreso dallo zebuloniano, Saara?"

La Praefecta Medicas si grattò istintivamente il collo e rispose: "Beh, probabilmente abbiamo già scoperto tutto il possibile da lui, Mater. E non è stato facile."

Krystiana sgranò gli occhi.

"Sono certa che abbia sentito parlare di questo suo modo di fare suadente, che trasforma in belatri le donne dal momento in cui posa gli occhi su di esse, popolane o Lux Baiulae che siano! Perciò, ho dovuto supervisionare la maggior parte delle sessioni di interrogatorio, e mi hanno... prosciugata, per non dire altro."

Krystiana disse: "Sì, ho saputo che sei l'unica in grado di resistere al suo fascino. Sei sicura che non costituisca un pericolo per noi? Sei sicura che la sua irresistibilità non sia indice del fatto che è un... un Temptator?"

Le praefectae si spaventarono dinanzi alle supposizioni della Magna Mater. Credeva davvero che potessero aver lasciato libero accesso al Sanctum a un seguace dell'Oscuro?

Bilena prese la parola e disse: "Mater, questo è un problema — un rischio, in effetti — che ci ha preoccupato fin dall'inizio. Tuttavia, non ci sono elementi che ci fanno pensare che lui possa essere qualcos'altro rispetto a ciò che dice di essere, cioè un Guaritore."

Krystiana si rivolse a Saara per chiedere conferma.

Con una voce ancor più roca del solito, Saara disse: "Sono d'accordo con Bilena, Magna Mater. Posso solo supporre che le strane vibrazioni stupefacenti che riceviamo da lui siano dovute al fatto che è zebuloniano."

Krystiana disse: "Le ragazze sono zebuloniane. Non ricevete da loro le stesse vibrazioni ambigue?"

Le donne reagirono mostrando incertezza.

"Come fate a non sapere se ricevete vibrazioni simili dalle ragazze?"

Bilena si schiarì la voce e disse: "Sono simili per molti aspetti e differenti per altri. È possibile che i maschi zebuloniani abbiano vibrazioni diverse dalle loro controparti femminili. In effetti, abbiamo appurato che ospitano flore microbiche diverse in base al sesso, che sono totalmente diverse dalla nostra."

Con un sospiro, Krystiana disse: "Bene, dunque cosa abbiamo appreso da lui che possa tornarci utile?"

Saara contrasse le labbra, non sapendo da dove cominciare: "Tanto, ma anche poco. Voglio dire che abbiamo imparato molto sulla loro fisiologia e sui modi in cui accedono al Legame e lo sfruttano; abbiamo appreso che sono quasi incolumi alle malattie, a meno che la loro pelle non venga lesionata. A quanto pare è l'unico modo in cui i microbi o i parassiti possono infettarli. Inoltre, abbiamo confermato che l'organismo dei loro Alterintranti ospita una quantità di M. fulgur sei volte superiore rispetto a noi. Ipoteticamente, sono molto più potenti nel generare vincoli di fuoco."

"C'è altro?"

Saara e Bilena scossero la testa.

Con un tono sinceramente inasprito, la Magna Mater disse: "In sintesi, quindi, sappiamo che le Janarae potrebbero essere più potenti di noi e che la loro fisiologia potrebbe dare loro una resistenza tale da superarci in una battaglia prolungata." Il cipiglio di Krystiana fece quasi breccia nella rigidità delle sue praefectae. Poi continuò: "D'altro canto, abbiamo scoperto che dovremo lesionare la loro pelle per renderli suscettibili alla vitacsi. Non è troppo incoraggiante. Anzi, piuttosto deludente, direi."

Le praefectae mostrarono un profondo disagio attraverso i movimenti delle loro labbra, la torsione del capo e l'inutile correzione delle loro posizioni a sedere. Nessuna delle altre due intervenne e Krystiana chiese: "Qualche suggerimento su come prepararci, vista l'insufficienza di informazioni che abbiamo ottenuto dal nostro ospite zebuloniano?"

Larca colse l'occasione per esprimere il suo pensiero sulla questione e disse: "Sa perché non abbiamo ancora imparato a combattere gli zebuloniani, Magna Mater? Glielo dico io perché. È perché non abbiamo mai fatto confrontare le nostre Sorelle con nessuno di loro. Eppure, è l'unico modo a nostra disposizione per sapere come porci, come calibrare e affinare le nostre capacità.”

“Stai proponendo un attacco? O forse stai suggerendo che le nostre Sorelle mettano alla prova le loro capacità contro Lusk Methrim, un Guaritore?”

“Propongo di affrontare le Janarae; di affrontarle in una situazione controllata, che ci dia la possibilità di scoprire le informazioni di cui abbiamo bisogno prima di ingaggiarle apertamente in guerra.”

Le altre praefectae si spaventarono, ma la Magna Mater si sedette e sfregò le mani tenendo la testa inclinata verso il basso, mentre considerava la proposta.

“Larca, continua a esporre la tua idea, per favore.”

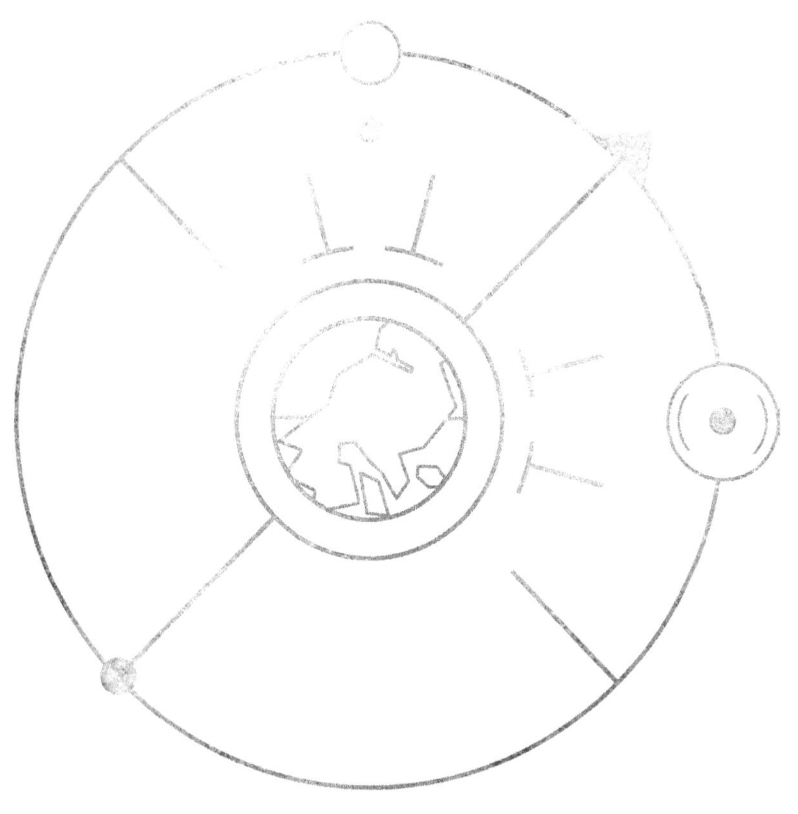

I. Responsabilità

Ascoltando la leader della propria Assemblea e provando meno tensione di quanto si aspettasse nel momento in era entrata nell'ufficio della donna — ma pur sempre tesa — Elyana faceva del suo meglio per analizzare le parole pronunciate e il loro significato, cercando di capire quale sarebbe stata la severità della sua eventuale punizione per aver fermato l'assassino alla fiera in quel modo.

"La verità, Elyana, è che non ti si può rimproverare di possedere un'abilità che è proibito insegnare e apprendere. Se guardassi sotto i nostri tappeti, non mi stupirebbe scoprire che molte altre di noi possiedono competenze che non sono viste di buon occhio. E sebbene Larca voglia punire le Sorelle in possesso di abilità non autorizzate, l'unica cosa giusta è punire la gente in base all'uso che ne fa, e tu hai usato la tecnica di... di violazione mentale in difesa di qualcuno, e per giunta, non era una persona qualsiasi."

L'unica reazione di Elyana all'esitazione della sua leader fu un lieve movimento del labbro.

Ramela, anch'essa un'eccezionale Sensore, colse facilmente il segnale involontario della sua accolita. Disse: "La mia esitazione non era dovuta alla natura aggressiva di ciò che hai fatto, ma semplicemente al fatto che il termine con cui lo definiamo implica un'azione terribile, orrenda." Di nuovo, il labbro di Elyana si mosse impercettibilmente. "Io, di mio, non lo considero necessariamente sbagliato, ma senz'altro era ed è tutt'ora un atto proibito."

La speranza di Elyana, che stava lentamente germogliando, appassì in un batter d'occhio.

Ramela si strofinò per un attimo il lobo destro, valutando le sue prossime parole. Alzando la testa, chiese: "Se fossi al mio posto, Elyana, e fossi io a venire da te dopo aver fatto quello che hai fatto, cosa mi consiglieresti? Hai ricordi di altre Sorelle che possano aiutarci a capire?"

L'apertura della superiore colse Elyana di sorpresa. Fece diversi movimenti interrotti, mentre Ramela la scrutava con uno sguardo freddo ma pieno di aspettativa, finché non rispose con un'insolita ansia: "Suppongo che dovrei seguire il consiglio di Procta Lux Baiula e indicarti che dovresti riconoscere l'illegalità del tuo atto ed essere disposta ad accettarne le conseguenze. Tuttavia, dovresti anche richiedere che la legge venga rivista in base alle circostanze mutate, in modo che, se altre Sorelle dovessero trovarsi di fronte alla necessità di usare certe abilità, possano farlo... entro i confini di una nuova legge."

La Praefecta Consuasores spalancò gli occhi e poi annuì, avendo avuto conferma di ciò che sospettava: "Procta Lux Baiula. Ricordo di averne sentito parlare. Fu coinvolta in quelli che sono noti come i Giorni del decorso, durante la Guerra Trioniana."

Elyana annuì.

"Sei dunque pronta a sostenere questa posizione?"

Dopo una breve esitazione, Elyana fece un cenno ambiguo con la testa.

"Sì e no?"

"Credo che Procta abbia... avesse ragione — mi scuso, non mi sono mai abituata a parlare delle donne di cui porto la memoria — ma non assumerò questa posizione senza il tuo appoggio, perché non vorrei minare la tua autorità."

Ramela sbuffò dolcemente, mentre un piccolo sorriso le distendeva le labbra. Poi, disse: "Non è questo il consiglio che ti avrei dato, Elyana, benché ne comprenda la saggezza. A volte mi chiedo se la mia *memoria semplice* non mi renda meno adatta a ricoprire questo ruolo. Tutte le altre Praefectae ospitano almeno una memoria trasferita; io non ho nessuno da cui attingere per valutare e risolvere i problemi che si presentano."

Elyana sollevò la testa, stupita.

"Ad ogni modo, sono d'accordo con Pro... con il tuo consiglio." Ramela fece una pausa inclinando la bocca in un modo particolare: "Capisco cosa intendi, quando dici che è strano fare riferimento a memorie trasferite."

Elyana annuì: "Ne parliamo raramente. Al massimo si discutono i ricordi di per sé."

"Comunque, stavo dicendo che sono d'accordo con questo consiglio e ti sosterrò, se questa è la posizione che intendi assumere al cospetto dell'Assemblea della Luce."

Elyana chiuse gli occhi e, quando li riaprì, un'espressione di speranza e di gratitudine le dipinse il volto. "Grazie, Praefecta."

Con un sorriso benevolo, Ramela disse: "Il fatto è che sei una delle persone più rispettate dell'Ordine, Elyana, e questo dovrebbe concederti una presunzione di innocenza. Eppure, persino noi, Lux Baiulae, siamo condizionabili da azioni apparentemente orribili o riprovevoli, che offuscano il nostro giudizio e ci *rendono* prevenute. Quando ciò accade, la reputazione di una persona non conta quasi più nulla. Ma io non dimentico chi sei veramente, e neanche Krystiana l'ha dimenticato. E credo che con la nostra garanzia, c'è una buona possibilità che l'Assemblea si esprima in tuo favore."

Elyana accolse le parole prudenti ma incoraggianti della sua leader, poi mise le mani conserte, mostrando un certo disagio. Una piega corrucciò la fronte di Ramela ed Elyana chiese: "Praefecta. La preoccupazione che hai manifestato prima... riguardo alla tua guid—"

Una Barriera irruppe nell'ufficio della Praefecta, con un volto duro che mostrava il segno di un'enorme sofferenza. A denti stretti e, con un rapido cenno di rispetto per la leader del Fasciato Viola e un saluto forzato all'ospite, disse: "Praefecta, Manu Dextra, siete tenute a recarvi immediatamente dalla Magna Mater nel laboratorio acustico."

Ramela chiese: "Perché? Che succede?"

"Mi dispiace, Praefecta, non posso dire nulla. Dovete venire subito."

Ramela si voltò verso Elyana con un'espressione di timore. Fece un respiro profondo, si alzò e, seguita a sua volta da Elyana, seguì la Barriera.

II.   Necessità di nuovi metodi

Una mite voce maschile pose una domanda a Ylana Marin Dar'Muntake: "Suprema Sacerdotessa, ha considerato che i futuri conflitti necessitano di un maggior numero di animali addestrati?"

Ylana, sempre cauta, rispose: "Ci ho pensato, ma non ho ancora preso una decisione, Sacerdote Addestratore Morek. Dove potremmo procurarci gli animali in più che ci servono?"

Con evidente imbarazzo, Morek, un uomo di mezza età, rispose: "Dovremmo procurarceli in natura, Sacerdotessa Suprema. E sarà difficile, a seconda di quanto si diffonderà il conflitto. Solo per quanto riguarda le cimici, potremmo aver bisogno di un migliaio o più di esemplari di diverse sottospecie di lincot, così che le sacerdotesse inseguitrici possano sempre distinguerli dalle popolazioni locali."

"In ogni caso, ripeto che non sono sicura di voler appoggiare la diffusione di un tale sistema, Sacerdote Addestratore. Cosa ne faremmo degli animali in seguito al termine delle ostilità?"

Mostrandosi terribilmente a disagio all'idea di dover costringere in cattività tutti quegli animali selvatici, ma non vedendo altra soluzione, Morek disse: "Beh... Francamente non saprei, Sacerdotessa Suprema. A meno che la Kynaria non riesca in qualche modo a tenersi fuori dal conflitto, questo sarà un prezzo da pagare."

Ylana sbuffò rumorosamente e replicò: "Innanzitutto, Sacerdote Addestratore, non possiamo far pagare alla natura il *prezzo* dei nostri conflitti. D'altro canto, non sarà possibile non essere coinvolti almeno in parte in questa vicenda; dovremo trovare dei modi per sostenere Octavius. La fornitura di animali addestrati è uno di questi modi. Tuttavia, preferirei che trovassimo una tecnica per connetterci *direttamente* agli animali selvatici autoctoni e tenerne traccia. Vorrei anche che trovassi un metodo per addestrare altre Lux Baiulae, proprio come hai fatto con Marena, in modo da non dover coinvolgere direttamente i nostri chierici nella loro guerra." Quando Morek iniziò a obiettare, Ylana alzò una mano e aggiunse: "So che non è facile, e ricordo quello che ho detto al ballo, ma è possibile. Questo dev'essere il nostro maggiore contributo alla guerra."

Il chierico si mosse a disagio sulla poltrona: "Capisco, Sacerdotessa Suprema. Ma lei sa che sono anni che cerchiamo di trovare un modo per entrare in connessione con gli animali selvatici e seguirli direttamente, senza successo... E per quanto riguarda l'addestramento di più Lux Baiulae, sa che ci sono voluti anni per insegnare le nostre tecniche a Marena. Inoltre, non so come potremmo testare la sicurezza e l'efficacia della connessione di un sacerdote o di una sacerdotessa con un animale selvatico, se non limitando l'esaminazione a un ambiente ristretto, in cui l'animale è sempre visibile."

“Morek! Anziché spiegarmi perché è impossibile, per favore, va’ in ufficio e torna da me quando avrai trovato una soluzione a entrambi i problemi.”

III.   Una potenziale soluzione

“Aria, hai sentito cosa ha chiesto la Suprema Sacerdotessa all’addestratore Morek?”

“Sì, ho sentito.”

“Aria, devi riferire a loro del metodo che hai messo a punto.”

“Cosa?!”

“Potrebbe essere proprio quello di cui hanno bisogno per risolvere il problema.”

“Stai scherzando. Perché dovrebbero badare a me, una neo senior? La mia tecnica non è stata nemmeno testata.”

“Io credo che invece ti ascolteranno, Aria. Lo faranno!”

“Prima mi dici che non vuoi impararla neanche tu perché è proibita, e ora vuoi che vada a raccontare a tutti che ho sviluppato una nuova tecnica al di fuori delle lezioni?”

Carasina fece cenno di sì: “La situazione è diversa ora. La guerra è vicina.”

Aria intrecciò le dita nervosamente.

“Aria, se non vuoi parlare di persona con la direzione, forse puoi raccontarlo a tua zia. Lei può parlare in tua vece e prepararli a riceverti.”

Aria sembrava incerta ed era infastidita dall’insistenza dell’amica.

“Aria, lo sai che tua zia ti ascolterà e dopo aver superato il fatto che, per l’ennesima volta, hai ignorato le regole; ti aiuterà.”

La mezzosangue rispose sospirando: “Va bene. Stasera le spiegherò la tecnica. Ma vorrei che venissi anche tu.”

“Perché? Quanto può arrabbiarsi?”

Aria alzò le spalle in modo impacciato.

"D'accordo."

Eppure, Aria non sembrò riconoscente. Al contrario, la sua espressione sembrò ancora più infastidita.

"Cos'hai, Aria? C'è altro che non va?"

Dopo un attimo di esitazione, la principessa aggiunse: "Beh, la mia tecnica a volte causa dolore agli animali."

Gli occhi di Carasina si spalancarono in seguito a un'epifania: "Quindi sei tu il motivo per cui Brutus aveva gli spasmi?"

Aria annuì.

"Sono sicura che c'è un modo per regolare la connessione, in modo che non soffra. E magari il problema è solo di Brutus, perché abbiamo lavorato tanto su di lui."

"No, è successo anche ai volatili che fanno il nido sull'albero fuori dalla Casa del Discepolo."

Carasina cercò di incoraggiare l'amica con delle osservazioni ottimistiche sul fatto che, forse, bastava calibrare l'intensità della connessione, ma Aria si limitò a rispondere con un "può essere" sconfortato.

Quando, dopo un attimo di silenzio, un cipiglio consapevole aggrottò la fronte della ragazza dagli occhi chiari, Aria chiese: "Che c'è?"

"È proprio per questo che non ci è permesso provare a fare esperimenti da sole."

Aria strizzò le palpebre, confusa: "Non dicevi fino a un attimo fa che posso salvare la situazione grazie alle abilità illecite che sto sviluppando?"

"Sì, l'ho detto. Mi limito a constatare la realtà dei fatti. Comunque, ci sarò quando ne parlerai con tua zia. Glielo dirai, vero?"

Aria sospirò e ringraziò l'amica, sebbene dubitasse che le cose sarebbero andate per il meglio, come immaginava Carasina.

IV. Allarme

Elyana e Ramela arrivarono nel laboratorio acustico, dove trovarono le altre tre Praefectae, la Magna Mater, Kelysia e la Seconda Barriera.

Saara Lux Baiula stava sondando il corpo rigido di Gina, digrignando i denti e rantolando incredula. Larca e Bilena erano accanto a Krystiana e guardavano costernate la Sorella morta, mentre Kelysia se ne stava seduta con il viso tra le mani e Sasha, la Seconda Barriera, osservava la scena in piedi, con uno sguardo truce e penetrante.

La pallida carnagione amaloriana di Bilena aveva assunto un aspetto spettrale e la sua voce affranta quasi tradì la rigida formazione dell'Ordine, quando disse: "Chi può aver fatto una cosa del genere? A *lei*, per giunta?"

La Magna Mater rispose, il più stentoreamente possibile: "Non lo so, Bilena. Ma ora dobbiamo eseguire il trasferimento di memoria, non indugiamo oltre. Se siamo fortunate, la ricevente scoprirà il colpevole."

Con la sua tipica voce rauca, inasprita dalle circostanze, la Praefecta Medicas disse: "Non credo che apprenderemo nulla dalla ricevente, Mater. Se l'assassino è una di noi, avrà cancellato quei ricordi."

La Praefecta Milites disse: "Potrebbe essere stato uno dei nostri ospiti! Come può essere una di noi? Ognuna di noi ha giurato di proteggere la Sorellanza."

Elyana intervenne cautamente, dato che nessuno aveva ancora notato la sua presenza e quella di Ramela: "Non penso sia stato un ospite; penso sia stata una di noi."

Bilena, Larca e la Seconda Barriera si voltarono lanciando sguardi poco accoglienti o decisamente gelidi nei confronti di Elyana e tentennarono nel salutare Ramela.

Larca inspirò rumorosamente, stizzita. Espirando sibilò: "Mater, non ritengo che Elyana dovrebbe trovarsi qui ora."

"È ancora la Manu Dextra, Larca, e finché lo sarà avrà il diritto di assistermi, ovunque io sia."

Capendo che Larca stava per obiettare, Saara intervenne e disse: "Ha ragione, Larca. E si dà il caso che io sia anche d'accordo con Elyana."

La Praefecta Milites sbuffò sardonicamente, poi si girò verso Kelysia per interrogarla, cercando di assumere il controllo sulla procedura. Disse: "Cosa ricordi di ieri sera, Kelysia? Quando hai lasciato sola Gina? Dove sei andata? Chi hai incontrato e per fare cosa?"

Kelysia scosse la testa sconsolata: "Non lo so, Praefecta. Non ricordo nulla dopo aver lasciato Gina."

"Ma ricordi di essere andata via; perché?"

"Io... non ricordo. Credo di... di non ricordare."

"Perché tu sei ancora viva e lei è morta?"

La compostezza di Kelysia, a lungo esercitata e temprata, si dissolse completamente in seguito a quella domanda crudele e lei cedette, incapace di trattenere un singhiozzo che le uscì dalla gola contratta.

Bilena, inorridita da quella scena, cercò di difendere la sua accolita, ma Larca respinse le sue argomentazioni.

Krystiana, doppiamente inorridita, si chiese se questa nuova battaglia con l'Oscuro avrebbe distrutto la Sorellanza. Sentì la necessità di toccare le sfere rotanti che teneva sulla sua scrivania e consultare il sapere delle passate Magnae Matres. Magari più tardi. A quel punto, si sfregò la fronte con aria frustrata, lanciò uno sguardo furioso a Larca e disse, rivolgendosi a tutte le presenti: "Ora basta! Questo atteggiamento non è decoroso e non è degno di noi."

La sua reazione le spiazzò, Elyana in particolare, che non aveva mai sentito Krystiana parlare con tanta durezza.

Krystiana continuò: "L'assassino è qui e credo proprio che sia una di noi. E poiché nessuna di noi avrebbe fatto una cosa del genere nel pieno delle sue facoltà mentali, chiunque sia la colpevole, è stata convertita o, quantomeno, è sotto l'influenza di un Tentatore."

Espressioni di orrore segnarono i volti delle Sorelle, e ognuna reagì con le proprie idiosincrasie al pensiero che una di loro fosse l'assassina.

Alla fine, Ramela disse: "Io spero non sia così, Mater." Poi, rivolgendosi a Saara ed Elyana, chiese: "Perché pensate che sia stata una di noi?"

La donna più anziana rispose con un cenno verso il banco di lavoro: "Il dispositivo che dovrebbe trovarsi accanto al mattone è scomparso e nessuno, a parte la Sorellanza, ne conosceva l'esistenza."

Elyana aggiunse: "Inoltre, Gina è stata uccisa con l'uso del Legame."

La Seconda Barriera Sasha disse: "Allora potrebbe anche essere stato lo zebuloniano, Lusk Methrim. È un Alterintrante ed è qui da abbastanza tempo per essere venuto al corrente dell'esperimento."

Bilena disse: "No, lo abbiamo sondato e sottoposto a ripetuti test da quando Elyana lo ha condotto qui, e non abbiamo mai trovato in lui alcuna vibrazione indicativa del fatto che sia uno di loro. L'abbiamo sondato proprio ieri per l'ennesima volta."

La Seconda Barriera borbottò qualche incomprensibile commento di dissenso, poi sbottò: "Beh, o avete commesso un errore, o è davvero una di noi." Nessuna notò il disagio di Saara.

Krystiana fece un cenno riluttante e, rivolgendosi a Bilena e Saara, disse: "Praefectae, so che non siamo ancora in grado di individuare con precisione i Temptatori e i convertiti, o persuasi, o come li volete chiamare... ma dovete eseguire il test su di noi, qui, ora. Per prima cosa, sonderete voi stesse." Rivolgendosi a Sasha, disse: "Seconda Barriera! Per favore, porta qui Kita; è appena arrivata da Pargah, dunque non può essere lei l'assassina; può monitorare le vibrazioni delle Praefectae alla ricerca di segni di violenza mentre si testano a vicenda. Quando avremo appurato — per quanto imperfetti siano i nostri metodi — che siete lucide, voi esaminerete anche noialtre."

Degli eventuali spettatori nonsensanti avrebbero potuto interpretare la rigidità delle donne, come un segno della loro natura fredda e disumana, ma delle iniziate avrebbero potuto riconoscere i segni tangibili di sgomento e costernazione che gelavano le loro labbra, le loro mani e ogni altro muscolo del loro corpo.

Incapace di sopportare oltre quel silenzio, Larca disse con un fremito indignato: "Pensa davvero che una di noi qui possa essere la traditrice?"

Krystiana espirò dolcemente e rispose: "No, ma una persona convertita non è necessariamente consapevole delle sue azioni, come Saara ha già spiegato più volte."

Larca obiettò: "Mater, ieri sera stavo con le mie ufficiali. Ed è possibile che altre di noi abbiano un alibi. Non voglio essere sottoposta a una procedura non collaudata."

Saara rispose per la Magna Mater, dicendo: "Larca, dato che chi è stato convertito può trovare facile mentire e — se si tratta di un Alterintante — stupefare chi gli sta intorno in modo che non si ricordi determinati eventi, sono d'accordo con Krystiana: dobbiamo sottoporci al test, tutte quante."

"Sei d'accordo? Strano, stasera non sai fare altro che essere d'accordo!"

Krystiana lanciò uno sguardo di avvertimento alla generale, che si voltò un momento verso il muro per calmarsi.

La Praefecta Consuasores ne approfittò per chiedere: "Saara, Bilena, anche se non condivido la logica dell'obiezione di Larca, anch'io ho dei dubbi sull'affidabilità di questo metodo sperimentale."

Anche se Larca non apprezzò il commento della collega, accolse il suo scetticismo e annuì riconoscente, sorprendendo Ramela.

Esitando un po', la Praefecta Philosophas rispose: "Chi ha ricevuto l'addestramento è in grado di identificare gli individui persuasi, nell'ottanta per cento dei casi."

Allarmata, Larca chiese: "Intendi dire che nel venti per cento dei casi si giudica convertito anche chi non lo è, o che non si riesce a individuare chi effettivamente è stato convertito?"

"Fortunatamente, non la prima. Abbiamo dei falsi negativi."

Ramela si affrettò a prendere parola prima che Larca riprendesse il sopravvento sulla conversazione: "Quindi, può anche darsi che non troveremo l'assassina"

Saara e Bilena fecero cenno che era proprio così, la prima in maniera più equanime della seconda.

Eppure, Larca non aveva intenzione di quietarsi, e proprio quando le sue labbra iniziarono ad aprirsi per intervenire, Krystiana la anticipò: "Data la natura delle persone convertite, inizieremo da qui, Larca, per quanto il metodo non sia del tutto efficace."

A quel punto, Ramela sollevò un'altra obiezione: "Mater, come può essere stata convertita una di noi cinque? Non lasciamo quasi mai Urbs Lucis."

Saara disse: "In realtà è successo anche alla tua predecessora, Ulota Lux Baiula, durante la Battaglia Oscura. Purtroppo, non sappiamo come sia stata persuasa, ma può accadere." Saara rivolse uno sguardo di sfida a Larca prima di concludere la sua digressione. Capendo dalla postura della donna che per una volta avrebbe taciuto, disse: "Krystiana ha ragione, dobbiamo adottare questo approccio."

Alla fine, per sollievo di Krystiana, fecero tutte un cenno di assenso e la Magna Mater disse: "Bilena, non appena saremo state tutte sondate, eseguirai tu il trasferimento di memoria. Chi è la prossima nella lista delle riceventi?"

Bilena strizzò le palpebre e disse: "In verità, è proprio Kita, Mater."

"È una coincidenza sorprendente. Comunque, supponendo che l'assassina non sia una tra noi otto, eseguiremo il trasferimento e poi..."

Krystiana fece una pausa prima di concludere: "Poi blinderemo il Sancta Sanctorum. Non si potrà più entrare né uscire, almeno finché non avremo testato tutti quanti, Sorelle e ospiti. Sasha, se passerai il test...", queste parole distorsero il volto della Barriera in un bieco cipiglio, che la Magna Mater respinse sommessamente: "...sigillerai personalmente tutte le porte e ti occuperai di sorvegliarle finché un'altra Barriera non ti darà il cambio."

Saara scosse la testa, mostrandosi in disaccordo. Krystiana lo notò: "Hai qualcosa da obiettare?"

"No. È solo che i test dureranno un'eternità, Mater. Se l'assassino non viene svelato al più presto, potrebbe benissimo compiere qualche altra azione scellerata prima di essere individuato."

Elyana si intromise e parlò, guardando Krystiana per ottenerne il consenso: "Daremo l'allarme e confineremo tutti nei propri alloggi. Ogni Sorella che passa il test avrà l'ordine di esaminare altre persone."

Larca lanciò un'occhiata truce alla Fascia Viola, poi disse: "Sei impazzita? Dare l'allarme?"

Krystiana rispose al posto di Elyana: "No, non è pazza, Larca. È esattamente quello che faremo."

"Ora, Barriera, vai da Kita e torna subito qui con lei." Mentre Sasha stava per eseguire gli ordini, Krystiana alzò la mano e chiese a Elyana di unirsi alla Barriera, nel caso in cui fosse proprio Sasha la colpevole.

Mentre le altre se ne stavano andando, Bilena aggiunse: "Mater, lei sa bene che questa storia — il fatto che siamo tutte sospettate — ci sconvolgerà tutte nel profondo."

"Meglio così, perché se non troveremo il volto dell'assassina nei ricordi di Gina, forse potremo svelarlo alla vecchia maniera: cogliendo un'espressione indictrice, per quanto possa essere inflessibile una Lux Baiula."

Quando Sasha ed Elyana tornarono, insieme a Kita Lux Baiula, trovarono le altre prese a rimuginare o a meditare. Tutte, tranne Krystiana, mostravano il loro nervosismo, attraverso i movimenti delle labbra, degli occhi o delle mani.

La Magna Mater, che stava studiando il volto della defunta, si voltò e disse alla Fascia Gialla, una donna magra, bionda, lentigginosa e di mezza età: "Kita, ti ho fatta chiamare perché una di noi è stata assassinata, e un'altra..." e guardò Kelysia "...è stata resa incosciente durante l'omicidio." Kita dovette trattenere le proprie emozioni nell'udire quella notizia.

"Devi sondare le vibrazioni delle Praefectae Saara e Bilena alla ricerca di tracce di violenza o falsità, mentre si sottopongono l'una all'altra al nuovo... test per esaminare i convertiti. Se passeranno il vaglio, ti sonderanno... So che sei appena arrivata e che non puoi essere sospettata, ma chiunque in tutto il regno potrebbe essere stato persuaso. Comunque, se vieni abilitata, riceverai i ricordi di Gina. Dovrai elaborarli immediatamente; so che non è la procedura abituale, ma dobbiamo sapere se l'identità dell'assassino si trova ancora lì, dato che i nostri test potrebbero non bastare a smascherare il colpevole."

Fu con un misto di incredulità e riluttanza che Kita Lux Baiula accettò l'incarico. Non solo non riusciva a credere che una di loro potesse essere l'assassina, sondare le vibrazioni delle Praefectae la metteva estremamente a disagio... Erano pur sempre le Praefectae! Era quasi peggio di dover mettere le mani su un re, una regina o un qualsiasi altro leader. Il pensiero di ricevere i ricordi di Gina, invece, la rattristava profondamente. Del resto, Gina era sempre stata una persona gentile, rispettosa e gioiosa, perché qualcuno avrebbe voluto ucciderla? E sebbene volesse scoprire il colpevole, sapeva che quel ricordo — ammesso che ci fosse ancora — sarebbe stato raccapricciante e terribile.

Trascorsero dieci minuti di intensa e snervante ispezione, prima che Saara e Bilena si dichiarassero non persuase a vicenda, per poi abilitare Kita. Con grande sollievo ripresero tutte fiato, tranne Saara, Krystiana ed Elyana, consapevoli che quel test non provava nulla ed era solo un indizio di innocenza. Larca notò le loro riserve e si lamentò, chiedendo come avrebbero potuto fidarsi l'una dell'altra, se comunque rimaneva quel dubbio.

"Dovremo essere vigili, Larca. Ma dobbiamo anche rimanere razionali, soprattuto ora che saremeo costrette a osservarci in cerca di segnali di conversione, altrimenti finiremo per autodistruggerci. La razionalità è ciò per cui siamo rinomate, dopotutto."

Quando Larca terminò di imprecare, Krystiana aggiunse: "Tu e Sasha siete le prossime, Larca. Poi le altre e, infine, io."

Dopo una lunga e intensa mezz'ora, tutte le donne presenti nel laboratorio acustico erano state provvisoriamente esentate dai sospetti.

Krystiana si rivolse a Sasha e le ripeté gli ordini, dopodiché la donna uscì a dare l'allarme e a sigillare il Sanctum. Otto paia di occhi inquieti, anche se per ragioni diverse, seguirono la sua uscita dalla stanza.

Bilena chiamò a sé Kita e le ordinò di distaccarsi da tutti gli stimoli esterni e di entrare nel Legame. Bilena fece lo stesso e diede inizio al trasferimento della memoria.

Elyana si rivolse a Krystiana e disse: "Mater, penso che sarebbe opportuno nascondere Kelysia e non rivelare che l'abbiamo trovata incosciente."

"Pensi che questo possa contribuire a smascherare l'assassino?"

Elyana annuì.

"Molto bene. Kelysia, hai sentito il suggerimento di Elyana?"

"Sì, Mater."

"Aspetta qui. Manderò qualcuno a condurti in una camera nelle segrete."

Senza altri indugi e con passo teso e riluttante, Krystiana uscì con le altre per andare a comunicare alla gente ciò che stava accadendo.

L'allarme venne lanciato un minuto dopo, mediante un suono assordante e stridente, emesso da un corno vincolato. Il suono colpì il cuore di ogni donna e uomo all'interno del

Sancta Sanctorum. Chi insegnava e chi imparava, chi leggeva e chi scriveva, chi parlava e chi ascoltava, così come chi stava curando i feriti o i malati — tutti cessarono la propria attività, tranne gli incoscienti. Passato il primo momento di paralisi, alcuni si precipitarono alle finestre, altri lasciarono tutto lì com'era e si diressero verso la piazza, altri ancora imprecarono e ignorarono l'emergenza per completare una procedura di guarigione o di sperimentazione.

Era una fortuna che le Lux Baiulae avessero un controllo eccezionale delle loro emozioni e reazioni, o Tiana Lux Baiula avrebbe potuto causare una pericolosa fuoriuscita di sostanze tossiche dal fegato del suo paziente. Tuttavia, non tutte avevano già acquisito abbastanza autocontrollo e, a una junior che stava imparando a evocare spirali infuocate, esplose in faccia la materia raccolta per generare il vincolo, bruciandole i capelli.

I volti di coloro che si erano riuniti nel cortile erano dipinti da varie domande. Alcuni si guardarono a vicenda, chiedendosi se qualcuno sapesse qualcosa. Altri se ne starono zitti in preda all'ansia, soprattutto i non iniziati. I pochi uomini presenti nel cortile spiccavano, come sporcizia che si deposita sopra la candida crisalide di un muggitore, specialmente Lusk, circondato da quattro juniores nei loro abiti color crema. Le Barriere si ergevano rigide. Circoscrivevano la folla, accrescendone l'inquietudine, ulteriormente aggravata dalla brusca cessazione dei canti delle Voces Lucianis per consentire a Krystiana di diffondere il suo messaggio.

La Magna Mater e il suo Consiglio osservavano i presenti dall'alto della scalinata del palazzo.

Krystiana richiamò l'attenzione di Elyana muovendo il dito indice e le trasmise un pensiero: *"E se una di quelle Barriere fosse l'assassina?"*

Krystiana fece un piccolo cenno con la testa, che Larca notò. La Praefecta Milites sospettò che la Magna Mater stesse confabulando qualcosa con la Manu Dextra e si preoccupò. Eppure, cosa poteva farci? Si voltò e scrutò la folla, soffermandosi sulle sue Barriere con un sentimento conflittuale.

Krystiana bisbigliò a Larca: "Hai mandato le Barriere a perlustrare tutti gli edifici? La Facoltà di Medicina in particolare, nel caso in cui ci siano persone impossibilitate a raggiungere la piazza?"

Rispondendo in modo un po' gelido, la generale disse: "L'ho fatto, Mater."

Krystiana fece un respiro profondo e distensivo, e si preparò a fare l'annuncio. Nel frattempo, una giovane che vestiva la fascia gialla le porse un comunicatore generalizzato, in modo che tutti potessero sentirla parlare, sia in piazza che al chiuso.

Senza preamboli, Krystiana affermò: "Il Sancta Sanctorum è in stato di allerta, perché ieri sera c'è stato un omicidio."

Prima che la Magna Mater potesse aggiungere altro, un sussulto ininterrotto e un'ondata di teste che si giravano prima da una parte e poi dall'altra, in cerca di conferme su ciò che avevano appena udito, pervase la piazza. All'interno degli edifici, la voce di Krystiana paralizzò tutti quanti, anche le mediche, che imprecarono un'altra volta. La piazza chiedeva a gran voce di sapere chi fosse stato ucciso. La risposta destabilizzò la gente; alcune donne si coprirono il volto, mentre altre distolsero semplicemente lo sguardo per nascondere le proprie reazioni.

Quando tornò la calma, la Magna Mater deglutì prima di fare la sua prossima dichiarazione. Mentre si apprestava a parlare, si chiese se chi aveva coperto quel ruolo prima di lei avesse mai dovuto fare una simile scelta e, proprio in quel momento, una di loro le parlò e l'avvertì di stare in guardia. *Attenta? Attenta a cosa...*

Un sibilo interruppe Krystiana proprio in quel momento. Elyana disse: "Mater, stanno aspettando le sue parole."

A quel punto, la Magna Mater rispose con un insolito gemito di rabbia e le Praefectae si voltarono verso di lei preoccupate.

Dopo essersi rimproverata per la reazione, Krystiana si avvicinò al comunicatore generalizzato e continuò il discorso: il Sancta Sanctorum fu ufficialmente sigillato e ognuno avrebbe dovuto recarsi nel proprio alloggio per il resto della giornata, finché non sarebbe stato convocato per il test.

Lo scompiglio che attraversò la piazza, questa volta assomigliò alla marea che ogni giorno gonfiava e sgonfiava il fiume Argon.

Elyana deglutì di riflesso e strinse i pugni; in effetti, avvertendo tutti che sarebbero stati sondati, Krystiana aveva avvertito anche l'assassina o l'assassino, il quale avrebbe potuto prepararsi al test schermando i propri pensieri. Sperò con tutto il cuore che il colpevole non fosse Lusk o non se lo sarebbe mai potuto perdonare. Eppure, troppi elementi lo rendevano sospetto, sebbene ce ne fossero altrettanti a indicare che lo zebuloniano fosse chi diceva di essere. Doveva trovare un modo per bucare il velo che lo ricopriva, ammesso che nascondesse qualcosa.

"Per favore, andate subito nelle vostre stanze e aspettate di essere convocate."

Rivolgendosi a Larca, Krystiana disse: "Generale, fai esaminare prima le tue sottoposte. Vorrei evitare che l'assassino sia tra coloro che custodiscono il Sanctum."

Il volto di Larca stava per deformarsi in un broncio indignato, ma lo sguardo della Magna Mater non lasciava presagire nulla di buono per chi osasse sfidarla. Perciò, Larca si limitò ad annuire e a eseguire gli ordini.

Krystiana osservò il suo generale farsi strada tra la folla, senza badare a chi si trovava sul suo cammino. Senza voltarsi, si rivolse alla sua Manu Dextra con un residuo di rabbia in gola: "Questo è un giorno buio, Elyana. Un giorno le cui conseguenze non sono in grado di prevedere."

Elyana non rispose, ma fece dei movimenti inquieti.

Dalla destra di Krystiana, una voce graffiante richiamò l'attenzione della Magna Mater. Krystiana si girò e Saara disse: "Vorrei che le mie accolite venissero sondate subito dopo le Fasce Rosse, Mater, in modo che possano sfruttare questa... occasione per comprendere la differenza tra persone convertite e non... ammesso che si trovi la colpevole, naturalmente."

Krystiana aggiunse: "O il colpevole", osservando Lusk che stava facendo le condoglianze a Moradien e al suo gruppo di studentesse.

Elyana la guardò sconcertata. "Mater, perdoni la mia insistenza, ma come ha detto Bilena prima, è stato sondato proprio ieri; non può essere lui. Clara Lux Baiula, una dei nostri migliori Sensori, lavora ogni giorno con lui all'addestramento delle ragazze di Razeb, e nemmeno lei ha mai percepito nulla di controverso."

Krystiana si irrigidì e disse: "Lo metteremo di nuovo alla prova, insieme a tutti gli altri che erano qui ieri sera. E potrete far partecipare all'esame tutte le accolite dopo che vengono dichiarate... dopo che vengono abilitate dal test."

L'insistente e non velata incertezza di Krystiana riguardo alla loro capacità di dichiarare una donna libera da influenze esterne, segnò il volto sia di Elyana che di Saara.

Tuttavia, qualcosa nella gestualità di Saara spiazzò Elyana. *Non tamburella le dita, ma si tocca istintivamente il pollice con l'anulare; sta nascondendo qualcosa.* Il desiderio di interrogare l'anziana Sorella, seguito da un consiglio che lo contraddiceva, corrucciò il volto di Elyana; il monito era arrivato da Procta Lux Baiula. Elyana pensò: *Stai cominciando a infastidirmi, Sorella.* La voce interiore che esprimeva i pensieri dell'antica donna — pensieri prigionieri della memoria trasferita e tuttavia in qualche modo consapevoli e opportuni — sbuffò. Elyana si lisciò il viso, si scusò, fece a Saara un cenno di assenso celando i propri dubbi e fece per andarsene in direzione degli uffici.

Nel voltarsi, i suoi occhi si posarono su Lusk Methrim. Si soffermò per un attimo e imprecò silenziosamente, mentre le affioravano due pensieri contrastanti: da una parte sperava che non fosse lui l'assassino, ma forse sarebbe stato meglio così. Meglio lui che una delle Sorelle, anche se quest'eventualità avrebbe danneggiato ulteriormente la posizione di Elyana all'interno dell'Ordine, dato che si era schierata più volte in suo favore quando si dibatteva sull'accordargli fiducia.

V.   Sorpresa

La Serpe attendeva sulla cima del Picco Verde, tra le montagne del Sagr. Aspettava l'Umbra e intanto si lamentava tra sé e sé del fatto di essere costretta trasportare in volo a Mo'Tarkoth quella creatura del Fondatore, come se fosse una cavalcatura qualsiasi.

Io sono l'Alis Domini, e lui mi mostrerà rispetto... o lo farò cadere nel Mare di Tarkoth, per K'Tara, giuro che lo farò!

La Serpe agitò il corpo sul terreno muschioso, smuovendo le pietre che le davano fastidio, poi si accasciò di nuovo ed esalò un respiro profondo e colmo di determinazione, volto a marcare la sua decisione. Nel farlo, sentì un dolore lancinante che si propagava dalla ferita subita tra le spalle fino a raggiungere la coda. Non sapeva perché, ma la ferita si stava rimarginando in modo innaturalmente lento. K'Tara aveva compiuto una rivoluzione completa su se stessa da quando quella pazza e miserabile umana le era saltata addosso e le aveva conficcato una daga nella schiena, ma la ferita pulsava ancora.

Il lucertolone provò a riposizionarsi, finché il dolore non si attenuò. Nell'attesa, contemplò il Sole Rosso scendere lentamente e si chiese come se la passasse il gemello blu. Non trovando risposta, si rimproverò per aver pensato a domande tanto stupide, quando una brezza tiepida e insolita in quel periodo dell'anno a sud del Regno, specialmente sulle alture del Sagr, cominciò a soffiare sulla cresta della montagna. La Serpe lasciò da parte i propri vaneggiamenti e consentì al vento leggero di lenire il dolore.

Dopo una trentina minuti, un cavaliere ammantato si avvicinò dal basso, in groppa a un vorano di montagna. Lo seguiva un ululone di enormi dimensioni che trainava un carretto con una sella e due ceste eccezionalmente grosse.

Il vorano di montagna era sicuramente una bestia dall'aspetto pregevole, aveva un folto manto bianco e la criniera nera. Anche se la Serpe apprezzava il corpo più tonico del vorano di montagna, rispetto a quello della sua controparte alvinoriana, il verso di quell'animale era altrettanto ridicolo. Si chiese se gli umani avessero creato le trombe per imitare il verso dei vorani o se avessero appositamente addestrato i vorani a imitare quello strumento. In effetti, sapeva che le creature potevano essere plasmate e adattate a piacimento: era esattamente quello che aveva fatto il suo padrone con lei. Noctiferus l'aveva *creata* a partire da un comune rokon.

In quel momento, il vorano provocò lo smottamento di alcuni ghiaioni, appoggiando le zampe sull'altopiano, e la Serpe accolse l'Umbra con un disonesto sibilo di benvenuto.

Il vorano fece quel suo stupido richiamo e la Serpe ruggì in risposta, facendo indietreggiare il vorano, ma l'animale si fece subito calmare dalle carezze rassicuranti del suo cavaliere.

"Dovresti fare più attenzione, Alis."

La Serpe si sollevò sulle zampe e rispose con un grave fremito, seguito da un rantolo più intenso e prolungato.

L'Umbra la guardò con aria interrogativa mentre saltava giù dal vorano.

La Serpe sputò la sua risposta: "Abbiamo incrociato gli Umani di Passo del Corno mentre venivamo qui."

L'Umbra scrutò la creatura e disse: "È per questo che mi hai chiesto di portare l'equipaggiamento medico? La tua pelle ha un aspetto fresco e rigenerato; a quanto pare hai incontrato un'altra Lux Baiula."

Ringhiando, la Serpe rispose: "Già. Faceva parte di una compagnia di soldati a cavallo di furani, cinque decine. Ma i miei rokon li hanno sbaragliati e io ho massacrato gli abitanti di un villaggio sulle montagne del centro nord."

"Hai perso dei rokon?"

"Quattro e dieci."

"Cum eis confligere non debuisti! Rokones non iam parati sunt[2]."

"Non sono d'accordo. Sono completamente in mio controllo. Fanno ciò che gli chiedo di fare e combattono bene, per quanto non abbiano una mente complessa."

"Allora perché ne hai persi tanti?"

---

[2] Non avresti dovuto combatterli! Loro (i rokon) non sono ancora   pronti.

Con un altro sibilo, la Serpe disse: "Perché sono tanti."

L'Umbra si coprì la faccia con la mano: "È una strategia sciocca, che alla fine ti lascerà inerme. Non dovrai più affrontare gli umani, finché non ti dirò che i rokon sono pronti."

La Serpe ringhiò adirata, dopodiché gemette indolenzita.

"Sei in grado di portarmi a destinazione?"

La Serpe non rispose immediatamente. La sua espressione si alternò tra rassegnazione e orgoglio, ma alla fine prevalse la prima. Disse: "Posso trasportarti, ma prima dovrai curare la mia ferita."

L'Umbra socchiuse gli occhi, irritata dall'insolenza della Serpe. Tornò quindi dal vorano, gli batté delicatamente la spalla e pronunciò semplicemente la parola "Casa" per rispedirlo alla sua tenuta sul confine settentrionale di Zeblinia.

L'animale si voltò a guardare il padrone, poi abbassò il capo in segno di riconoscimento e partì con un'altra strombazzata.

A quel punto, l'Umbra si avvicinò all'ululone per recuperare la valigetta dei medicinali in una delle ceste sul dorso dell'animale.

La Serpe chiese: "Perché ti piace tanto quel vorano?"

"I vorani di montagna sono bestie rare."

"Io sono più rara."

L'Umbra inspirò profondamente, trattenne il respiro per un attimo, espirò e si avvicinò alla Serpe senza proferire parola. Si tolse gli stivali e i calzini, *modellò* la forma dei piedi in modo da potersi aggrappare alle scaglie affilate che rivestivano la pelle del rettile e si arrampicò. Non dovette cercare a lungo prima di individuare la ferita da taglio tra le ali.

"Come hai potuto permettere che un umano ti balzasse addosso?"

"Il Principe, Toras, e la sua Guardia si sono addestrati, e non solo a difendersi. Non so come si stiano allenando, ma le cose si stanno facendo più difficili di quanto ricordassi. Ho fatto bene a portare con me i rokon."

Mentre ascoltava il racconto della Serpe, l'Umbra estrasse una spugna dalla valigetta, la bagnò con l'alcol e disinfettò la ferita, che ormai era ricoperta da una crosta, però era sporca e infiammata. Prese un bisturi, rimosse la crosta e pulì un'altra volta. Quindi, prese una piccola fiala, la aprì, la rovesciò e versò una goccia del liquido argenteo e rossastro sulla ferita. La carne della Serpe cominciò a ritessersi istantaneamente.

L'Alis Domini emise un grave, lungo e gioioso lamento, dopodiché ringraziò a malincuore l'Umbra per le cure ricevute.

Nel frattempo, l'Umbra recuperò dal carro la sella e le ceste, un'operazione che normalmente avrebbe richiesto almeno due uomini, e le pose a terra accanto all'ululone gigante.

L'Umbra schioccò la lingua per far abbassare l'ululone e fissare le cinghie intorno al suo corpo, poi agganciò le ceste, che sarebbero rimaste appese a penzolare un metro sotto l'animale una volta preso il volo. Fatto ciò, prese la sella e si avvicinò al rettile.

La Serpe chiese: "Ti ricordi dove va la sella?"

L'Umbra non rispose. Lo ricordava, anche se era passata un'eternità dall'ultima volta che era salita sulla schiena della Serpe. La sella, che aveva fatto costruire prima della Battaglia Oscura, era rimasta sorprendentemente flessibile.

Dopo aver controllato che ogni cosa fosse ben assicurata, l'Umbra disse: "Andiamo. E non farmi rimpiangere la mia bontà. Dobbiamo arrivare in Yeltchek entro quattro giorni."

L'Umbra si aggrappò e la creatura decollò. Lo spostamento d'aria provocato dalle sue ali piegò l'erba dell'altopiano in un raggio di 10 metri.

L'ululone gigante spiccò il volo subito dopo. Guaì quando il peso delle ceste strinse le cinghie, ma il vento gli diede la spinta di cui aveva bisogno. Il carico non era più eccessivo per l'animale e, sebbene dovesse battere le ali a una velocità doppia rispetto alla Serpe per tenere il passo, aveva la resistenza di un belwohr e non avrebbe avuto problemi a starle dietro, a patto che il vento fosse rimasto costante fino a destinazione, al di là dell'oceano.

I. Addestramento

Sul campo di addestramento di Urbs Lucis — un chilometro quadrato di bersagli di ogni tipo: da catturare, spostare, trattenere, mutilare, far esplodere o distruggere — tre Fasce Rosse e una Gialla si apprestavano a formare le loro allieve, tra cui novizie e junior, ma anche senior di tutte le Fasce, nell'arte dell'uso di vincoli difensivi e offensivi.

Alla luce degli eventi del giorno precedente, alcune Sorelle si erano chieste se l'addestramento dovesse essere rimandato. Tuttavia, sia Krystiana che Larca avevano convenuto che non era necessario. Si erano già tutte sottoposte al test e l'assassina non era stata individuata. Quindi, o non era più tra loro, o non era ancora possibile scovarla con i mezzi attualmente a disposizione. E dato che non potevano tenere in sospeso la Sorellanza in attesa di metodi nuovi o perfezionati di accertamento, le normali attività sarebbero riprese, nonostante il rischio. Tuttavia, sarebbero state adottate diverse misure di cautela, ad esempio delle pattuglie e l'ordine di rimanere sempre in compagnia di un'altra persona fino alla cessazione dello stato di allarme.

Tuttavia, la questione più spinosa non era ancora stata affrontata. Bisognava decidere se innestare il monitor dei locari nella mente di tutte le Sorelle, come pianificato, oppure no. Alcune donne ne stavano discutendo in quel momento nell'ufficio della Magna Mater, mentre le studentesse si riunivano nel cortile dove si sarebbe svolto l'addestramento.

Larca stava quasi per perdere di nuovo il controllo — aveva imparato a tenere a bada il suo fervore da quando era stata posta a capo dell'esercito — nel momento in cui Saara suggerì che il monitor andava collocato nella mente di tutte le Sorelle.

La generale sbraitò, disse che era assurdo innestare quella vibrazione nella mente di qualsiasi Sorella e aggiunse che, forse, doveva essere rimossa anche dalla mente di Elyana, ammesso che fosse possibile. A questa affermazione, tutte le presenti le lanciarono occhiate d'indignazione.

Malgrado ciò, Larca insistette: "Fissare il monitor nella mente di tutte, data l'alta probabilità che l'assassina sia ancora tra noi, darebbe al nostro nemico un vantaggio che non può avere."

Saara chiese: "E quindi cosa proponi, Larca?"

"Che venga affidato solo ad alcune di noi, di cui ci fidiamo ciecamente."

Krystiana intervenne: "C'è *qualcuno* di cui possiamo fidarci senza riserve?"

Elyana e Saara gemettero in silenzio.

Ramela si schiarì la gola. Quando si voltarono verso di lei, disse: "Penso che dovremmo innestarlo in tutte quante. In questo modo, saremo più protette, anche se, così facendo, daremo qualche vantaggio ai nostri nemici."

Larca ringhiò e alzò le braccia al cielo, mentre la Magna Mater rifletteva sulle opzioni da prendere in considerazione.

Krystiana chiese: "Come facciamo a decidere tra queste due posizioni, Praefectae, Manu Dextra? Sono entrambe valide."

Nascondendo una persistente esitazione, ma preparandosi alla sfida che Larca avrebbe potuto lanciarle una volta espressa la propria opinione, Elyana disse: "Non credo che siano equivalenti, Mater."

Elyana rimase sorpresa dal fatto che non fu la Praefecta Milites a contestarla, bensì Bilena, e con un'insolita asprezza: "Come no, Elyana?"

Elyana resistette al desiderio di cercare il sostegno di Krystiana con lo sguardo e rispose pacatamente: "Se lo diamo solo a poche tra noi e per disgrazia una di loro è l'assassina, il nostro nemico ne sarà avvantaggiato, perché non avrà ostacoli nel diffondere il monitor tra i suoi ranghi. Perciò, è comunque meglio innestarlo in ognuna di noi."

Com'era prevedibile, Bilena si oppose alla linea di Elyana. La Praefecta Philosophas obiettò: "Non sono d'accordo, Elyana. Statisticamente parlando, restringere il numero al minimo ridurrà di molto la probabilità che l'assassino venga in possesso del..."

Elyana interruppe la sua collega parlando in modo sinceramente apologetico, ma determinato: "Perdonami, Bilena, ma la statistica è irrilevante in questo caso. Anche se la vostra soluzione ridurrebbe la probabilità che il nemico sia tra coloro che ricevono quest'abilità, le conseguenze per noi, qualora accadesse comunque, sarebbero troppo pesanti e non possiamo correre questo rischio. Saremo in una posizione più favorevole, qualora la Sorellanza al completo ricevesse l'abilità, anche se questo significa che pure il nostro nemico la otterrà."

Valutando l'umore della Magna Mater prima di dire altro e vedendo che Krystiana non aveva ancora raggiunto i suoi limiti di tolleranza al disaccordo, Larca si schiarì la gola rumorosamente: "Elyana, come saprai — in quanto Manu Dextra hai un orecchio al polso della Sorellanza — ci sono altre obiezioni a questo piano che non abbiamo considerato. Una in particolare."

Elyana si distese con un profondo respiro, mentre Larca e Bilena si scambiarono sguardi rari di sostegno reciproco.

"C'è una fazione sorta dopo il tuo ritorno che si oppone all'idea di farsi innestare il vincolo di quelle creature, in particolar modo per il fatto che non sono ancora state studiate a dovere dal Fasciato Giallo, né da quello Bianco. Come possiamo essere sicure che questo... monitor, come lo chiami tu, non farà del male a nessuno?"

Ramela, sempre composta, abbassò per un attimo la testa, poi fece segno a Elyana di lasciarla rispondere:

"Farci del male, Larca? Il Principe ed Elyana sono stati innestati e non hanno subito alcun effetto negativo. Riconosco che il campione non è sufficiente a dimostrarne la sicurezza, ma entrambi *sono* in forma e in buona salute. Inoltre, il nostro personale medico è a disposizione e sono certa che Saara può dare l'ordine di seguire le condizioni di tutte le Sorelle nei prossimi giorni, per assicurarci che nessuna stia male."

"Non basta, Ramela. La sorveglianza non è una garanzia di incolumità."

Ramela considerò per un attimo l'argomentazione della collega e ne comprese la logica, ma era convinta che Elyana avesse ragione. Si rivolse a Bilena, per chiedere cosa indicassero i dati sperimentali raccolti fino a quel punto, sperando che la donna non lasciasse che le sue perplessità stravolgessero i dati accademici sulla sicurezza del meccanismo.

Era evidente da come si muoveva che non voleva rispondere. Tuttavia, le era stata posta una domanda diretta, quindi era obbligata a farlo. La donna, alquanto irritata, disse: "Stiamo studiando il monitor da poco più di un quarto; tenetelo a mente. Comunque, in base a ciò che abbiamo percepito dal lobo temporale di Elyana, il luogo in cui risiede il vincolo, sembra tutto normale. Nessun'altra regione del suo cervello è stata alterata e... Saara può confermare che non sono state rilevate alterazioni insolite di salute, attività cerebrale, ragionamento, né delle sue pulsioni."

Larca si rivolse all'anziana Lux Baiula sperando di scorgere in lei un'esitazione, mentre Ramela, Elyana e Krystiana speravano il contrario.

Con il suo solito atteggiamento schietto, Saara confermò la dichiarazione di Bilena. Un'espressione disgustata apparve sul volto di Larca e una di rassegnazione su quello di Bilena.

Dopo qualche altro passo snervato e un tentativo interrotto di dirigersi verso le sfere rotanti sulla scrivania, Krystiana affrontò le sue Praefectae e dichiarò: "La Manu Dextra ha ragione e l'innesto sembra essere sicuro: lo distribuiremo a tutte le Sorelle."

Larca si alzò e lasciò l'ufficio della Magna Mater il più rapidamente possibile per non inveirle contro. Le altre se ne andarono tranquillamente e i loro volti si fecero più tetri o più luminosi, a seconda dell'umore, anche se nessuna di loro si sentì davvero sollevata.

***

Il campo di addestramento era un brulicare di attività e schiamazzi nel momento in cui arrivò la Praefecta Milites, ruminando in groppa al suo vorano roano. Anziché fermare l'animale con il solito vincolo — un segnale trasmesso al vorano tramite una vibrazione che gli pizzicava la nuca — Larca strattonò le redini, facendolo sobbalzare. La donna imprecò, poi si controllò prima di peggiorare le cose; dopotutto non era una lettrice animale e l'unico vero modo che aveva per calmare la sua cavalcatura era prima calmare se stessa, nonostante gli istinti contrapposti che provava.

Appena scese, Larca affidò il vorano a una Barriera di guardia all'ingresso, scrollò la testa nel tentativo di non ripensare alla decisione della Magna Mater, poi osservò meticolosamente il vasto piazzale. La tensione nell'aria era palpabile.

Notando l'espressione della Praefecta, la Barriera — una donna anziana dalla schiena ben più dritta di quella di una junior — disse: "Le studentesse sono qui dalle sette PAN[3] e sono ansiose di cominciare, Generale. Non ricordo di aver mai partecipato a un addestramento di queste dimensioni. Sarà funzionale? Addestrare così tante donne in così poco tempo?"

"Se K'Tara lo vuole, funzionerà. E se così non fosse, faremo in modo che funzioni, Bietta, perché se falliamo qui ora, falliremo anche in futuro sul campo di battaglia."

La vecchia Sorella fece una smorfia, poi salutò la Praefecta e si allontanò con il vorano della donna, conducendolo in un recinto nelle vicinanze.

Larca si avvicinò a un promontorio sul quale c'erano un tavolo e una sedia da dove poteva osservare la scena. Un fugace sorriso le fece capolino sul volto quando sentì la voce di Sasha Lux Baiula.

La Seconda Barriera si ergeva come un pilastro, teneva la mano sinistra infilata nella cintura, mentre gridava le istruzioni alle allieve, annunciando che avrebbero trascorso la mattinata a esercitarsi nelle abilità vincolate offensive e difensive, e il pomeriggio a praticare il combattimento corpo a corpo.

Larca scoppiò a ridere quando udì Sasha ordinare a Iyawa, una delle istruttrici, di preparare le allieve a difendersi dal Quatiô[4] nel giro di dieci minuti! Di certo, quella donna era diretta e risoluta.

Mentre le istruttrici direzionavano i rispettivi gruppi in diverse aree, Larca seguiva Iyawa con uno sguardo scettico e preoccupato. In effetti, Iyawa era l'unica Sorella non

---

[3] PAN: post-altanotte

[4] Quatiô: termine coniato dalla Sorellanza durante la Battaglia Oscura per indicare gli attacchi mentali della Serpe, noti all'epoca degli eventi attuali come ACES (attacco cerebrale a energia scura).

appartenente alla Fascia Rossa che Elyana era riuscita ad addestrare con successo nella creazione di nebulose.

Questo fatto la preoccupava e l'innervosiva. Significava che molte delle sue sottoposte sarebbero state costrette a proteggere gli altri dalla Serpe, anziché usare le loro abilità offensive per abbatterla. Solo una cosa dava alla Praefecta e Generale Supremo qualche speranza, seppure odiasse ammetterlo: la proverbiale sensibilità di Iyawa. La sua sensibilità le consentiva di percepire e riconoscere le vibrazioni di qualsiasi vincolo e di replicarle in modo preciso, accurato e affidabile. Questa abilità la rendeva un'istruttrice eccezionale, poiché era in grado di percepire se le sue allieve riproducessero correttamente i vincoli che insegnava e di aiutarle a fare gli aggiustamenti necessari per progredire rapidamente verso la padronanza di tali vincoli — ammesso che fossero alla loro portata. Larca sperò che la donna avesse appreso correttamente da Elyana l'abilità di creare nebulose, ottenuta tramite un trasferimento mentale. Sospirando, pensò: *Immagino che presto scopriremo se stiamo mandando le Sorelle incontro alla morte o alla vittoria.*

A quel punto, qualcos'altro attirò l'attenzione di Larca, che si accigliò ulteriormente. Era arrivata Elyana e si era fermata a parlare con Sasha, probabilmente per informarla della decisione sul monitor. La Barriera non sembrava contenta. Naturalmente, Sasha era tra quelle che si sarebbero ribellate alla procedura forzata. Del resto, Sasha non aveva ancora accettato l'impunità di Elyana che aveva violato la mente dell'aspirante assassino del re. *Non la biasimo. Quante volte ancora la guerra in arrivo verrà usata come giustificazione per violare le nostre leggi?*

Larca riportò l'attenzione sulle due donne a valle, abbassando lo sguardo e gli angoli delle labbra, e per un brevissimo istante Elyana si voltò verso di lei.

Sasha rise forte, beffarda, poi esclamò un "E così sia" seguito dall'ordine diretto a Bela, Iyawa e Akula, amplificando la voce, di mandare ciascuna dieci studentesse con Elyana.

Larca sospirò e pregò i Fondatori che non stessero commettendo un errore. O forse sperava di sì? Rifletté per un istante, poi scacciò Elyana dai suoi pensieri e si diresse verso l'estremità orientale del campo, dove Bela aveva radunato le sue centotrentadue novizie insieme a venticinque Fasce Bianche, che avevano formato un perimetro intorno alle reclute, per insegnare loro alcune elementari abilità sonattive e vitattive.

Bela era una donna perennemente irascibile. Per un'istruttrice della Fascia Rossa questo atteggiamento non era un problema, naturalmente. Specialmente per lei che era incaricata di addestrare le reclute. D'altra parte, i suoi metodi *erano* un po' insoliti e non tutte li apprezzavano, ma Larca sì. Bela otteneva sempre dei risultati.

L'istruttrice fece un rapido cenno alla sua leader, quando vide che si stava avvicinando, quindi si girò verso le neofite e, con un tono severo che smentiva la mitezza del suo nome, esclamò: "Bene! Visto che nel corso dell'ultimo quarto non siete riuscite a bruciare nemmeno *una* fibra, vediamo se avete imparato almeno i rudimenti della sonacsi e della vitacsi. Vi mostrerò ancora una volta come eseguire la spinta e la paralisi, poi farete coppia con un'altra, possibilmente una compagna che non sopportate. Se non riuscirete..."

Proprio in quel momento, una coraggiosa ragazza dai capelli castani chiese: "Scusi, Lux Baiula, ma... perché dobbiamo fare coppia con chi... non sopportiamo? Voglio dire, questo presuppone che noi..."

"Perché la prima parte dell'esercizio consiste nel cercare di colpire la vostra compagna; sarà più facile riuscirci con chi vi piace meno. Comunque, in seguito la sottoscritta e dieci delle mie Sorelle attaccheremo ogni coppia usando i Legami che avrete praticato e l'unico modo per resistere ai nostri colpi sarà cooperare tra di voi. Imparerete sul campo, quando sarete circondate dal nemico, se non lo imparerete adesso, che la capacità di collaborare con le vostre Sorelle, indipendentemente dal fatto che le amiate o le odiate, è una *conditio sine qua non*[5] per sopravvivere e, ancor più importante, per vincere una battaglia."

Quando tra la generale e l'istruttrice ci fu un cenno di intesa e di conferma, notato da molte persone, la ragazza che faceva domande si defilò e Bela finì di impartire le sue disposizioni: "Allora, dopo che vi avrò dato una dimostrazione, vi metterete in coppia e cercherete di buttare a terra la compagna tramite la sonacsi. Poi, userete la vitacsi per cercare di farle vibrare le ossa." Indicando i medici, aggiunse: "Le Fasce Bianche sono qui per assicurarsi che nessuna si faccia male seriamente."

Detto ciò, Bela cominciò a mostrare alle allieve come eseguire correttamente i vincoli.

Larca osservò con vivo interesse le apprendiste che iniziavano a replicare, o a tentare di replicare, i vincoli, cercando di individuare quelle che avrebbero potuto progredire fino a diventare Sorelle junior e quelle che avrebbero dovuto essere rimandate a casa dopo aver imparato, come minimo, a controllare i loro vincoli. Era contenta di vedere che la maggioranza delle allieve stava effettivamente imparando qualcosa. Soddisfatta nel constatare che Bela aveva tutto sotto controllo, Larca si recò verso l'area successiva, situata all'estremità settentrionale del campo.

---

[5] Conditio sine qua non: locuzione latina che significa condizione essenziale, assolutamente necessaria

Lì trovò Akula, intenta a istruire le junior destinate alla Fascia Rossa e alcune destinate ad altre fasce, nella creazione di armi da fuoco. La maggior parte di loro aveva vent'anni circa, ma c'erano anche allieve nel loro quarto o quinto decennio di vita.

Larca rispettava Akula, una jarahni dalla pelle chiara, con occhi scuri e capelli castani, corti davanti e legati dietro da uno chignon. La donna aveva un'aria predatrice che le piaceva. Akula era nota per essere una maestra del fuoco, anche se qualcuno lo metteva in dubbio per il fatto che consumasse più energia del necessario. Questa sua passione in gioventù le aveva causato la bruciatura dei capelli e la cicatrice rimasta le era valsa il nomignolo di "testa sfregio" tra le novizie e le junior più frustrate.

Le allieve si trovavano di fronte a dei fantocci di vari materiali, che dovevano incendiare scagliandoci contro una spirale infuocata. Dopo che ci riuscivano, un nuovo bersaglio, di materiale diverso, veniva posto di fronte a loro.

Quattro Sorelle della Fascia Gialla mantenevano un corridoio di isolamento attivo intorno alla corsia di ogni allieva, per assicurarsi che le loro grida e i loro attacchi non danneggiassero accidentalmente le altre.

Gli occhi della generale si soffermarono sulla figlia di Donna Moradina, Moradien, la combinaguai. A quanto si diceva, aveva deciso di sottoporsi alla prova della Fascia Rossa e di dedicare qualche anno all'apprendimento della via delle guerriere, prima di sottoporsi alla prova della Fascia Viola, il suo scopo ultimo. Molte delle sue istruttrici si chiedevano perché. Secondo alcune voci, il motivo era la sua ammirazione segreta per Elyana: voleva ripercorrere il suo cammino, al fine di ottenere un potere persino più grande. Tuttavia, la militanza temporanea delle studentesse in un Fasciato per convenienza, finalizzata esclusivamente all'apprendimento di nuove tecniche specifiche, da sempre infastidiva Larca. *Beh, finché impara la nostra disciplina e i nostri vincoli per aiutarci a respingere i nostri nemici, sarà la benvenuta, così come tutte le altre. Ciononostante, il Fasciato Rosso non è un albergo.*

Larca osservò Moradien ispezionare lo spazio circostante tra la sua posizione e l'obiettivo. La ragazza le sembrò frustrata; una determinazione vacillante irrigidiva e poi rilassava i tratti del suo volto. I suoi precedenti tentativi dovevano essere falliti, a giudicare dal fantoccio indenne.

Di lì a poco, un sibilo appena udibile fuoriuscì dalla bocca della giovane, e ramoscelli e foglie cominciarono a fluttuare dinanzi a lei. Le sue mani concentrarono le vibrazioni emanate dalla sua gola, muovendosi come intorno a un vaso di argilla da modellare. La massa infiammabile volteggiò su se stessa, sempre più veloce, finché non fu scagliata contro il bersaglio, incendiandosi però a metà strada e bruciando prima di raggiungere il pupazzo. Un'imprecazione, di certo rumorosa e vigorosa, ma smorzata dal campo di forza che circondava la corsia, raggiunse la Praefecta, che scosse la testa. All'interno del corridoio, la ragazza tentennò.

Akula fece cenno alle addette di abbassare lo scudo, poi si avvicinò a passo infuriato all'allieva, mentre una Fascia Bianca le correva dietro e scuoteva la testa.

"Moradien! Quante volte ti ho detto che devi aspettare di più prima di innescare la materia? Devi aspettare che la massa arrivi a dieci metri dal bersaglio!"

Mentre la ragazza si apprestava a sibilare una risposta indispettita, dietro di lei si udì il suono di qualcuno schiarirsi la gola.

Akula si guardò intorno, poi esclamò: "Praefecta!"

Larca le fece un cenno, ma poi rivolse le sue parole alla ragazza: "Moradien, giusto?"

La postura dura e rigida di Moradien non si ammorbidì per accogliere le critiche della generale.

Non apprezzando l'atteggiamento indomito della ragazza, Larca ordinò: "Riposo, Junior. Ho sentito parlare di te, nel bene e nel male." Larca fece una pausa. *Sta contenendo l'ira e il risentimento. Bene.* "Sai perché hai fallito? Te lo dico io: hai perso il controllo. E se avessi reagito così in battaglia, mentre affronti il nemico con le tue Sorelle accanto, avresti potuto addirittura neutralizzare anche i loro vincoli, se non di peggio." *Mmm, scorgo la contrazione delle sue labbra. Se non altro sa che ho ragione.* "Non è grave perdere il controllo del vincolo, ma devi sfruttare la rabbia che hai in corpo per raccogliere un'altra volta la materia, rigenerare la spirale di fuoco e continuare a colpire il bersaglio, finché non ci riesci. D'altronde, siete qui per imparare. Serve determinazione, non bisogna mollare e non ci si deve fermare, finché non si raggiunge il traguardo. Ho notato l'esitazione nel tuo sguardo prima, e non va bene così. La stessa motivazione che mostri nello sfidare le convenzioni la devi avere quando vuoi portare a termine i tuoi obiettivi. Se ci riesci, la tua strada sarà in discesa e raggiungerai il tuo massimo potenziale, e spero che ciò implichi una lunga permanenza nel Fasciato Rosso; in base a quello che mi dicono le tue istruttrici, le tue capacità e il tuo temperamento andrebbero sprecati altrove."

Moradien, che era solita guardare le istruttrici a testa alta, con insolenza od orgoglio, in quel momento si sentì in difficoltà. Poi, un pensiero, o un impulso, la fecero sobbalzare e disse: "Devo tornare ai miei esercizi, Generale Praefecta."

Larca sogghignò sommessamente, trasmise un pensiero ad Akula e si diresse verso l'estremità occidentale del campo di addestramento. Fece una smorfia quando posò lo sguardo a sud, in direzione del punto in cui Elyana stava innestando il monitor. La fila di donne che attendevano il proprio turno era sempre più lunga. Imbestialì nel vedere tutte quelle Sorelle accettare di buon grado e senza discussioni un vincolo che nessuno aveva ancora avuto il tempo di studiare adeguatamente: un vincolo straniero, un vincolo animale.

L'esercizio di formazione della nebulosa si svolgeva all'interno di un'enorme camera isolata e trasparente, costruita appositamente per tale scopo. Infatti, Elyana e Sasha si erano rese subito conto che l'ACES, o Quatiô, che Sasha avrebbe generato per attaccare le sue Sorelle, non poteva essere diretto e limitato a un bersaglio specifico, per cui era necessario condurre l'addestramento all'interno di un perimetro delimitato, per garantire che non venisse fatto del male a chi si trovava nei paraggi senza protezione.

Larca si sedette su una panca posta all'esterno della struttura. Sasha attese impazientemente che Iyawa riuscisse a far sì che il suo gruppo di dieci Sorelle, un misto di Fasce Blu, Bianche e Gialle, stabilisse una nebulosa intorno a sé. Iyawa e una Fascia Bianca avevano già stabilito un nodo mentale, in modo da poter tenere sotto controllo le condizioni delle allieve, man mano che l'esercizio progrediva.

Larca rimuginò su altre questioni che la riguardavano, mentre Iyawa eseguiva un ultimo giro di ispezione.

L'angolo della bocca di Iyawa si sollevò, formando insieme al movimento delle ciglia un'espressione di disappunto, quando si accorse che tre scudi non erano stati creati secondo le sue specifiche. Uno di questi era la nebulosa di una Fascia Gialla, un'abile ed esperta creatrice di nodi mentali, che però quel giorno faticava nella formazione dei campi di disgregazione.

"Kelysia, la tua nebulosa non è ancora uniforme. Percepisco debolezze dappertutto. Devi aumentarne l'intensità, per uniformare il campo."

La donna sospirò e annuì, poi provò a seguire il consiglio. Iyawa ricambiò il cenno e andò da Sarrinia Lux Baiula, la Fascia Bianca responsabile della salute delle Sorelle.

Iyawa notò le labbra strette di Sarrinia e i suoi tic intermittenti. Percepì anche un'estrema tensione nella nebulosa della donna.

"La nebulosa ti provoca ancora dolore, Sorella?"

La donna emise un lamento.

Una voce impaziente giunse dal lato della struttura.

Iyawa sospirò e chiese a Sasha di aspettare.

Poi, chiuse gli occhi, entrò nel Legame e ispezionò la connessione tra Sarrinia, il terreno e la nebulosa. Un attimo dopo, disse all'allieva: "Temo che non sarai mai in grado di eseguirla correttamente al cento per cento, Sorella — così come tutte le altre Sorelle, temo, finché non affronteremo la creatura — ma ti suggerisco di diminuire il flusso di energia derivante dalla colonia di S. tensio e di aumentare invece quello di M. fulgur."

Sarrinia aggrottò la fronte, perplessa.

"So che sembra controintuitivo, ma ti aiuterà."

Sarrinia fece come suggerito e un sorriso sorpreso le fiorì in volto quando il dolore si attenuò e la sua nebulosa si fece più uniforme. Rivolse uno sguardo di gratitudine all'istruttrice.

Iyawa, nativa di Pargah, non volle unirsi alla Sorellanza dopo aver ricevuto l'addestramento minimo imposto a tutte le Alterintranti; si era sentita fuori posto, a causa della sua pelle scura e della sua profonda spiritualità, sebbene la sua religione sostenesse l'importanza del rapporto con ogni forma di vita e con K'Tara stessa, uno dei principi fondamentali della Sorellanza. Eppure, dopo essere tornata a casa e non aver trovato la propria strada, si rese conto che, forse, diventare una Lux Baiula era proprio ciò che faceva al caso suo e che avrebbe potuto fare del bene attraverso la Sorellanza. Ed ora eccola là, tra le più rispettate e, probabilmente, tra le più potenti, Lux Baiulae.

Proprio in quel momento, un grido impaziente di Sasha che sembrò amplificato anche se non lo era, distolse Larca dalle sue riflessioni.

La generale osservò Iyawa dare un ultimo sguardo alle dieci Sorelle e poi creare la propria nebulosa, che si manifestò intorno alla donna come una distorsione nell'aria che avvolgeva sia lei che la medica. Fatto ciò, disse qualcosa a Sasha, che annuì trepidante.

Larca respirò profondamente, speranzosa ma tesa, mentre guardava Sasha preparare la prima mossa.

Una frazione di secondo dopo, la donna attaccò. Gli unici preavvertimenti furono la bocca aperta e l'espressione drammatica. Larca attese la reazione delle apprendiste, ma a parte qualche sguardo stupito, non reagirono in alcun modo, né mostrarono segni di dolore. Forse Sasha aveva fatto cilecca? La preoccupazione cominciò a solcare i tratti del suo viso, quando vide il cenno di Iyawa a Sasha. Larca pensò tra sé e sé: *Va tutto bene, a quanto pare stanno testando la concentrazione delle apprendiste.*

Sasha ripeté l'attacco e questa volta fece sul serio. Pochi istanti dopo tre allieve vacillarono. Larca sospirò e per un attimo si sentì sollevata di sapere che il vincolo di Sasha funzionava, ma poi si corrucciò, chiedendosi se le nebulose delle allieve erano troppo deboli o se l'attacco fosse stato troppo forte per far sì che ben tre discepole venissero colpite.

Iyawa fece un segnale alla guaritrice, che sondò le apprendiste. Quando la donna confermò che potevano continuare tutte l'addestramento, Iyawa fornì ulteriori istruzioni, dopodiché le Lux Baiulae si sfregarono la fronte per disperdere il dolore che provavano e si prepararono a contrastare l'attacco successivo.

In questo caso, non vi furono segni tangibili che qualcuna avesse accusato il colpo e Iyawa si voltò nuovamente in direzione di Sasha.

Da quel momento in poi, però, gli attacchi invisibili portarono una donna per volta a cedere e mostrare segni di sofferenza. All'ottava carica, la stessa Iyawa reagì mostrando dolore. I suoi lineamenti normalmente dolci si fecero più duri e la donna si sfregò le tempie con foga. Interruppe l'esercizio e si prese una piccola pausa.

Larca si spaventò, quando vide del sangue colare dalle labbra della Fascia Gialla. Stava per alzarsi e andare al comunicatore per chiederle di fare rapporto, ma poi vide Iyawa scuotere la testa e dirigersi verso Sasha dopo aver fatto cenno alla medica di andarsene.

Larca non sentì cosa si dissero le due, ma Iyawa era evidentemente arrabbiata, mentre Sasha sembrava in disaccordo. Poiché vide la discussione tra le due farsi sempre più accesa, Larca si alzò e raggiunse la porta, chiedendo accesso alla struttura.

Avvicinandosi alla coppia di litiganti, sentì la sua sottoposta dire: "Forse non è così, ma..."

Iyawa rispose con fermezza: "No, non è affatto così."

"Comunque sia. Non è che siete voi a non formare correttamente le nebulose?"

Un leggero ringhio cominciò a sollevarsi dalla Fascia Gialla, mentre Larca le raggiungeva.

Sasha e Iyawa si voltarono verso la Praefecta. Iyawa si trattenne dall'infierire, mentre Sasha non sembrava disposta ad ammettere di aver commesso errori.

Larca si rivolse a entrambe: "Che è successo?" Poi, a Iyawa: "Perché stai sanguinando?"

"Sasha sostiene che il suo vincolo sia una replica perfetta di ciò che ha appreso dai libri in nostro possesso e da Elyana, e che il problema deve essere nelle nostre nebulose. Ma posso assicurare che, sebbene le nebulose delle studentesse siano deboli, la mia è una replica perfetta di quella di Elyana. Non sarebbe dovuto accadere questo."

Eppure, la Barriera era fermamente convinta di avere ragione e disse: "Generale, Iyawa saprà sicuramente che ad ogni nuovo intermediario tra il parlante nativo di una lingua e le persone che l'apprendono, la qualità della formazione diminuisce. Probabilmente, in questo caso avviene la stessa cosa. Elyana non è la detentrice primaria della nebulosa; l'ha ottenuta da una memoria trasferita. L'ha insegnata a Iyawa, che ora la sta insegnando ad altre. Sono tre passi più in là dalla fonte. Non so la ragione, ma non abbiamo trovato il metodo di generazione della nebulosa nei nostri manuali, mentre la procedura del Quatiô è stata conservata ed è quindi probabile che il mio vincolo sia più affidabile di quello di Iyawa."

Il volto di Iyawa si oscurò.

"Non sei d'accordo?"

"No, Seconda Barriera. Il mio studio del vincolo per formare la nebulosa è probabilmente più accurato del tuo ACES. Inoltre, Elyana è riuscita a proteggere se stessa e anche gli altri guerrieri, usando la sua nebulosa contro la creatura in carne e ossa. Pertanto, dovrei essere in grado di fare lo stesso contro di te. Questo mi porta a credere che il tuo vincolo non sia quello corretto."

Avendo a questo punto abbastanza informazioni per formulare un giudizio, Larca intervenne, prima che Sasha potesse controbattere. Voleva davvero sostenere la sua sottoposta, ma conosceva la reputazione di Iyawa e sapeva che meritava fiducia; l'abilità di Iyawa nell'apprendere anche i vincoli più intricati e oscuri era impareggiabile, mentre Sasha era più che altro un'abile e letale guerriera, oltre a essere un'ufficiale.

La generale disse: "Sorelle, vi dirò cosa dovete fare. Affidate ad Alanna chiunque abbia bisogno di cure prima di continuare, te compresa, Iyawa. Non possiamo permetterci che resti menomata. Nel frattempo..." Larca si fermò un attimo prima di nominare una donna che sembrava essere al centro di tutto ciò che facevano, una donna che un tempo rispettava e che poi aveva disprezzato quando lasciò il Fasciato Rosso, e di cui alla fine era arrivata a diffidare: "Manderò qualcuno a convocare Elyana, in modo che possa venire a osservare i vostri vincoli e assicurarsi che vengano eseguiti correttamente, prima che riprendiate l'addestramento."

Le due donne annuirono, una con riluttanza e l'altra con stupore e soddisfazione. Dopodiché, la Praefecta si allontanò, lasciandole alle loro faccende e fece lentamente ritorno all'ingresso del campo di addestramento, dopo aver mandato un'assistente a chiamare Elyana.

Larca Lux Baiula, Praefecta dell'Assemblea delle Guerriere e ora Generale Supremo della Sorellanza, osservò i vari gruppi provando un misto di soddisfazione e preoccupazione. Trovare nuove reclute, in particolare per il Fasciato Rosso, non si era rivelato facile. Dall'inizio del reclutamento, tre mesi prima, erano state identificate e convogliate a Urbs Lucis solo centotrentadue donne, di età compresa tra i diciassette e i quarantaquattro anni: un numero miseramente insufficiente per pensare di poter affrontare l'esercito di Janarae della Regina Zebula. Inoltre, il numero di Alterintranti individuati ogni quarto nelle terre del Gran Re stava diminuendo rapidamente, anche se ora avevano il RAA di Marena: un dispositivo di rilevamento degli Alterintranti che aveva sviluppato con altre sue colleghe qualche mese prima. Perciò Larca aveva da poco deciso di inviare reclutatori nei regni vassalli di Jarah, Pargah e Yerlah, nonostante lo scetticismo del Fasciato Viola.

Tuttavia, ciò che la preoccupava maggiormente era l'addestramento delle Fasce non-Rosse alla formazione di nebulose; era di vitale importanza, forse ancor più dell'accrescimento dei ranghi della Fascia Rossa. Questo perché se le altre Fasce non fossero riuscite a sviluppare questa abilità, le sue sottoposte sarebbero di fatto rimaste in catene sul campo di battaglia, impossibilitate a offendere. La speranza era che Elyana fosse in grado di aiutare Sasha e Iyawa a sistemare la questione; doveva farcela.

Quando si avvicinò all'area in cui veniva innestato il monitor, la faccia di Larca acquisì una sfumatura cupa. Presto sarebbero venute a cercare anche lei e avrebbero eseguito le operazioni previste per l'inserimento di quell'abilità animale nel suo cervello. Elyana affidò le proprie direttive a Lupa, prima di seguire la giovane che era venuta a chiamarla. La Manu Dextra notò Larca e si voltò a guardarla con un'aria che sembrò... soddisfatta.

La Praefecta distolse lo sguardo dalla Fascia Viola e lo rivolse alle donne ammassate in una piccola area a destra della scrivania di Lupa. Parlavano tra loro, chiacchieravano e blateravano, alternando il silenzio ad altre chiacchiere. Sembravano curiose, elettrizzate. Alcune di loro sembravano accusare un senso di vertigine e stavano per essere sondate da una delle mediche presenti. Ben presto, però, anche queste si allontanarono e tornarono ai loro rispettivi gruppi per continuare l'addestramento. Molte si fermavano dopo pochi passi in seguito all'innesto, sorprese ed emozionate al contempo, e quindi si giravano a cercare con lo sguardo le altre, mostrando la gioia più pura in viso. Si comportavano proprio come delle bambine! Due di loro addirittura si scontrarono.

Larca gridò dalla distanza una domanda a Lupa, indicando le donne apparentemente inebetite.

Lupa rispose: "È il monitor! Funziona, Generale! Ma serve un po' di tempo ad abituarsi. Elyana vuole parlarne all'Assemblea della Luce stasera, dopo il completamento degli innesti, in modo da stabilire alcune regole per l'uso di questa abilità. Verrà a trovarti più tardi, al suo ritorno, per discuterne!"

Riportando la sua attenzione sulle donne sottoposte all'intervento, Lupa gridò: "Ricordate, quando provate a stabilire il primo contatto, fatelo in presenza di qualcuno! Una volta identificate le rispettive impronte, potrete entrare in contatto semplicemente pensando l'una all'altra."

Larca sbuffò, farfugliò qualcosa e si allontanò per togliersi quella scena dalla vista. *Speriamo che non sia un abbaglio, o la furia dei Cieli Neri si abbatterà su di lei!*

II.   L'annuncio

Harlion, Kendor, Aithen, Mitsuko e Irania erano seduti nella Camera d'Udienza Privata del re, che osservavano con interesse camminare lentamente in fondo alla stanza, stiracchiandosi e testando il suo nuovo vestito.

Octavius si era ripreso dall'ultimo attentato alla sua vita, ma ora un nuovo dolore attanagliava i suoi muscoli e Tania Lux Baiula aveva detto che probabilmente non gli sarebbe più passato. Fortunatamente per lui, le sedie in foglia di lacora lo aiutavano a lenire la sofferenza, così come il busto, realizzato sempre con le foglie di lacora. Questo abito era forse la migliore creazione dei chierici di Elande: sfruttava le reazioni della pianta di lacora alla pressione e al calore, in modo da sostenere la postura. L'abito poteva essere "cucito" per massaggiare delicatamente chi lo indossava dove necessario, posizionando con cura i rami contrattili della pianta durante la realizzazione del capo. L'unico svantaggio di questo tipo di corsetto era che andava indossato senza altri indumenti e lasciava spazi aperti e non molto eleganti che lasciavano intravedeva la pelle. In ogni caso, i pazienti più abbienti come certamente era il Gran Re, potevano chiedere ai chierici di realizzare appositamente degli abiti più funzionali e dall'aspetto un po' più sobrio.

A un certo punto, Octavius diresse lo sguardo verso Harlion e Kendor e chiese rapporto in merito alle loro difese contro la Serpe.

Distogliendo lo sguardo dal vestito del re, entrambi gli ufficiali fecero per rispondere, ma Harlion si tirò indietro, quando capì che la domanda non era rivolta a lui, dato che non era più responsabile delle questioni militari. Si limitò a guardare Kendor, con un'espressione che non celava del tutto il risentimento che provava in seguito a questo cambiamento indesiderato nella propria vita.

Aithen se ne accorse e strinse la mandibola. All'inizio di quel quarto, lui e Octavius avevano promosso Kendor a Gran Capitano della Guardia Reale e avevano elevato Harlion a Prefetto Praetoriano, assegnandogli il compito di supervisionare la Guardia Praetoriana del re e tutte le attività dei servizi segreti. Il Secundus Telpornion era stato promosso a Primus e ora guidava il battaglione d'assalto di cavalleria al posto di Kendor. Speravano che Harlion avrebbe accolto favorevolmente quel cambiamento. Tuttavia, a quel punto era evidente a tutti che l'anziano capitano non l'aveva presa affatto bene.

Kendor abbassò lo sguardo imbarazzato, prima di rispondere: "Il ricorso alle Lux Baiulae come sentinelle è sicuramente d'aiuto, mio Re. E i metodi di addestramento sviluppati dal Signore Comandante Toras ci avevano quasi dato un vantaggio, almeno finché la Serpe non ha iniziato a farsi accompagnare da dei gruppi di rokon. Perciò, adesso siamo al punto di partenza. Le cose sarebbero diverse se le Fasce Rosse potessero contribuire a offendere la Serpe, ma per ora si limitano a mantenere attive le nebulose."

Octavius digrignò i denti, poi disse a Irania: "E come procede l'addestramento delle vostre Sorelle, Lux Baiula?"

"A rilento, Sire. Ma presto dovremmo riuscire a dargli un'accelerata."

Octavius sollevò un sopracciglio incuriosito.

"In effetti, Elyana è finalmente riuscita a insegnare la formazione della nebulosa a Iyawa Lux Baiula, che è una delle nostre Fasce Gialle più abili ed è in grado di riprodurre perfettamente qualsiasi vincolo, a prescindere che lo veda, lo legga o lo ricordi tramite la memoria trasferita. Ora sta iniziando ad addestrare altre Lux Baiulae, in maggioranza non della Fascia Rossa, nella creazione di nebulose."

Octavius reagì sorpreso e disse: "Parrebbe avere un'abilità sorprendente, a patto che i vincoli replicati siano valide rappresentazioni degli originali."

Irania rispose con un tono leggermente indispettito: "Sì, certo, Sire, avete ragione; può al massimo eguagliare la fonte da cui apprende, in questo caso Elyana, la quale ha efficacemente difeso i Guardiani dall'ACES della Serpe."

"Punto azzeccato, Irania."

Rivolgendosi ad Aithen, Octavius disse: "Qual è la tua opinione sullo stato delle nostre difese, figliolo?"

"L'addestramento delle Sorelle di Fascia non-Rossa alla generazione di nebulose è prioritario, ma è altrettanto importante aggiornare i nostri metodi di offesa e difesa aerea se vogliamo essere pronti a combattere la Serpe e i rokon, quando le nostre forze li incroceranno. Per fortuna, la creatura si è dileguata e non è più riapparsa dopo l'incontro con il quintanale di Toras. Ma sono certo che la rivedremo presto."

"Sì, è molto probabile. Hai chiesto a tuo fratello di inviarci uno dei suoi ufficiali per addestrare i nostri uomini?"

Aithen annuì, poi aggiunse: "Una delle tecniche che ha sviluppato richiede anche l'assistenza di una Lux Baiula. Irania se ne sta occupando."

"Non vedo l'ora di vedere in azione le tecniche di Toras."

Poi, parlando tra sé e sé, il re aggiunse: "E mi fa molto piacere sentire che lo ha fatto in collaborazione con una Lux Baiula. È un segnale incoraggiante."

"Comunque, tornando alle nostre forze, Aithen, come procede l'addestramento della fanteria? E in particolare delle nuove reclute?"

Sospirando sconsolato, Aithen disse: "Sta andando abbastanza bene. I soldati di ruolo sono pronti ad affrontare qualsiasi cosa possa presentarsi, ma..."

Aithen sussultò quando vide il padre fare una smorfia in risposta a una nuova fitta di dolore.

Infastidito dalla reazione del figlio, Octavius ringhiò: "Non devi preoccuparti dei miei acciacchi, Aithen. Limitati a rispondermi."

"Sì, mi dispiace. Come dicevo, i nostri soldati di ruolo sono pronti a tutto, ma le nuove reclute, i soldati di leva, hanno qualche difficoltà a imparare a difendersi, sia da nemici nonsensanti che sensanti. Inoltre... non si sentono ancora molto legati al corpo d'appartenenza e, di conseguenza, la loro disciplina è decisamente carente."

Un accenno di dispiacere apparve sul volto del re, ma la sua espressione mostrava anche che non ne era affatto sorpreso: "Beh, non c'è nulla di strano, Aithen. Reclutare uomini oltre una certa percentuale della popolazione porta invariabilmente a una riduzione della qualità. E in ogni caso, anche i migliori uomini hanno bisogno di tempo per sviluppare un senso di unità nei confronti dei compagni e di fiducia nei confronti dei capi, prima di sottomettersi incondizionatamente... Ma purtroppo noi di tempo non ne abbiamo. Quindi, non ci resta che applicare una ferrea disciplina."

"Conosco le vostre dottrine di guerra, padre. Le conosciamo tutti. Tuttavia, non sono convinto che una disciplina ferrea basti a formare un esercito coeso."

Sperando di risparmiarsi un'altra vampata di dolore, Octavius tornò a sedersi e disse: "Allora non ci resta che usarli per logorare il nemico e consumare il suo munizionamento."

Lo sgomento dipinse il volto di Aithen. Harlion e Kendor avevano un'espressione che si limitava a indicare che non erano affatto ansiosi di fare ciò che sapevano essere necessario. Invece, il viso di Irania rimase indecifrabile mentre lei osservava gli altri studiandone le reazioni.

"Padre, è forse uno scherzo questo?!"

"No, sono serissimo. È l'unico modo. Ogni aspetto della logistica e delle operazioni tattiche e strategiche di un esercito è tanto importante quanto il resto, e non può essere affidato a uomini indisciplinati. Perciò l'unico impiego utile — e fondamentale per noi — è al fronte, con i soldati regolari alle spalle e ai fianchi, e il nemico dritto davanti a loro."

Quando Aithen scosse la testa sconcertato, Harlion fece per parlare, ma Kendor lo anticipò. Aithen notò la reazione frustrata dell'uomo più anziano e l'espressione colpevole di Kendor che disse: "Il Re ha ragione, mio Principe." Il neopromosso Gran Capitano guardò il suo predecessore, prima di aggiungere: "Sono certo che anche Harlion la pensi così. Se non ci si può fidare delle nuove reclute, bisogna disporle al fronte, o rischiamo di perderle e di mettere in pericolo il resto delle truppe."

Le spalle di Aithen si accasciarono, vedendo che il suo vecchio consigliere non faceva obiezioni. Non trovando altri argomenti per contraddire suo padre, il principe indietreggiò in segno di accettazione, ma non senza aver lanciato un'occhiata al suo mentore che non aveva proferito parola.

Il re non era insensibile di fronte all'evidente disagio del figlio, ma aveva un obiettivo da raggiungere in questo incontro. Si sarebbe preoccupato di Aithen e Harlion più tardi. Sgranchì la lingua e disse: "Ora che abbiamo raggiunto un accordo su questo punto, vorrei passare a un altro argomento."

Tutti immaginavano quale fosse il tema in questione e si prepararono a un'altra spiacevole discussione.

"Bene, allora, come procede con gli assassini? Ha già scoperto qualcosa di rilevante, Prefetto?"

Non abituato a sentirsi apostrofato con quel titolo, Harlion esitò a replicare. Quando rispose, lo fece con uno sguardo sconsolato e un timbro mesto, che gli era rimasto dal momento in cui il cuore gli si era fermato mentre inseguiva l'aspirante assassino durante la fiera dell'estate precedente: "Sì, Sire. Non è stato facile, ma alla fine siamo riusciti a ricavare qualche informazione dal nostro prigioniero: la base degli assassini è a Kartak."

"Kartak? Ma certo! E chi guida questa banda?"

Harlion scrollò le spalle imbarazzato.

"Ha parlato con Toras delle sue missioni di esplorazione in quella zona? Gli ho chiesto di sorvegliare la zona durante i suoi voli di ricognizione."

Harlion annuì e precisò che, sebbene le informazioni del principe confermassero la presenza di un covo di assassini in città, non indicavano un leader.

"E suppongo che non ci sia ancora modo di infiltrare spie in città, mi sbaglio?"

"No, Sire. Kartak è un luogo pericoloso per i nonsensanti. Tuttavia, forse la Sorellanza ha trovato una soluzione utilizzando dei... mezzi artificiali per spiare quei vermi."

Octavius disse: "Mezzi artificiali?"

Irania rispose titubando inaspettatamente: "Sì, Sire. La Praefecta Saara, in collaborazione con Kelysia Lux Baiula, ha recentemente sviluppato un dispositivo che ci permette di ascoltare le conversazioni a distanza senza usare il Legame. Due Sorelle..." Irania fece una breve pausa: "Due Sorelle sono andate in missione, a installare il dispositivo in una taverna di Kartak."

Gli occhi di Octavius inizialmente si spalancarono per la felicità — i progressi scientifici lo entusiasmavano da sempre — ma aveva percepito una certa esitazione nella voce della sua consigliera e ne chiese le ragioni.

Il ritardo nella risposta della Fascia Viola colmò la stanza di un'improvvisa tensione. Irania cercò di evitare lo sguardo di Mitsuko mentre rispondeva: "Una delle nostre Sorelle è stata uccisa ieri."

Quell'affermazione sorprese e ammutolì i presenti. L'espressione di Mitsuko, normalmente morbida ed equanime, assunse un aspetto spettrale. Kendor ruppe quel silenzio funebre con un'imprecazione incredula, Harlion guardò la Lux Baiula incupito, mentre il principe e il re incrociarono lo sguardo affranti.

Octavius disse: "Com'è possibile, Irania? Com'è successo? Chi è stata assassinata?"

"Gina Lux Baiula, una giovane Fascia Gialla. Era in ascolto al dispositivo di spionaggio quando è stata uccisa. Non ci sono testimoni. Ma il movente è ovvio."

Octavius continuò, come se stesse parlando a se stesso: "Questo è esattamente ciò che sospettavamo potesse accadere; il nemico ha già iniziato a infiltrarsi nelle nostre istituzioni e noi stiamo ancora brancolando nel buio alla ricerca di soluzioni."

Nessuno rispose.

Octavius guardò la Lux Baiula: "Il dispositivo è ancora funzionante? Se lo è, quando pensi che inizierà a procurarci informazioni utili, Irania?"

Irania apprezzò quel cambio di discorso e rispose: "A quanto pare è ancora funzionante, Sire. Tuttavia, è possibile che il suo doppione a Kartak venga presto scoperto, visto... l'omicidio."

Octavius imprecò sommessamente per poi alzarsi. Le foglie della sedia si allentarono nuovamente dai ganci e i rami seguirono il calore del corpo, per poi fermarsi quando le foglie non sentirono più il calore a contatto. A quel punto i rami si ricongiunsero, emettendo altri strani suoni simili a dei clic, mentre la sedia tornava nella posizione di partenza.

Il re sfregò il rivestimento contrattile del suo corpetto con un movimento verso il basso, per interrompere l'effetto massaggiante, poi riprese a camminare su e giù, mentre i suoi consiglieri lo osservavano trepidanti. Ben presto il volto del re si rasserenò e Aithen sospirò silenziosamente.

Octavius disse: "Speriamo che Urbs Lucis scopra rapidamente la traditrice, Irania. Adesso passiamo ad altro. Come sapete, questa sera io e Mitsuko entreremo nel Legame per incontrare Marcus e..." Il nome dell'ex paria faceva ancora accapponare la pelle alle Sorelle. Octavius notò un'appena percettibile contrazione delle loro labbra, il che lo indusse a fermarsi e a fissarle, prima di continuare: "E lo zebuloniano Lub Methor. Anche la Magna Mater e Lusk Methrim si uniranno a noi. Dato che sia l'Ordine che la Corona invieranno guerrieri a sostegno della rivolta zebuloniana, è tempo che Krystiana incontri il rappresentante dei ribelli. Quanto al Maestro Methrim, è ora che conosca l'altro zebuloniano nella nostra equazione." Quando le narici di Mitsuko si dilatarono, come se avesse sentito un odore sgradevole, Octavius disse: "Non sei d'accordo neanche su questo, Mitsuko?"

"Chiedo perdodno, Sire. Ma trovo Maestro Methrim semplicemente inquietante e non sono certa che mi fiderei di lui al vostro posto."

"Può darsi, Lux Baiula, ma è stato abilitato dalle vostre compagne a svolgere la professione di medico della Guardia Reale e per servirmi come informatore. A me, poi, non ha mai dato fastidio. Forse, come ha suggerito più volte Elyana, sono solo le sue vibrazioni insolite a disturbare molte di voi. Inoltre, non ci sono altre due Alterintranti zebuloniane ora a Urbs Lucis? Due ragazze? Sono certo che potreste confrontare le sue vibrazioni con le loro, e magari scopriremmo che sono simili."

"Presumo che le nostre Sorelle a Urbs Lucis lo abbiano già fatto, Sire. Tuttavia, non lo so per certo. Forse Irania ne è sa più di me."

La consigliera del re scosse la testa.

"Allora informatevi."

Se la vigilante del re si era risentita del suo atteggiamento brusco, non lo diede a vedere, ma le sue parole furono comunque oneste: "Il mio dovere è anche quello di proteggervi, Sire. Per questo vi ho avvertito."

"Sì... sì, è il dovere di tutti proteggermi. Ma il risultato è che mi sento prigioniero."

Aithen fece per intervenire, senza celare l'indignazione e il fastidio: "Padre..."

Octavius sospirò rumorosamente e rispose: "Sì. So cosa stai per dire, Aithen. So che è necessario. È solo che... vorrei che non lo fosse." Quando i presenti cominciarono a obiettare, Octavius sollevò una mano e aggiunse: "Non fraintendetemi; accetto tutte le misure di sicurezza. Ciononostante la sensazione che provo è di avere addosso un fardello."

Quando Aithen si tirò indietro, avendo percepito la rassegnazione nella voce del re, Octavius concluse ciò che aveva iniziato a dire prima: "Comunque, dov'ero rimasto? Ah, sì, il Maestro Methor. Probabilmente mi dirà che le gilde sono pronte per supportare la nostra... incursione nella loro nazione. Se lo farà, dato che i Frumentarii di Harlion hanno confermato le intenzioni di Zebula, noi — o meglio un contingente di forze speciali della nostra furaneria e del Fasciato Rosso della Sorellanza — ci dirigeremo presto verso la capitale della Zebulonia."

III.   Un incontro zebuloniano

Più tardi, quel giorno, Mitsuko si sedette di fronte al re sul pavimento della sala. La donna lo guardò con un'espressione curiosa, stupita nel vederlo seduto lì per terra. Alla sinistra di Octavius sedeva Irania, che lo teneva d'occhio nel caso in cui fosse successo qualcosa d'imprevisto e Mitsuko avesse avuto bisogno del suo aiuto. Irania non si sarebbe unita a loro nel Legame; anche perché il re temeva che il fatto di trovarsi in inferiorità numerica rispetto alle Lux Baiulae avrebbe potuto spaventare Lub Methor.

Mitsuko disse: "Sire, ora dovremmo stabilire la connessione."

Octavius annuì.

Lasciandosi trascinare in trance dal suono della pioggia, che aveva appena iniziato a cadere in tutta la costa alvinoriana settentrionale, Octavius fece un conto alla rovescia da dieci e scese allo stato meditativo di livello 2, mentre ascoltava il battito cardiaco di Mitsuko. Sapeva che molte persone riuscivano a entrare in trance senza contare — molti lo ritenevano addirittura una cosa da pivelli — ma contare lo aiutava a concentrarsi, a lasciarsi alle spalle il mondo fisico, perciò continuava a usare questa tecnica.

Il battito costante del cuore di Mitsuko permise a Octavius di individuare subito la donna. Lei lo accolse con un cenno di benvenuto e di soddisfazione. Il re aveva imparato a meditare connettendosi con Darya, svariati decenni addietro, finché i pubblici costumi non li costrinsero a separarsi. Ogni giorno — occasionalmente più volte al giorno — avevano praticato la loro connessione. In questo modo Octavius era riuscito a controllare la sua progressione nella trance, dalla piena coscienza all'entrata nel Legame, fino alla lenta scomparsa di tutti gli stimoli, fatta eccezione per il suono del battito cardiaco di Darya — il suo faro.

Mitsuko si preparò a stabilire un nodo mentale tra il re e se stessa. Octavius decise di mettere lei alla guida della ricerca, per non svelare le proprie capacità di sensazione e di vincolo. La vigilante apprezzò la sua cautela. Mitsuko si prese tempo; temeva di sferzarlo troppo violentemente con le solite funi di luce ondeggianti. Comunque, la procedura non fu piacevole.

Octavius si chiese perché non fosse mai stato elaborato un modo meno doloroso per fissare il nodo.

Il re lanciò l'ultima sferzata e Mitsuko la annodò a sé, lei si congratulò e i due si prepararono a cercare gli altri. Per prima cosa avrebbero incontrato Krystiana e Lusk, poi avrebbero cercato Marcus e il suo ospite.

A quel punto, Mitsuko gli trasmise un pensiero impregnato di ribrezzo che al re fece venire voglia di sospirare: *"La Magna Mater e Lusk Methrim dovrebbero essere qui a momenti, Sire. L'ho già contattata."*

La forma di Octavius proiettata nel Legame fece un cenno di assenso con la testa.

Poco dopo — anche se per il re era difficile rendersi conto dello scorrere del tempo nel Legame — apparvero davanti a loro Krystiana e Lusk Methrim.

La forma di Mitsuko si spostò come se volesse allontanarsi dal guaritore. Octavius non percepì lo sguardo risentito di Lusk, ma si stava infastidendo nel vedere la forma di Mitsuko cambiare continuamente posizione. Il loro nodo mentale gli permetteva di cogliere i suoi pensieri o sentimenti in qualsiasi momento, ma lui preferiva osservare i segnali visivi e quei movimenti randomici non lo rendevano facile.

Nel frattempo, Krystiana trasmise: *"Octavius, che bello rivedervi."* Quando la vigilante del re riapparve accanto a lui, Krystiana salutò anche lei.

Il re rispose allo stesso modo, ma gli sembrò di percepire una certa preoccupazione sul volto della Magna Mater. Se lo tenne per sé.

Lusk rivolse i propri saluti al re: *"Sire, vi ringrazio per avermi permesso di unirmi a voi."*

"Benvenuto, Maestro Methrim. Deve sapere che la ragione per cui le ho chiesto di unirsi a noi è che avrò bisogno di mandarla in Zebulonia con il mio esercito, come guida e intermediario. L'uomo che incontreremo a breve per discutere della nostra incursione è un membro dell'OLZM. Il suo nome è Lub Methor. Vi conoscete?"

Lusk Methrim si sforzò di non sollevare lo sguardo in segno di disprezzo, anche se nessuno poteva davvero capire la sua espressione facciale.

"Lo conosco, Sire. Era un uomo corto."

Octavius ritrasse il capo, non capendo cosa intendesse.

Krystiana intervenne e disse: *"Significa che il vostro contatto era un uomo di poca importanza, Sire."*

Octavius trattenne un impulso di fastidio. I negoziati di quel giorno erano già sul punto di fallire? Disse: *"Evidentemente le cose sono cambiate per lui in questi anni, dopo che lei ha lasciato la vostra terra natia. In ogni caso, sarete in grado di collaborare?"*

Pienamente consapevole della sua missione finale, Lusk si sforzò di annuire.

Però il re notò la sua mancanza di determinazione e disse: *"Non vuole lavorare con Lub Methor?"*

La forma di Lusk si dissolse mentre rispondeva: *"Sire, la verità è che non voglio tornare in Zebulonia."*

Il re fu colto all'improvviso da un istinto ad acconsentire alla richiesta di Lusk, ma resistette, lo represse bruscamente e quel sentimento svanì. Tuttavia, quando svanì, svanì anche il ricordo di esso. Ricordò solo il commento di Lusk, che lo fece arrabbiare: chi gli chiedeva di fare la guerra, come minimo doveva essere pronto a marciare insieme al suo esercito. Octavius disse: *"Temo sia essenziale, Maestro Methrim. Non è una condizione negoziabile. Capisco la sua reticenza, e non le nascondo che effettivamente metterà a rischio il suo corpo, insieme agli uomini e le donne di Alvinoria che si batteranno contro le forze della sua ex Regina. Tuttavia, riceverà protezione e non le verrà mai chiesto di sacrificarsi per noi."*

La forma di Lusk si allontanò per poi tornare verso il gruppo, mentre considerava le parole del re. Quando finalmente raggiunse una decisione, la sua forma si stabilizzò accanto agli altri e disse: *"Sire, sono qui per servirvi."*

Octavius accolse la dichiarazione dello zebuloniano inclinando la bocca, poi disse: *"E allora uniamoci al resto della combriccola."*

Mitsuko raggiunse la memoria del re per individuare le vibrazioni di Marcus e assunse il comando della ricerca, continuando a mascherare le capacità vincolate del re.

Muovendosi attraverso gli spazi sconfinati di quel luogo etereo dai colori brillanti e abbaglianti che illuminavano la via, il gruppo superò innumerevoli forme, e poi altre ancora. Ogni volta che Mitsuko percepiva una vibrazione che sembrava corrispondere a quella da lei percepita nel cervello del re, Octavius la elaborava per convalidarla o rifiutarla, aumentando sempre più la precisione e la velocità di Mitsuko. All'undicesimo tentativo, Octavius finalmente riconobbe le vibrazioni di Marcus. Mitsuko si agganciò all'obiettivo e condusse il gruppo verso altre due forme.

La forma di Marcus Vrol — alto e pallido, vestito con i suoi abiti usuali, anche se avrebbe potuto immaginarsi con abiti più eleganti — disse a Octavius: *"Mio Re, che piacere vedervi."*

Una fugace incertezza fece esitare Octavius, ma non capendone il motivo, trasmise solo: *"Anche per me, Marcus."*

Poi, Lub Methor si inchinò al cospetto del re e venne accolto a sua volta.

Indicando l'amico e guardando negli occhi la proiezione di Krystiana con una certa apprensione, Octavius disse: *"Magna Mater, sicuramente riconosce Marcus Vrol."*

Il re osservò il volto di Krystiana, le sue mani, la sua postura, alla ricerca di segni di accettazione o diffidenza. Tuttavia, trovava più difficile interpretare questi segnali nel mondo interno, rispetto a quello esterno. In effetti, sebbene il cervello delle persone tendesse a creare immagini dei loro corpi con espressioni a loro familiari, una persona esperta nell'errare — come la Magna Mater — poteva rimodellare la propria forma a piacimento, adottando comportamenti che non erano familiari a Octavius e che, in generale, non erano facilmente decifrabili. Tuttavia, riuscì a cogliere alcuni cambiamenti fugaci, ma probabilmente significativi, nell'aspetto della Magna Mater. Dicevano: *Mi dà ancora fastidio vedere quest'uomo libero, anche se è stato scagionato dal crimine per cui è stato esiliato decenni fa.* Octavius si accigliò interiormente e sperò che Krystiana non interferisse con la missione.

Non appena Krystiana annuì in risposta alla sua affermazione, continuò le presentazioni: *"Maestro Methor, le presento la Magna Mater Krystiana, leader delle Sorelle* dell'Ordine della Luce. Mater, lui è Lub Methor, lo zebuloniano che ha reso possibile tutto questo."

Octavius notò un sorriso di benvenuto sul volto vaporoso di Krystiana, che però celava qualcosa. *Quel sorriso sembra coprire un leggero allungamento delle labbra che, nel mondo esterno, indicherebbe un atteggiamento sarcastico. Suppongo che non sia ancora riuscita ad accettare di essere stata trascinata in questo accordo senza aver partecipato alle trattative iniziali.*

Lub Methor si inchinò mostrando una palese diffidenza. *Me l'aspettavo. Speriamo che Krystiana lo prenda per quello che è: la naturale avversione dei maschi zebuloniani per le donne Alterintranti.*

Octavius concluse il giro di presentazioni. Forse non era poi così sorprendente che Methor guardasse il suo compatriota con le labbra contratte. Eppure, il re si stupì quando vide l'aspetto benevolo di Marcus inasprirsi momentaneamente, mentre si presentava a Lusk. Octavius sospirò nuovamente dentro di sé. *Sarà un miracolo se questo incontro si concluderà con successo. E perché Marcus sembra non gradire la presenza di Methrim? Non lo conosce...*

Allontanando questi dubbi dai suoi pensieri, Octavius disse: *"Maestro Methor, forse si ricorda di Lusk Methrim, che credo fosse un ex membro della sua organizzazione."*

"Eccome, Sire, me lo ricordo."

"Il Maestro Methrim accompagnerà il mio esercito in Zebulonia, come intermediario, dato che non conosciamo la vostra lingua, e quindi dovrete collaborare affinché il nostro piano vada a buon fine."

Lub Methor non rispose alla dichiarazione di Octavius, se non irrigidendosi in volto.

"Capisco che possa ancora provare risentimento nei suoi confronti per aver lasciato l'OLZM alcuni anni fa, ma vi

assicuro che condividete ancora gli stessi obiettivi: rovesciare Zebula e le Janarae."

Ci vollero diversi minuti di tira e molla tra il re e Methrim da una parte e Marcus e Methor dall'altra, prima che questi ultimi accettassero di ammettere Lusk nei loro piani, come intermediario dell'esercito del re. Sembrava che la forma di Marcus volesse ridursi ogni volta che sentiva parlare Lusk Methrim. Octavius si sentì sopraffatto dall'insieme delle correnti sotterranee che percepiva. Ma cosa poteva mai farci, lì in quel momento? Avrebbe dovuto approfondire la questione in seguito.

Quando si raggiunse una sorta di intesa tra le parti, Krystiana lanciò un'occhiata a Octavius prima di dire allo zebuloniano: *"Maestro Methor, prima che Urbs Lucis invii le proprie squadre per assistere la vostra rivolta, avremo bisogno di ottenere certe informazioni dal palazzo di Zebula."*

"Mi spiaze... Magna, ma..."

"Non le sarà chiesto di intfiltrare direttamente nessuno a palazzo, ma come sa, manderemo in missione due nostre collaboratrici, due ragazze di origine zebuloniana e sarebbe utile ricevere la vostra assistenza per facilitare il loro ingresso nella cittadella della regina. Il re ha detto che lei ha contatti con il personale di palazzo e che le ragazze potrebbero essere assunte come... addette al riempimento dei calici?"

"Si può far, e in effetti è un valido incarico per fare spionaggio. Ma le ragazze parlano zebuloniano scorrevolmente? Sono belle?"

La Magna Mater, il re e Mitsuko percepirono dei campanelli di allarme e un brivido percorse virtualmente la loro schiena.

Krystiana esclamò: *"Perché dovrebbero essere belle? Non permetterò che le ragazze vengano violate o schiavizzate, Maestro Methor!"*

La forma di Methor vibrò e si contrasse spaventata. Guardò Marcus, anziché il suo compatriota, per chiedere una spiegazione in merito alla reazione della Lux Baiula. *"Violate?"*

Marcus digrignò i denti nervosamente, confuso a sua volta da ciò che il suo ospite intendeva. Non rispose a Methor e disse invece a Krystiana che non gli era chiara la domanda dello zebuloniano.

Prima che la situazione peggiorasse, Methrim alzò una mano per zittire Methor e si rivolse a Krystiana per dare una spiegazione a lei e agli altri. Disse: *"Magna Mater, non si allarmi. L'unica ragione alla base della domanda di Maestro Methor è che la Regina... predilige essere circondata dalla bellezza; la esige presso la sua corte, indipendentemente dal sesso, anche se ci sono — o ci sono state — delle eccezioni. In ogni caso, le ragazze non verranno violate e non verrà chiesto loro di compiere o partecipare ad atti... degradanti."*

Mentre la tensione si dissipava dalle forme degli alvinoriani, Lusk si rivolse al suo ex compatriota per spiegargli il malinteso. L'uomo sembrò costernato e arrossì, suo malgrado, per aver fatto agitare gli altri a causa della sua scarsa padronanza della lingua e della cultura alvinoriana.

Con aria sollevata, Krystiana disse: *"Mi scuso per aver frainteso, Maestro Methor. Questo mi conferma che ho preso la decisione giusta mandando in missione donne di origine zebuloniana e chiedendo a Maestro Methrim di istruirle e prepararle per assumere qualsiasi identità una volta arrivate in Zebulonia. E, in risposta alle sue domande: il Maestro Methrim ci ha assicurato che le ragazze hanno una padronanza sufficiente dello zebuloniano settentrionale, tale da non destare sospetti. Per quanto riguarda l'aspetto fisico, non saprei, poiché non posso giudicare ciò che piace alla vostra Regina, né ciò che piace a un qualsiasi zebuloniano, se è per questo. Forse, Maestro Methrim può risponderle. In ogni caso, spero che non sia questo il fattore che determinerà il successo della loro missione."*

Lub Methor si voltò verso Lusk. Quando Methrim fece un cenno verso l'alto con la testa tenendo gli occhi spalancati, Methor fece un cenno di sollievo, anche se il modo in cui continuava a guardare Methrim indicava che i suoi dubbi persistevano. Apparentemente, i rapporti tra quell'uomo e l'organizzazione non erano rimasti amichevoli in seguito alla separazione.

Krystiana riuscì comunque a farli collaborare e insieme passarono un po' di tempo a discutere i dettagli di infiltrazione delle spie nel regno, nella capitale e infine a palazzo.

Una volta raggiunto un accordo, discussero i piani per l'ingresso dell'esercito del re in Zebulonia, un manipolo che sarebbe stato composto dall'élite della Guardia Reale e della Sorellanza.

Di tanto in tanto, Octavius veniva distratto dagli sguardi furtivi di Marcus rivolti a Lusk Methrim. Lasciò che un profondo sospiro mentale lo tranquillizzasse, poi la sua forma lampeggiò, nel momento in cui una decisione si fece strada nella sua mente.

Notando che la discussione si stava ormai esaurendo, il re si concentrò e disse: *"Allora siamo tutti d'accordo sulla data di inizio della rivolta, sarà il primo giorno di primus."*

Annuirono tutti, Methor lo fece con una foga impetuosa che il re non aveva mai riscontrato in lui prima d'ora, mentre Krystiana annuì rassegnata.

Octavius unì le mani e annuì a sua volta, e in quel momento rimpianse il fatto di non aver portato Kendor con sé. In effetti, si chiese perché non gli avesse chiesto di venire.

Girandosi verso la vigilante che si trovava molto più in là a sinistra, Octavius disse: *"Ottimo, Mitsuko, credo che sia giunto il momento di tornare ai nostri corpi."* Poi, privatamente, le disse: *"Lascerò che tutti se ne vadano, ma terrò Marcus qui. Fai finta di andartene e nasconditi quando torni; voglio che lo sondi. Ma fa' attenzione."*

Mitsuko non fece alcun movimento che indicasse che lei e il re si erano appena scambiati dei pensieri, eppure qualcosa si agitò in lei. La sua leader la guardò e Mitsuko non ricambiò lo sguardo, bensì le trasmise un pensiero per avvisarla che era tutto regolare. Nessuno notò il dilatarsi e il successivo restringersi degli occhi di Lusk in reazione a un'improvvisa rivelazione.

Rivolgendosi ai presenti, Octavius disse: *"Krystiana, grazie. Maestro Methor, ci risentiremo il quattordicesimo giorno di tredecimus."*

"Mi scusi, Sire, tredecimus?"

"Tra due mesi."

Methor confermò la sua presenza e, dopo i consueti saluti, genuflessioni e inchini, il gruppo lasciò il Legame, a eccezione di Marcus, trattenuto dal re.

La partenza degli ospiti lasciò dietro di sé un turbine di vibrazioni gialle e verdi che distorsero le forme di Octavius e Marcus.

Quando tutto tornò a essere immobile, a parte le strisce di luce che ondeggiavano in lontananza, il re disse: *"Marcus, ora che siamo soli, dimmi cosa ti preoccupa."*

Marcus strizzò le palpebre: *"Cosa mi preoccupa? Scusatemi, Sire, non è niente, ma ammetto che tutti questi mesi di lavoro e pianificazione, oltre alla revoca del mio esilio mi hanno alquanto scombussolato, in effetti."*

La forma di Octavius inarcò un sopracciglio. Perché adesso Marcus si rivolgeva a lui in modo così formale? *"Lo immagino. Eppure, percepisco qualcosa di strano, e — per quanto ci provi — non riesco proprio a capire di cosa si tratti.*

E come mai continuavi a guardare Lusk Methrim? Vi conoscete?"

Dopo un'esitazione che durò un attimo, o un'eternità, un'esitazione accentuata dall'inatteso schiocco dei nastri di luce che li circondavano, Marcus rispose: *"Sai bene che i nostri sensi possono ingannarci, talvolta."* E ridendo forzatamente aggiunse: *"Credo proprio che in questo frangente ti abbiano ingannato... vecchio mio."*

Se l'intenzione di Marcus era quella di tranquillizzare il re, fallì miseramente. *"Cosa vuoi insinuare, Marcus? Che mi sto sbagliando?!"*

"Rispetto a ciò che potresti aver percepito in me durante l'incontro, tutto quello che posso dirti è che devi aver scambiato per sospette alcune vibrazioni che non riconosci più. So che sei un Sensore formidabile, Octavius, ma sono anni che non eserciti le tue capacità di sensazione. Invece, per quanto riguarda questo Lusk Methrim, non lo conosco, ma è probabile che anch'io sia stato fuorviato da vibrazioni che non riconoscevo, anche se suppongo che nel suo caso siano dovute al fatto che è un Alterintrante di un'altra razza, di cui non riconosco le specifiche vibrazioni. È un Alterintrante, vero?"

Octavius annuì lentamente, poi si prese un po' di tempo per valutare le parole dell'amico, mentre la sua forma mutava, si dissolveva e si ripresentava. Quando finalmente si stabilizzò, disse: *"Suppongo tu abbia ragione, Marcus. Grazie di avermi accontentato. Dovrò affinare i miei sensi, perché qualcosa mi dice che questi incontri nel Legame saranno sempre più frequenti."*

Marcus fece un cenno di assenso e tacque, mentre i due uomini si osservavano l'un l'altro, riflettendo.

Stanco di cercare di decifrare le emozioni altrui attraverso questo linguaggio del corpo — il linguaggio delle forme immateriali — che ormai non padroneggiava più, Octavius lo chiese direttamente: "Cosa c'è, Marcus? *A cosa pensi?*"

Quando la forma del suo ex ufficiale iniziò a parlare, Octavius sentì un'ondata di vertigini che lo colse e una voce insistente risuonò nella sua mente, facendolo trasalire e annullando la sensazione di stordimento. Mitsuko gli trasmise un pensiero e lui rispose sbraitando che stava bene e che non l'aveva chiamata. La donna voleva estrarlo fuori dal Legame, ma lui rifiutò e le ordinò di continuare a osservarli a distanza.

Quando le parole di Marcus tornarono a fluire verso la coscienza di Octavius, l'uomo stava per dare al re la risposta che desiderava: *"...ti consiglio di diffidare dell'Ordine. Krystiana potrà anche essere tua alleata, ma non può garantire per tutte le Sorelle."*

Octavius cercò di trattenere un impeto d'ira e d'indignazione, seguito da un senso di nausea. Entrambi questi sentimenti sembrarono crescere in lui fino a scoppiare. Si sentì confuso e si portò una delle sue mani ariose alla fronte. Ricordando, per un brevissimo momento, di essere annodato a Mitsuko, le chiese se lei stesse amplificando le proprie emozioni. Non ricevette risposta, ma nel frattempo la nausea scomparve e si dimenticò di essersi sentito male. Senza rispondere all'affermazione del Lettore, disse a Marcus: *"Molto bene... Mi auguro di rivederti presto, amico mio. Adesso devo tornare nel mio corpo, prima che una Lux Baiula venga qui a tirarmi fuori di peso."*

"Anch'io, Octavius, altrimenti il mio ospite si preoccuperà. Possa Alba illuminare la tua strada, fino a quando non ci ritroveremo."

Octavius annuì, poi la sua forma brillò e uscì dal Legame, seguita da quella di Mitsuko.

In una grande sala scavata nella roccia ma sorprendentemente calda, nei sotterranei del Tempio di Aiala, Krptus ascoltava il chierico sfregiato e dallo sguardo selvatico. Il Primo Chierico era in piedi sopra una pedana elevata, guardava dall'alto i suoi discepoli e gesticolava energicamente per enfatizzare le sue dichiarazioni.

Essendosi seduto in penultima fila, Krptus poteva osservare dal fondo l'eclettica schiera di plebe e patriziato della città, mischiati in file, senza distinzione di rango o di razza. Krptus scrutava le persone e il rituale in corso, nascondendo una certa apprensione. Si sentiva a disagio e più di una volta aveva temuto di essere riconosciuto da qualcuno che fosse al corrente della sua appartenenza alla Guardia Reale. Aveva anche pensato di coprirsi il capo con un cappuccio, ma dato che tutti gli altri erano lì a viso scoperto, coprirsi non avrebbe fatto altro che dar loro un valido motivo per sospettare di lui, quindi aveva deciso di evitare. Sperava che quelli seduti vicino a lui nelle ultime file fossero come lui e preferissero farsi gli affari propri.

Era stato invitato alla cerimonia dal senatore Sur'Elando. Quest'ultimo era venuto a conoscenza del suo conflitto interiore precedentemente all'attacco della Serpe a Furania di tre mesi prima, tramite il Primo Chierico. Krptus non aveva scelto di partecipare all'incontro a cuor leggero, data la sua posizione nella Guardia e il rispetto che provava per il suo ex comandante, l'attuale prefetto, Harlion, il quale nutriva una profonda antipatia per il Primo Chierico. Probabilmente, la riassegnazione di Harlion aveva contribuito a indirizzare la decisione di Krptus, oltre alla presa consapevolezza che la Chiesa di Elande, che lo aveva aiutato e sostenuto quando lui dovette costruirsi una nuova vita da furanense, non gli avrebbe dato ciò di cui aveva bisogno ora: una teologia funzionale ai problemi in arrivo. Il credo principale della Chiesa di Elande era la totale rassegnazione agli eventi e ai dolori; ma Krptus aveva bisogno di credere che il destino potesse essere cambiato e il pericolo in arrivo scongiurato.

Tra l'altro, i recenti avvenimenti, unendosi alla sua spiritualità repressa e al sentimento di alienazione che provava — immutato da quando lui era stato portato a Furania insieme alla sorella — avevano suscitato in lui un profondo desiderio di impegnarsi in qualcosa di significativo. E a quanto pareva, la Chiesa di Aiala offriva proprio questo ai propri fedeli: un significato.

Il Primo Chierico Galadrin invitò il suo pubblico trepidante ad alzarsi in piedi. L'uomo aveva capito già da tempo che, per spingere una massa ad agire, occorreva far ascoltare l'appello da una posizione eretta. In effetti, stare in piedi in mezzo a una folla di individui con una predisposizione simile rende la mente libera di esprimere le proprie intenzioni anche attraverso il movimento, che a sua volta rafforza la volontà. Un circolo virtuoso in cui mente e corpo diventano un tutt'uno, e con tutti i componenti della folla, uniti da una convinzione fervida che può trovare sfogo solo attraverso l'azione.

Imponente e ammaliante nella sua veste rossa, il chierico dichiarò: "La nostra sfera è sotto attacco. La causa è evidente, ma ve la illustrerò comunque." Galadrin posò la mano sul teschio del Primo che si stagliava su un piedistallo al suo fianco. Quando lo toccò, chiuse gli occhi e rabbrividì, mentre il teschio cominciò a brillare. I fedeli rimasero a bocca aperta, senza sapere cosa aspettarsi. Riaprì gli occhi e proseguì: "Ciò che ha fatto indignare i Fondatori è la mancanza di fede dei loro figli e soprattutto dei nostri leader che, a causa della loro empietà, allontanano la gente dai creatori. Voi sapete che dico la verità, è così persino tra le mura di casa vostra e nei nostri rapporti personali.

La Serpe e le terribili creature che attaccano le nostre città e i nostri villaggi sono la conseguenza diretta di questo allontanamento. Il Gran Re e le sue perfide alleate, le Sorelle della Luce, non parlano mai chiaramente, perché altrimenti rivelerebbero l'oscurità che celano. E allo stesso modo i kynariani, che preferiscono comunicare con le bestie piuttosto che con i loro fratelli e sorelle... Tutti quanti hanno attirato su di noi questo flagello e noi soltanto possiamo togliercelo dalle spalle, ma dobbiamo agire."

Galadrin fece una pausa, unì le mani e chinò il capo prima di rialzarlo e lanciare uno sguardo provocatorio. Quindi, riprese: "C'è chi crede che chiunque morirà in questa guerra sarà ricompensato quando arriverà il Giorno dell'Unione, a patto che si sia preso cura del proprio corpo e lo abbia usato per fare del bene. Tuttavia, chiedetevi, saranno degni i corpi di coloro che combattono per gli eretici o di coloro che dissimulano, lasciando che l'eresia incancrenisca la nostra società?"

"Voi sapete, poiché siete illuminati, che lo spirito non risiede solo nei nostri cervelli, bensì in ogni particella del corpo e, affinché il nostro corpo sia degno, deve essere abitato da uno spirito degno. Questo è il principio più autentico del Pansoma: un corpo degno dell'Unione è un corpo in cui alberga una mente devota. Una mente profana non può che macchiare il corpo agli occhi dei Fondatori, a prescindere dalle gesta compiute."

Alcuni tra i presenti non si scomposero, ma la maggior parte della platea — per la soddisfazione di Galadrin — si voltò verso i sacerdoti mostrando espressioni indignate o imploranti. I chierici si misero a cantare, dando l'esempio: "Eretici e ignavi, corpi non degni! Occorre agire per esser degni! Eretici e ignavi, corpi non degni! Occorre agire per esser degni..." La folla seguì il canto con tumultuosa alacrità, continuando all'unisono per svariati interminabili minuti.

Krptus osservò e ascoltò la scena in preda ai sensi di colpa, ma non riuscì a intonare il canto pur riconoscendone la veridicità. Quando il Primo Chierico richiamò i fedeli al silenzio, il guardiano si risedette insieme agli altri, sperando che nessuno si fosse accorto della sua mancata partecipazione.

Poco dopo, il suo cuore cominciò a galoppare furiosamente, quando sentì la voce del Primo Chierico rivolgersi direttamente a lui: "Giovane!" Guardò l'altare imbarazzato, poi intorno a sé, come se si sentisse colpevole di aver attirato l'attenzione del Primo Chierico. Il leader spirituale lo esortò un'altra volta, con maggiore insistenza: "Giovanotto, mi sembri dubbioso." Krptus strinse la mascella come se fosse pronto a combattere, il soldato che era in lui stava prendendo il sopravvento.

Galadrin disse: "Non temere. Sei il benvenuto qui, proprio come chiunque altro voglia unirsi a noi." La tensione di Krptus si allentò un poco.

"Ti riconosco. Ti ho visto il giorno in cui la Serpe ha attaccato; eri uno degli astanti." Il corpo di Krptus si ricontrasse. "Ma ora hai visto la verità e vuoi agire. Lo leggo nei tuoi occhi. Vieni qui."

Krptus si girò a destra e a sinistra, alla ricerca di qualche indicazione su cosa stesse accadendo. Coloro che incontrarono il suo sguardo lo esortarono semplicemente ad avanzare e avvicinarsi al Primo Chierico.

Così, si fece coraggio, rilassò il pugno stretto — come si rilassa una mano intorno all'elsa di una spada, comunque pronta a impugnare e sguainare l'arma — e discese verso il palchetto. Mentre procedeva, sentì un formicolio. A quel punto, qualcosa attirò la sua attenzione sulla destra: era il senatore Sur'Elando. Questi gli fece un cenno di incoraggiamento con la testa. Krptus ricambiò nervosamente con un saluto.

Il soldato si fermò a pochi metri dalla pedana, continuando a guardarsi intorno con ansia. Perché spaventarsi tanto? Era un militare lui. Eppure, era terrorizzato, tanto dalla sua incapacità di resistere alla chiamata del chierico, quanto dalla folla che lo esortava. Perché gli stava accadendo tutto questo?

Con un gesto benevolo, Galadrin invitò Krptus a salire accanto a lui.

Krptus esitò finché l'orgoglio glielo permise, e infne acconsentì. Galadrin gli indicò di proseguire finché non arrivò lì a un metro. Il chierico si avvicinò e gli mise una mano sulla spalla.

"Buon uomo, benvenuto. Sei Krptus Bentani, giusto?"

Il soldato annuì.

Le mani della folla iniziarono a battere sulle gambe, in una sorta di applauso di accoglienza.

"La tua presenza stasera è già di per sé un atto di coraggio, e questo la rende degna dell'omaggio dei nostri Fondatori. Tuttavia, vedo che il dubbio aleggia ancora sopra di te."

Krptus non replicò, ma rimase al fianco del chierico con la stessa rigidità di un uomo a cui viene chiesto di compiere un atto vile in pubblico.

Galadrin continuò a sorridere benevolmente, mentre lo fissava con un'espressione che sembrava dire: "È così che ti prenderò all'amo." Krptus tentò senza troppa convinzione di indietreggiare e il Primo Chierico incalzò: "Voglio farti un regalo, che viene concesso di rado."

Gli occhi di Krptus si socchiusero mostrando sospetto.

Indicando il teschio del Primo e guardando la platea, Galadrin chiese: "Sai cos'è questo?"

"Io... ne ho sentito parlare."

"Certo. È il teschio del primo essere umano, qui posto dall'Originatrice stessa, più di duemilaquattrocento anni fa."

L'espressione di Krptus si distorse, mentre si chiedeva perché il chierico stesse parlando di quella reliquia.

"Il teschio del Primo è un collegamento diretto ai nostri Fondatori. È attraverso di esso che l'Originatrice e gli altri Dei comunicano con me e con chiunque meriti il loro consiglio."

Ancora una volta Krptus fece per indietreggiare, ma Galadrin disse: "Voglio che tu la ascolti, affinché tu possa conoscere la verità, affinché tutti i qui presenti la possano conoscere."

La mente del soldato era in piena confusione. Il suo volto era il ritratto dell'incredulità. Si voltò verso la massa, sperando di incrociare lo sguardo di Sur'Elando e ricevere conferma che quell'uomo non si stesse prendendo gioco di lui. Quando finalmente i loro sguardi si incontrarono, il senatore annuì, poi annuì di nuovo per enfatizzare.

Krptus strizzò le palpebre, si rassegnò a qualsiasi follia gli fosse stata chiesta e tornò a guardare il chierico, che lo invitò con un gesto a posare la mano sul teschio metallico.

"Krptus, ascolta l'Originatrice."

E così, Krptus fece un passo avanti.

Per due volte esitò, mentre avvicinava la mano al teschio che, data la sua superficie metallica smerigliata, non appariva come un teschio umano. Prima di toccare il cranio incandescente, i suoi occhi si chiusero istintivamente e la sua testa si girò dall'altra parte, come se avesse paura di ciò che sarebbe potuto accadere.

Non rimase folgorato, né tantomeno la folla scoppiò in una risata, anzi, un silenzio inquietante si impadronì della sala cavernosa. I pensieri di Krptus erano perfettamente nitidi e ogni paura sembrò svanire in lui. Si lasciò trasportare dalla morbidezza dell'oggetto, assai più liscio di qualsiasi altro

cranio avesse mai toccato prima. Per un momento si chiese —
ammesso che si trattasse davvero del cranio del venerato primo
k'tarano — perché i Fondatori non lo avessero graziato con
l'Unione. Forse...

Il silenzio nella sala fu rotto dal rantolo emesso da Krptus
nel momento una voce squarciò la quiete della sua mente.
Chierici e laici osservarono la scena trepidanti, i loro sguardi
erano pieni dell'aspettativa di un miracolo.

Immerso nel silenzio proibito[6] in cui sin da piccolo era
solito rifugiarsi, Krptus aprì gli occhi, staccò rapidamente la
mano dal teschio e si voltò verso Galadrin.

All'improvviso, qualcuno dalla platea chiese impaziente:
"Cosa ha detto? Che cosa ha detto?!"

Krptus rivolse a Galadrin uno sguardo impotente. "Io...
Non ho compreso le parole, hanno usato la lingua antica, credo.
Però... ho capito."

Una voce tra i fedeli chiese: "Hanno?"

Krptus aggiunse: "La nostra Originatrice ha detto: *Abbi
fede, Krptus*. Poi qualcun altro ha parlato... deve essere Lui...
Ha detto: *Se agisci seguendo la tua fede, ti salverai. Così come
tutti coloro che si affideranno alla fede.*"

La sala venne pervasa da un crescente, esplosivo brusio di
stupore e di invidia. Galadrin non si lasciò sfuggire il momento
ed esclamò: "Benvenuto, figlio di Aiala! Fratelli e sorelle,
accogliamo un nuovo fratello!"

Non sapendo come reagire, lo yerlayano rimase lì
immobile con un'espressione sconcertata. Non era mai stato
accolto con tanto entusiasmo da nessuna parte, soprattutto al
nord, dove la maggior parte delle persone lo guardavano
ancora con diffidenza e perplessità.

---

[6] In fisica, una linea proibita indica un fenomeno che avviene per
vie non conformi alle aspettative e si contrappone a una linea permessa,
ovvero quando la transizione avviene nel modo più probabile.

Gli applausi e le acclamazioni proseguirono per un po'. Finirono quando il Primo Chierico fece cenno di tornare alla calma, poi intimò a Krptus di prendere posto in prima fila.

Galadrin invitò tutti ad alzarsi e a unirsi a lui in preghiera.

I sacerdoti iniziarono a cantare appassionatamente; i loro volti — tutti sfregiati dalle fiamme, chi più chi meno — assunsero l'aspetto pacifico di quelli dei fedeli. Galadrin si unì al canto e la sua voce risuonò con una potenza che nemmeno il re poteva eguagliare. I fedeli, estasiati, seguirono l'esempio del Primo Chierico con un ardore inquietante. Krptus si unì al coro.

Quella fu una notte propizia per la Chiesa di Aiala e per Galadrin, che ringraziò gli dèi di avergli affidato quel giovane soldato smarrito. Il fatto che in verità fosse stato Sur'Elando a propiziare il tutto non faceva alcuna differenza; il successo della sua Chiesa era voluto dai Fondatori e ogni cosa era riconducibile a questo.

V.   La pioggia e la mano

Da quando aveva abbandonato l'incontro nella Sala d'Udienza Privata, quella sera, i pensieri di Aithen si erano fatti sempre più irrequieti. In effetti, attualmente si sentiva profondamente tormentato. Non lo preoccupava il pensiero che presto avrebbe dovuto marciare verso la Zebulonia con i suoi soldati, né la battaglia in corso contro quel rokon innaturale, la Serpe, una creatura che diventava sempre più forte a ogni incontro. E neanche Elyana c'entrava. No, ciò che lo preoccupava era il declino del suo mentore di vecchia data, amico ed ex capitano della sua Guardia. Quell'uomo, che meritava una fine gloriosa, sarebbe probabilmente morto dietro una scrivania, tradito dai miserabili colpi di scena della vita, anziché combattendo in difesa del regno a capo degli eserciti del re. Inoltre, ripensava all'invecchiamento del corpo di suo padre, un indebolimento che era stato fin troppo evidente nel corso dell'ultimo quarto e soprattutto durante la riunione avvenuta in giornata, nonostante i tentativi di Octavius di nascondere il suo stato di salute. Così, quando sentì il suono della pioggia soffice entrare in camera e smorzare i suoi pensieri tormentati, Aithen indossò il mantello e si diresse all'uscita del palazzo.

I due guardiani assegnati alla sua protezione quella notte gli chiesero dove stesse andando, iniziando a corrergli appresso. Aithen si voltò leggermente a destra e ordinò di non seguirlo. Quando protestarono, espirò scocciato e riferì che stava andando a fare una passeggiata per schiarirsi le idee e che voleva essere lasciato in pace. Poiché la vita del principe non era mai stata minacciata, i soldati accettarono gli ordini seppur riluttanti.

Temendo che sarebbero rimasti a fare la guardia ad una casa vuota fino al suo ritorno, Aithen rallentò un'altra volta il passo e disse agli uomini che potevano unirsi ai loro commilitoni per il pasto serale. Detto ciò, uscì dal palazzo con rinnovata fretta.

Quando le prime gocce caddero sulle spalle di Aithen, si fermò un attimo a sospirare. Le notti d'autunno di solito erano piuttosto fresche, ma quella notte un calore magico si era posato sulla regione e la pioggia, che cadeva dolcemente, era piacevole. Si irritò ancora, però, quando arrivò Kil di ritorno dalle stalle. Vide la bocca del ragazzo aprirsi. Probabilmente era intenzionato a chiedergli dove stesse andando, ma il principe riprese a camminare in un'altra direzione, verso i cancelli, con un movimento risoluto che sperava convincesse il ragazzo a tacere. Si rallegrò poi notando che nessuno lo seguì.

Non appena lo videro avvicinarsi, i membri della Guardia della Soglia, il cui numero era stato raddoppiato in seguito ai due attentati al re, salutarono il loro comandante pestando delicatamente il piede a terra, poiché avevano capito dal suo aspetto e dalla sua espressione che pensava ad altro e non voleva essere disturbato.

Il sergente Telpornion, che quella sera comandava il presidio, salutò il principe e disse, con una certa preoccupazione: "Mio Principe, avete intenzione di andare in città a piedi?"

"Sì, Sergente, la prego di aprire il cancello."

"Mio Principe, sarebbe opportuno che un guardiano vi accompagnasse."

"No, Telpornion, desidero camminare da solo."

"Ma, mio Principe, dopo gli attentati a..."

"Sergente! Me la caverò."

Tuttavia, l'ufficiale corpulento insistette.

Non volendo discutere oltre — oltre al fatto che una parte di lui si rendeva conto che il sergente aveva probabilmente ragione — Aithen cedette e disse: "Va bene. Chiami Piros ad accompagnarmi, basta lui. Ma io sto uscendo, quindi dovrà raggiungermi. Ora, per favore, mi faccia aprire il cancello."

"Sì, mio Principe." Il sergente fece un cenno a due guardiani, che si fecero da parte lasciando passare il principe. Tuttavia, i loro movimenti sembrarono stizziti e intenzionalmente lenti, come se anche loro fossero contrariati dalla decisione di Aithen di lasciare il palazzo in solitaria. Appena uscito, il principe udì Telpornion abbaiare l'ordine di andare a cercare Piros a uno dei guardiani.

Come pattuito, Aithen non aspettò la sua guardia del corpo e si avviò lungo Via della Vittoria. Infilò le mani nelle tasche della mantella e camminò a occhi chiusi. Si ricordò che lo faceva spesso quando era più giovane, beandosi della sensazione delle gocce di pioggia che picchiavano dolcemente sui vestiti e del rumore che facevano quando cadevano sul terreno, sulle piante e sugli edifici, mentre lui continuava a camminare tenendo gli occhi chiusi il più a lungo possibile. Desiderò di poter tornare a quei tempi, ben più semplici e sereni. Avrebbe voluto che suo padre fosse più giovane o che non avesse aspettato così a lungo per...

Un rumore alle sue spalle interruppe le sue riflessioni. Non si voltò neanche per vedere chi stava arrivando; riconobbe il suo passo e i versi gutturali.

Il soldato, che era stato avvertito del pessimo umore del principe da Telpornion e dai due della scorta di palazzo quella notte, restò un po' più indietro.

Il principe lo ringraziò senza proferire parola.

Piros aveva percepito le difficoltà e la necessità di spazio del comandante e lo seguì a qualche metro di distanza, abbastanza vicino da poter reagire in tempo se qualcuno avesse cercato di assalire il principe in quell'ampio viale, ma abbastanza lontano da non farlo sentire oppresso.

In genere, a quell'ora i ristoranti cominciavano a riempirsi di clienti. Con le loro luci sfavillanti attiravano i clienti, invitandoli a gustare cibo e bevande, in compagnia o da soli. I negozi e i ristoranti più ricchi, come quelli di Via della Vittoria, illuminavano gli interni con lampade vive, che conferivano alle stanze un bagliore tenue e in costante mutamento, mentre il resto delle strutture usava lampade a grasso di leviatano che illuminavano gli ambienti di una luce giallastra. Aithen coglieva degli scorci con lo sguardo, assimilando le sensazioni che le sagome in movimento producevano in lui. Quelle ombre dietro le finestre opache delle locande raccontavano storie senza parole.

A un certo punto, aumentò la pressione sui timpani, come amava fare anche da bambino. Così facendo, attenuò i suoni "umani", in modo che il suono della pioggia, che continuava a cadere gentilmente intorno a lui, assumesse un timbro riverberato a lui gradito. Si tranquillizzò e passeggiò a lungo, lasciando che la sua mente spaziasse tra i ricordi rassicuranti della sua giovinezza. A un certo punto, un movimento rapido e furtivo sul lato sinistro della strada attirò il suo sguardo inconsciamente, ma il principe continuò a passeggiare, finché, qualche isolato più in là, l'ombra di un uomo anziano che attraversava la strada lo distolse dalle sue fantasticherie. L'uomo si appoggiava a un bastone, le sue vecchie ossa e i suoi muscoli erano troppo deboli per sostenerlo appieno. Aithen ripensò a suo padre, poi ad Harlion, e infine sospirò acidamente.

Dicono: "Che i vostri corpi siano degni!" Ma gli Dei e i loro sacerdoti si rendono conto che la maggior parte di noi abbandona questo globo quando è vecchia e debole? A chi è destinato il paradiso?!

Aithen si fermò momentaneamente e strinse i pugni frustrato. Piros si fermò qualche passo più indietro e vide il principe annuire tra sé e sé, quindi distendere le mani e riprendere a camminare a un passo sostenuto, come se ora avesse effettivamente una meta.

Dopo altri cinque minuti di marcia, Aithen svoltò in un vicolo e si fermò nella penombra.

Lì mise la mano in tasca ed estrasse un tubetto di vernice con cui mascherò il verde della sua barba e delle sopracciglia, mentre Piros lo guardava stupito.

Quando finì, Aithen disse: "Devi indossare un abito meno appariscente." Avvistando un negozio di abbigliamento poco distante, lo indicò e invitò Piros di andarsi a comprare un comune mantello lungo.

Tuttavia, la guardia del corpo non si tranquillizzò affatto sentendo quelle parole e scosse nervosamente la testa. Aithen lo fissò per un attimo, provando un'irritazione crescente, finché non capì quello che stava succedendo, si calmò e disse:

"Fa' come ti dico, Piros, se vuoi venire con me. Ti giuro che non ho intenzione di fare sciocchezze."

Alla fine, l'uomo cedette e, senza indugiare oltre, si affrettò a recarsi al negozio di abbigliamento per procurarsi degli abiti comuni.

Poco prima che Piros facesse ritorno, pronto per qualsiasi cosa, un'altra ombra attraversò il campo visivo di Aithen. Questa volta la notò, ma non vide nulla di sospetto guardandosi intorno. Quando Piros riapparve accanto a lui, trasalì, ma poi ridacchiò e si rimproverò.

"Avete visto qualcosa di strano, mio Principe?"

"No, no. È solo il mio umore e la pioggia."

Piros guardò il fondo del vicolo in cui si trovavano e la strada, senza vedere nulla, se non qualche coppietta che camminava mano nella mano sotto la luce fioca dei lampioni e un gruppo di giovani che chiacchierava e rideva di una barzelletta che uno di loro aveva raccontato.

Dopo aver squadrato Piros da cima a fondo e aver constatato che il suo abbigliamento era consono, Aithen disse: "Così va bene, andiamo."

Piros seguì Aithen, che svoltando varie volte, si addentrò nei profondi meandri della città. L'agitazione del guardiano crebbe nel momento in cui lo vide addentrarsi in uno dei quartieri più malfamati della capitale. Affrettò il passo e si avvicinò ad Aithen. "Mio Principe, perdonatemi. Non voglio disturbarvi, ma dove stiamo andando?"

Al principe sfuggì un sospiro spazientito, tuttavia si fermò, giusto il tempo necessario per rispondere alla domanda del suo uomo.

"Siete sicuri che sia una buona idea, mio Principe?"

"Ho bisogno di rilassarmi, ed è proprio lì che sto andando. Se vuoi proteggermi, ti suggerisco di venire, anche se non dovrebbe esserci nulla da cui proteggermi."

“Ma...”

“Piros! Ho avuto una giornata difficile e ne ho davvero bisogno. Tra l'altro non è la prima volta che ci vado, e posso assicurarti che nessuno mi riconoscerà.”

Piros acconsentì malvolentieri, poi si affrettò a seguire il principe che riprese a marciare. Nel frattempo, Piros si interrogò sulle parole del suo comandante.

Infine, Aithen si fermò davanti a un locale poco illuminato con le finestre smerigliate. Se esitò prima di entrare a La Musa, il principe non lo diede a vedere, mentre Piros sentì i peli della schiena drizzarsi.

Aithen notò la reazione del suo uomo e gli chiese se fosse sicuro di voler entrare. Ringhiando sommessamente, Piros seguì il comandante.

Sebbene volesse infondere sicurezza alla sua guardia del corpo, Aithen aprì la porta d'ingresso esterna con estrema cautela. Quando una coppia aprì la porta dell'anticamera per uscire, lui si bloccò di scatto suo malgrado, ma né l'uomo né la donna lo guardarono, né guardarono Piros, e così si addentrarono. La musica non ortodossa li avvolse non appena varcarono la terza e ultima porta. Aithen sentì un'ondata distensiva diffondersi in lui, mentre il corpo di Piros si irrigidì.

Il locale era quasi pieno. La guardia all'ingresso, una donna con una muscolatura che metteva il soldato a disagio almeno quanto quella musica eretica, li osservò, fece un leggero cenno riservato verso il principe al quale lui rispose con un cenno ancora più leggero, poi chiese le loro lame. Piros, che non si era accorto di nulla dalla sua posizione alle spalle del principe, stava per protestare, ma Aithen lo prevenne e consegnò la propria spada corta alla donna. Quindi, si voltò verso Piros fissandolo in silenzio. Dopo che il guardiano consegnò la propria spada, la guardia ripose le armi in un armadio già zeppo di altre armi e li lasciò passare.

Inclinando la testa all'indietro, Aithen sussurrò: "Se continui a comportarti così, la gente si insospettirà. Rilassati, Piros; voglio godermi questo momento."

"D'accordo, mio... D'accordo, Signore."

Aithen scrutò la sala in cerca di un tavolo e ne scelse uno in fondo.

Non appena si accomodarono, una cameriera venne a chiedere cosa volessero ordinare. Il principe notò che Piros era ancora un po' teso. Finalmente, il guardiano si rilassò quando sentì la cameriera chiamare Aithen "Maestro Rufius". In realtà, inizialmente Aithen colse uno sguardo perplesso del soldato, ma lo ricambiò con un sorriso. A quel punto, Piros aveva capito che si stava comportando da sciocco e decise di sciogliersi e ordinare qualcosa da bere, dopo il principe.

Sporgendosi verso Piros, Aithen disse: "Allora, sei pronto a goderti un po' di musica?"

"Non saprei."

"E che mi dici di cibo e bevande?"

"Per quelle direi di sì."

"Bene. Comunque, a prescindere che la musica ti piaccia o meno, potrebbe sorprenderti sapere che la cantante è un ex membro delle Voces Creatoris."

"Davvero? Come può..."

"Non sta tradendo niente e nessuno... Anto." Piros squadrò il principe. "Esatto, Anto. Non sta facendo nulla di sbagliato. Si è semplicemente resa conto, come quasi tutti i presenti qui, che a volte serve qualcosa di più dei canti quotidiani tradizionali per trovare un po' di pace o per dimenticare le porcherie che dobbiamo tollerare ogni giorno."

Piros continuò a fissare il principe.

Si starà chiedendo cosa mi abbia spinto ad allontanarmi dal palazzo così tardi questa notte. Beh, non mi va di parlarne.

Tuttavia, dopo che ebbero ringraziato la cameriera per il nettare e il cibo che aveva appena portato al tavolo, il soldato glielo domandò.

Aithen scrollò le spalle e disse: "È solo... tutto quanto. Tutto quello che è successo di recente, nel Regno, a Furania, a mio padre e ad Harlion. Ma non ho proprio voglia di parlarne; voglio solo togliermi il pensiero per un po'."

Piros annuì lentamente, prese il boccale e disse: "Che possa riscaldare il suo cuore, allora... Maestro Rufius."

Così, Piros si girò verso il palco, cercando di aprire la mente durante l'ascolto. Il fatto era che i testi di quel genere di musica erano semplicemente sbagliati e giustamente lo facevano sentire a disagio. Eppure, mentre ascoltava, poteva sentire il suo corpo muoversi spontaneamente a ritmo. Si trattenne. Ma, dopo aver bevuto un altro boccale di quel potente nettare e aver sentito la cantante intonare il canto successivo — era un canto quello poi? — cominciò di riflesso a muoversi di nuovo.

Di lì a poco, cinque uomini vennero a sedersi a un tavolo vicino a loro. Per quanto non fosse affatto preoccupato quella sera, Aithen lanciò comunque uno sguardo attento in loro direzione. Bastò per capire che quattro di loro erano stranieri e uno sembrava essere del posto, ma gli dava le spalle, cosa che tutto sommato andava benissimo ad Aithen, perché riduceva al minimo il rischio di essere riconosciuto. Uno degli stranieri, un tipo grosso e corpulento, lo guardò porgendogli un ampio e breve sorriso, prima di riportare la propria attenzione sui compagni che avevano appena chiamato la cameriera. Aithen si voltò verso il palcoscenico e lasciò che la musica tornasse a distendere le sue labbra in un sorriso tipico di quando ogni preoccupazione svanisce.

Il principe e il guardiano passarono un po' di tempo a bere, a mangiucchiare, ad ascoltare la musica sempre più coinvolgente e a scambiarsi di tanto in tanto qualche riflessione su argomenti banali.

Alla fine, quando ormai si era fatto tardi e Aithen si era completamente dimenticato dei tristi pensieri che lo avevano portato alla Musa quella sera, sbadigliò e disse a Piros che era pronto a tornare a casa.

Il soldato chiamò la cameriera e chiese il conto. Stava per pagare quando Aithen glielo impedì e porse alla donna le cento secrete[7] che le dovevano.

La donna li ringraziò e loro se ne andarono. Sussurrando, Piros disse: "Avrei dovuto sospettare che avevate delle monete con voi."

"Mi porto sempre dietro qualcosa quando esco la notte."

Mentre si dirigevano verso l'ingresso, anche gli uomini che si erano seduti al tavolo vicino a loro si prepararono ad andarsene, ma né il principe né il guardiano se ne accorsero e uscirono dal locale dopo aver recuperato le lame.

Aithen si fermò sotto il cornicione dell'edificio per aggiustarsi il mantello e proteggersi dalla pioggia, che ora cadeva un po' più intensamente.

Piros fece lo stesso. Nel momento in cui si allacciava l'ultimo bottone, il guardiano sentì un rumore provenire dal vicolo laterale. Fece per andare a controllare cosa fosse e alzò un dito quando Aithen gli chiese cosa gli fosse preso.

Guardando dietro l'angolo, vide due degli uomini che si erano seduti vicino a loro. Sembrava che stessero picchiando qualcuno. Si voltò di scatto e sussurrò: "Mio Principe, normalmente proporrei di chiamare gli agenti del Senato, ma a quest'ora ci vorrà del tempo prima che arrivino e sembra proprio che qualcuno stia subendo un brutto pestaggio là dietro; credo che dovremmo intervenire."

---

[7] Secreta: moneta ricavata dalle secrezioni colorate di una rara specie microbica.

"Fammi vedere!" Dopo aver sbirciato dietro l'angolo, il principe disse: "Quei due..."

Piros annuì.

"Dannazione! Non l'avevo previsto, ma per fortuna non ho bevuto tanto. Tu sei pronto a combattere?"

Di nuovo, il soldato annuì, determinato.

"Allora andiamo. Ma togliamoci le cappe; fortunatamente la pioggia è tiepida stasera."

Così, il principe e il soldato appoggiarono i mantelli su un carretto, poi costeggiarono l'edificio.

Aithen bisbigliò: "Sono quei cinque di prima. Uno di loro è a terra a grufolare, ma non lo stanno picchiando davvero."

Piros osservò la scena con uno sguardo confuso e preoccupato. "Allora forse dovr—"

"No, andiamo."

E prima che Piros potesse obiettare, Aithen si infilò nel vicolo sul retro della palazzina.

"Ehi, voi!"

Gli uomini si voltarono verso di lui, anche se si mostrarono meno sorpresi di quanto Aithen si aspettasse. D'altronde, già sapeva che il pestaggio era stato inscenato proprio per attirarlo lì. Il capo e i suoi quattro sgherri si schierarono dall'altra parte del vicolo ed estrassero le loro spade corte.

Girando leggermente la testa di lato, Aithen disse: "L'avevo detto a mio padre tempo fa che i visitatori dovrebbero essere obbligati a lasciare le loro armi nella guardiola del cancello. In ogni caso, sei pronto Piros?"

"Pronto o no, ormai siamo in ballo. Certo, sarebbe stato d'aiuto avere vostro fratello qui con noi. Senza offesa, mio Principe, ma due di questi tizi mi ricordano Gorus e Rior..."

Aithen si limitò a mugugnare infastidito. Non era un maestro nel combattimento corpo a corpo, ma era comunque un esperto e, grazie all'addestramento ricevuto di recente dalla Sorellanza, era sicuro di poter battere quei furfanti anche in inferiorità numerica, sebbene per Toras, forse, sarebbe stato più facile.

Aithen chiuse gli occhi per un secondo, suscitando le risate di scherno dei loro avversari. Sorrise e fece un respiro profondo, quindi si concentrò e fece cenno a Piros di avanzare insieme a lui, tenendo le pupille fisse sui loro avversari. I due si fermarono a pochi metri dagli uomini. Aithen guardò il furanense provando una rabbia insolitamente intensa: come osava un cittadino della capitale mettersi contro di loro? *Questi tempi bui stanno cambiando tutti quanti.*

La lanterna appesa sulla porta di servizio del locale illuminava il viso di Aithen imbrattato dalla pioggia, che faceva colare la tinta nera usata per tingersi le sopracciglia e la barba. Il liquido nero scorreva lentamente agli angoli degli occhi. Fu costretto a pulirseli con la camicia per evitare di esserne accecato.

Il capo lo guardò con un'aria beffarda. "Avreste dovuto pensarci due volte prima di truccarvi in una notte come questa... Altezza."

Piros sibilò: "Mio Principe, la vostra tinta è colata!"

Senza voltarsi, Aithen disse: "Va tutto bene, Piros. Sono abbastanza sicuro che questi uomini siano qui proprio per me. Ho notato un movimento nell'ombra mentre venivamo qui, ma stavo pensando ad altro e l'ho ignorato. Beh, non avrei dovuto, ma come dici tu, ormai siamo in ballo."

Mentre gli sgherri si divertivano a fare ogni sorta di battutaccia sul bel principe e il suo guardiano, Aithen stabilizzò la sua concentrazione. Gli insulti sempre più oltraggiosi gli scorrevano addosso, senza smuoverlo in alcun modo. Tutte le emozioni erano state bandite; restava solo la parte razionale di sé, quella che calcolava e pianificava ogni mossa. Era una sorta di predatore, che analizzava i suoi avversari e valutava le opzioni a propria disposizione.

Disse: "Se avevate intenzione di assassinarmi, rimarrete delusi; io e il mio amico arresteremo quelli di voi che resteranno in vita dopo che avremo finito qui... Voi sareste?"

"Io e i miei compagni dissentiamo su entrambi i punti, principino, non siamo i soliti ruffiani. Siamo membri della Mano dell'Originatrice e se uno qualsiasi di noi dovesse essere arrestato sarebbe un bel problema. Per quanto riguarda i nostri nomi, ce li teniamo per noi, con tutto il rispetto."

Gli uomini grugnirono in segno di scherno.

La Mano dell'Originatrice. Aithen sentì le viscere ribollire. Una vecchia organizzazione criminale di cui non si sentiva parlare da decenni, un'organizzazione che aveva minacciato suo padre e il regno quaranta o cinquanta anni prima.

Non volendo pensare a nulla che potesse turbarlo in vista di uno scontro potenzialmente fatale, Aithen accantonò la questione. Ritrovò il focus appena in tempo per notare gli occhi del capo socchiudersi e i suoi muscoli tendersi in previsione di uno scatto.

Aithen e Piros si posizionarono, puntando in avanti le loro spade corte, appoggiando i piedi il più solidamente possibile sul terreno fradicio e ispezionando rapidamente l'ambiente circostante per individuare gli oggetti che loro o i loro avversari avrebbero potuto sfruttare nei loro attacchi. Fatto ciò, il principe e il guardiano si misero di lato mostrando il fianco agli aggressori. Due contro cinque; non doveva essere un problema. Non avrebbero avuto problemi.

Il capobranco disse agli uomini alla sua sinistra: "Voi due prendete il guardiano; io prenderò il principino dalle sopracciglia verdi."

"E noi?" dissero gli altri due.

"Unitevi se mi vedete in difficoltà, ma non credo che ne avrò bisogno. Mi occuperò del principino in un batter d'occhio."

Aithen ignorò gli insulti e un sottile sorriso gli allungò le labbra. Poi fece un respiro profondo e lanciò uno sguardo a Piros, che gli fece un cenno rassicurante, mentre guardava avvicinarsi il colosso e l'altro individuo, che aveva l'aria di uno che ti pugnala senza darti nemmeno il tempo di accorgertene.

"Fai attenzione." Disse Aithen.

"Anche voi, mio Principe."

A denti stretti e con uno sguardo rapace, Aithen avanzò verso l'aggressore.

Il furanense, preso dall'eccitazione, caricò il principe, mentre un ghigno folle contorceva il suo volto rubicondo.

Ha fiducia da vendere, questo traditore.

Il principe, tuttavia, non cambiò posizione e si limitò a parare l'attacco iniziale dell'uomo, anche per poterne valutare la forza e le capacità. In base al rinculo del colpo subito, Aithen capì che il furfante aveva una discreta forza e adattò i propri movimenti di conseguenza.

L'uomo dalla faccia rossa indietreggiò, si riposizionò, poi si rifiondò in avanti. Infilò rapidamente il piede dietro quello del principe e cercò di spingerlo all'indietro per farlo inciampare. Ma Aithen si mosse per primo, facendo perno sulla gamba che lo ostacolava, e la colpì lateralmente.

L'uomo gemette e rispose accelerando i suoi attacchi e affondi da un lato e dall'altro, prima frontalmente, poi cercando di schivare i colpi per attaccare alle spalle.

Dove ha imparato a muoversi così?

Facendo un passo indietro dopo l'ultimo attacco dell'avversario, Aithen riconsiderò la propria tattica, mentre nel frattempo il furfante allungava il braccio armato di spada. Presa la decisione, si avventò dritto sull'uomo e all'ultimo fece una finta. L'uomo abbassò la lama per parare, ma Aithen aveva già fatto un passo laterale. Stava già portando la spada verso il fianco dell'avversario, ma rimase deluso quando la lama si impigliò nel mantello dell'uomo. Il principe imprecò.

Ansimando un po', il furanense disse: "Non riesci a sfondare, principino?"

Aithen non rispose. *No, non ancora, ma la prossima volta che ti prendo il mantello, te ne pentirai.*

Aithen udì dietro di sé un ringhio che sembrava quello di Piros. Aithen lanciò una rapida occhiata al guardiano e lo vide stringersi indolenzito il braccio con cui reggeva la spada, per poi tornare a concentrarsi sugli aggressori che si lanciavano su di lui da entrambi i lati.

La preoccupazione increspò la fronte di Aithen. *Dannazione! Devo sbrigarmi.*

Il capobranco approfittò della distrazione del principe per avventarsi nuovamente su di lui. Questa volta, però, Aithen intuì il suo movimento. Si girò prima che l'uomo potesse conficcargli la spada corta nella schiena e, nel farlo, afferrò il mantello con la lama e lo avvolse intorno alla spada dell'avversario, impedendogli momentaneamente di attaccare o difendere. Aithen scattò subito in avanti e conficcò la spada nel fianco dell'uomo. Il furfante gemette e Aithen lo spinse giù a terra.

Senza perdere tempo, si lanciò in soccorso di Piros, ruggendo inferocito. Gli altri sgherri si voltarono verso di lui. Uno di loro, il più corpulento dei due, si mise in posizione di guardia, sfidandolo. Seguì un frenetico botta e risposta, mentre il capo ferito incitava i suoi uomini da terra.

Aithen non era un combattente abile come suo fratello, che poteva travolgere un uomo esclusivamente con il vigore e lo slancio dei suoi colpi, ma era stato addestrato dai migliori istruttori e aveva sviluppato un livello di abilità e agilità ben al di sopra della media. Trovandosi di fronte a un nemico grosso come un macigno, decise di affidarsi alla velocità e alla resistenza e di evitare a tutti i costi il contatto ravvicinato con l'uomo. Perciò indietreggiava, aggirava il bersaglio e poi sferrava l'affondo solo quando intravedeva un'apertura.

La tattica stava funzionando e Aithen riuscì a colpire due volte l'avambraccio destro dell'uomo, evitando tutti i suoi attacchi e contrattacchi. Tuttavia, al sesto assalto, il corpulento malvivente parò il colpo di Aithen con una tale potenza che Aithen perse la spada a causa del contraccolpo subito respingendo il colpo. Il braccio, che gli pulsava di dolore, lo distrasse. Se lo strinse mentre si lamentava, cercando di spremere via il dolore, ma fu costretto a mollarlo in fretta e recuperare lama, quando l'avversario avanzò verso di lui con un ghigno selvaggio. Poco prima che il sicario gli piombasse addosso, Aithen si tuffò a sinistra, afferrò la lama nonostante il dolore martellante, si alzò e, cacciando un urlo furioso, colpì un'altra volta l'omone.

Il colosso urlò a sua volta e Aithen pensò di poter prendere il sopravvento, quando avvertì una presenza alle sue spalle. Ma poiché in quel momento il suo avversario strepitante si avventò di nuovo su di lui, lui ignorò quella sensazione. Un attimo dopo, un brivido istintivo attraversò la sua spina dorsale e avvertì l'impulso di voltarsi; nel farlo cercò di schivare l'attacco del suo avversario diretto, ma era troppo tardi. L'uomo gli sferrò un pugno alla nuca e al contempo uno dei suoi compagni — un uomo dall'aspetto orripilante — lo colpì con una sbarra nella zona lombare. Aithen si ritrovò a terra prono.

Intanto, Piros era riuscito a mettere fuori combattimento il suo avversario — il tizio magro e veloce. Sentì i lamenti del principe e si guardò intorno, ritrovandosi il colosso alle spalle. L'omone lo colpì e Piros cadde a terra, respirando a fatica.

Il capo urlò al gigante e all'uomo dalla faccia da ululone che aveva messo Aithen a terra: "Dovete finire il principino. Ora!"

"Perché? Pensavo che noi..."

"Finitelo!"

L'uomo dal brutto muso riprese posizione e si avvicinò al principe, per fare ciò che gli era stato ordinato; sollevò quindi il braccio più in alto che poteva. Stava per abbassarlo di colpo e finire il principe con la sbarra, quando quest'ultimo, con tutta l'energia che aveva in corpo, si allungò per prendere la spada, la afferrò, si capovolse sulla schiena e conficcò la lama nel ventre del nemico, dilaniandolo. Il delinquente non emise alcun suono, la sua mente annebbiata dallo shock non registrò alcun dolore, anche se il rictus confuso che si impresse sul suo volto mostrava un certo grado di comprensione della situazione.

Mentre l'uomo si accasciava, sangue e sporcizia schizzarono addosso al principe, che indietreggiò — verso il gigante. Fortunatamente per lui, questa volta i suoi sensi erano perfettamente all'erta e non li ignorò. Percepì la rabbiosa determinazione del corpulento scagnozzo di portare a termine il lavoro da solo, prima ancora che l'uomo muovesse una gamba. Aithen sapeva di doversi alzare, ma la schiena e il petto gli facevano ancora malissimo, come se fosse stato travolto da un belwohr. Tuttavia, trovò la forza di spostare il focus dapprima sul proprio corpo, poi sul braccio, sulla mano, sulla spada che impugnava e, da lì, sull'assassino in avvicinamento. Il principe si strinse la pancia e si alzò in piedi con un ringhio violento e potente che accompagnò il movimento, si girò e fulminò l'uomo con un grido feroce, frustrato e colmo di rancore.

Dei tonfi rumorosi attirarono l'attenzione di Aithen. Il capo della banda stava ordinando a gran voce all'ultimo dei suoi complici rimasti in disparte — un ratto d'uomo, colui che era a terra a prenderle durante la loro pantomima — di ingaggiare battaglia. Eppure, era evidente che quell'uomo non era un combattente.

Il principe si scagliò contro il furanense prima che l'altro potesse muoversi e puntò l'arma al collo dell'uomo. L'altro rimase dov'era, non volendo mettere alla prova la risolutezza del principe.

Proprio in quel momento, il corno degli agenti del Senato ruppe il silenzio nel vicolo, mentre accecanti luci a cono illuminavano la zona; ad Aithen venne da sorridere, in particolare quando sentì il grido del sergente: "Ehi, voi! Gettate tutti le armi a terra!"

Il sergente riconobbe subito il principe e lanciò un'imprecazione scioccata.

Mentre gli agenti del senato arrestavano i furfanti, Aithen chiese che qualcuno si prendesse cura del guardiano e poi spiegò cosa era successo. Nel frattempo, una porta si aprì dal lato dell'edificio. Aithen si voltò e vide il proprietario del locale. L'uomo aveva un'espressione di confuso sollievo in viso. Evidentemente qualcuno gli aveva riferito che c'era una rissa nel vicolo posteriore e lui aveva mandato a chiamare gli agenti del Senato, senza sapere chi fossero i poveri disgraziati che erano stati aggrediti. Il principe gli fece un cenno di ringraziamento e riportò l'attenzione sul sergente, che continuava a fargli domande sugli aggressori, maledicendo al contempo gli dèi per quella folle vicenda, verificatasi proprio lì, nella capitale. Infine, il sergente domandò perché si trovasse lì.

Aithen non rispose all'ultima domanda, ma setacciò con uno sguardo rabbioso il terreno zuppo di sangue, uno sguardo che si riempì d'odio quando si posò sul capo degli sgherri e sull'uomo con la faccia da sorcio. Disse: "Prendete pure in custodia questi due. Ma consegnateli al Frumentariato; il Prefetto Harlion e i suoi uomini si occuperanno dell'interrogatorio. Gli altri possono andare dritti all'obitorio."

Il comandante rispose con una smorfia: "Certamente, mio Principe".

Aithen ringraziò l'uomo, poi alzò la voce per chiedere a un giovane agente senatoriale: "Come sta il mio Guardiano?"

"È vivo, mio Principe", rispose l'uomo mentre aiutava Piros ad alzarsi.

Aithen si precipitò dalla guardia del corpo, euforico.

Il soldato sembrò imbarazzato e un po' contrariato.

"Ah! Devi essere un uomo orgoglioso, Piros, per fare quella faccia adesso. Mi rendo conto che avresti preferito morire per me, ma mi servi vivo."

Nel momento in cui Piros scosse la testa e gracidò ridendo, gli altri si unirono a lui. Quelle risate fecero piacere ad Aithen, che per un attimo dimenticò il tentato omicidio — il primo. Ce ne sarebbero stati altri? Sarebbe sopravvissuto? Come aveva fatto suo padre a scamparla sempre tutte quelle volte?

Aithen chiese se gli agenti del Senato fossero arrivati con i vorani o con un mezzo di trasporto, e il sergente rispose che avevano lasciato i vorani in una strada lì vicino. Il principe ne chiese uno per sé e un altro per Piros, dopo essersi accertato che il guardiano fosse in grado di cavalcare, e lasciò agli agenti il compito di fare pulizia e occuparsi di prigionieri e cadaveri.

VI.   Pianificazione

Lusk era in trance al centro della sua Stanza della Contemplazione. Quel giorno il suo corpo non era teso come quando aveva incontrato Noctiferus, ma la sua rigidità, seppur minima, indicava che non stava errando nel Legame per diletto. Era in procinto di incontrare l'Umbra e la Serpe per aggiornarli sull'incontro con il re. A quanto pareva, quei due si trovavano insieme nel mondo esteriore: la Serpe stava trasportando l'Umbra in Yeltchek.

"Bene egisti, Vaedrin, et praemium huius tibi erit. Quomodo iam eum capiamus? An eum, si non ceperimus, quomodo amoveamus?[8] "

Lusk ammise di non aver ancora elaborato un piano per liquidare il re.

La Serpe suggerì che lei avrebbe potuto attaccare il re sfruttando i suoi rokon, ipotesi che l'Umbra scartò sbrigativamente.

"E il giovane che dovevi convertire a corte? È pronto?"

"Mi dispiace, Umbra, non mi affiderei ancora a lui per una missione così importante. Ma..."

"Ma...?!"

Lusk rispose: *"Ma forse possiamo adottare un approccio su due fronti per assicurarci che il re non ci sfugga."*

La forma dell'Umbra lanciò un'occhiata curiosa.

"Potremmo attirare il re nel Legame e attaccarlo qui, mentre il Convertito tende contemporaneamente una trappola al re in persona, nel regno materiale."

Un sorriso sembrò iniziare a divaricare le labbra dell'Umbra, che però non rispose e aspettò di saperne di più.

"Credo di poter organizzare un altro incontro con lui. La sua Lux Baiula — la sua vigilante — lo accompagnerà sicuramente, ma io e l'Alis Domini, insieme a due o tre dei nostri migliori agenti di Kartak, oltre al mio Convertito, che si unirà a questo concerto, non avremo problemi a prevaricarli."

"Mmm, mi piace il tuo piano. Tuttavia, non voglio che ti riveli già adesso, visto che hai ancora molto lavoro da fare. L'Alis Domini può chiedere a Marcus di organizzare l'incontro."

---

[8] Hai lavorato bene, Vaedrin, e sarai ricompensato per questo. Ora, come possiamo catturarlo o, se non catturarlo, eliminarlo?

Questa affermazione irritò Lusk, che sospirò prima di annuire.

"*È grazie alle Alis Domini che l'altro Luxor ora è in nostro potere.*"

Lusk si mostrò perplesso.

L'Umbra, leggermente infastidita, chiese: "*Quid est, Vaedrin?*"[9]

"*Perdonami, Umbra, ma perché li chiami Luxori? Da quanto ho appreso dal mio arrivo a Urbs Lucis, l'ultimo di loro è morto secoli fa a causa di un'epidemia. Il re e gli altri saranno anche Alterintranti, ma non possono essere Luxori.*"

"*Ti sbagli, Vaedrin. Loro due sono Luxori. Non so come i loro antenati siano sfuggiti alla morte, ma ce l'hanno fatta e loro due sono estremamente potenti, anche se probabilmente nemmeno lo sanno. Se Marcus è sotto il nostro controllo, la cattura dell'altro sarà più sicura per noi.*"

"*Chiedo scusa, Umbra. Forse hai ragione.*" Lusk fece una pausa, poi con un'insolita sicurezza e volontà di condivisione nei confronti dei suoi aguzzini, aggiunse: "*In verità, hai ragione di sicuro. Verso la fine dell'incontro, ho percepito una trasmissione tra il re e la sua vigilante, occultata con un metodo troppo intricato per essere eseguita da un comune Sensore.*"

L'Umbra trovò interessante questa affermazione schietta e inarcò un sopracciglio, poi disse: "*È un'informazione utile, Vaedrin, perché rafforza le nostre convinzioni, e sì, ti perdono.*"

Un vento formato da milioni di filamenti di luce blu e gialla soffiò in faccia a Lusk, mentre l'Umbra aggiungeva: "*Fai in modo che il tuo Convertito non ci deluda; non ti divertiresti a doverci riferire un altro fallimento. E ti invito ad accelerare la conversione di altri umani all'interno della corte*

---

[9] Cosa c'è, Vaedrin?

alvinoriana; i tuoi progressi in questo senso sono lenti e deludenti. Non costringermi a trovare un sostituto; le conseguenze per te e tua madre sarebbero spiacevoli."

Quelle parole trafissero Lusk come nessun'altra entità o oggetto fisico avrebbe potuto fare; penetrarono la sua mente, quindi invasero il suo corpo e lo scossero violentemente. La sua forma si scurì e fremette, anche in seguito alla scomparsa dell'Umbra e della Serpe che lo seguì, sghignazzando.

Una volta fatto ritorno al proprio corpo, Lusk si ritrovò a fissare un'immagine che odiava, nello specchio appeso alla parete della Stanza di Contemplazione. Imprecò e urlò contro il riflesso, continuò a imprecare quando i suoi occhi caddero sul simbolo che gli segnava la fronte. Per tutta la vita era stato la pedina di qualcuno, che ne aveva fatto ciò che voleva, nonostante le abilità e i poteri che aveva. Il marchio al centro della fronte — nella parte di sinistra — era il segno che, nonostante fosse solo uno schiavo, aveva raggiunto tanti traguardi: aveva servito la regina. Eppure, era diventato anche un memento — con l'aggiunta della parte destra del marchio — della sua più grande umiliazione, subita quando Zebula lo aveva trovato tra le braccia del suo amante. Più tardi aveva scoperto che l'Umbra ci aveva messo lo zampino e lo aveva incastrato, ma ormai era troppo tardi e a quel punto, la Leate era il suo unico mezzo per sfuggire all'umiliazione eterna. Ripensando a tutto ciò, desiderò la morte. E invece, doveva continuare a vivere, per fare ciò che doveva: salvare sua madre, l'unica cosa che era riuscito a tenere al sicuro e che poteva continuare a tenere al sicuro.

VII.   La trappola

"Mitsuko Lux Baiula, grazie di aver accettato di incontrarmi."

La forma vaporosa di Mitsuko osservava la proiezione dell'uomo attraverso delle strette fessure: *"Perché avete voluto incontrarmi, Maestro Vrol?"*

"Vorrei un'udienza privata con il Re. Riguarda la discussione che abbiamo avuto oggi."

Mitsuko studiò i lineamenti dell'uomo per cercare di determinare la veridicità delle sue motivazioni, ma nel Legame una persona insicura o nervosa spesso poteva apparire come l'esatto opposto di ciò che era; perciò, non si aspettava di ottenere molto da questa ispezione. Lo sondò in cerca di emozioni e pensieri liberi, ma non percepì nulla di sospetto. Tuttavia, non aveva intenzione di dargli ciò che voleva così facilmente. Fece appello al suo *altro senso* e trasmise: *"Maestro Vrol, di cosa volete discutere con il Gran Re?"*

Mitsuko si irritò quando, dopo un breve momento in cui sembrava stesse per parlare apertamente, Marcus rispose che preferiva discuterne direttamente con il re. Lei insistette cercando di convincerlo con tutta la sua arguzia, un acume che avrebbe perforato le difese di qualsiasi persona nonsensante. Tuttavia, Marcus Vrol era un Alterintrante e, infine, fu lei ad arrendersi senza obiettare più di tanto: *"Molto bene, organizzerò l'incontro... alle cinque post-Altosole, domani."*

"Grazie, Lux Baiula."

Mitsuko non rispose verbalmente né fece alcun gesto. La sua mente sembrava in qualche modo... sconnessa. Lasciò il Legame con la sola consapevolezza di ciò che aveva appena accettato.

Quanto a Marcus, lui rimase lì ancora un po' a indugiare, mentre la sua forma manifestava un'alternanza tra soddisfazione e nausea. Poi, fece ritorno al suo corpo a Kartak.

Nel suo appartamento a Urbs Lucis, Kita Lux Baiula era seduta in silenzio su un tappeto verde e soffice. Il verde la tranquillizzava e l'aiutava a meditare.

Kita stava eseguendo il rituale della memoria, per elaborare e organizzare tutti i ricordi che aveva ricevuto da Gina Lux Baiula.

Il rituale era una componente essenziale del trasferimento di memoria, fondamentale per conservare i ricordi nei minimi dettagli, con ordine e precisione, ed era altrettanto fondamentale per mantenere la separazione tra i ricordi del ricevente e quelli trasferiti. La pratica prevedeva sessioni di meditazione da ripetere ogni quarto, durante le quali il "ricevente" passava al vaglio della propria coscienza un ricordo dopo l'altro, cercando di unire tutte le componenti visive, uditive, olfattive, tattili, fattuali ed emotive di ciascun segmento mnemonico. I ricordi che aveva ricevuto dalla mente di Gina erano incompleti e Kita scoprì che l'incompletezza comportava sequenze di memoria frammentate, in cui solo le parti più intense rimanevano inalterate.

Quella sera, Kita aveva già meditato per quasi tre ore e il suo cervello ne stava risentendo. Le non riceventi facevano spesso commenti su quanto dovesse essere esaltante ricevere tutto ciò che un'altra persona registrava nella propria memoria nel corso degli anni. Non si rendevano conto, però, che per *chi riceveva la memoria*, anche eventi insipidi e apparentemente innocui potevano essere emotivamente travolgenti, dato che spesso portavano con sé sentimenti, e sensazioni intense, figurarsi i ricordi più traumatici. E i ricordi più vividi di Gina erano proprio i suoi ultimi momenti.

L'ultima sequenza che Kita rivisse fu proprio quella. Vide una... una donna avvicinarsi, una donna che conosceva... che avrebbe dovuto riconoscere... ma non riusciva a scorgerne il volto... Vide solo la sua fascia rossa, sgargiante e vivida, e violenta. La donna mise una mano sulla bocca di Kita, chiudendola prima che potesse uscire un urlo. Il petto di Kita si contrasse e il suo cuore sussultò, proprio come quello di Gina. A Kita sembrò di assistere alla propria esecuzione.

La voce interiore, proveniente da un luogo profondo e calmo di cui aveva dimenticato l'esistenza, disse: *"Kita, questi non sono i tuoi ricordi. Lasciali scorrere."*

Quando finalmente Kita riuscì a non rivivere più quelle memorie, si appallottolò su se stessa, fiacca e fradicia di sudore.

PERMANERE USQUE AD FINEM

4. INSODDISFAZIONI

I. L'interrogatorio

In una stanza del Frumentariato poco frequentata, il Gran Principe, il comandante dei servizi segreti del regno e il Frumentarius Elnon attendevano l'arrivo di un'ultima persona per dare il via all'interrogatorio dei prigionieri. Aithen aveva pensato di andarsene a dormire, ma solo per una frazione di secondo. Non poteva ritardare l'interrogatorio e aveva quindi mandato Piros a svegliare Harlion che, a sua volta, aveva fatto convocare il Frumentarius Elnon.

Elnon, un uomo di mezza età, basso e magro, con dei folti baffi che ornavano un viso duro, aveva preso il posto di Parok, che era scomparso in seguito all'incursione della Serpe nella capitale e, nonostante tutti i loro sforzi, non era ancora stato ritrovato e nessuno ne aveva più sentito parlare. Questo fatto tormentava e angosciava ancora Harlion, ma ormai aveva smesso di cercare il suo ex primo agente.

Dei due prigionieri, uno — il furanense — era un commerciante già noto al Frumentariato per i suoi affari loschi. L'altro non lo conoscevano. Per quanto fosse allettante cominciare subito a interrogare quegli uomini, in particolare il loro concittadino, Harlion aveva ordinato agli ufficiali di astenersi dal farlo. Di norma, avrebbero dovuto essere i frumentarii a condurre l'interrogatorio, perché l'indagine sui crimini commessi contro i patrizi rientrava nelle loro competenze, così come la raccolta di informazioni su chi creava problemi in tutto il regno. Tuttavia, poiché non erano riusciti a scoprire nulla di utile dal capo del gruppo di assassini che aveva attentato alla vita del re qualche quarto prima, Harlion aveva deciso che da quel momento in poi sarebbe stata la loro *interrogatrice speciale* a occuparsi degli interrogatori di tutte le persone arrestate per crimini contro qualsiasi membro della corte reale. La cosa infastidì i suoi sottoposti, ma solo in parte; evidentemente erano già abituati a trasferire certi casi a colei che il principe e gli altri stavano aspettando.

Aithen ebbe qualche difficoltà a starsene fermo dopo la fine del combattimento. Avrebbe voluto colpire brutalmente quei farabutti fino a farli confessare; voleva sapere i nomi del loro capo e degli altri compagni e, soprattutto, voleva saperne di più sulla *Mano dell'Originatrice*. Non appena Harlion sentì quel nome, iniziò a preoccuparsi per davvero. In teoria, quell'organizzazione era stata debellata già da tempo. Si trattava forse di una nuova organizzazione che aveva scelto di prendere il nome della precedente, che in passato aveva seminato il caos in tutto il regno?

Harlion, ignorando i suoi stessi ordini, interpellò i due uomini. Eppure, quindici minuti di dialogo non portarono ad altro che a parole beffarde da parte del capo e qualche farfuglio sconnesso dello scagnozzo. Avrebbe voluto usare metodi più diretti per ottenere risposte, ma qualora li avesse resi incoscienti avrebbe complicato il lavoro dell'interrogatrice speciale, perciò desistette e decise di pazientare, per quanto fosse frustrante.

Un'ombra di inquietudine aleggiò sul volto del principe. Aveva discusso a lungo con Harlion sull'uso delle abilità vincolate per interrogare i criminali. Infine, Aithen aveva capito che era necessario attuare misure più estreme, visti i fallimenti passati e i continui attentati alla vita del re e ora anche alla sua, perciò aveva acconsentito. Il suo consenso, tuttavia, non aveva placato la sua mente, che continuava a vagliare la correttezza etica della pratica, non perché ritenesse sbagliato forzare una risposta dalla mente di un criminale, ma perché se la pratica fosse stata ammessa e normalizzata, non sarebbe passato tanto tempo prima che degli innocenti ne fossero vittima. Aithen emise un sospiro esasperato nel tentativo di cancellare quella linea di pensiero negativa.

Quanto a Elnon, un frumentarius veterano, se ne stava lì tranquillo ad aspettare con una faccia impassibile, fatta eccezione per l'irritazione rivelata dal saltuario contrarsi delle labbra, dovuta al fatto di non aver avuto il permesso di interrogare personalmente quegli uomini. Comunque, se la donna avesse fallito, sarebbe toccato a lui. Poteva succedere, d'altronde era già capitato in passato.

Esattamente alle quattro PAN, una porta nascosta nell'angolo della stanza si aprì, permettendo l'ingresso di una Sorella. La donna si fermò per un attimo quando vide chi c'era ad attenderla, poi si girò per chiudere la porta, dietro la quale si intravedeva un tunnel lungo e stretto. Un breve rantolo sfuggì dalla gola del principe. Harlion si voltò verso di lui con uno sguardo che diceva: *"Per favore, capisci e accetta questa decisione per quello che è."* Il Frumentarius Elnon lasciò trasparire i suoi sentimenti nel giro sdegnoso della sua espressione.

La Lux Baiula non si lasciò sfuggire la reazione del principe. Tuttavia, per quanto si sforzasse e per quanto fosse abile nel nascondere le proprie emozioni, non riuscì a nascondere la sorpresa nel riconoscere la presenza del principe e lanciò una rapida occhiata al prefetto, chiedendogli con uno sguardo severo perché il principe si trovasse lì.

Aithen pensò tra sé e sé: *Elyana non ci crederà quando glielo dirò. A quanto pare, oltre a lei e alla Magna Mater — e alla famigerata Natalia — molte altre Lux Baiulae hanno la capacità di forzare la mente degli umanoidi. Come reagirà Urbs Lucis?* Dovendosi rivolgere alla Sorella, Aithen si lisciò il viso e disse: "Laranis Lux Baiula, perdona la mia sorpresa, ma non pensavo che le Sorelle partecipassero agli interrogatori dei prigionieri. Pensavo che a occuparsene sarebbe stata una qualche canaglia Alterintrante."

La Fascia Gialla, considerata quantomeno eccentrica dalla maggior parte di coloro che la conoscevano, si ricompose, anche se era già dritta come un manico di scopa, e disse: "Infatti."

Aithen si trattenne dallo scuotere la testa e replicare alle parole della donna che, sebbene fossero persino più oscure e misteriose della maggior parte delle risposte date dalle Sorelle, fecero intuire al principe che questi procedimenti non erano una novità per lei. La interpellò giusto per sentirselo dire, già sospettava la risposta: "Oggi ha intenzione di interrogare questi due, ma ha già svolto altri interrogatori?"

Ecco! Prova a sfuggire ora.

In effetti, evidentemente l'affermazione-domanda di Aithen creò qualche problema alla Lux Baiula, data la risposta tardiva.

Aithen la osservò mentre si preparava a parlare. Sembrava che fosse combattuta o... o amareggiata, sì, amareggiata.

"Sono qui per interrogare questi uomini su richiesta del Gran Capitano..." Laranis si interruppe quando notò gli sguardi di fastidio alla menzione del vecchio titolo dell'uomo. Riprese, dicendo: "Su richiesta del Prefetto Harlion. E sì, non è la prima volta, Gran Principe, anche se non l'ho fatto spesso come potreste pensare."

Aithen incrociò le mani e cominciò a battere i pollici nervosamente tra loro, mentre decideva se potesse o dovesse permettere questo interrogatorio. Continuò a tamburellare le dita per un po', a testa bassa, lanciando di tanto in tanto un'occhiata al prefetto, combattuto da quel conflitto che lo attanagliava. La violazione della mente era proibita, era contro la legge. Eppure, il suo stesso mentore, il comandante dei servizi segreti del re, aveva apparentemente permesso l'uso della procedura sui suoi prigionieri già da tempo. Forse per anni? *Come posso permetterlo? Ho messo in imbarazzo mio padre di fronte a tutta la Guardia perché ha violato la mente del suo aspirante assassino per proteggersi, e ora permetto questo?* Gli altri lo guardarono con evidente apprensione, persino la Lux Baiula. *Suppongo di sì.* Quando Aithen sbuffò, Harlion e Laranis si lasciarono sfuggire un sospiro contenuto. Poi annuì più volte tra sé e sé, lentamente, infine sollevò lo sguardo e disse: "D'accordo. Come procediamo, allora?"

Laranis Lux Baiula non perse tempo a ringraziare il principe per la sua decisione. Semmai gli chiese subito di riportare ciò che aveva sentito dai prigionieri, se avevano detto qualcosa, nel modo più accurato possibile. Quando sentì il nome dell'antica organizzazione criminale, sbatté le palpebre e deglutì amaro. A quel punto, guardando tutti e tre gli uomini presenti, domandò: "Cosa volete sapere dai prigionieri?"

Harlion fu il primo a rispondere. Indicando il furanense, disse con una voce avvelenata: "Vorrei sapere chi dà gli ordini a Hecrus Fioran. Il Maestro Fioran è un individuo su cui abbiamo spesso indagato in relazione a degli affari finanziari sospetti e ora lo becchiamo mentre cerca di assassinare il Principe..."

Togliendo lo sguardo dal concittadino, che li fissava con un ghigno deviato, continuò: "Vorrei anche scoprire chi è il forestiero; e se era loro intenzione attaccare di nuovo il Re, una volta eliminato il Principe. E non accetterò balle del tipo *Noctiferus ci ha costretti.*"

Il principe e il frumentarius erano d'accordo, ma mentre il nobile era ancora riluttante, l'ufficiale era intriso della sicurezza di chi ci aveva fatto l'abitudine. Non aggiunsero altre richieste.

Laranis si alzò e fece per andare dall'altra parte della vetrata spessa e deformante, dietro alla quale i prigionieri e chi eseguiva l'interrogatorio potevano essere osservati e ascoltati chiaramente.

Aithen chiese allarmato: "Lux Baiula, è sicuro per lei mostrarsi?"

"Voglio che mi vedano. Ma non preoccupatevi, non si ricorderanno di me."

La Sorella entrò nella sala dell'interrogatorio.

Il furanense le rivolse una smorfia sgradevole, mentre la donna posizionava la sedia e si sedeva. Il suo complice, invece, sembrava voler fuggire. Tuttavia, aveva già le spalle al muro.

Bene, probabilmente sarà facile piegarlo.

Laranis Lux Baiula scrutò con attenzione equanime entrambi gli uomini, mantenendo un'espressione illeggibile. La cosa sembrò agitare il capo, che decise di sputarle addosso. L'altro, non potendosi allontanare ulteriormente, si limitò a stringere i pugni.

Vedendo la Lux Baiula sedersi e chiudere gli occhi, Hecrus Fioran scosse la testa, in parte confuso, in parte preoccupato. Non aveva mai visto una di quelle streghe in azione. Di lì a poco, si portò una mano alla testa, stringendosi la fronte, e iniziò a urlare a qualcuno o qualcosa all'interno della sua mente. In un breve istante di semi-lucidità, chiese al suo complice cosa stesse succedendo, ma il breminese era prima caduto in ginocchio per poi accasciarsi di lato, privo di sensi.

Laranis non notò l'apprensione del principe, né il dibattito che si stava svolgendo dentro di lui sulla possibilità di interrompere o meno l'interrogatorio.

Aithen continuò a osservare la scena e talvolta lanciava delle occhiate inquiete ad Harlion, che al contrario non dava alcun segno di disagio.

Qualcosa di invisibile fece sì che il capobanda dapprima indietreggiasse per poi irrigidirsi. I suoi occhi mostrarono lo sclero ingiallito, ruotando all'insù verso l'interno.

Laranis trasmise: *"Sono qui per avere delle risposte; puoi darmele di tua spontanea volontà e senza traumi o resistere e costringermi a spremerle fuori."*

L'uomo provò a resisterle e a gridare, ma non uscì alcun suono dalla sua gola; era imprigionato nella propria mente e l'unica spettatrice era una forma infuocata.

La Sorella sospirò delusa e diede inizio alla ricerca. Esaminò i centri della memoria a lungo e breve termine di Hecrus Fioran, un sistema alla volta, a caccia delle risposte alle domande del capitano. Tale procedura non causava alcun dolore di per sé, ma il rilascio involontario di ricordi nella coscienza dell'uomo provocava in lui una profonda confusione, paura, tristezza incontrollata e persino terrore. Certi ricordi erano dolorosi, altri imbarazzanti, altri ancora lo mandavano su tutte le furie. Ben pochi erano i ricordi felici sollecitati dal sondaggio di Laranis, e comunque non miglioravano la percezione con cui l'uomo stava vivendo quell'esperienza.

Di tanto in tanto, la Fascia Gialla faceva una pausa per liberare la propria mente dalle emozioni del bersaglio ed evitare di esserne sopraffatta.

A un certo punto, il prigioniero cominciò a strillare come un pazzo, chiedendo cosa gli stesse accadendo.

Un leggero battito nel petto fu l'unico indice del fatto che Laranis era infastidita dalle grida dell'uomo; stava perdendo il controllo su di lui. Sperò che gli altri non notassero la tensione sul suo volto. *Non capisco perché non riesco a paralizzarlo. Deve avere qualche neurotrasmettitore malfunzionante o qualche recettore mutato. Devo provare in un altro modo...*

Sebbene gli occhi di Hecrus Fioran fossero ancora rovesciati all'indietro — il che indicava che si trovava ancora in una sorta di prigione mentale — lui continuò a urlare, prima implorando il suo aguzzino di desistere, poi chiedendo perdono, finché alla fine collassò emettendo un lieve singhiozzo.

Nel frattempo, mentre Aithen assisteva a quella scena con gli occhi fissi sulla Lux Baiula immobile e il criminale in preda ai tormenti, le sue dita si muovevano sempre più concitatamente. Che cosa gli stava facendo? Se Hecrus Fioran non avesse tentato di ucciderlo — e chissà chi altri gli avrebbero ordinato di colpire in seguito, di sicuro suo padre, visto che già per due volte ci avevano provato invano — Aithen avrebbe ordinato alla Lux Baiula di porre fine all'interrogatorio non appena l'uomo aveva cominciato a gridare.

Osservando gli altri di sbieco, pensò: *L'hanno già vista all'opera. Per questo se ne stanno qui fermi con quella faccia indifferente. Dannati Fondatori, ci avete inflitto la peggiore delle sorti!*

Una voce confusa e intontita catturò l'attenzione del principe: lo sgherro con la faccia da ratto parlò. Sembrava che la Lux Baiula avesse deciso di lasciare andare Fioran per un po', per concentrarsi invece sul suo complice.

"N— No... no, non farlo!"

L'uomo continuò per un po' a lamentarsi di qualsiasi diavoleria Laranis gli stesse infliggendo, fino a quando le sue obiezioni si trasformarono in accettazione e infine in accoglienti richieste di maggiori attenzioni. Quindi, si ammutolì, sedendosi contro il muro, con le gambe appoggiate a terra e il busto che di tanto in tanto si contorceva freneticamente — oscenamente? — accompagnato da lamenti rochi e, per fortuna, poco udibili.

Aithen poteva solo immaginare cosa stesse accadendo e rivolse ad Harlion uno sguardo carico di disgusto. Ma il vecchio si limitò a scrollare le spalle. Il Frumentarius Elnon, invece, sembrava quasi invidiare il criminale, a giudicare dall'angolo delle sue labbra leggermente sollevato. Aithen borbottò un'imprecazione e, non volendo continuare a osservare le reazioni del prigioniero a qualsiasi cosa gli stesse facendo la Lux Baiula, andò a sedersi lungo il lato posteriore della stanza, dove attese con impazienza la fine dell'interrogatorio. Tuttavia, non poté fare a meno di arrovellarsi su cosa stesse accadendo di preciso e sui perché.

Più tardi, troppo tardi secondo Aithen, sentì Harlion parlare: la Lux Baiula aveva finito.

Il principe si alzò e si ricongiunse al gruppo. La donna era piegata in avanti, appoggiava i gomiti alle gambe e la fronte alle mani; sembrava esausta. Poco dopo, si asciugò la fronte con la manica della veste gialla e guardò il principe.

Aithen voleva assalire la donna di domande sulle giustificazioni di tali metodi... ma poi notò l'espressione autocritica di profonda repulsione impressa sul suo volto.

Comprendendo ciò che il principe stava pensando, la donna disse con un filo di voce: "Non giudicatemi, Gran Principe, per quello che ho fatto. E non pensate che mi piaccia più di quanto piaccia a voi. In verità, lo odio, perché il mio ruolo al servizio della stabilità del Regno di vostro padre, della nostra nazione, implica che la mia morte, quando arriverà, sarà la morte di tutto ciò che sono: le cose che so, ciò che ho imparato e sperimentato. Ogni singolo ricordo nella mia mente andrà perduto per sempre, perché non posso permettere a nessuno di trasferire le mie memorie. Vivrò soltanto come memoria visiva o uditiva, se qualcuno si ricorderà di me."

Aithen deglutì e non riuscì a proferire parola, finché non si costrinse a dire: "Suppongo che lei lo faccia per necessità, del resto siamo tutti in questa situazione. Lo capisco."

"La necessità non mi giustifica, mio Principe. Né l'illegittimità di questi mezzi ne rende meno necessario l'utilizzo."

Seguì un minuto di silenzio e di disagio, interrotto dal Frumentarius Elnon, che chiese a Laranis Lux Baiula cosa fosse riuscita a scoprire.

"Ho le vostre risposte, e non vi piaceranno."

II.   Nell'Ateneo luciano

Svegliandosi quel mattino, Elyana aveva sentito un orribile nodo allo stomaco, che non si era sciolto né con la meravigliosa colazione che Claren le aveva portato in camera per confortarla — la ragazza aveva probabilmente sentito i gemiti e i lamenti che i suoi incubi le avevano provocato quella notte — né con i caldi raggi dorati del sole rosso. Così, dopo aver ingerito l'ultimo amaro, si recò all'Ateneo, la biblioteca luciana, che desiderava visitare da tempo.

Appena mise piede nella struttura, la Manu Dextra provò subito un'irrefrenabile sensazione di benessere e di pace, come un incantesimo. Fece in silenzio un sospiro lento e rassicurante, poi annuì in risposta ai gesti sorpresi ma accoglienti del personale.

Elyana non era mai riuscita a capire perché la biblioteca avesse un effetto così viscerale sulle persone, addirittura più della propria casa, e se lo chiese per l'ennesima volta in quel momento.

Mentre guardava le pareti dove erano esposti i libri, le balenò in mente il nome di un tomo, suggeritole da Procta Lux Baiula. Questa volta, il sospiro di Elyana fu diverso; certo, era contenta di portare con sé i ricordi delle altre Sorelle, ma era fastidioso non avere il pieno controllo dei propri pensieri, e i ricordi di quella donna stavano diventando sempre più ingombranti, man mano che la minaccia di una nuova Battaglia Oscura si trasformava in una realtà sempre più tangibile. Ad ogni modo, Elyana annuì tra sé e sé e si avvicinò al quarto pannello di catalogazione, controllò le didascalie per verificare l'accuratezza della propria memoria trasferita e, dopo averne avuto conferma, pigiò la mano sul disco di chiamata.

Il pavimento di fronte a lei si aprì senza emettere alcun rumore e una parete piena di antichi volumi si sollevò silenziosamente dal suolo. Il meccanismo era stato ideato dalle antiche Sorelle per custodire il sapere scritto dell'Ordine. Una volta recuperato il libro che stava cercando, Elyana spinse di nuovo il disco e la parete si ritirò nel terreno, sempre senza fare rumore. Si guardò intorno alla ricerca di un tavolo da lettura disponibile e, dopo averlo trovato, vi si avvicinò.

Dopo aver appoggiato il libro sulla verticale[10], la donna si picchiettò le labbra per un momento. Lesse il titolo: *De Permanentia cognitionis*[11]. *Perché vuoi che lo legga, Procta?* Prima che la memoria potesse risponderle, i pensieri sui recenti eventi di Urbs Lucis riaffiorarono nella mente di Elyana all'improvviso, come ospiti indesiderati.

La Manu Dextra scosse la testa. Pensava davvero di arrivare lì e trovare un po' di pace? L'omicidio di Gina Lux

---

10

Verticale: supporto usato per sostenere i libri, in modo da evitare che vengano danneggiati da perdite d'inchiostro o dagli strumenti appuntiti che si usavano per prendere appunti.

11

Permanentiam cognitionis: la permanenza della conoscenza.

Baiula l'angosciava tuttora, così come il fatto che non erano ancora riuscite a identificare l'assassina. Elyana si sorprese, arrivando persino a chiedersi se potesse essere stata lei a commetterlo. Perché no, pensò, se la conversione di qualcuno crea una sorta di sdoppiamento della personalità. Ci rise su, ma non prima di essersi rimproverata per una paura che, se si fosse diffusa, avrebbe certamente paralizzato l'intera Sorellanza.

Anche l'interrogazione dell'Assemblea della Luce, al termine della lunga giornata trascorsa a innestare il monitor in centinaia di Sorelle, in merito al vincolo di violazione della mente da lei usato per abbattere un uomo — così aveva formulato l'accusa Larca — non l'aveva certo aiutata a dormire tranquilla e si sentiva mentalmente esausta.

Per sua fortuna, Elyana aveva evitato il peggio, proprio come il re, e doveva ringraziare la pacata ma onesta e razionale Praefecta Consuasores. Le argomentazioni di Ramela sull'inadeguatezza delle loro norme in tempo di guerra avevano placato Bilena, Saara e persino Larca. Ramela aveva però commesso un errore, pur con il previo benestare di Krystiana: consapevole che Larca e Bilena mettevano ancora in discussione la decisione di Krystiana di entrare nel Legame alla ricerca della Serpe con l'intento di penetrarne la mente, qualche mese prima, aveva colto l'occasione della riunione formale dell'Assemblea della Luce per avanzare la stessa argomentazione a favore dell'esonero della Magna Mater da qualsiasi colpa in materia. L'interrogatorio che ne era seguito aveva nauseato Elyana, che non riusciva a credere che la sua Praefecta potesse trovare saggio proporre di interrogare la loro leader, a prescindere dal consenso di Krystiana. E sebbene l'Assemblea avesse formalmente accettato la trasgressione della Magna Mater al termine di quell'ora orribile passata a rispondere a domande e accuse, Elyana non sapeva se sentirsi sollevata o meno, perché il solo fatto che la direzione di

Krystiana fosse stata messa in discussione ne avrebbe di fatto indebolito la posizione. Era quasi come se l'avessero censurata. Questo pensiero addolorò e spaventò Elyana, che si chiese quando sarebbe arrivato il primo ammutinamento. Quella volta avrebbe dovuto cercare la Serpe da sola. È vero, era stata un'idea di Krystiana, ma Elyana avrebbe dovuto pretendere di andare da sola... *E morire per mano della Serpe, con il Principe nella mia mente?* No. Avevano fatto ciò che andava fatto. Eppure...

La Manu Dextra venne scalzata da quei cupi pensieri, nel momento in cui una donna si schiarì la gola, infastidita dal suono della penna appuntita che Elyana aveva afferrato senza rendersene conto e che stava picchiettando sul tavolo da lettura.

Elyana posò lo strumento di scrittura e pensò: *Dovrei cercare di godermi appieno il poco tempo che ho a disposizione qui in biblioteca. Altrimenti, che senso ha?* Andò a prendere un altro libro — una tragicommedia che da sempre desiderava leggere — lo appoggiò accanto all'altro su una verticale e vi si immerse.

III.   Ritorno alla villa

Quando la villa di Harlion apparve attraverso il finestrino destro della carrozza del Gran Principe, il prefetto — che per tutto il tempo era rimasto in silenzio e pensieroso — alzò lo sguardo per osservare casa sua, una delle più belle in Via dei Ministeri. Non era la più imponente, ma aveva un design eccezionale, caratterizzato da curve che si combinavano abilmente con linee rette, dalla pietra pregiata, dagli squisiti giardini che circondavano l'abitazione e dal recinto in ferro finemente lavorato che delimitava l'intera proprietà.

Si chiese se sarebbe stata ancora lì alla fine di questa guerra contro gli dèi e le bestie. Guardandola, ripercorse mentalmente la propria carriera alla corte del re, dove era approdato trenta e più anni prima. Aveva scalato le gerarchie piuttosto rapidamente e, date le sue origini umili, sorprendendo molta gente. Aveva sempre avuto una mente acuta, capace di intravedere ciò che voleva tenersi nascosto; fu proprio questo tratto a fargli guadagnare il comando del corpo di polizia segreta — i Frumentarii — e in seguito la carica di Gran Capitano della Guardia Reale.

Aveva goduto nel dirigere la Guardia, aveva goduto nell'aiutare il re a consolidare il suo governo con saggia determinazione e avvedutezza. Gli era anche piaciuto molto addestrare ed educare il Gran Principe, che era senz'altro un essere umano sano, intelligente e rispettabile, e un giorno sarebbe stato anche un buon re.

Harlion si voltò a guardare il principe con un'aria stralunata. Si ricordò che c'era stato un tempo in cui aveva odiato il giovane principe, quando il re gli aveva assegnato il comando della Guardia, degradando Harlion al ruolo di primo ufficiale del principe. Tuttavia, quei sentimenti svanirono rapidamente, perché, in effetti, il principe non solo aveva continuato ad affidarsi a lui e al suo giudizio, così come aveva fatto il re, ma aveva anche mantenuto una rara razionalità, nonostante fosse appena stato investito di quella sua nuova autorità. Sarebbe rimasto tale mentre la guerra si avvicinava alle porte del regno, rovesciandosi su di esso fino a inghiottire ogni cosa? Lo sperava, ma si chiese anche se l'equanimità di Aithen non stesse già cominciando a logorarsi di fronte a tutto ciò che stava affliggendo lui e la sua famiglia.

"Gran... Harlion, siamo arrivati. A dire il vero, siamo arrivati già un minuto fa."

Ad Harlion sembrò di aver sentito la lingua di Aithen incespicarsi e il suo labbro si assottigliò e si distese un poco —

forse il suo inconscio aveva capito — mentre alzava lo sguardo verso il principe per dire: "Avevo la mente altrove."

"Stavi pensando ai prigionieri?"

"Ripensavo... alla famiglia, al passato, al futuro."

Aithen fece una smorfia, ma non incalzò Harlion sull'argomento. Invece, disse: "Ci vediamo a palazzo alle dieci di sera? Per discutere la situazione con mio padre?"

"D'accordo."

"Lascerò qui sei dei nostri migliori guardiani; li conosci tutti. E ricorda, lasciane tre qui e porta gli altri sempre con te d'ora in poi... Almeno fino a quando non avremo sradicato i traditori e la minaccia sarà passata."

Harlion scosse la testa con un'espressione irritata, che accompagnò a un breve ringhio. Poi aprì la porta della carrozza, uscì lamentandosi quasi impercettibilmente, ma pur sempre gemendo, per il dolore al petto. Ringraziò il principe con la promessa di incontrarlo di nuovo più tardi, richiuse la porta della carrozza dietro di sé e si avviò verso la scalinata.

Aithen sospirò, aprì lo sportello di vetro che lo separava dal conducente e diede a Mehan, una delle sue nuove guardie del corpo, l'ordine di condurli a palazzo *lentamente*. Accanto al conducente c'era Coris, un uomo che, seppur non ufficialmente, gli faceva da guardiano, proprio come Piros, già da qualche anno. Quella sera era stato deciso che il Gran Principe avrebbe finalmente avuto una guardia personale ufficiale. La decisione aveva scosso il principe, non perché non fosse d'accordo, ma per il significato che sottintendeva.

Quando Aithen sentì le dita delle zampe dei vorani riprendere il loro regolare e rassicurante "clip-clop", si accomodò sul sedile imbottito e ripensò a tutto ciò che era successo quella notte. Mentre rifletteva, il suono della pioggia, che riprese a cadere lenta e dolce, suscitò in lui un lungo sospiro. Seguì una smorfia causata dal dolore del colpo ricevuto nella parte bassa della schiena.

La mia passeggiata non è andata molto bene e non sto meglio di quando ho lasciato palazzo. Anzi, mi sento peggio, visto che continuo a commettere errori stupidi. Ho quasi chiamato Harlion con la sua vecchia carica; ho scoperto che una Sorella assiste i Frumentarii nei loro interrogatori; Laranis Lux Baiula mi squadra cercando di capire se ho intenzione di denunciarla a Urbs Lucis e mi intima di non farlo in tutti i modi possibili, tranne che a parole; e infine ho scoperto che c'è almeno un traditore a palazzo, forse di più.

Perché sembra che ogni cosa intorno a me si sfaldi proprio ora che dobbiamo resistere? Kendor è un tattico acuto, oltre ad essere un ottimo stratega, ed è benvoluto dagli uomini, ma non ha la stessa capacità di giudizio di Harlion. Eppure, era necessario degradare Harlion.

E poi c'è il cambiamento improvviso di papà. Prima era sempre in piedi, ben dritto, sempre. Adesso, invece, è sempre più spesso chinato in avanti. Almeno ha finalmente riconosciuto le sue abilità di vincolo, che forse possono compensare l'indebolimento del suo corpo. E la sua mente sembra brillante come sempre. Spero che rimanga così perché... perché sì!

In quel momento, il cielo gettò dall'alto un'ultima, intensa cortina di pioggia. Quando anche l'ultima goccia colpì il tettuccio, un caldo raggio giallastro si fece strada nella carrozza, annunciando il giorno nascente, proprio nel momento in cui il Canto dell'alba si interruppe.

Aithen aveva sempre avuto un'opinione contrastante sulle Voces Creatoris. Conosceva la teoria alla base della loro organizzazione: vibrazioni diverse producono risposte diverse nel cervello, alcune piacevoli e altre fastidiose, che a loro volta influenzano l'umore di una persona. L'unione e l'armonizzazione delle voci, come avveniva nelle Voces Creatoris, generano vibrazioni di tipo piacevole e, a seconda del canto, possono scandire il risveglio, aiutare la concentrazione o placare l'animo. Il Canto dell'alba era un canto di risveglio, mentre i canti serali rilassavano le persone e le preparavano a tornare a casa, garantendo la pace nella loro abitazione e una notte ristoratrice. Aithen si chiese se quel canto lo influenzasse tanto quanto, apparentemente, influenzava le altre persone. Però non se lo chiese a lungo; in fondo, era certo di essere così com'era, a prescindere dai canti. Eppure, di rado aveva avuto l'occasione di sperimentare l'assenza totale di musica, quindi non poteva saperlo con certezza.

Nonostante i suoi effetti *supposti*, il canto di quella mattina lo irritò; era esausto, indolenzito e aveva bisogno di riposo. Perciò, quando arrivò a palazzo, rispose sbrigativamente a tutti coloro che lo salutavano, andò nelle sue stanze, disse a Kil di svegliarlo poco prima delle dieci, si spogliò e si gettò a letto.

***

Nella villa in Via dei Ministeri, una voce anziana e accogliente salutò l'ex capitano della Guardia Reale. "Har, caro, non sapevo se saresti tornato a fare colazione con noi, ma sono felice che tu sia qui, anche se hai un'aria tormentata."

La moglie di Harlion non era la più bella delle donne, ma era in assoluto la persona più gentile e affettuosa che lui avesse mai conosciuto. Aveva un sorriso spigliato e un temperamento docile e armonioso, che non aveva mai smesso di sorprenderlo per la sua capacità di rasserenarlo anche quando lui non sembrava desiderarlo.

"Te lo racconto a tavola, Kyla."

La donna annuì, prese il braccio del marito e i due si avviarono verso la piccola sala da pranzo, dove Harlion fu accolto anche dal figlio.

"Buongiorno, padre. Oggi romperai il digiuno con noi?"

"Sì, Ottaviano."

Cercando di mitigare i suoi sentimenti, il ragazzo disse: "Che bello! Non ci capita spesso di mangiare insieme al mattino."

Harlion e sua moglie erano stati onorati dal Gran Re che aveva acconsentito a dare questo nome al figlio al momento della sua nascita. Harlion sperava che quel dono avrebbe contribuito ad aprire varie porte al figlio e a infondere in lui qualità simili a quelle del re. Ottaviano era certamente un ragazzo molto intelligente, ma era affetto da una cardiopatia che ne aveva limitato notevolmente le prospettive, nonostante le cure ricevute dalla Fascia Bianca.

In ogni caso, Ottaviano aveva reso Harlion orgoglioso con la sua dedizione all'apprendimento e la sua decisione di fondare a sedici anni una società storica, grazie anche all'aiuto di Magister Setarcos e del Signor Claudius; un collettivo il cui obiettivo era quello di documentare la storia contemporanea senza alcun pregiudizio politico, raccogliendo le lettere e altri scritti dei giovani collaboratori sparsi di tutto il continente. Due anni dopo, l'archivio di Ottaviano era già considerevole e aveva iniziato a raccogliere i documenti in un primo volume che sperava di pubblicare presto. In quel momento, Harlion si domandò se il loro almanacco avrebbe mai visto la luce.

Dopo aver accettato la bevanda calda che il loro servitore le aveva portato, Kyla prese la mano del marito e disse: "Har, come mai ci sono i Guardiani in casa?"

Harlion vide la reazione del figlio e pensò per un attimo di mentire, ma era troppo stanco, quindi evitò. Rispose mostrando meno collera di quanta ne provasse, ma ciò che sentiva era comunque evidente dal modo in cui pronunciò le ultime parole, evitando gli sguardi della moglie e del figlio: "Ieri sera c'è stato un attentato al Gran Principe ed è probabile che pure io possa essere un obiettivo, a meno che non riusciamo a fermare questi criminali."

Gli occhi di Kyla e Ottaviano si spalancarono. Sapevano che la posizione di Harlion implicava la possibilità di mettere a repentaglio la propria vita e sapevano che più di una volta aveva rischiato di fare una brutta fine, ma le minacce e i rischi erano sempre stati fisicamente lontani da casa; nessuno aveva mai invaso o anche solo pensato di invadere la loro dimora per commettere un omicidio.

Kyla fece per parlare, ma fu Ottaviano ad anticiparla, con la voce rotta e piena di paura di chi non è abituato a vivere il pericolo: "Cosa vuol dire che degli assassini potrebbero tentare di ucciderti, padre? Che significa?"

Con un sospiro e un pallido sorriso, Harlion strinse la mano della moglie mentre rispondeva alla domanda del figlio: "La guerra che sta per arrivare è diversa dalle altre, Ottaviano. I suoi... attori non sono i soliti vassalli ribelli o confinanti, in conflitto o a caccia di conquiste, bensì creature oscure che non rispondono alla loro volontà, ma sono istigate da qualcosa di oscuro... A guidarle è Noctiferus in persona. Non conosciamo la maggior parte delle loro tattiche; abbiamo già sventato dei tentati omicidii e possiamo prevenirli, ma non possiamo difenderci con efficacia se usano metodi e strategie che non conosciamo."

Kyla si limitò a tenere più stretta la mano del marito, guardandolo con occhi che domandavano risposte impossibili. Il giovane si agitò, ma Harlion alzò una mano e disse: "Affronteremo il pericolo indipendentemente da chi lo ha provocato, figliolo. E avere dei guardiani qui è solo una delle misure che dobbiamo adottare per sicurezza."

Il volto di Ottaviano mostrò la paura e poi i segni dell'accettazione di una realtà che già in precedenza aveva cominciato a sospettare. Disse: "Ho sentito qualche voce e delle chiacchiere. Persino i rapporti che ho ricevuto dal regno di Jarah lo accennavano." Harlion si sforzò di non storcere il naso di fronte al termine che il figlio amava usare per chiamare le lettere che riceveva dagli altri giovani di tutto il Regno. "Raccontano di cose che accadono lì e che possono essere opera solo di Noctiferus, ma ho sempre creduto che fossero esagerazioni. Ora non lo credo più."

Harlion sbuffò e si trovò costretto a porre al figlio una domanda che non avrebbe dovuto essere rivolta a lui, bensì alle spie del Frumentariato: "Cosa dicono questi rapporti, Ottaviano? Quali sarebbero queste manifestazioni di Noctiferus?"

Con grande eccitazione, Ottaviano continuò a spiegare che le missive dei jarahni riferivano di diversi amici stretti e ministri del re Adid che erano stati recentemente arrestati per sospetto di sedizione, per poi essere rilasciati su raccomandazione di Adid in persona. Gli stessi rapporti riferivano anche che forse il re stesso era sotto l'influenza di un dio. Quella notizia fece infuriare Harlion: non poteva credere che i collaboratori adolescenti di Ottaviano potessero essere a conoscenza di tali informazioni, quando i suoi frumentarii avevano dovuto corrompere delle persone per scoprire i dettagli di quegli arresti.

Harlion inclinò la testa di lato e disse: "I tuoi amici devono avere ottime conoscenze per essere così ben informati." Il suo sguardo si allarmò improvvisamente e chiese: "La figlia di Re Adid è uno dei vostri contatti?"

"Mi... mi dispiace, padre. Ma non voglio mettere nessuno in... in pericolo. Stiamo archiviando questi fatti solo per motivi di studio."

"Capisco. Ma i tuoi amici, chiunque essi siano, devono capire che ci sono cose che non dovrebbero registrare in questi giorni. In effetti, credo sia il caso di porre fine al vostro progetto."

La maschera di orrore e di colpevolezza che copriva il volto di Ottaviano in quel momento scosse entrambi i genitori, e Kyla disse: "Ottaviano, caro. La reazione di tuo padre è naturale; devi capire che sta pensando solo alla tua sicurezza e a quella dei tuoi collaboratori... Specialmente se uno di loro è... un membro della corte di Re Adid."

"Infatti, e dato che la vostra corrispondenza non è segreta, è molto probabile che vi creerà problemi nel caso in cui venisse intercettata. Per questo devo..."

Kyla mise una mano sul braccio del marito per fermarlo e per chiedergli se poteva suggerire una soluzione. Il prefetto, incapace di resistere ai modi di fare della sua compagna di sempre, annuì e Kyla disse: "Credo che tuo padre possa accettare di lasciarti continuare il progetto se dirai ai tuoi contatti di documentare solo ciò che è pubblicamente noto, d'ora in avanti."

Ottaviano li guardò entrambi incerto, finché non vide il padre annuire in segno di assenso.

Un sorriso speranzoso riemerse dal ragazzo e si fece ancora più ampio e luminoso quando un servitore arrivò e posò sul tavolo delle ciotole contenenti uno strano intruglio. Il figlio ringraziò calorosamente i genitori e poi tuffò il pane nello stufato verde pallido con un sorriso vorace e le narici che si allargavano pregustandosi l'attesa.

Sollevato, Harlion sospirò, poi aggrottò le sopracciglia sospettoso e disse: "È..."

Ottaviano lo interruppe esclamando: "È cunay! Lo conosci?"

"Dove ha preso questa roba il nostro cuoco?"

"Ne ho parlato a Pemlo lo scorso quarto. Ho scoperto il cunay quando ho incontrato i ragazzi di Passo del Corno per chiedere loro se volevano condividere alcune delle loro storie, un paio di mesi fa, e sono diventato... abbastanza amico di alcuni di loro. Ad ogni modo, mi hanno invitato a cenare con loro lo scorso quarto. La gente pensa che il loro cibo sia strano, ma io lo trovo delizioso! Lo hai mai provato? Il cunay si può mangiare a colazione o a cena. In realtà si può mangiare sempre, anche se Kilian dice che è meglio a cena, perché è il momento in cui i muggitori..."

"Sì, sì, so che a quell'ora si raccolgono le crisalidi dei muggitori. E no, non l'ho mai provato, ma non sono sicuro di volerlo fare."

"Beh, dovresti. Ho portato del cunay crudo e ho condiviso la ricetta con Pemlo, che l'ha preparato per noi stamattina. La mamma ne ha già assaggiato un po' e le piace molto."

"Le piace davvero? Immagino che ne proverò un po' anch'io, allora."

Harlion afferrò un pezzo di pane e lo immerse nella densa casseruola. Quando lo stufato gli ricoprì la lingua, non riuscì a trattenere un "Buono!"

Ottaviano rispose con un gioioso "Ah!" e il vecchio capitano sorrise sinceramente, un sorriso accompagnato da un improvviso e inaspettato senso di speranza che lo riempì e prese il posto della cupezza che aveva portato in casa al suo arrivo.

IV.   Giovane straniero a Solinor

Guardando suo figlio — un giovane solitamente vivace e molto intelligente che conosceva a malapena — con la più profonda empatia, Darya disse: "Ori, le cose andranno meglio e rivedrai tuo padre non appena il pericolo sarà scongiurato in Alvinoria."

Ori, in piedi sul balcone dell'appartamento della madre, non rispose e digrignò i denti, non volendole dire che era del tutto fuori strada. Sì, la possibilità che suo padre o i suoi fratelli potessero morire in questa guerra e che tutto ciò che conosceva potesse svanire, lo spaventava. Tuttavia, non era ciò che lo turbava e lo faceva star male da quando aveva lasciato la città di Furania ed era arrivato in Kynaria.

Darya aggiunse: "Se non vuoi parlarne, non ti costringo."

Vide il figlio stringere i pugni e distogliere lo sguardo. Rendendosi conto che forse aveva giudicato male i suoi sentimenti, glielo disse.

Nel momento in cui Ori alzò gli occhi per guardarla, le sue viscere si attorcigliarono.

Ori esplose: "Vuoi sapere cosa mi prende? Lo vedi che tutti mi guardano come se fossi una specie di bestia immorale? Lo vedi?! Una cosa innaturale che potrebbe..."

Darya rimase ammutolita e fissò il figlio per un lungo istante, combattendo contro l'istinto colpevole di piangere. Sapeva che avrebbe dovuto avvertire Ori dell'atteggiamento dei kynariani nei confronti dei maschi meticci, ma aveva sperato, sbagliandosi, che le cose sarebbero andate diversamente per suo figlio — un principe — e in tempo di guerra. Dopotutto, Aria era stata ben accolta. *Ma cosa vuol dire "una cosa innaturale che potrebbe"... potrebbe cosa?*

Sul volto del principino c'era un'espressione di paura mista a rabbia, un insieme che dava alla sua espressione una sfumatura illeggibile. La mente di Darya si mise a elaborare cento sterili spiegazioni. *Qualcuno gli ha fatto qualcosa?* Non riuscendo a trovare una risposta che la confortasse, pronunciò il nome del figlio con un tono supplichevole.

Darya osservò Ori scuotere la testa tra sé e sé, come se stesse respingendo dei pensieri inquietanti, poi strinse i denti prima di sbottare accuse che avrebbe dovuto aspettarsi.

D'altronde, anche Toras faceva così quando era più giovane, no? Certo, poi era maturato e aveva imparato a contenere i suoi sfoghi e a trasformarli in schegge pungenti anziché dardi laceranti.

"Perché mi hai portato qui? Perché mi hai portato qui se sapevi che sarebbe stato così? Avresti dovuto rifiutare quando papà te l'ha chiesto."

Darya stava per obiettare, ma si fermò, fece un respiro profondo e disse: "Perché il tuo corpo è più sicuro qui."

"Il mio corpo. E la mia mente? Non è altrettanto importante?! E chi se ne frega del mio corpo... Non siamo rhiiani e non ho intenzione di cederlo ai Fondatori che si preoccupano solo di conquistare e schiavizzare le loro creazioni... se mai lo fossimo."

Con un lungo sospiro e lo sguardo più tenero, Darya replicò: "Ori, naturalmente anche la tua mente è importante. Anzi, è più importante. Sai quanto mi sento orgogliosa ogni volta che ti sento parlare? Ogni volta che spieghi o descrivi ciò che osservi come se fosse una meraviglia? Chiunque ti conosca capisce quanto sei speciale e che mente fantastica hai."

"Ma la gente mi disprezza per il mio corpo, perché sembro straniero, perché la mia pelle non è abbastanza scura, e le mie labbra e il mio naso sono sbagliati. Come faccio a svolgere la missione che papà mi ha affidato, se la gente non vuole neanche parlarci con me?"

Seguirono alcuni minuti di silenzio imbarazzante, mentre Darya cercava di trovare una risposta soddisfacente alla disperazione di Ori, per ridargli speranza e fargli capire che la situazione sarebbe migliorata. *Miglioreranno effettivamente le cose? Ed ecco di nuovo quel conflitto che si legge nei suoi occhi... Deve esserci qualcosa di più in questo sentimento di alienazione.*

"Ori, vorrei essere saggia come tuo padre nelle materie che ti interessano, o almeno conoscerti di più per poterti consigliare meglio. Tuttavia, non lo sono e non ti conosco quanto dovrei, ma so questo: sei un essere straordinario, e sei rimasto tale nonostante le bugie, gli imbrogli, le truffe e i pregiudizi a cui hai assistito intorno a te. Questo perché persegui i tuoi obiettivi a prescindere da tutto e tutti, rimanendo fedele a te stesso e gentile nei confronti degli altri. So queste cose perché me le hanno dette tuo padre, tuo zio Claudius, Harlion, Maestro Rackeli e Magister Setarcos. E ho potuto constatare la tua gentilezza e la tua brillantezza, nonostante abbia trascorso così poco tempo con te."

Quando Ori la guardò per un attimo con un labbro tremante, Darya disse: "Credimi, figliolo. Quando i miei compatrioti vedranno finalmente chi e cosa sei, il loro senso di colpa li coprirà di vergogna e tutti si contenderanno la tua compagnia. Devi solo insistere ancora un po', continuando a essere te stesso e vedrai che si ricrederanno. La maggior parte delle persone hanno accettato Aria; non c'è motivo per cui debba essere diverso per te."

Ori annuì, non troppo convinto, ma disposto a credere alla madre, a questa donna che conosceva così poco e che non aveva mai visto per più di qualche mese all'anno. Spesso si era chiesto se fosse così perché non lo amava. E sebbene suo padre gli avesse ripetuto più volte che lei lo amava molto, lui non ci aveva mai davvero creduto, almeno fino a quell'anno. In effetti, lei gli era sembrata diversa e aveva esternato il desiderio di restare con loro e di non tornare più a Kynaria. Inoltre, aveva trascorso la maggior parte dei giorni insieme a lui, dal suo arrivo in Alvinoria fino alla loro partenza per Kynaria. Aveva partecipato alle sue lezioni, aveva passeggiato con lui nei giardini per studiare le piante e le creature, gli aveva insegnato come il Legame potesse avvicinare una persona alla natura e aveva condiviso ogni singolo pasto con lui.

Ori si voltò verso di lei con un tenue ma confortante sorriso. Il sorriso fu improvvisamente sostituito da quella paura di fondo... una paura che aveva manifestato per la prima volta sulla nave di Maestro Brak.

Con cautela, lei disse: "Ori, c'è qualcos'altro di cui vuoi parlarmi?"

Ori scosse la testa, distogliendo di nuovo lo sguardo.

Darya non insistette e si avvicinò a lui per accarezzargli la mano e dirgli: "Il tuo Giorno del Riconoscimento si sta avvicinando. Sarà il momento perfetto per riflettere sul tuo posto qui e su ciò che ti preoccupa da quando hai lasciato l'Alvinoria."

Il Giorno del Riconoscimento. Ori aveva iniziato a celebrarlo già due anni prima, in occasione del suo dodicesimo compleanno. Questo sarebbe stato il terzo e ultimo. L'anno successivo, al compimento del suo quindicesimo anno di vita, avrebbe festeggiato invece il Giorno della Transizione, che segnava la fioritura della sua mascolinità.

I Giorni del Riconoscimento avevano lo scopo di insegnargli a riflettere sulla propria crescita, ma a partire dal quindicesimo anno, avrebbe trascorso quella ricorrenza ricordando ciò che era passato e preparandosi per le sfide e le meraviglie dell'anno nuovo. I Giorni della Riflessione, che si celebravano formalmente solo ogni cinque anni, avrebbero scandito il resto della lunga vita che ragionevolmente si aspettava di avere, in quanto mezzosangue. Si domandò malinconico: *Ci sarà ancora qualcosa da festeggiare l'anno prossimo?*

Ori archiviò quella domanda, rilassò la mandibola che nel frattempo aveva contratto di nuovo, si forzò a guardare la madre negli occhi, una donna che aveva imparato ad amare e del cui amore aveva bisogno, manifestò la sua comprensione e la ringraziò con un debole sorriso, prima di congedarsi e andare a cercare la cugina.

Darya lo seguì con uno sguardo apprensivo, finché non si chiuse la porta alle sue spalle.

V. Necessità di prove

Bilena si chinò verso la Fascia Gialla che sedeva di fronte a lei e alla Magna Mater. La Praefecta Philosophas pose la sua mano sopra quella della donna e disse: "Kita, posso immaginare il dolore che hai provato nel recuperare i ricordi di Gina, così in fretta poi. Comunque, quello che stai passando è normale e riuscirai a ritrovare il tuo equilibrio mentale."

La donna si limitò a rispondere con un breve e distaccato cenno di comprensione.

Krystiana disse: "Devo chiederti di non condividere i ricordi di Gina con nessuno, finché non avremo la conferma di chi sia l'assassina. Sappi però che ti devo molto, così come tutta la Sorellanza, per il servizio che le hai reso."

Kita distolse lo sguardo dalle altre donne, per nascondere la rabbiosa repulsione che si stava insinuando sul suo viso.

Krystiana non aveva bisogno di nascondere le proprie emozioni; il suo viso era semplice come un ciottolo levigato e la sua morbidezza rivelava la premura che aveva per le accolite, più di qualsiasi espressione o parola. In quel momento, il volto della Magna Mater mostrava il conflitto che provava nei confronti del trasferimento mnemonico che aveva imposto alla giovane sorella.

Girandosi verso il comunicatore, l'asta metallica fissata al muro vicino all'ingresso del suo ufficio, Krystiana chiese a Lupa, la sua assistente, di far entrare Sarrinia.

La Guaritrice delle Portatrici entrò a passo svelto, mostrandosi impaziente; aspettava già da un po' di essere chiamata dentro. Fece il necessario cenno di saluto alla Magna Mater, anche se non lo fece volentieri, poi scambiò con la sua Praefecta uno sguardo che diceva quanto fosse sbagliata tutta questa faccenda. La sua espressione era tutt'altro che fredda quando si avvicinò a Kita. Se la posizione di Sarrinia permettesse di esternare o meno le proprie emozioni era un dibattito in corso a Urbs Lucis. Comunque sia, Krystiana trovava irritante l'empatia smodata della guaritrice, tanto quanto l'antagonismo indomito di Larca.

Krystiana disse a Kita: "Sarrinia lavorerà con te, ti aiuterà a elaborare i ricordi, finché non li avrai assimilati e compartimentati correttamente. Una delle priorità è supportarti nello scoprire l'identità dell'assassina di Gina. Deve essere lì dentro, da qualche parte. Potrebbe essere un ricordo visivo, uditivo o vibrazionale."

Kita scosse la testa prima di alzare brevemente lo sguardo verso la Guaritrice delle Portatrici, che le sorrise con fare rassicurante.

Dopo una breve esitazione, Krystiana aggiunse: "A parte le poche di noi che erano presenti quando hai accettato i ricordi di Gina, nessun'altra sa che li hai ricevuti. Tuttavia, poiché l'assassina potrebbe essere ancora qui tra noi, dobbiamo prendere delle precauzioni per tenerti al sicuro. Resterai quindi insieme a Sarrinia fino a quando il pericolo non sarà scongiurato."

La giovane Lux Baiula acconsentì.

"Sarrinia, per favore porta Kita con te e tienimi informata sulle sue condizioni e sui vostri progressi nell'ottenere il resto delle informazioni che ci servono."

Non appena la Guaritrice delle Portatrici se ne andò, portando con sé il suo *fardello*, Bilena disse: "Mater, cosa faremo ora che sappiamo che Gina ha visto una Fascia Rossa prima di essere uccisa?" Krystiana spalancò le labbra come se stesse per dire "Cosa pensi che possiamo fare?"

Ma invece disse: "Non c'è niente da fare, Bilena, almeno non finché non avrai messo a punto il metodo per individuare i convertiti o finché Kita non scoprirà l'identità dell'assassina nei ricordi di Gina. Perciò, portami dei risultati. Abbiamo bisogno di questo. E non il mese prossimo; ci serve adesso."

Bilena represse un brivido. Ancora una volta sentì il peso delle sue responsabilità schiacciarla e si faceva sempre più gravoso. Era destinata a finire, prima o poi, questa vicenda? Avrebbe riconosciuto se stessa al termine di questa lucida follia?

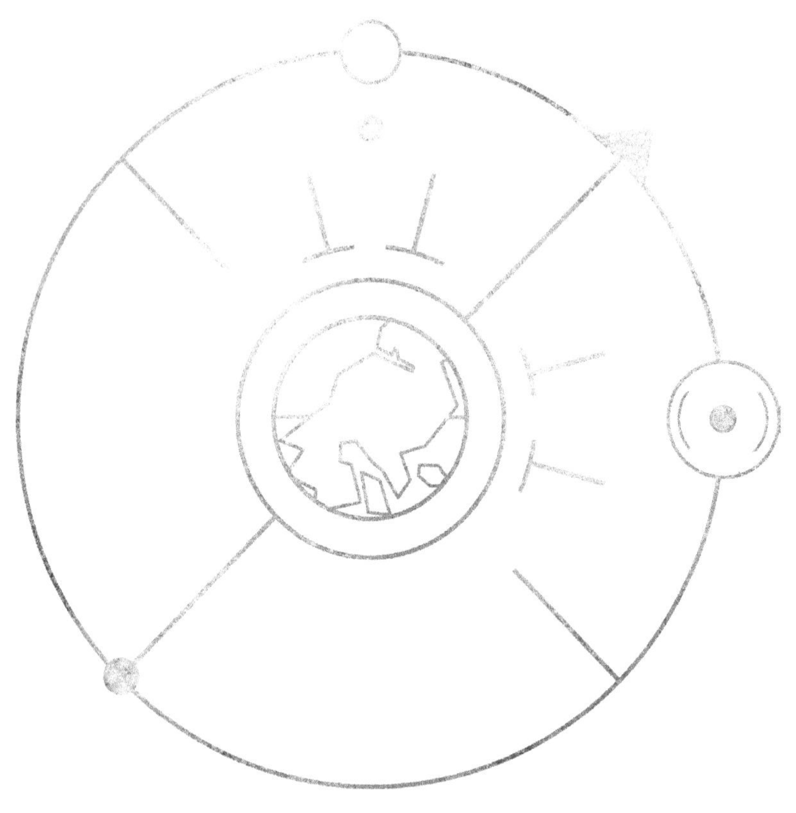

I. Al mercato

La Manu Dextra stava percorrendo le strade immacolate che dal Sancta Sanctorum conducevano al quartiere del mercato. Giunse in una vasta area della città dove si trovavano negozi all'aperto e al chiuso che vendevano frutta e verdura, carne e frutti di mare, oltre a un'incredibile varietà di prodotti di origine animale, vegetale e microbica, tra cui il classico cunay di muggitore e il più raffinato cunay cristallino, prodotto con una specie di microbi sviluppati appositamente. Tra i vari prodotti in vendita c'erano anche spezie ed erbe, ossa tritate e i costosissimi parasole ricavati dalle ali del volatile gigante del sud, che vibravano sotto i raggi del sole e provocavano una piacevole ventilazione oltre a riparare le persone dalla luce.

Elyana amava il mercato di Urbs Lucis, così come quello di Furania e tutte le altre piazze commerciali di simili dimensioni. Quegli odori e quella vista la rendevano sempre felice, a patto che le strutture non fossero sudice. Tuttavia, le severe leggi sull'igiene vigenti in tutto il Regno facevano sì che solo i villaggi più poveri, negli angoli più remoti di quelle terre, potessero permettersi di ospitare mercati che facevano storcere il naso. Qui a Urbs Lucis, persino le carni emanavano odori gradevoli, arricchiti dalle spezie più profumate.

Anche i suoni della piazza piacevano molto a Elyana. Le facevano venire in mente... la vita. La vita degli esseri senzienti, che parlano, ascoltano, si muovono o stanno fermi, tossiscono o fischiano; tutto questo per comunicare qualcosa *tra* loro o *ad* altri. Certo, la società alvinoriana non era perfetta — sebbene i luciani si ritenessero i più prossimi alla perfezione — e a volte si verificavano discussioni spiacevoli, ad esempio quando un forestiero veniva accidentalmente urtato da qualcuno che passava di fretta. Ma Elyana amava anche questo, significava che quel luogo brulicava di vita. Quel giorno in particolare, il caos del mercato la confortò; la aiutava a scrollarsi di dosso il ricordo dei pericoli che correvano.

A un certo punto, mentre si faceva strada tra la folla, che a Urbs Lucis non si faceva prontamente da parte come in altre città, il chiasso si attenuò diventando un sottofondo nella mente di Elyana e riaffiorarono alcuni passaggi del De Permanentia Cognitionis.

Aveva speso un bel po' di tempo cercando, senza successo, di capire perché la memoria di Procta le avesse suggerito quel libro. Era forse collegato a una decisione particolare che aveva preso o che doveva prendere? Le serviva per prepararsi ai cambiamenti che sarebbero avvenuti? Non lo aveva ancora capito e Procta non aveva risposto alle sue domande. La donna era rimasta nascosta negli anfratti della mente di Elyana, dove viveva come un'entità intangibile per riemergere solo quando lo desiderava, apparentemente.

In ogni caso, il libro le aveva fornito delle prospettive interessanti e ancora oggi utili sulla natura della conoscenza: la sua quantità e la qualità mutevoli, la sua natura incline ai cambiamenti. *Se oggi si ritiene vero qualcosa, quella stessa cosa non sarà necessariamente vera domani. E ciò che si riteneva vero ieri può essere valutato come falso oggi, sia a causa dell'introduzione di nuovi fattori, sia in seguito a un mutamento della realtà percepita.*

Naturalmente, conosceva già molto bene queste verità; solo gli sciocchi le ignoravano. A volte, però, è utile rammentare la natura della conoscenza. Il tempo trascorso in biblioteca le aveva permesso di farlo, si era immersa in concetti filosofici ed era riemersa da quell'esperienza rinfrancata e pronta a vedere il mondo in un modo diverso, migliore, più reattivo.

E quindi, per cosa sono pronta? Ho già accettato l'arrivo della guerra e le sue cause. Forse, volevi soltanto ricordarmi la natura effimera di certe nozioni... Ma perché?

Elyana scrollò le spalle e disse a se stessa, non poi così silenziosamente: "Non ne ho idea", senza curarsi — per questa volta — se i passanti l'avessero trovata strana.

Mentre passava davanti a un piccolo negozio di artigianato, qualcosa catturò la sua attenzione, destandola dalle sue riflessioni. Su un tavolo abbellito da una stoffa di un blu intenso e vibrante, c'era un'intrigante rappresentazione del simbolo della Sorellanza fatta con il frutto rosso essiccato dell'albero di Bok e il suo seme blu, accuratamente estratto dal guscio, a simboleggiare rispettivamente il sole rosso e il sole blu. L'aspetto più interessante dell'oggetto era l'uso del frutto e del seme, che simboleggiavano il rinnovamento, la crescita e la dissoluzione del vecchio. Con contenuta eccitazione, Elyana pensò: *Lo regalerò a Krystiana!*

Dopo aver pagato il dono con dieci secreti viola un po' consumati, Elyana ingaggiò un giovane tascatore che avvistò nei paraggi. Gli diede l'oggetto, che lui ripose nel suo piccolo carretto, caratterizzato da una miriade di tasche di ogni forma e dimensione, ognuna delle quali poteva essere estratta per trasportare la merce nelle case dei clienti.

Proprio in quel momento, i suoni eclettici del mercato furono attenuati dalla Vox Publica, il servizio di notizie alvinoriano. Erano ormai le nove post-Altanotte ed Erona Lux Baiula, un membro del Cursus Publicus—la commissione congiunta della Corona e di Urbs Lucis responsabile della diffusione delle notizie in tutta l'Alvinoria—salutò il suo pubblico. Mentre Erona era responsabile dell'ufficio luciano, l'operazione era guidata da Elia Lux Baiula, dal suo ufficio a Furania. Le notizie venivano trasmesse attraverso una rete di supporti sonori permanenti distribuiti in tutta la città. Per i non udenti, le suore si trovavano in luoghi noti per trasmettere le notizie utilizzando il linguaggio dei segni, proiettando i loro movimenti sui giganteschi schermi viventi dietro di loro.

Erona Lux Baiula cominciò ad aggiornare i cittadini e i visitatori di Urbs Lucis, raccontando gli eventi del giorno e le notizie locali più rilevanti. Il primo argomento trattato includeva vari avvisi e segnalazioni relative alle prossime festività e alle attività culturali previste. L'ultimo argomento, invece, includeva un'unica notizia, relativa al recente assassinio di una Sorella. E poiché solo una ristretta cerchia di civili ne era al corrente, quando Erona iniziò il breve resoconto ufficiale dell'accaduto, quasi tutta la città si paralizzò. A Elyana gelò il sangue e i luciani che le stavano accanto — che conoscevano bene il tipico volto marmoreo delle Sorelle e avevano notato la sua reazione innaturale — si fermarono anch'essi, come se fossero in preda a un panico che arrestò per un attimo persino il loro battito e il loro respiro. Nessuno emise alcun suono. Non una mosca volava, laddove normalmente schiamazzi e pettegolezzi abbondavano come le erbacce, e gli schiamazzi della folla somigliavano a uno stormo di starnazzori cornuti che si appresta a prendere il volo.

Quando il terribile annuncio terminò, Erona passò alle notizie generali sul regno, che non erano certo migliori: rokon e grugni che attaccavano i villaggi del regno e la mobilitazione delle forze in preparazione alla guerra imminente. Le notizie più liete, benché maggiormente approfondite, non servirono a rallegrare l'umore collettivo, né a rovesciare l'impressione che le cose stessero davvero per cambiare drasticamente per tutti. I luciani, che avevano ritrovato la voce, cominciarono a discutere le notizie, ma quando parlarono dell'omicidio lo fecero sottovoce, se c'era una Lux Baiula nelle vicinanze.

Elyana contrasse le labbra, allontanò dalla mente il ricordo dell'omicidio e riprese a camminare verso le Delizie di

Tarkoth, il negozio di Maestro Brak a Urbs Lucis. La bottega era gestita da una delle zie dell'uomo. Era una donna simpatica e cordiale, ed Elyana sperò che quella donna fosse in grado di risollevarle l'umore.

Tuttavia, Tina Piscator non accolse la Manu Dextra con il solito largo sorriso: "Lux Baiula! Ne è passato di tempo. Che bello rivederla. Ma..." Con un tono sommesso, la donna aggiunse: "So che le Sorelle non dovrebbero mostrare le loro emozioni, a meno che non lo facciano intenzionalmente per fuorviare, ma a me non me la può fare... Dalle sue labbra tese, mi viene da pensare che sia turbata dagli eventi..."

Elyana non sapeva come reagire; quella donna le piaceva. Interrompendo l'espressione corrucciata che le stava apparendo sulla fronte, Elyana fece un piccolo sospiro e disse: "Lo sono, signora Brak, e la ringrazio per l'interessamento. Ma non parliamone, per favore."

"Certamente." Poi, con la sua solita voce allegra, chiese: "Che inchiostro desidera, Lux Baiula? È per questo che è qui, o sbaglio? Inoltre, vuole assaggiare questo nuovo frutto aspro che c'è appena arrivato? So quanto le piacciono i frutti aciduli."

Elyana stava per rispondere, quando percepì una vibrazione, come quella che aveva percepito in passato, e vide le pupille della negoziante allargarsi per la sorpresa e l'eccitazione.

Elyana si voltò verso la fonte della vibrazione, mentre un'inaspettata sensazione di ansia le stringeva il ventre. Il suo cuore sussultò mancando un battito, uno solo, quando vide chi era arrivato. Immediatamente inondò il proprio cervello e il proprio corpo con una dose di neurotrasmettitori calmanti. La sua mente si affannò a cercare un saluto che non rivelasse ciò che aveva provato alla vista dell'uomo.

Alla fine, disse con voce un po' più affannosa di quanto avrebbe voluto: "Maestro Methrim, cosa la porta qui?"

"Sono venuto per lei."

Elyana rimase in silenzio, non riusciva a respirare e sentiva il bisogno impellente di fuggire da lì, dalla presenza di Lusk Methrim, da quello che provava. Fortunatamente, gli occhi di Tina Piscator, che si erano dilatati mostrando desiderio e invidia, fornirono alla sua mente un altro elemento su cui focalizzarsi, permettendole di rompere l'incantesimo. Elyana lasciò apparire sul suo volto una profonda linea di disappunto e di turbamento.

"Mi scusi, Lux Baiula. Mi sono espresso male. Volevo dire che sono venuto al mercato per comprare qualcosa." Le mostrò la borsa che portava con sé: "E poi l'ho vista qui, perciò sono venuto a salutarla."

La Lux Baiula avrebbe voluto rispondere con un'osservazione sarcastica e sagace. Invece, rimase immobile ancora per un attimo, poi rispose con un'affermazione che non aveva alcun senso per lei mentre la pronunciava: "È un piacere incontrarla, Maestro Methrim."

Lusk fece un piccolo sorriso compiaciuto, reso eccezionalmente attraente dai suoi lineamenti esotici. No, gli zebuloniani non erano i bruti di cui parlavano i libri.

Lo zebuloniano era rimasto nella città-stato per la maggior parte degli ultimi tre mesi, facendosi studiare da una Lux Baiula dopo l'altra, condividendo ciò che sapeva delle Gianarae e delle scienze, della cultura e della politica della Zebulonia. Dopo un po', gli era stato permesso di curare i luciani, visitandoli a casa loro o ricevendoli nel suo appartamento all'interno del Sancta Sanctorum. In questo modo, i cittadini si erano abituati a vedere lo straniero — con quel fare accattivante e ammaliante, e le sue abilità sorprendenti — in giro per la città.

In quel momento, la mente analitica di Elyana riemerse dall'abisso e cominciò a fare caso ai maschi della folla, che sembravano imprecare tra sé e sé mentre i loro occhi si spostavano dalle loro mogli, o figlie, a Lusk. Le donne, invece, fingevano di ignorarlo o, se non erano accompagnate dal loro uomo, lo guardavano palesando un desiderio inequivocabile; ben poche erano troppo prese dalle loro faccende o troppo vecchie per curarsene e ignoravano del tutto la sua presenza.

Mentre studiava la folla, Elyana si ribellò a se stessa. *Non dovrei reagire in questo modo! E la mia incapacità di impedirlo è ancora più snervante!* Il sorriso ipnotico di Lusk fece sì che il dibattito interiore di Elyana si dissipasse, come acqua vaporizzata dal sole cocente.

Quando Elyana notò gli sguardi invidiosi della signora Brak, disse un po' bruscamente: "Scusi, signora. L'ultima volta che sono stata a Furania, Maestro Brak mi ha detto che stava lavorando a dei nuovi inchiostri. Per caso gliene ha mandato qualcuno?"

Tina distolse lo sguardo dallo straniero con estrema difficoltà e disse: "Sì, è così. Mio nipote ha creato il più bell'inchiostro viola di sempre: ricco, brillante e ad asciugatura rapida. È di grande effetto sulla carta bronzata o dorata. Le piacerebbe provarlo?"

Ancora un po' irritata, anche se nemmeno un'altra Lux Baiula l'avrebbe notato, Elyana disse: "Sì."

La donna si allontanò per andare a prendere l'inchiostro, ma i suoi occhi sembravano voler guardare indietro piuttosto che avanti, mentre si dirigeva verso il retro del negozio. Salutò distrattamente i ricchi avventori che erano venuti ad acquistare pesce e altre pietanze esotiche, dirigendo il suo personale a servire una o l'altra persona con comandi concitati.

Elyana si voltò a guardare il tascatore seduto a terra dietro di lei, che aspettava paziente, con un'aria meravigliata, che lei finisse i suoi acquisti per poterli portare nei suoi appartamenti. Il ragazzo sembrava affascinato dalle reazioni degli adulti e degli adolescenti nei confronti dello straniero. Lo sguardo della Lux Baiula si spostò verso lo zebuloniano e un pensiero la spiazzò, un desiderio che percepì come un tradimento nei confronti dei suoi sentimenti per il Gran Principe. Stava per biasimarsi, quando tornò la signora Brak.

"Eccolo qui, Lux Baiula. Lo provi, le piacerà." La donna passò a Elyana un foglio di carta e una penna per mancini, che teneva in bottega esclusivamente per lei. Poi riprese la sua ispezione furtiva dello zebuloniano.

Dopo aver scritto alcune parole a caso, che in fondo non erano così casuali, aver valutato l'effetto sulla carta color cuoio e aver emesso dei suoni di soddisfazione, Elyana completò l'acquisto, ringraziò la negoziante e consegnò il prezioso inchiostro al tascatore. Nel farlo, Lusk catturò lo sguardo della Lux Baiula e le lanciò un cenno di approvazione, facendole desiderare ancor più di fuggire. Elyana si apprestò prontamente a congedarsi dall'uomo.

Tuttavia, Lusk le chiese con un tono che trovò irresistibile: "Ti spiace se ti accompagno, Elyana? Anch'io ho terminato i miei acquisti."

Elyana sussultò in silenzio. Perché si era rivolto a lei dandole del tu e chiamandola per nome? Non ricordava di avergliene mai dato il permesso. Però, era così bello sentirlo pronunciare da lui. Rispose nervosamente: "Certo." Una frazione di secondo più tardi, quei pensieri conflittuali si manifestarono in lei un'altra volta e un'altra volta scomparvero senza lasciare traccia.

Dopo aver ringraziato ancora Tina Piscator e aver fatto cenno al tascatore di seguirla, Elyana si avviò con Lusk al suo fianco. Mentre risalivano verso il Sancta Sanctorum, notò con sorpresa che la folla si divideva più facilmente per lasciarli passare di quanto non facesse prima quando era sola.

Si tenne a distanza da Lusk, come era opportuno, ma di tanto in tanto la mano destra di lui sfiorava accidentalmente la sua mano sinistra, provocandole un fremito in tutto il corpo. *Perché continua a toccarmi?*

Rispose un'altra parte di sé: *Sicuramente lo fa di proposito, non può essere accidentale.*

E questa vibrazione che ricevo da lui. La riconosco. È la stessa che ho sentito la prima volta, mentre tornavamo da Passo del Corno. Allora mi ero preoccupata, ma ora è... fastidiosamente invitante.

La sua parte prudente diceva: *Dovresti diffidare.*

La sua parte confusa era pronta ad accantonare quell'avvertimento, quando sentì la voce di Lusk:

"...se stasera vuoi accompagnarmi a teatro. Danno un'opera teatrale intitolata *L'amore di un Dio*. È una tragicommedia sulle conseguenze del tradimento e i protagonisti sono Aiala'Rhi e Aiala'Rho. Magari ti farebbe piacere venire con me."

Elyana si rese conto di aver perso una parte del discorso di Lusk e riavvolse la memoria per recuperare l'inizio della frase. Una volta riascoltate le parole dell'uomo, il suo battito accelerò di nuovo. Sapeva che avrebbe dovuto rifiutare, anzi voleva rifiutare. Eppure, due impulsi distinti la spingevano ad accettare: uno, la forte attrazione per quell'uomo; due, un calcolo molto logico che la sua parte razionale stava vagliando. Nel frattempo che questo braccio di ferro aveva luogo nella sua mente, si ricordò che lei era una di quelle che avevano garantito per il Maestro Lusk Methrim e la confusione crebbe. Fu proprio allora che sentì una voce pronunciare il titolo del libro che aveva letto all'Ateneo e quelle tre parole, *De Permanentia Cognitionis* — Sulla permanenza della conoscenza —

centrarono la sua mente e i suoi pensieri, in modo netto e nitido su ciò che doveva fare. Ma era davvero istintiva quella sua intuizione? A quel punto, si voltò a guardare lo zebuloniano e disse: "Volentieri, Maestro Methrim. Da tempo non vado a teatro e ho sentito che la prima è stata molto apprezzata."

Lusk annuì con un sorriso e uno sguardo che minacciava di sopraffare ancora una volta i sensi di Elyana. Lei però si voltò rapidamente e i due ripresero a camminare verso il Sancta Sanctorum. Ogni tanto Lusk trovava il modo di toccare la mano di Elyana. Lei cercava di allontanarsi senza dare l'impressione di farlo, ma, in fondo, toccare la sua pelle liscia e color latte di nocciola era davvero piacevole.

Quando finalmente raggiunsero il complesso residenziale, Elyana e Lusk si accordarono per incontrarsi a teatro alle otto PAS. L'uomo se ne andò per andare alla magione degli ospiti. Lei lo seguì con occhi contrastanti per un po'—il conflitto ancora più grande ora che aveva deciso di rischiare la vita anche se si rendeva conto del potere che lui aveva su di lei— finché gli sguardi curiosi delle Sorelle di passaggio la costrinsero a smettere quel sciocco svago e a iniziare a salire i gradini all'ingresso dell'edificio residenziale.

Mentre andava, un grido acuto la fermò: "Lux Baiula! Sta dimenticando la merce."

Quasi maledicendo se stessa per la sua distrazione, Elyana si scusò con il ragazzo, gli diede venti secrete gialle, recuperò le buste e salì per raggiungere le sue stanze. Intanto, la sua mente combatteva una battaglia interna, a cui ora si univano le voci provenienti dalle memorie trasferite.

II.   Una lettera

Aithen, Kendor, Harlion e Irania si trovavano nell'ufficio del re. Dalle loro facce sembravano essere stati colpiti da un tronco scagliato dai venti di tempesta delle Bollhorae. Le loro espressioni variavano dallo sconcerto e lo stupore, a un'euforia incredula e la repulsione. Persino Irania faticò a mantenere la sua compostezza. Si aspettavano di discutere dell'attacco al principe di ieri sera da parte dei membri della rinata Mano dell'Originatrice, ma invece il re, sebbene fosse scioccato quanto loro, aveva richiesto la loro presenza per ascoltare il contenuto di una lettera che Kendor gli aveva consegnato un'ora prima.

Con voce quasi rotta, Irania chiese: "Gran Capitano, chi l'ha consegnata? Come facciamo a sapere che è autentica?"

Kendor rispose: "Me l'ha portata un jarahni."

"Un jarahni? Un messaggero? Un uomo di Re Adid?" "No. No. È stato incaricato direttamente da Zebula. Lo abbiamo in custodia."

Un senso di sollievo — molto lieve — strappò un sospiro a Irania. Aithen chiese: "Padre, come può essere vero? Quale sovrano, quale persona se non uno squilibrato potrebbe avanzare richieste del genere?"

Octavius scrollò le spalle, perplesso quanto il figlio.

Kendor suggerì: "Mio Re, io sono un soldato e di norma direi di rispedire il messaggio agli inferi. Eppure, se acconsentirete, questo ci eviterebbe uno scontro con un esercito di Alterintranti, perciò direi: diamole ciò che vuole."

Octavius sbraitò contro il suo ufficiale: "Consegnarle i nostri prigionieri di buona famiglia?! Ci sarebbe una rivolta dei patrizi, anche se stiamo parlando di criminali. Inoltre, anche chi è in prigione è pur sempre nostro cittadino, è il nostro popolo. Non posso, né voglio accettare una richiesta talmente assurda!"

Kendor fece un passo indietro, con le labbra strette e un volto illeggibile.

Octavius disse: "Se non altro, ora sappiamo che il suo intento di invadere non era solo una voce. Vorrei che quelle ragazze non fossero già state mandate lì per verificarlo..."

Irania disse: "Contatterò Urbs Lucis non appena avremo finito qui, Sire, per informare le mie Sorelle di questo sviluppo. In ogni caso, non chiederò che vengano rimpatriate; c'è ancora molto che potremmo scoprire, o che dovremmo scoprire. D'altra parte, sono d'accordo nel respingere le richieste di Zebula; un atto del genere non solo non è degno di sua Altezza, ma è anche contrario a tutto ciò che la Sorellanza rappresenta. I sudditi non sono muggitori o belatri da barattare con il nemico in cambio della pace."

"Padre, forse dovremmo chiedere a... Lusk Methrim cosa ne pensa."

"No! Non mi fido di lui al punto da affidargli informazioni sensibili come questa. Lo accetto volentieri come intermediario quando serve, ma non condividerò con lui nulla di così importante."

"Pensavo che ti fidassi di lui; dopotutto hai accettato di ricevere i suoi servigi."

"Hai ancora molto da imparare, figliolo. Come sai, Urbs Lucis ha inviato delle ragazze — *ragazze* — per infiltrarsi alla corte di Zebula e confermare i suoi intenti... che adesso conosciamo. Tuttavia, per avere successo, devono prima essere accolte e ritenute affidabili, proprio come noi potremmo fidarci di uno dei loro qui. Se noi possiamo ingannarli, loro non possono ingannare noi?"

Aithen non rispose.

"Dobbiamo continuare a considerare plausibile la possibilità che Methrim sia una spia o che possa essere controllato da qualche influenza esterna, indipendentemente dal rigoroso controllo a cui è stato sottoposto. Chiedi a Irania come procede l'indagine sull'omicidio di una delle loro. Se una

Sorella — probabilmente è questo il caso — può essere convertita e persuasa a tradire le sue compagne, Lusk Methrim può senz'altro ingannarci."

Un'aria fredda si infiltrò nella stanza, nel momento in cui il principe e il capitano si resero conto che in effetti la Sorellanza stessa non aveva ancora scoperto l'assassina e che, a quanto pareva, era proprio una di loro.

"Padre, sai bene che questo implica che chiunque di noi potrebbe essere stato convertito, e che potremmo non scoprirlo mai, se non quando sarà troppo tardi. Non voglio crederci."

I lineamenti di Octavius si indurirono, mentre Kendor sembrò desiderare che il principe non lo avesse detto. Solo Irania sembrava non aver cambiato atteggiamento e si intromise per dire: "Il fatto che Mitsuko Lux Baiula vigili sul Re dovrebbe proteggerlo da qualsiasi influenza estranea, mio Principe. Quanto al resto di noi, anche noi dovremmo essere al sicuro. Convertire qualcuno, secondo la Praefecta Saara, è un processo lungo: un Temptator deve trascorrere molte ore e giorni con la persona che desidera persuadere."

Il principe fece un timido cenno di sollievo.

Kendor disse: "Per tornare all'argomento precedente, se posso, come facciamo a verificare l'autenticità della lettera?"

Octavius si sfregò il viso, incerto.

Aithen disse: "Padre, Lusk Methrim è l'unica persona nel Regno che potrebbe riconoscere la mano che ha scritto la lettera. Dopotutto, è stato al servizio di Zebula."

"Lo so, lo so, Aithen." Rivolgendosi alla sua consigliera, aggiunse: "Irania, mi organizzi un incontro con quell'uomo stasera. In ogni caso, non discuteremo la nostra risposta in sua presenza. Voglio solo sentire la sua valutazione sull'origine della lettera."

Irania si grattò il capo, con aria seccata. Il re le chiese perché esitasse e lei rispose: "Beh, Sire, avete già un incontro nel Legame con Marcus Vrol, tra poche ore. Avere incontri nel Legame così di frequente è... poco sicuro. Sicuramente non è sicuro come incontrarsi di persona. Dovremmo farlo il meno possibile."

Il re considerò per un attimo la raccomandazione della consigliera, battendo le dita sulla scrivania: "In tal caso, terrò fede all'appuntamento con Marcus e lascerò a lei la responsabilità di incontrare Lusk Methrim, Irania. Sa cosa ci serve da lui, sono certo che riuscirà a mantenere la discussione incentrata sull'argomento senza rivelare altro."

"D'accordo, Sire. Grazie."

"Va bene. A prescindere dal fatto che la lettera si riveli autentica o meno, la nostra strategia rimane invariata: attaccheremo Zeblinia all'inizio di primus, come ho promesso a Maestro Methor."

Tutti acconsentirono e il re concluse questa parte della riunione dando i suoi ordini a Kendor: "Gran Capitano, per favore interroghi l'uomo che ha consegnato la lettera, poi lo lasci andare."

Poi, avvicinandosi alla propria poltrona, fece un sorriso cinico e domandò: "E i miei vassalli? Si sono tutti impegnati a sostenere la guerra?"

Sedendosi anche lui, Kendor guardò Irania per vedere se voleva rispondere lei e, vedendo che lei gli lasciava quell'onere, si agitò per un istante, prima di dire: "Juur no'Duur continua a ribadire che sosterrà la nostra offensiva solo se la sua terra verrà attaccata."

Il principe scosse la testa, disgustato: "No'Duur è di coccia dura. Dobbiamo convincerlo ad allinearsi con determinazione; non può rimanere neutrale. Se o quando gli zebuloniani ci invaderanno, non potrà semplicemente starsene a guardare e lasciare che il nostro nemico si stabilisca a Yerlah per poi marciare verso la capitale o Urbs Lucis."

Octavius concordava e disse: "Che idiota, davvero... Hai ragione, Aithen. Forse, però, possiamo spingerlo a impegnarsi, seppur controvoglia. Intendo sgomberare tutti i terreni agricoli del sud prima della fine dell'inverno. Tutte le provviste, animali e vegetali, dovranno essere inviate alle capitali regionali e alle popolazioni trasferite. Questo processo è già iniziato in ottica di difesa dalla Serpe, perciò non dovrebbe essere eccessivamente complicato spostare anche tutte le altre risorse."

Tutti i presenti fissarono il re con occhi spalancati e increduli. Kendor chiese al re di ripetere, sperando di aver capito male.

Rivolgendosi al figlio, ma includendo anche gli altri con lo sguardo, Octavius disse: "Hai letto i nostri testi antichi, Aithen, quelli di cui ignoriamo l'origine, ma che comunque contengono un'inestimabile saggezza. Uno di essi dice che *il combattente intelligente impone la sua volontà al nemico* e che *se il nemico è ben fornito di cibo*, un generale saggio *può comunque imporgli la fame*. Questo è ciò che dobbiamo fare. Assicurarci che non trovino cibo nei territori più facili da conquistare. Se concentriamo i viveri nelle città principali e in altre città ben difese, l'esercito di Zebula dovrà assediarle per averne un po', o chiedere che le scorte di cibo vengano rilasciate dalle roccaforti. Ed è così che potremo forzare la mano di no'Duur. Se necessario, la nostra armata di furanieri potrà intervenire per impedire qualsiasi tentativo di contrabbando delle provviste da parte di eventuali traditori."

Mentre Aithen annuiva lentamente con la testa, Kendor sbuffava e storceva il naso. Irania, invece, osservava il re, valutando stoicamente quell'idea.

"Cosa c'è, Capitano? Non è d'accordo?"

Kendor si sedette e incrociò nervosamente le mani. "No, non sono in disaccordo, Sire. Ma questo significa che le nostre forze dovranno essere affiancate da ingenti carovane di scorte, oppure dovranno avere accesso sicuro alle risorse immagazzinate nelle città, senza mai essere intercettati dal nemico." Kendor si grattò il collo, poi aggiunse: "Non abbiamo mai usato questa strategia prima d'ora, pertanto richiederà una pianificazione puntigliosa e dovremo adottare misure senza precedenti per poterla attuare."

Il re si gonfiò il petto inspirando vigorosamente e rispose: "Così sia, Gran Capitano. Così sia. Questo è ciò che dobbiamo fare, se vogliamo avere qualche possibilità di sopravvivere a un'invasione dalla Zebulonia."

Principe, capitano, prefetto e consigliere si guardarono l'un l'altro con una convinzione non uniforme, ma provavano tutti una profonda fiducia in quel vecchio re, che aveva governato una nazione fiorente per oltre un secolo.

Comprendendo dai loro gesti silenziosi e dalle loro espressioni che tutti erano pronti a fare la loro parte ed eseguire i suoi ordini, Octavius disse esitando, con fare severo, quasi minaccioso, come se li stesse mettendo in guardia dall'aggiungere altre cattive notizie: "Piuttosto, il resto dei miei vassalli si sono schierati?"
Aithen guardò Kendor e Irania con visibile apprensione. Anche in questo caso, la Fascia Viola lasciò che fosse il capitano a rispondere, ma rivolse uno sguardo rassicurante al principe, che si tranquillizzò, nonostante il Gran Capitano si sfregò per un po' la fronte prima di rispondere al re: "Come sapete, Arotek si opponeva ai nostri preparativi di guerra fino qualche quarto fa. Tuttavia, Fausta Lux Baiula è riuscita ad avvicinarlo considerevolmente alla decisione di darci il suo appoggio. Dovremmo ricevere notizie positive da Fausta entro il prossimo quarto, o giù di lì."

Octavius picchiettò le dita sul tavolo per qualche istante, poi chiese a Irania se concordasse con la valutazione del capitano sulla probabilità che Arotek si unisse al loro sforzo bellico. La risposta della Lux Baiula fu più cauta di quanto avrebbe voluto Kendor, ma anche lei era d'accordo sul fatto che Fausta sarebbe riuscita a ottenere l'appoggio di Arotek. Il re inclinò la testa, dubbioso.

Kendor riprese: "Tutti gli altri vassalli, fortunatamente, si sono impegnati ad appoggiarci, Sire. In molti, in particolare i vicini del Signore Gaius, si sono addirittura offerti di creare dei punti sicuri di approvvigionamento, in cui le nostre truppe possano riposare e riparare l'equipaggiamento danneggiato."

L'espressione di sollievo sul volto brizzolato di Octavius non poteva essere più evidente e rassicurò tutti i presenti.

"Grazie, Capitano. È bello sapere che la maggioranza mi sostiene ancora. Allora! Irania, si assicuri che Mitsuko sia pronta per il mio incontro con Marcus. Aithen, tu e il Capitano potete lavorare con i vostri ufficiali e il Signor Voltaguerra per definire le opzioni e i piani di dislocazione e concentrazione le provviste del sud, nonché la logistica delle nostre truppe, qualora Zebula ci invadesse. E ricordate, non una parola sulla lettera, a nessuno. Anzi, da qui in avanti, niente di ciò che discutiamo qui verrà condiviso ad altri senza la mia esplicita autorizzazione."

Detto ciò, il re si alzò, indicando con un gesto che la riunione era finita. Gli altri fecero lo stesso, ma non tutti si congedarono.

Harlion, che era rimasto in silenzio per tutto il tempo, si schiarì la gola e, prendendo tutti controtempo, disse: "Sire, non dovremmo discutere di ciò che abbiamo appreso dall'interrogatorio agli uomini che hanno attaccato il principe la scorsa notte?"

Il volto del re assunse una tonalità cupa mentre annuiva: "Già. Sì, dovremmo, Prefetto."

"Aithen, Irania, restate anche voi, per favore. Kendor, lei può andare. La farò chiamare se ci fosse qualcosa di cui deve essere messo al corrente."

Così, il resto del gruppo trascorse un'altra ora a discutere dell'imboscata, cercando di evitare domande sull'adeguatezza della decisione del Gran Principe di recarsi in città di notte, e discutendo eventuali provvedimenti per gestire la nuova minaccia incombente. Alla fine, non si decise nulla, se non che in nessun caso il principe avrebbe potuto lasciare il perimetro del palazzo senza una scorta completa e senza che il re, Kendor e Harlion venissero informati preventivamente. Aithen, per quanto si sentisse oltraggiato, non obiettò.

Quando se ne furono andati tutti, Octavius si avvicinò alla scrivania, afferrò la lettera e ci mancò poco che la strappasse per la rabbia. Ma poi la ripose sulla scrivania, si passò una mano tra i capelli radi e si diresse verso il balcone, dove tre nuovi membri della sua scorta aumentata lo salutarono con un rigido inchino. Si fermò, pensò di rientrare, invece proseguì ringhiando sommessamente e allontanandosi dalle Lux Baiulae, si sedette sulla sedia in foglia di lacora e si mise ad ascoltare la musica per un po'. Le Voces Creatoris stavano intonando una canzone intitolata "Quello che gli alberi sanno", concepita per aiutare le persone a concentrarsi. E così, il re cominciò a pensare.

III.   A Melinor

Una voce stridula e insistente disse: "Ulvo, se rimarremo allineati con il Re, Zebula e il suo esercito ci schiacceranno sicuramente, proprio come faranno con lui. Invece, se ne prendiamo le distanze e dimostriamo che la nostra terra è governata in modo indipendente da me e da te, potremmo diventare alleati della Regina."

Ulvo Arotek guardò Fausta Lux Baiula, il suo nuovo medico e consigliere, chiedendole di avere pazienza, mentre cercava di placare la moglie.

"Non lo so, Ursa. Zebula non è ancora arrivata e, in effetti, potrebbe non arrivare affatto."

La donna strillò ancora: "Che vorresti dire?"

"Il re ha intenzione di colpire per primo, per tenerla confinata nelle sue terre, e i nostri uomini potrebbero essere inviati laggiù a breve."

Il volto di Donna Aroteka assunse un aspetto minaccioso, mentre gridava: "Cosa?! Perché non me ne hai parlato? Ci hai condannato! Se proprio vuoi far ammazzare i nostri uomini, falli combattere contro questo re ipocrita, che adora la logica come fosse una divinità, e il suo figlio bastardo che ti ha umiliato di fronte ai tuoi pari quest'estate. La nostra terra non è più in pericolo ora che la Serpe se n'è andata e ricorda che ci hanno abbandonato a difenderci *da soli*! Sai quanti uomini, donne e bambini sono morti quando la creatura ci ha attaccato?" Arotek guardò la moglie con un'espressione offesa. Sembrava pronto a reagire e porre fine a quello sproloquio, ma Aroteka incalzò: "Dimmi, perché adesso hai deciso di schierarti con Octavius e attaccare un nemico che certamente schiaccerà il Re e tutti i suoi seguaci?"

Fausta fu lieta di constatare che il cambio di atteggiamento del latifondista nei confronti del Gran Re era convinto e che l'uomo teneva testa alla spietata filippica della moglie. Fausta aveva deciso, una volta assegnata al servizio del Signore Arotek, di lavorare su di lui piuttosto che sulla moglie, poiché riteneva che qualora *lui* avesse cambiato idea *e* avesse mantenuto l'appoggio dei suoi pari, la moglie avrebbe perso la sua influenza su di lui e sui loro sostenitori. Eppure, temeva che, se Donna Aroteka non avesse ceduto al più presto, sarebbe stato il marito a capitolare, nonostante tutti gli sforzi. Per giunta, era stanca di ascoltare le farneticazioni della donna. Quindi, si schiarì la gola e, sfruttando tutta la sua abilità diplomatica, disse: "Donna Aroteka, dovete capire che le storie sul fatto che la minaccia per le vostre terre sia svanita sono a dir poco sciocche. Il pericolo esiste ancora: orde di grugni si stanno ammassando e spostando verso est, mentre noi stiamo qui a discutere, e la Serpe vaga ancora per il Regno accompagnata da un gruppo di rokon. Inoltre, le storielle che vi raccontate su Zebula che risparmierebbe le vostre terre — mentre le fonti più affidabili ci dicono che è una regina spietata e che non permetterà a un singolo maschio di restare in libertà — sono altrettanto sciocche. Sono certa che anche voi abbiate compreso la verità e che sia solo la vostra antipatia per il Gran Re a farvi sostenere tali stupidaggini."

Aroteka digrignò i denti, lottò contro qualcosa che la tratteneva, poi disse: "In primo luogo, Lux Baiula, non presuma di sapere ciò che penso. In secondo luogo, perché dovremmo crederle? Dove sono i rapporti di cui parli sui grugni, sulle mutate abitudini della Serpe e sulle reali intenzioni di Zebula?"

"Abbiamo due testimoni indipendenti che attestano i piani di Zebula. Le mie Sorelle hanno combattuto i grugni, per impedire che raggiungessero la costa, dove si concentra la popolazione. Per quanto riguarda la Serpe, il Principe Toras in persona l'ha affrontata non più di tre giorni fa e lui stesso ha riportato che la creatura era accompagnata da due dozzine di rokon."

Fausta osservò Donna Aroteka in cerca di segnali della sua disponibilità a ritrattare. E, anche se per un attimo le sembrò esserci margine, quando la nobildonna indietreggiò con la testa e socchiuse gli occhi, Fausta capì che non era ancora il momento.

Aroteka chiese: "Non le importa di ciò che ho detto su Octavius o su suo figlio? Non ha intenzione di difenderli?"

Fausta scosse la testa.

Ursa aggiunse: "Significa, forse, che riconosce la veridicità delle mie parole? Ad ogni modo, Lux Baiula, lei è stata mandata qui per guarire la nostra gente, *non* per darci consiglio."

Fausta sapeva di non doversi mettere sulla difensiva, o avrebbe dato l'impressione di avere secondi fini. Tuttavia, non poteva nemmeno arretrare al cospetto della sfida lanciata dalla latifondista, perché Aroteka l'avrebbe sicuramente interpretato come un tentativo di ingannarla. Perciò si limitò a un rigido cenno di assenso e rimase in silenzio, in attesa che il Signore mostrasse di avere la spina dorsale e dichiarasse una volta per tutte le sue intenzioni.

Per suo profondo sollievo, Arotek intervenne e disse: "Ursa, non c'è motivo per cui tu debba essere tanto diffidente nei confronti di Fausta Lux Baiula."

"Ulvo! Sei uno sciocco se pensi che questa donna sia qui per difendere i nostri interessi."

Arotek si fece rosso di rabbia e disse: "In verità, Ursa, già l'ha fatto. Proprio l'ultima volta..."

Donna Aroteka fu colta da un improvviso attacco di vertigini, barcollò e afferrò un piedistallo accanto a sé per non cadere.

Arotek si precipitò a sorreggere la moglie, chiedendole cosa stesse succedendo.

"Niente, Ulvo. Io... Sono solo un po' stordita. Io... tu ed io dobbiamo..."

Ursa guardò confusa la Lux Baiula. Arotek esclamò: "Ursa, mi stai spaventando. Lux Baiula, faccia qualcosa!"

Ma Donna Aroteka rifiutò l'aiuto della Lux Baiula, pur faticando a rimanere in piedi.

"Ursa, devi farti esaminare. Per favore, siediti prima di collassare." L'uomo afferrò il braccio della moglie, mentre un altro brivido violento la scuoteva, e la portò a sedersi sul divano.

Una volta seduta, Donna Aroteka, che ancora aveva dei giramenti di testa e muoveva le pupille a scatti, non si oppose più alle cure di Fausta.

La Lux Baiula sondò la nobildonna, assumendo delle espressioni diverse di tanto in tanto con la bocca. Ogni volta che cambiava espressione, il Signore Arotek si preoccupava e le chiedeva se ci fosse qualcosa che non andava. Fausta lo ignorò, ma dopo qualche minuto gli occhi di Donna Aroteka cominciarono a ricentrarsi e la sua pelle riprese colore. Arotek si inginocchiò accanto a lei e le domandò come si sentisse. Le chiese spiegazioni, senza ricevere alcuna risposta.

Arotek si rivolse alla Lux Baiula con uno sguardo supplichevole. Fausta disse: "Vostra moglie si riprenderà, Signor Arotek, ora deve riposare."

Con un'urgenza insolita, il latifondista chiese: "Ma cosa le è successo?"

"Ha avuto un attacco di vertigini, ma dovrebbe sentirsi meglio in seguito a un po' di riposo. Se i sintomi dovessero ripresentarsi, la riesaminerò più a fondo ed escogiterò una cura."

Il Signore Arotek fece un cauto cenno di assenso col capo, ma il suo volto era colmo di preoccupazione. Tuttavia, il suo umore si risollevò poco dopo, quando Ursa finalmente parlò e gli chiese di accompagnarla nelle sue stanze.

L'uomo disse alla moglie: "Questi discorsi di politica non ti fanno bene, Ursa."

La donna lo fissò con un'aria confusa, poi rivolse uno sguardo ancora più stralunato alla Lux Baiula.

Fausta rivolse alla coppia un sorriso rassicurante.

Arotek lasciò la sala, portando con sé la moglie. Fausta annuì tra sé e sé, sospirò e si ritirò nei suoi alloggi, nell'ala est di quel modesto palazzo.

IV.   Più tardi quel giorno, con Lusk

Esalando un lungo sospiro, quel pomeriggio Irania entrò nel Legame per incontrare Lusk Methrim. Questi incontri erano una gran trovata, poiché consentivano a persone lontane — purché ne avessero la capacità o fossero accompagnate nel Legame da qualcuno che ne avesse la capacità — di entrare in contatto e scambiare informazioni. Tuttavia, erano diventati così frequenti da stancarla e sapeva, per certo, che molte altre Sorelle si sentivano allo stesso modo. *Speriamo che tutto ciò finisca presto.*

Irania non aveva spesso bisogno di mostrare un documento nel Legame e non si sentiva sicura di riuscire a rappresentarlo correttamente per il Maestro Methrim, così si esercitò a ricreare la lettera mentre aspettava. Alla terza prova, immaginando il documento davanti a sé e confrontandolo con quello che aveva visto con i suoi occhi, riuscì a riprodurlo fedelmente. Si sentì sollevata e, proprio in quel momento, apparve Lusk.

"Lux Baiula."

"Maestro Methrim. Grazie di avermi raggiunto con così poco preavviso."

Lusk diede la sua tipica risposta, che era lì per servire, ma Irania sospettò, dalla tensione che si percepiva nella sua forma, che in fondo non ne fosse poi così contento. Comunque, le bastava un sì o un no.

"Molto bene, l'ho chiamata perché abbiamo ricevuto una lettera."

"Una lettera?"

La forma di Irania si espanse leggermente e si rimpiccioli
di nuovo, anziché fare un cenno. Quindi, proiettò la lettera
davanti a sé e la mostrò a Lusk Methrim.

"Riconosce la calligrafia?"

Quando la forma di Lusk cominciò a vibrare, Irania capì
di avere ottenuto una risposta. Tuttavia, aspettò che fosse lui a
pronunciarla. Con un tono inequivocabile, Lusk disse: *"La
riconosco."*

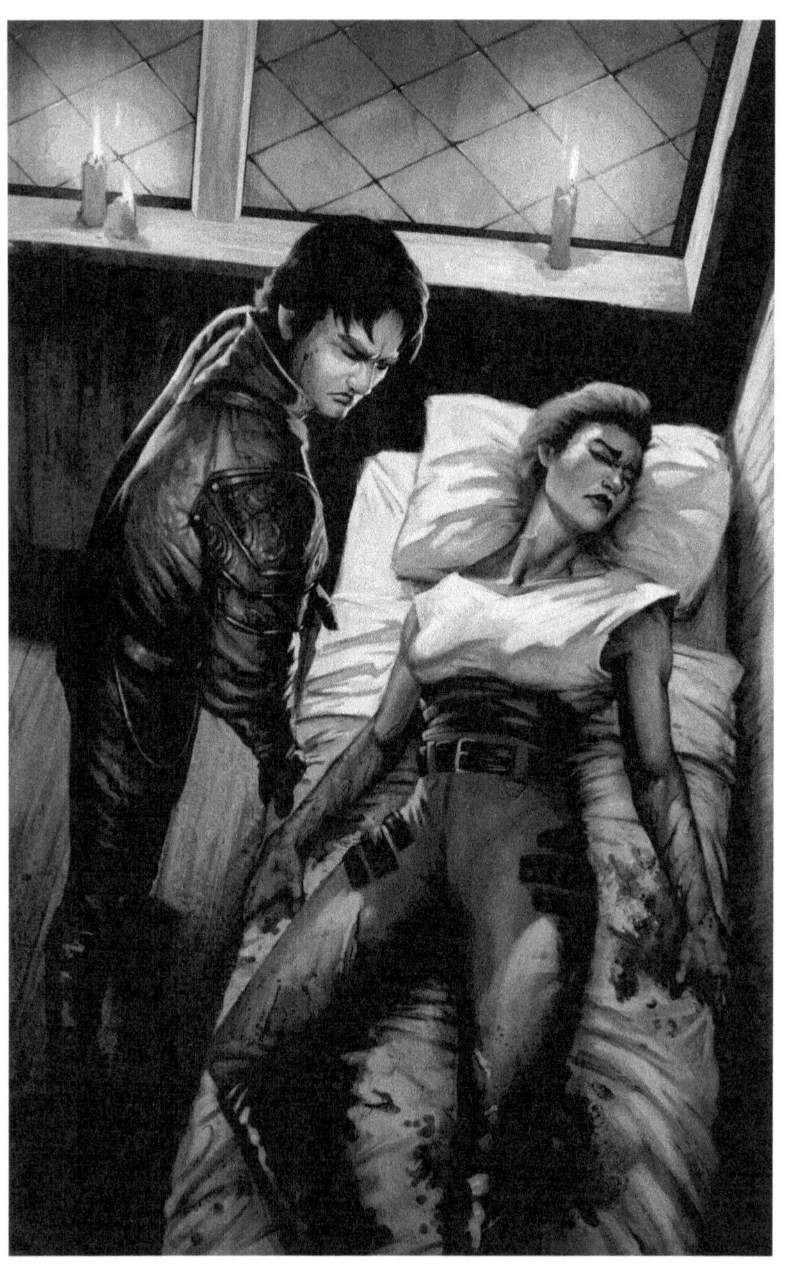

I.   A teatro

Quella sera, Elyana arrivò in carrozza a teatro sotto una pioggia scrosciante. Il cocchiere la stava aiutando a scendere ed era pronto a ripararla con un ombrello, ma in quel momento arrivò Lusk Methrim e prese il suo posto, aprendo il proprio ombrello sopra la Lux Baiula.

Elyana guardò l'uomo sorridendo cautamente, accettò la galanteria e scese dalla carrozza.

Aveva passato la giornata a rimuginare sulla propria condizione, sui sentimenti che provava per lo zebuloniano, sull'impressione netta che le sensazioni e le percezioni che aveva provato non fossero le sue, sulla follia del piano che aveva elaborato, sui rischi e le possibilità che correva, sulla confusione che imperversava in presenza dell'uomo. In quel preciso momento, tuttavia, sapeva esattamente chi era lei: una donna, una Lux Baiula, innamorata sì, ma con un obbligo indissolubile nei confronti del proprio giuramento di servire prima gli altri e poi, solo poi, se stessa.

In piedi sotto l'ombrello di Lusk, a una spanna di distanza, Elyana disse: "Perché ricevo queste vibrazioni inquietanti da te, *Maestro* Methrim?"

Mentre una falsa indignazione gli solcava il viso, Lusk rispose: "Altre mi hanno già detto di averle percepite. Dopo aver fatto ricerche sull'argomento nei libri che mi è stato concesso di leggere qui, ho capito che dev'essere perché le mie vibrazioni assomigliano ai segnali pericolosi o nocivi che ricevete dalla vostra specie." Lusk fece una pausa per aggiustare l'ombrello e coprire bene Elyana, intanto che risalivano i gradini del teatro, poi continuò: "Credo che tu e le tue Sorelle mi giudichiate male, come un predatore giudica male una specie innocua che si limita a imitare una specie tossica. Certo, naturalmente, non sto cercando di imitare quelli che voi chiamate *Alterintranti sporchi*; semplicemente, e casualmente, ci assomiglio da un punto di vista vibrazionale."

Elyana ridacchiò: "Le tue analogie potrebbero essere migliori; di certo noi non siamo predatrici e tu sei qui di tua spontanea volontà, non sei una preda. Ma ho capito cosa intendi."

Il sorriso che apparve sulle labbra di Lusk era così accattivante che Elyana non poté esimersi dal provare un improvviso impeto di desiderio. Si sforzò di placare quella sensazione e di riportare la conversazione su un argomento più tecnico: "Perché non riceviamo le stesse vibrazioni da Ooldrina e Raaviana?"

L'espressione dell'uomo si adombrò improvvisamente, il sorriso ammaliante sparì, anche se solo per un breve lasso temporale. Quando ricomparve, Lusk disse: "Scusami, Elyana, ma una di quelle ragazze mi ha procurato solo forti mal di testa. Comunque, dicevamo, gli Alterintranti zebuloniani maschili e femminili emettono vibrazioni diverse."

Elyana annuì, ma qualcosa nel modo in cui gli occhi di Lusk si erano ristretti e nel modo in cui le sue labbra si erano incurvate agli angoli le indicò che c'era dell'altro in quella sua reazione, oltre alla menzione di Ooldrina. *Forse...* Ma quel pensiero si dissolse ed Elyana strizzò gli occhi.

Lusk disse: "Beh, dovremmo entrare. Lo spettacolo sta per cominciare."

Elyana sbatté di nuovo le palpebre e lo seguì, anche se una parte di lei si ribellava a... quella forza che non riusciva proprio a controllare.

Il Gran Teatro Luciano non era certamente imponente quanto il Teatro Regio di Furania, non raggiungeva nemmeno le dimensioni della sala da ballo di Antar, ma era comunque un palazzo splendido.

Il palcoscenico, come nei migliori teatri, era collocato al centro della sala e ruotava costantemente, in modo che il pubblico potesse sperimentare varie prospettive visive e uditive.

I posti a sedere erano disposti tutt'intorno su quattro livelli. Su richiesta di Elyana, la coppia venne fatta accomodare in una nicchia privata al secondo anello. Tutte le nicchie erano isolate acusticamente, in modo che le persone non venissero disturbate dagli schiamazzi e dall'entusiasmo dei vicini.

Di lì a poco, risuonò un gong potente e profondo. Gli attori salirono sul palco dalla piccola scalinata al centro e dai lati della sala, e dagli spalti scoppiò un fragoroso applauso. Quando la musica partì e la folla si acquietò, l'autore dello spettacolo salì sul palco per descrivere brevemente la storia. L'opera avrebbe raccontato l'abbandono dell'Originatrice da parte di Aiala'Rho, il successivo giuramento di distruggere le creazioni della consorte e, infine, il suo annientamento per mano della stessa Aiala'Rhi. Una storia di tradimento.

Un pensiero nella mia mente. Pausa. *Che cos'è?* Pausa. *Un pensiero mio o di qualcuno... è Mattina! Sì!* I muscoli di Elyana si contrassero. Guardò cautamente a lato, per non destare Lusk. *Giusto. Sono qui per questo. Per stanarlo e occuparmi di lui.* Si chiese se quel suo piano non fosse una follia. Ma ormai, in un momento di lucidità, aveva deciso di andare fino in fondo e Mattina Lux Baiula[12] le aveva mostrato un trucco per liberarsi dalla morsa dello zebuloniano. Eppure,

---

12

    Mattina Lux Baiula: una Lux Baiula della Fascia Gialla che contribuì all'annientamento delle forze residue di Noctiferus in seguito alla Battaglia Oscura.

lo stratagemma non aveva funzionato alla perfezione, perciò Elyana doveva stare molto attenta, se voleva uscire viva da quel teatro.

Lo spettacolo cominciò e tutti rivolsero la loro attenzione al palco, compreso Lusk, o almeno così sembrava. Elyana continuò a osservarlo con la coda dell'occhio, analizzandolo, valutando le sue mosse e cercando di arginare i propri vuoti di memoria.

A un certo punto, Lusk iniziò a voltarsi verso Elyana per sciorinare una serie di commenti spassionati e, ad ogni sua affermazione, il suono della sua voce e l'odore del suo alito, la sospingevano sempre più vicina a lui. Al quarto commento, Elyana era talmente inebriata dal fascino dell'uomo che riuscì a sottrarsene solo grazie a uno sforzo immane, reso ancora più intenso dalla necessità di celare le proprie difficoltà. Il suo corpo rispose esteriormente agli affondi di Lusk con il suo tipico sorriso cauto e contenuto, e con frasi di circostanza, ma, internamente, la sua mente arrancava e strepitava, soffocata da quella strana sensazione. Ora ne aveva certezza, quanto era vero che si chiamava Elyana, lui non era chi diceva di essere, e questo la spaventò. In seguito a questa epifania, si convinse definitivamente a mettere ad agire. Un breve calcolo la incoraggiò: se si fosse sbagliata e avesse penetrato ingiustamente la mente di Lusk, lui non l'avrebbe denunciata. Tuttavia, se avesse avuto ragione, a prescindere dal fatto che avesse vinto o perso l'imminente battaglia, avrebbe passato un mare di guai. Quando la musica riprese, Elyana agì ed entrò nel Legame.

Lusk reagì prontamente, si proiettò di fronte a lei, mostrandosi nella sua solita forma scura e, quasi, solida.

"Elyana, sei nella mia mente."

La forma di Elyana si irrigidì.

"Non dovresti essere qui, Elyana." Dopo una pausa, chiese: *"Perché sei qui?"*

"Perché non sei chi dici di essere."

"Non volevo convertirti, come dite voi, volevo solo..."

"Non volevi convertirmi?! Dovrei sentirmi lusingata?" La risata inaspettata della Lux Baiula spezzò definitivamente la calma di Lusk. Elyana percepì un'ondata di angoscia e risentimento, turbinare nella mente di Lusk: paura per le azioni che sarebbe stato costretto a compiere, risentimento nei confronti della donna che glielo aveva imposto.

Riprese a trasmettere, con un distacco inquietante: *"Ora non ho più scelta."*

E così cominciò lo scontro, una grandiosa battaglia tra due potenti Alterintranti che combattevano nel Legame. Intanto, gli imitatori degli dèi continuavano a mettere in scena il loro amore fatale sul palcoscenico mobile.

Una sensazione sgradevole inondò il cervello di Elyana, mentre la forma color latte di noce del suo avversario si attorcigliava intorno alla sua; gli occhi scuri dell'uomo, neri come il carbone, le trafissero l'anima, mostrandole tutto il male di cui si erano macchiati; il segno rosso sulla fronte di Lusk si ingrandì e la accecò, brillando intensamente.

Elyana si sentì soffocare. Era la sua mente a immaginare quella sensazione, lo sapeva. Tuttavia, quello scontro poteva comunque risultarle fatale, quindi concentrò tutte le sue vibrazioni per respingere il nemico. Ciononostante, le vibrazioni di Lusk rimasero avvinghiate intorno a lei, poi lui si insinuò nella sua forma e, dopo esserci riuscito, si introdusse forzosamente nella sua mente e, da lì, nel suo corpo. Elyana sperimentò lo stupro, proprio come se lui l'avesse penetrata con il suo membro, e il suo urlo risuonò nell'immensa vastità del Legame, mentre il suo corpo giaceva immobile sulla poltrona nella nicchia insonorizzata. Pregò gli dèi in cui non credeva che quel supplizio trovasse prest fine. Nel frattempo, una piccola parte della sua mente si ribellò alla consapevolezza di essersi sopravvalutata e che tutti avevano erroneamente riposto fiducia in lei. Una voce la estrasse momentaneamente dalle sabbie mobili in cui stava sprofondando, ma fu soltanto per assicurarle che la sua fine era ormai vicina.

"Non saresti dovuta venire qui, Elyana. Non posso permetterti di tornare com'eri... non ho scelta ora. Mi... mi dispiace."

Elyana si fece prendere dal panico. Non sapeva se avrebbe potuto continuare a resistere. *È così potente... Aithen!* Quell'esitazione e la distrazione segnarono la sua sconfitta e Lusk la inghiottì interamente, sommergendo ogni parte di lei nel miasma. Dapprima, la Manu Dextra gridò, poi si distaccò dal dolore e dalla paura, da tutto, e si rifugiò nella sua stanza sicura, quella piccola parte di sé in cui i suoi pensieri erano ancora protetti. Lì iniziò a intonare una cantilena: *"Controllo la mente, controllo il corpo." Controllo la mente, controllo il corpo. Possono toccarmi, pungermi e provocare, ma io soltanto mi posso controllare. Possono toccarmi, pungermi e provocare, ma io soltanto mi posso controllare.*

Lusk voleva solo farla finita, concludere questo atto ripugnante e assicurarsi che... *Oh, madre, cosa sono? Quanto mi odieresti se ci rivedessimo. Ma cos'altro posso fare?*

Quando sentì che la forma di Elyana cominciava a dissolversi — come accadeva alle forme degli Erranti che lasciano il Legame — il grido di Lusk Methrim squarciò il regno etereo intorno a lui e, mentre nel frattempo Aiala'Rhi veniva a conoscenza del tradimento del suo amante e, in preda alla rabbia, distruggeva pianeti e satelliti, il tutto reso dalla compagnia teatrale attraverso esplosioni rosse, gialle e viola, Lusk disse: *"Mi dispiace... Elyana."* Un istante più in là, risucchiò la mente della donna riportandola forzosamente nel

Legame e colpì la sua forma, ormai indefinita, con tutta la cattiveria che gli era rimasta.

Quando uscì dal Legame, gli occhi di Lusk si posarono su Elyana che giaceva catatonica sulla poltrona. Mise da parte i sensi di colpa e si scervellò per trovare una via d'uscita sicura. Inizialmente, pensò di lasciarla lì: nessuno avrebbe mai saputo la verità da lei, ma il personale di sala e alcuni spettatori li avevano visti entrare insieme. Alla fine, decise di perlustrare l'edificio e riuscì a trovare un'uscita sul retro che non era più sorvegliata, dato che lo spettacolo stava per finire. Tornò alla nicchia, sollevò Elyana e uscì dal teatro rapidamente e con discrezione.

II.   Tradimento

Quando Octavius entrò nel Legame con Mitsuko per incontrare Marcus, l'uomo lo accolse porgendogli l'avambraccio con un insolito vigore, senza badare in alcun modo alla vigilante.

Non appena Octavius ricambiò, notò un cambiamento nello sguardo del vecchio capo Frumentarius che lo mise estremamente a disagio. Reprimendo un forte impulso di ritrarre il braccio, si preparò a non sapeva bene cosa e chiese: *"Che succede, Marcus?"*

Gli occhi del Lettore si fecero severi, deformati da una bruttezza che Octavius non aveva mai visto in lui. Con un tono che si addiceva alle sue parole, disse: *"Mi sto facendo risarcire per quarant'anni di isolamento forzato."*

In un attimo, ogni singola cellula del corpo di Octavius, seduto a gambe incrociate nella sua anticamera, provò a fuggire. La sua mente pulsava in preda all'incredulità, all'incomprensione e alla consapevolezza di dover uscire dal Legame al più presto per non restare intrappolato lì, o peggio.

Perciò, il re cercò di distaccarsi da Marcus, ma non riusciva a svincolarsi dalla presa dell'uomo.

Mitsuko, che si trovava alla destra di Octavius, tentennò e si fece quasi prendere dal panico quando capì che si trattava di una trappola. Ma poi, prontamente, mise da parte i sensi di colpa e si concentrò sull'unica cosa che contava davvero: proteggere il re. Eppure, cosa poteva fare? Lei era una Fascia Viola, non una Rossa! Dopo un istante che le sembrò fin troppo lungo, le venne un'idea e immaginò un muro di luce tra i due uomini. Non appena lo spazio si illuminò, proiettò il muro verso Marcus con tutta la forza che era in grado di evocare e pregò. La forma dell'uomo venne travolta dall'urto.

Mitsuko chiuse gli occhi per ringraziare i Fondatori e comunicò al re che dovevano andarsene subito, quando vide che la mano di Marcus teneva ancora fermo l'avambraccio del re, nonostante la forma del Lettore fosse ora separata dal proprio arto. Octavius si limitò a scuotere la testa, riconoscendo sconsolato di essere sotto scacco.

L'orrore deformò il volto di Mitsuko nel momento in cui vide apparire delle nuove forme, tra cui quella di una gigantesca lucertola, che li accerchiarono.

Dopo essersi stabilizzata, la forma imponente e minacciosa della Serpe sibilò: *"Ecco, il secondo Luxor. O forse dovrei dire: il codardo che non si è nemmeno degnato di rivolgermi la parola, tante lune or sono. Se avessi avuto più spina dorsale allora, sarebbero sopravvissuti molti di quelli che sono morti quel giorno e in seguito. Ma forse non ti importa nulla del tuo popolo al contrario di quello che vorresti far credere..."*

Lo sguardo del re, pieno di odio, delusione e desiderio di vendetta, si spostò dalla Serpe al proprio infido amico e poi di nuovo tornò sul rettile. Disse: *"Cosa vuoi, Serpe?"*

"Sono l'Alis..."

"Non mi interessa come ti fai chiamare. Cosa vuoi?"

Con voce beffarda, la Serpe rispose: *"Ciò che voglio, non me lo darai di buon grado, Re degli Umani."* Un ghigno maligno apparve in quella forma diafana, che aggiunse: *"Sappi che non lascerai questo luogo vivo, se non ti arrenderai. Altrimenti, morirai qui, prima o poi, errando senza meta per infiniti eoni, dipende da come andranno le cose se deciderai di resistere."*

Mitsuko stentava a credere alla richiesta di quel vile essere. Octavius stesso sembrava quasi volergli ridere in faccia. Lei disse: *"Sire, tutto ciò è surreale; ma purtroppo non so come possiamo batterci né come liberarvi dalle grinfie di quel traditore."*

"Puoi leggere le intenzioni della Serpe? Il suo stato d'animo?"

"Mi dispiace, Sire. Sono molto abile come Sensore, ma non sono una kynariana, non so leggere le bestie." Il re trasmise un ringhio scoraggiato attraverso il loro nodo mentale, e Mitsuko aggiunse: *"Però, se non mi sbaglio... le sue ampie pupille... Forse, lei spera che non opporrai resistenza. Magari possiamo usarlo a nostro vantaggio, finché non arrivano i soccorsi."*

"Hai chiesto aiuto, allora?"

"Ho provato a contattare Dana Lux Baiula e le altre, Sire. Ma inviare un messaggio quando non si è collegati direttamente è come lanciare una bottiglia con dentro una lettera che vaga nel mare. Non so se e quando qualcuno lo recepirà."

Il prolungato e avvilito lamento del re colpì Mitsuko come una mazzata. Percepì la disperazione di Octavius, che si stava chiedendo se ci fosse qualche speranza di sfuggire alla Serpe e ai suoi complici. Percepì anche il fatto che lui dubitò... di lei. Il re non era abituato ai nodi mentali, per ovvie ragioni, e sembrava essersi dimenticato che Mitsuko poteva sentire le sue riflessioni. La Vigilante isolò il più possibile i pensieri del re dai suoi, per evitare di esserne sopraffatta. Cercò di ignorare una sensazione che percepì in lui, un pensiero che riguardava... l'inutilità di Mitsuko.

Una delle compagne femminili della Serpe incrociò il suo sguardo. La donna squadrò prima lei, poi il re e viceversa, soppesandoli. L'assassina aveva forse intercettato i lamenti del re?

Mitsuko mise da parte tutto il resto e cercò un'idea, qualunque cosa potesse sottrarli all'imboscata della Serpe. Ma cosa *poteva* fare? E come poteva recidere l'arto innaturale che legava il re al suo ex collaboratore? Lo studiò, cercò di comprendere il vincolo, ma quel tipo di evocazione era fuori portata per lei.

Sospirò sconsolata e si voltò verso il Gran Re. Sembrava avere la testa altrove, era preso a calcolare, analizzare la situazione. Il suo volto era ormai privo di qualsiasi emozione. Mitsuko capì dall'intensità della sua espressione e dalla piccolezza delle sue pupille che stava cercando un modo per uscire dalla trappola mortale.

La Serpe ridestò il re e la vigilante dalla loro momentanea distrazione, rivolgendosi al re e sibilando: *"L'unico modo che hai per separarti da lui è ucciderlo."*

Octavius ringhiò tra sé e sé, sbuffò e scosse la testa avvilito, mentre i suoi occhi si soffermavano sul suo ex amico di vecchia data. L'aspetto della forma del re cambiò improvvisamente e manifestò il suo disprezzo trasfigurandosi e inondando il Legame di un odio che penetrò il Lettore.

Mitsuko impallidì quando percepì il re — anche se lo sentiva a malapena e solo grazie all'intensità dei pensieri di Octavius — odiare anche se stesso e chiedersi, se il suo ex ufficiale fosse già schiavo dell'Oscuro ai tempi in cui andava a incontrarlo nella sua villa, infrangendo l'editto di Urbs Lucis, e se Marcus fosse a tutti gli effetti un violatore di menti. Il ripudio per se stesso e la rabbia nei confronti del suo ex amico si stavano pericolosamente intensificando.

Rendendosi conto del proprio errore, Mitsuko dissolse la barriera che aveva eretto fra lei e il re; indipendentemente dal fatto che i suoi pensieri la ferissero, non avrebbe dovuto separare le loro menti. Doveva assolutamente tirarlo fuori dalla fossa che si stava scavando. Appellandosi al suo addestramento da Fascia Viola, trasmise con forza: *"Sire."*

Ma il re non rispose.

Con più forza, riprovò: *"Sire!"*

La forma incandescente di Octavius rivolse alla sua vigilante la stessa occhiataccia funesta, mentre la Serpe e le sue compagne continuavano a osservare la scena divertite.

Sfidando le violente emozioni del re, Mitsuko trasmise: *"Sire, la vostra mente rischia di perdere il lume della ragione. Le vostre emozioni sono troppo intense. Dovete calmarvi."* Una frazione di secondo dopo, provò ad appellarsi alla logica del re: *"Lo sapete che ho ragione."*

E, con sollievo di Mitsuko, il re cominciò a ragionare e un'idea affiorò, o meglio emerse, da quel vortice che si acquietava. I suoi occhi si spalancarono e lei lo sentì pensare: *Queste donne devono essere di Kartak. Se Toras sta perlustrando la zona e Mitsuko può inviare alla sua Prima l'ordine di attaccare quella misera città, forse potremmo salvarci?*

La possibilità di riscattarsi e di tirarli fuori da quell'impiccio esaltò la solitamente modesta Mitsuko, che trasmise: *"Sire, è un'ottima idea! Provo a contattare Laiella; speriamo che sia in ascolto."*

Proprio mentre Mitsuko rivolgeva i propri pensieri internamente per trasmettere un messaggio alla vicecomandante del principe, la Serpe, ormai spazientita, sibilò una domanda che scosse il Legame con la sua intensità: *"Allora?! Qual è la tua decisione, Re degli Umani? La vita o la morte? Preferirei la prima soluzione, ma se scegli la seconda, siamo pronti a soddisfarti."*

Octavius sentì nuovamente l'odio montare dentro sé, ma riuscì a non farsi sopraffare dall'ira e ad avere abbastanza coscienza di sé per tentare di interagire con il nemico utilizzando tutta l'astuzia di cui era capace. Infatti, doveva distrarre la creatura per dare alla vigilante il tempo di raggiungere la Sorella e la Guardia Nera. Tuttavia, si sentì inaspettatamente... fiacco e incapace di formulare pensieri coerenti. Tutto ciò che riuscì a fare fu rivolgere uno sguardo impanicato alla vigilante, prima che la sua forma perdesse definizione e quasi collassasse, ripiegandosi su se stessa.

La Fascia Viola sentì il proprio cuore affondare. Poteva percepire la confusione del re e... il suo stato mentale annebbiato.

Bisbigliando spaventato, Octavius trasmise: *"Mitsuko! Io... mi sento... non mi sento bene."*

Mitsuko si affrettò a valutare le opzioni. Se fosse tornata nel proprio corpo, avrebbe lasciato il re da solo in balia dei loro nemici, ma probabilmente il corpo fisico del re era sotto attacco in quel momento. Era in corso un'offensiva coordinata su più fronti? Magari la Sorellanza non l'aveva addestrata nelle arti difensive, ma senz'altro l'aveva addestrata a prendere decisioni. Perciò, digrignò i denti e rientrò nel proprio corpo.

Mitsuko vide il re seduto sul tappeto. Ondeggiava come se fosse su una barca ed era stranamente gonfio. La sua mente vagliò le possibili cause, cercando di capire cosa stesse accadendo. Sussultò quando avvertì un odore acre pervaderle le narici, la gola e i polmoni. Senza indugio, creò uno strato di nebbia sottile intorno a Octavius che nel frattempo si era accasciato. Le inalazioni del re, benché lente e poco profonde, permisero ai microbi di entrare nelle sue vie respiratorie, ricoprendo ogni superficie. In un batter d'occhio, crearono una barriera protettiva interna e le loro secrezioni cominciarono a neutralizzare i composti che impedivano al re di ragionare, i quali erano ormai in circolo nelle vene e nelle arterie.

La Serpe, che prima sibilava allegramente, emise un rantolo rabbioso quando la Lux Baiula ricomparve all'improvviso e parlò, affermando che non avrebbero avuto il re.

Seccata, la Serpe chiese ancora una volta di sapere quale fosse la decisione del re. Il re guardò il rettile proiettando uno sguardo di sfida attraverso la propria forma, il rettile sibilò, infastidito dal fatto di non poter uccidere il re. Dopo aver esalato un lungo sospiro, ordinò alle sue complici di catturarlo e di uccidere la strega.

Una donna dai capelli rossi, che fluttuavano violentemente intorno al suo volto dalla carnagione scura, una delle assassine, disse che avrebbe preferito cercare di convertire la Portatrice di Luce dagli occhi ovali.

Il lucertolone rispose con un sibilo: *"No, lei deve morire. È il nostro obiettivo e il nostro bottino."*

La Convertita dai capelli di fuoco nascose molto bene il proprio risentimento e le Alis Domini non colsero la sfida nel suo sguardo.

Mentre i loro antagonisti discutevano su cosa fare di loro, Mitsuko setacciò i propri ricordi alla ricerca di qualche vincolo difensivo. Non trovando nulla di utile, si maledisse per non essersi mai allenata in quel campo e per non essersi mai offerta volontaria per un trasferimento mnemonico. Data la situazione, plasmò l'unico vincolo che poteva darle una qualche forma di protezione: un campo di inibizione intorno al proprio cervello e a quello del re. Quindi, si concentrò sugli aggressori e si preparò all'assalto.

La Serpe sibilò nuovi ordini e una delle assassine, una donna magra dai capelli scuri, trasmise un pensiero privato alla rossa: *"Bracca, che aspetti?"*

"Gli ordini impartiti dalla Serpe vanno contro quello che ci ha chiesto la Leate. Ci serve un'alternativa."

"Ma..."

"Lasra! Possiamo farcela e ce la faremo. Intrappolalo con una maglia inibitrice subito dopo che Alta avrà colpito la strega con un incisore. Serve il giusto tempismo! Avvertirò il nostro contatto nella capitale."

Così, le tre attaccarono e, intanto, la Serpe si preparò a sferzare il re la vigilante con il classico nastro luminoso.

La donna di nome Alta colpì Mitsuko con un potente vincolo che ne distorse la forma mentre la penetrava. Quel colpo fece sussultare il corpo della Lux Baiula, che tremò e vacillò nelle stanze del re.

Immersa in una nebbia del dolore, Mitsuko sentì il re urlare e chiederle cosa stesse accadendo, per poi riprendere a straziarsi, come se gli stessero strappando la mente dal cervello.

La Fascia Viola attinse a tutta la propria forza volontà, oltre alle proprie abilità, per concentrarsi e rafforzare il campo di inibizione. Tuttavia, fu invano: il vincolo degli aggressori fece breccia nello scudo, il suo cervello divampò e il suo corpo iniziò a dimenarsi in agonia. In quei brevi sprazzi di lucidità che intervallavano il dolore, si rese conto che era in atto la sua definitiva disintegrazione.

Dopo un terzo tentativo di forzare la mente del re, l'assassina chiamata Bracca si fermò inaspettatamente. *È forte. Molto più di quanto ci aspettassimo, eppure non ha mai usato attivamente il Legame. Fondatori!*

Ripresosi parzialmente dalla tortura subita, il re si voltò verso Mitsuko. La forma della vigilante si stava sfilacciando come una garza tesa e attorcigliata; Octavius osservava inorridito e impotente. Il battito di quest'ultimo accelerò mentre la paura dell'inevitabile lo assaliva. Gridò il nome della vigilante. Ma non ricevette risposta, eccetto un casuale e sconcertato sguardo, uno sguardo lanciato da occhi che sembravano espandersi attraverso il Legame, riempiendo lo spazio della paura di chi sa che la sua fine è prossima. All'improvviso, il nodo che legava il re e Mitsuko si sciolse e la sua mente ora era totalmente priva di protezione e... sola.

Bracca fece un cenno di ringraziamento alle altre e preparò un vincolo per intrappolare il re.

Octavius cercò di ricordare le vibrazioni difensive che aveva imparato tanto tempo addietro, ma non ci riuscì e, senza la connessione con la vigilante, si sentì nudo, esposto. Quando le ultime urla di Mitsuko lasciarono uno squarcio nel Legame, nonostante la morsa sempre più stretta che gli stritolava la mente, il re riuscì a ricomporre la propria forma e a rivolgersi alla Serpe, offrendosi in cambio della vita di Lux Baiula.

L'unica risposta che ottenne dalla Serpe fu un sibilo soddisfatto e il suo cuore affondò.

Poco prima che gli ultimi frammenti filamentosi di Mitsuko si dissolsero, una strana sensazione lo agitò. Percepì due pensieri distinti: uno era colmo di un senso di... vergogna ed era una richiesta di perdono, l'altro lo attraversò lasciandogli solamente un'impressione di allarme, che poi si disperse nel Legame per finire chissà dove. Octavius lanciò un grido disperato nello spazio etereo, chiamando invano il nome della vigilante. Oh! La rabbia, il senso di colpa, la sua fine che si avvicinava, erano come un gigantesco masso che si stacca da una montagna e, rotolando a valle, minaccia di schiacciarlo. Si sentì un piccolo uomo stolto, un miserabile.

In seguito al fallito assalto alla Serpe di qualche giorno prima, una catastrofe che attribuiva alla propria scellerata impulsività e che era quasi costata la vita al suo primo ufficiale in comando, Toras aveva cercato di affogare i propri sensi di colpa conducendo estenuanti e ripetitive sessioni di addestramento rivolte all'intera Guardia.

Laiella, fortunatamente, si stava riprendendo. Una Fascia Bianca era giunta da Urbs Lucis all'avamposto di Lago Montagna, l'aveva stabilizzata e poi li aveva seguiti a Passo del Corno per continuare a curare la Barriera. La guaritrice, che aveva fatto miracoli per Laiella, faceva del suo meglio per ignorare il principe e ci si rivolse esclusivamente per dirgli che la Prima, che ora si stava riposando nel suo alloggio, aveva bisogno solo di qualche altro giorno prima di riacquistare il pieno utilizzo delle proprie funzioni cognitive e motorie.

Per ragioni che Toras comprendeva fin troppo bene, Laiella rimase piuttosto fredda nei suoi confronti. Comunque, a preoccuparlo maggiormente era il fatto che, dopo la riunione nel Legame — alla quale lui non era stato invitato — tenutasi quel mattino, la Barriera aveva iniziato anche a evitare il suo sguardo. Le aveva chiesto delle spiegazioni, ma lei si era rifiutata di rispondergli, e non gli aveva nemmeno detto chi era presente a all'incontro: il suo silenzio sull'argomento era *prerogativa dell'Ordine* e non era soggetto alla legge militare del casato Coriolis.

Il principe, spettinato e sozzo, appena rientrato dalla sessione di allenamento durata ore, si sedette su uno sgabello accanto alla Lux Baiula, che riposava sul letto in seguito a una lunga sessione di terapia. Provò a cominciare una conversazione, senza però trovare le parole.

Avvertendo la tensione, così come la avvertiva il principe, Laiella prese l'iniziativa e disse con voce flebile e spossata:

"Signor Comandante, non c'è motivo che veniate qui tanto spesso; puzzate come un belwohr e la vostra presenza non accelererà di certo la mia guarigione."

In questo modo ruppe il ghiaccio e Toras provò a ridere sinceramente, ma la sua guancia sinistra si increspò in malomodo conferendogli un'aria stralunata: "So che l'ho già detto, Laiella, ma mi dispiace tanto. Ho agito in modo avventato quando l'ho vista in pericolo e... ho peggiorato le cose."

Toras la osservò, in attesa di una risposta, sforzandosi di mostrare fiducia nel risultato della propria iniziativa ed evitando di scaricare le colpe sul destino.

Quanto a Laiella Lux Baiula, Prima Barriera della Fascia Rossa, lei osservò il principe con molta più esitazione di quanto fosse abituale per lei — per una Sorella. A un certo punto, digrignò i denti, come se fosse arrabbiata con se stessa. Infine, disse: "So perché avete agito così, Comandante. Ma ora sono stanca e vorrei riposare... se non vi dispiace."

La replica della Prima non fu quella in cui Toras aveva sperato. Che cosa significava? Quella non-risposta della donna lo colpì, confondendolo. Si sentiva combattuto tra il desiderio impellente di convincerla che lui... l'ammirava come ufficiale e avrebbe dovuto perdonarlo; tra l'impulso di ordinarle di accettare l'accaduto in quanto rischio a cui tutti i soldati acconsentono entrando in servizio e che include la possibilità che un comandante commetta un errore che possa rivelarsi fatale per loro. Temeva anche che lei potesse rimuoverlo dal comando, cosa che il re le aveva chiesto di fare, qualora l'avesse ritenuto opportuno.

Eppure, per la prima volta, si trattenne dall'agire in base all'istinto, pur con difficoltà: era una decisione consapevole o c'era una parte nascosta di lui che ancora non conosceva?

Sentì le viscere attorcigliarsi, nel momento in cui acconsentì a lasciarla riposare e a continuare la conversazione più tardi.

Se ne andò, sentendosi stranito e angosciato dal fatto che questi conflitti che si portava dentro potessero renderlo incapace di essere un buon capo. I suoi pugni stretti erano diventati bianchi come le ossa. Emise un profondissimo sospiro e, dopo aver posato lo sguardo sull'accampamento all'esterno della fortezza, lo raggiunse per guidare il prossimo gruppo di soldati nell'esercizio più impegnativo.

IV.   Senza speranze

Dopo aver assistito alla cancellazione di Mitsuko, Octavius maledisse la Serpe e inveì contro i Fondatori. Tuttavia, quella sua eruzione non fece altro che indispettire le Alis Domini, che lo sferzò con una frusta di luce blu intensissima. Stranamente, per quanto violento fosse l'impatto, il dolore non raggiunse il mondo fisico. In effetti, non riusciva più a sentire alcuna parte del proprio corpo, nemmeno sforzandosi.

Questa constatazione gli riportò alla mente la moglie e i figli, e un'ondata di panico lo sommerse, fin quasi a sommergerlo, nel momento in cui si rese conto che avrebbe potuto non rivederli mai più. Ma Octavius era un uomo disciplinato, e si concentrò intimamente per far passare quella sensazione. Eppure, nonostante la sua ferrea disciplina, raggiungere la calma che cercava a quel punto era quasi impossibile, data la probabilità elevata di non lasciare mai quel luogo, solo come era contro un nemico che non poteva sperare di sconfiggere e con la mente ancora intorpidita dal veleno che il suo corpo aveva inalato, cosa che lo portò a farsi prendere di nuovo dal panico e a chiedersi, momentaneamente, chi fosse il traditore.

Fortunatamente per lui, il dolore diminuì e passò anche la spirale di depressione che lo aveva quasi inghiottito. Octavius fece un respiro tremante e maledisse anche se stesso: *L'hybris! L'hybris mi ha fatto venire qui senza una guardia completa, dopo aver subito già due tentati assassinii! Sono venuto qui con una donna che non ha mai avuto alcuna possibilità contro nemici del genere. Come ho fatto a vivere così a lungo ed essere così idiota?!*

Quando finalmente si tranquillizzò, decise di valutare meglio la situazione. Fu lieto di rendersi conto che Marcus non lo tratteneva più con la sua mano innaturalmente protesa, ma ahimè, la canaglia dai capelli rossi lo immobilizzava, come se lo avesse legato con catene e catenacci. Come fare a fuggire? Come fare a reagire? Non era mai stato addestrato nelle arti vincolate difensive e offensive dalla Sorellanza, avendo rifiutato la loro formazione... I suoi principi l'avevano traviato? Tutto ciò che sapeva l'aveva imparato da sé, e si trattava per lo più di lettura mentale o di alcuni vincoli sonattivi che aveva lasciato cadere nel dimenticatoio, finché non gli erano serviti per salvare Toras e i suoi guardiani l'estate passata. Come uscire da questa situazione? Non ne aveva idea; si sentiva in trappola ed era furioso, poiché sapeva che probabilmente sarebbe morto lì, prima o poi, e il suo spirito avrebbe errato perpetuamente nel Legame, come un vagabondo che si abbandona alla follia.

A un certo punto il rettile gli soffiò addosso qualcosa che somigliava a un vento; non era né caldo né freddo, ma suscitò in lui nuovi pensieri macabri. La Serpe lo guardava con un sorriso feroce e vittorioso, mentre le sue compagne schernivano il re e se la ridevano.

Avendo ormai capito che la Serpe non si curava delle richieste di un Umano, che fosse un re o un contadino, Octavius disse: *"Cosa desideri da me, Serpe, e perché credi che non accetterò la tua offerta?"*

La Serpe ingrandì la sua forma fino a raggiungere dimensioni impressionanti, prima di rispondere: *"Ti rivolgerai a me in modo appropriato se desideri una risposta."*

Octavius cercò di ingrandire e riposizionare la propria forma per essere all'altezza degli occhi del Serpente, ma non ci riuscì, non era più in grado di controllarla e fu costretto a guardarla dal basso verso l'alto. Le donne scoppiarono nuovamente a ridere. Lui pensò: *Molto bene. Se proprio devo.*

"Cosa vuoi da me... Alis Domini?"

La Serpe gorgogliò soddisfatta, poi rispose: *"Potresti esserci utile... data la tua autorità percepita su K'Tara, anche se non sei più una minaccia per noi o per il piano del nostro Grande Signore."*

"Non vi aiuterò mai a soggiogare il mio popolo, né altri popoli di K'Tara. E non mi convertirete!"

"Oh, invece sì, e non temere, ce la faremo. E se proprio non vuoi aiutarci, non è mai troppo tardi per eliminarti o lasciarti qui a errare per l'eternità, sarai irrilevante per noi e un monito per chiunque decida di opporsi."

La Serpe proseguì: *"Non sei stato certo un bersaglio facile, Re degli Umani."* Poi, lanciando un'occhiata allo smunto Marcus, aggiunse: *"Però è stato piuttosto facile attirarti qui una volta che abbiamo individuato la tua debolezza."*

Con uno sbuffo, la Serpe aggiunse: *"Francamente non so perché l'Oscuro abbia mai temuto te o il tuo amico."*

Marcus si fece ancora più piccolo quando Octavius gli rivolse uno sguardo velenoso.

Il re chiese: *"Da quando, Marcus? Da quanto tempo sei al loro servizio? Rispondimi!"*

La Serpe però si era stancata di quello spettacolo e decise di portare a termine la missione. Disse: *"Non importa, Re degli Umani. Lui non risponderà; sei stato tu a metterti in questa situazione."*

Quindi, torcendo il lungo collo per girare la testa verso le assassine, chiese: *"Quanto tempo ci vorrà per vincolarlo al Legame per sempre?"*

La forma dai capelli rossi rispose: *"Dovremmo farcela prima che i sognatori sull'altra faccia di K'Tara entrino nel Legame."*

"Molto bene. Avanti, allora. E fatemi sapere quando finite. Nel frattempo, andrò a riferire la notizia all'Umbra."

Infine, la Serpe disse al re: *"Quando tornerò, risponderai alle mie domande e ci aiuterai a fare dell'Alvinoria un'alleata."*

Poi, rivolgendosi a Marcus, aggiunse: *"Puoi andartene se lo desideri, oppure resta e aiuta il tuo vecchio amico ad accettare il suo destino." Dovrò ringraziare la Leate quando la rivedo; ha fatto un ottimo lavoro con te."*

E con ciò, la forma della Serpe svanì dal Legame e Octavius vide i tre Temptatori avvicinarsi — o forse era più giusto dire le tre Temptatorae? Già, ma come faceva a pensare a queste cose futili in un momento del genere... Per forza poi si era ritrovato in quella situazione con una mente così ottusa!

I mantelli e i capelli delle donne sembravano agitati da un vento invisibile e i loro sguardi avevano un'aria predatrice e famelica. Octavius si preparò a non sapeva cosa: resistere, in qualche modo, come poteva. Se non altro, era ancora vivo. Rivolse i suoi occhi afflitti all'ex amico, sperando contro ogni logica che Marcus decidesse di aiutarlo. Invece, il Lettore distolse lo sguardo e scomparve.

V.   Un ostello

Nella Città della Luce qualcuno si era svegliato. Si guardò intorno, ma non riuscì a vedere nulla. Nella confusione, cercò invano di ricordare cosa fosse successo. Il suo cervello era indolenzito e pulsava. Si concentrò sul suo metabolismo e, faticando alquanto, aumentò il flusso sanguigno cerebrale e la circolazione del sistema linfatico. Ci volle qualche minuto prima che le tornasse la vista, ma quando fu in grado di vedere, ciò che vide la indusse alla sospensione simultanea di tutti i segnali di vita. Il suo polso rallentò quasi fino a fermarsi e la respirazione si fece il più superficiale possibile, ma rimase cosciente e mantenne attive le funzionalità uditorie e vibrazionali. La vista, invece, non la poteva usare o avrebbe rivelato il proprio stato di coscienza.

Non riconobbe la stanza in cui si trovava, ma conosceva il suo rapitore, che stava camminando e sembrava valutare il da farsi, se i suoi movimenti e mugugni erano indicativi.

La Fascia Viola affrontò un acceso dibattito interiore: una parte di sé si chiedeva come mai fosse ancora viva e se non sarebbe stato meglio essere morta, mentre l'altra parte la incalzava, esortandola a uccidere quel maledetto, rimproverandola per non aver ascoltato la propria intuizione mesi prima.

Il dibattito sarebbe potuto protrarsi a lungo, se non avesse ricevuto una trasmissione mentale proprio in quel momento. L'appello di Mitsuko fece galoppare il suo cuore e la mente e le vene tornarono a pulsarle furiosamente. Qualcuno era in pericolo di vita. Consapevole del fatto che le proprie reazioni avrebbero potuto richiamare l'attenzione di Lusk, cercò di trattenersi, a fatica.

D'altronde, cos'altro poteva fare? Non era riuscita a sconfiggere un solo Temptator; come poteva essere d'aiuto contro chissà chi altri? La sua mente cominciò a vorticare alternando dubbio e disappunto. Si era ingannata per tutti questi decenni? Le sue compagne e le sue superiore l'avevano forse ingannata, lodandola sin da quando aveva ottenuto la sua prima fascia?

Comunque, doveva rispondere in fretta a Mitsuko e ci provò subito. Le budella le si attorcigliarono e il cuore le salì in gola, mentre il silenzio accoglieva il suo richiamo. Voleva gridare, piangere. Aveva lasciato morire la Sorella?

Rendendosi conto di essere stata sciocca e di aver infranto le proprie regole dando voce alla disperazione, si prese un momento per calmarsi e decise finalmente di interrogare i ricordi trasferiti. Ma, date le circostanze e l'urgenza, varcò la soglia mnemonica con una certa leggerezza e l'ondata di pensieri che si susseguirono la sopraffò. Stava per richiudere il varco, quando la voce ferrea di Mattina Lux Baiula si impose sulle altre e le acquietò.

Disse: *"Tua Sorella può essere ancora viva, ed è indecoroso da parte tua lasciare che il dubbio ti impedisca di agire!"*

"Ma..."

"Non ci sono ma, Elyana. Lo farò per te."

"Io non..."

"Lasciami il controllo, adesso!"

Quando Elyana esitò di nuovo, Mattina disse: *"Non ti hanno mentito, Elyana; hai capacità impareggiabili, anche se alcune le devi a noi. Tuttavia, per qualche ragione a me sconosciuta, non hai mai permesso a te stessa di esplorarle. Se vuoi salvare tua Sorella, devi lasciare che ti aiuti. Mi permetterai di illuminarti la via?"*

Lusk Methrim indietreggiò barcollando per lo spavento. Elyana si era alzata e stava proprio lì, davanti a lui, con un'espressione illeggibile e irriconoscibile. "Come..."

Prima che potesse finire la domanda, vide la donna sollevare le mani, rivolgendo i palmi in avanti. Non appena ricordò il significato di quel movimento, cadde all'indietro paralizzato, sbattendo fragorosamente contro il pavimento di legno. Gemette e cercò di rialzarsi, ma i microbi gli avevano già paralizzato la muscolatura. Gridò, ma non uscì alcun suono dalla sua gola.

Guardò con orrore la donna avvicinarsi, poi fermarsi, inginocchiarsi e, guardandolo dritto negli occhi con quello sguardo ancora irriconoscibile, innescare i meccanismi di autodifesa del suo cervello. Stava cercando di invadergli di nuovo la mente! Cercò di resistere, creare uno scudo mentale, ma fu tutto inutile. Lei gli era di nuovo dentro e questa volta era lui ad avere paura.

Costretto a un nuovo scontro etereo, Lusk artigliò la mente di Elyana con tutte le sue forze. La mente di Elyana pulsò dal dolore e un pensiero le sfuggì. Lusk si ritrasse da esso, come se si stesse sottraendo a un miasma intenzionato a inghiottirlo. Non poteva essere vero; aveva di certo lasciato trapelare intenzionalmente quel pensiero per ingannarlo!

"Non è un errore. Ooldrina è la figlia naturale di Oolviana Methrim, tua sorella."

"Come? Non è possibile! Stai mentendo!"

"Non sta mentendo. E tu sei un uomo vile."

"Sta?"

"Io sono la mem—"

Elyana non poteva più limitarsi a essere testimone della distruzione di un uomo. Se doveva morire per mano sua, allora doveva essere lei a ucciderlo, coscientemente. Pronunciò il suo nome.

Lusk si sentì chiamare per nome e capì che adesso era Elyana a parlargli. Anche lui la chiamò, con un fare quasi implorante. Poi, le domandò se il pensiero che aveva intercettato fosse veritiero.

Le imprecazioni contro se stesso, le suppliche e la repulsione, il disgusto e la rassegnazione, la messa in discussione di ciò che aveva accettato di fare per salvare la madre; tutti questi elementi si mescolarono e si amplificarono vicendevolmente. Per poco Elyana non fu costretta a mollare la presa su Lusk. All'improvviso, un nuovo tipo di odio emerse ed eruttò da Lusk Methrim ed era indirizzato direttamente a lei, ma anche alla Sorellanza. Era un odio selvaggio che l'avrebbe potuta sopraffare, se non avesse ricordato i vincoli di Mattina e non si fosse affrettata a porre fine alla battaglia. Rientrò nel suo corpo fisico, rivolse un'altra volta i palmi in avanti e cosparse lo zebuloniano di una miscela ancor più tossica che presto gli avrebbe stroncato il cuore.

Fatto ciò, Elyana si alzò in piedi a denti stretti, incredula per ciò che aveva appena fatto. Si prese un altro istante per smorzare il battito impetuoso del proprio cuore, ma non fermò il flusso di adrenalina; ne avrebbe avuto bisogno per affrontare ciò che minacciava e—lei sperava, non aveva ucciso—la Sorella.

Dopo aver dato un'ultima occhiata a Lusk che agonizzava a terra, si spostò nell'angolo più lontano della piccola stanza, si sedette sul pavimento, ingerì una manciata di zollette di sale dolce, chiamò le prime tre Sorelle di Fascia Rossa che le vennero in mente — pregando che il monitor funzionasse — e, dopo aver aspettato ansiosamente qualche secondo e aver ricevuto una risposta allarmata da due di loro, entrò nel Legame e seguì le indicazioni di Mitsuko.

VI.   Il soccorso

Elyana non ci mise molto a trovare il luogo indicato da Mitsuko attraverso il suo disperato, seppur fortunato, appello mentale; i sensi di Elyana la portarono a fermarsi in uno spazio occupato da diverse forme umane. Inoltre, sembravano esserci le forme di... O Fondatori! *La Serpe!* Anzi no, sebbene riuscisse a percepire la sua duratura impronta vibrazionale, la creatura non era più lì.

Mentre le forme in lontananza si mettevano sempre più a fuoco, Elyana riconobbe il Gran Re Octavius. Era circondato da tre donne che non riconosceva. *Perché Octavius è qui da solo? Cosa sta succedendo? E dov'è Mitsuko?*

Elyana si trattenne dal proiettarsi subito al cospetto dei rapitori del re. Osservò la scena, cercando di darle un senso. *Queste forme sono... assassine. Fondatori!*

Dopo aver verificato che le proprie vibrazioni fossero schermate, trasmise una chiamata di pensiero a Sasha e Akula, ordinando loro di raggiungerla. Con l'urgenza di un allarme antincendio, aggiunse: *"Non rivelatevi finché non ve lo dico io. Il Gran Re è in pericolo. Tre assassine alterintranti lo circondano."*

Sasha e Akula individuarono la posizione di Elyana e si avvicinarono schermando i propri pensieri. Osservarono la scena con orrore da una certa distanza. Nel frattempo, anche le rapitrici del re si erano messe a fustigarlo con sferzanti nastri di luce.

Elyana ansimò prima di trasmettere un altro comando alle Sorelle: il cervello le pulsava ancora per il dolore e di tanto in tanto perdeva la concentrazione, rivelando dei filamenti elettrici che rischiavano di comprometterla. Impose al proprio corpo di inspirare profondamente, contò alla rovescia partendo da tre e infine trasmise: *"Sasha, Akula. Non c'è tempo per discutere. Per favore, tenete le vostre menti al riparo, perché potrebbero essere Temptatorae. Mitsuko era qui, ma non riesco più a percepirla; vi prego di aprire per lei i vostri sensi.*

Sappiate anche che ho percepito le tracce della Serpe. È passata di qui, ma preghiamo che non ritorni."

Le due donne acconsentirono risolute. Sasha chiese: *"Qual è il piano, Elyana?"*

"Noi siamo tre e loro sono tre. Ne ingaggeremo una a testa." Le Sorelle si accordarono rapidamente sui loro obiettivi individuali, dopodiché Elyana aggiunse: *"Ma innanzitutto... devo schermare il re."*

Akula chiese: *"Senza avvertirlo?"*

Elyana trasmise un pensiero in cui indicava di non poterci fare molto, comunicando il concetto attraverso il rintocco di un gong sordo e breve. La situazione era drammatica e non voleva allertare il nemico finché non fosse stato tutto pronto.

Di lì a poco, Octavius cacciò un altro urlo ed Elyana scattò in azione. Senza indugiare oltre, si calò in uno stato meditativo di terzo livello e raggiunse la mente del re — per poi esserne ricacciata fuori con una tale forza che fu costretta a materializzarsi, suo malgrado, di fronte al nemico.

A quel punto, le sue compagne passarono all'attacco. Akula si lanciò mettendo da parte l'incertezza che provava nell'affrontare queste donne tenebrose nell'etere, dato che l'Ordine non aveva mai programmato e quindi non aveva mai preparato le Sorelle a questo tipo di combattimento. Sasha, invece, era determinata e accolse favorevolmente la possibilità di misurarsi contro questi nuovi nemici, a prescindere dallo scenario.

Le assassine issarono i loro scudi, che fecero vibrare il Legame di un'intensità assordante. Le due che affrontavano le Fasce Rosse decisero di trasferire il combattimento in un altro luogo e se ne andarono lasciando dietro di sé delle scie, in modo che le avversarie potessero seguirle.

Akula e Sasha apparvero di fronte alle rapitrici con delle uniformi differenti da quelle che indossavano nel mondo fisico, decisamente più appariscenti. Le due Lux Baiulae erano ricoperte da sottili placche rosse, così perfettamente immaginate da sembrare solide e materiali, in particolare quella di Sasha, che in quanto Barriera — i membri più letali della Fascia Rossa — considerava il suo aspetto parte integrante della propria identità da guerriera. Entrambe erano protette da vambracci di un blu intenso e Sasha sfoggiava anche dei rebracci rossi finemente modellati, come la corazza. Tutto questo pavoneggiarsi, però, non era pura ostentazione: la tenuta e la compattezza delle loro armature non lasciavano fuoriuscire filamenti vibrazionali sciolti che potevano essere afferrati e sfruttati dagli avversari, anche se quella di Akula era carente sotto altri aspetti.

Sasha, una donna rigida, severa e orgogliosa, disse alla forma più grande tra le due Convertite: *"Tu! Arrenditi. Non hai diritto di usare questi poteri."*

L'assassina la guardò perplessa, ridacchiò e, infine, attaccò.

Sasha non poté in alcun modo evitare di essere infilzata dalla lama più sottile che avesse mai visto. La sua avversaria latrò una folle risata e attaccò di nuovo.

A una certa distanza, Akula stava affrontando la più piccola delle due assassine, una donna dai capelli scuri, chiamata Alta, che le scagliò contro un vortice di fuoco.

Intanto, Elyana osservava sconcertata l'assassina dai capelli rossi che, dopo aver fatto perdere i sensi al re, lo avvolse in una sorta di nube oscura e opaca, prima di abbattersi su di lei e sbalzarla dal luogo in cui si trovavano.

La Manu Dextra ci mise un po' a recuperare i sensi e si ritrovò in una specie di arena, insieme alla donna dai capelli rossi.

L'assassina la studiò con uno sguardo frenetico, poi sciocco Elyana con poche semplici parole: *"Dovresti arrenderti subito, Elyana Lux Baiula."*

Elyana avrebbe voluto chiederle come facesse a sapere il suo nome, ma non ne ebbe il tempo. La donna lanciò due rapidi bolidi infuocati che le fecero sentire impulsi di dolore attraverso tutto il corpo fisico.

La Fascia Viola strinse i denti, quindi attaccò a sua volta. Colpì la forma dell'assassina, che si deformò e si ricostituì mentre stava arrivando l'attacco successivo. In un baleno, l'assassina si smaterializzò e ricomparve all'altro capo dell'arena, evitando l'impatto.

Tuttavia, Elyana aveva già giocato a questo gioco, molto tempo prima, quando era una Fascia Rossa, periodo in cui la Sorellanza addestrava regolarmente le Sorelle a combattere nel Legame. All'epoca, Elyana possedeva già abilità molto avanzate di manipolazione mentale, che le avevano permesso di sconfiggere facilmente qualsiasi avversario, anche quando non poteva né vederli né sentirli.

Perciò, fece appello alla propria esperienza e aprì la mente sensibile alle deboli vibrazioni che provenivano dall'avversaria, alla ricerca di qualsiasi indicatore che potesse anticiparne le prossime mosse.

Elyana necessitò di alcuni tentativi e fallimenti prima di ripadroneggiare la tecnica, ma riuscì a prevedere tutti i movimenti e gli attacchi dell'assassina dai capelli rossi, confondendola e scoraggiandola sempre più a ogni tentativo, finché al sesto assalto Elyana non solo anticipò l'azione della donna, ma intravide anche l'opportunità di penetrarle nel cervello e trasmettere una potente scarica di vibrazioni all'amigdala, interrompendo i segnali chimici della struttura.

La donna dai capelli rossi sembrò disorientata e smise di combattere. Elyana pensò di aver vinto, ma poi la donna riprese il controllo delle sue azioni e scagliò dei viticci luminosi attraverso lo spazio etereo, destinati ad avvolgere il collo di Elyana in un abbraccio mortale. I filamenti si attorcigliarono intorno alla sua forma e cercarono di farsi strada fino al suo cervello, anche se un po' alla cieca.

Elyana strabuzzò gli occhi, mentre ansimava e si dimenava per liberarsi.

"Io sono Bracca, una serva dell'Unico, e tu puoi solo sognare le capacità di cui mi ha dotato. Pensavi di uccidermi tanto facilmente... strega?!"

Con più sicurezza di quanta ne provasse, Elyana cercò di provocare la donna, sfidandola, distraendola. Disse: *"Beh, immagino siano incredibili, se ti ha convinto a diventare la sua schiava!"*

La donna esaminò per un attimo l'offesa ricevuta.

Elyana non sprecò nemmeno un istante a valutare al varco che l'avversaria le stava offrendo. Concentrò le sue forze all'istante, amplificò le sue vibrazioni finché il cappio intorno al suo collo non si dissolse; infine lanciò una raffica di aghi di ardenti contro l'avversaria. I proiettili vincolati attraversarono lo spazio sconfinato in un lampo, ma incontrarono soltanto la parete immaginaria che delimitava l'arena; l'assassina era sparita di nuovo. La Manu Dextra imprecò, però se non altro era riuscita a liberarsi.

Non trovando più l'altra donna, Elyana pensò che forse avesse trovato un modo per nascondersi, ma ad un tratto, la struttura che l'assassina aveva immaginato scomparve ed Elyana capì che se n'era andata di lì. Ruggì collerica, poi comprese che la donna doveva essere tornata dal re. In fretta e furia, cercò l'impronta di quel luogo nella propria memoria e vi si trasportò, pronta a porre fine alla nemica e a questa giornata infinita, una volta per tutte.

***

"Shakta[13]!"

Lusk si inginocchiò e sollevò la testa per guardarsi intorno. Il suo sguardo si fermò quando cadde sulla Manu Dextra, seduta a gambe incrociate sul pavimento.

Cosa... cosa sta... Un terribile attacco di rabbia e di odio — no, non di odio... anzi sì, era proprio odio, dovuto al fatto che ora la Lux Baiula lo forzaza a fare di lei una delle sue vittime — lo colse all'improvviso mentre ricordava l'aggressione di Elyana. Si chiese per un attimo se fosse nelle condizioni di finirla, mentre lei stava errando chissà dove, ma si diede dello sciocco e pensò di non essere nella posizione di correre altri rischi.

Allora, nauseato e stordito com'era, si alzò, attraversò la stanza il più silenziosamente possibile, imprecando un'altra volta quando inciampò in una sedia. Infine, aprì la porta e uscì. Mentre spingeva la maniglia, una domanda sgradevole gli balenò in testa: come avrebbe spiegato all'Umbra che non aveva eliminato la Sorella quando ne aveva avuto l'opportunità? Che aveva lasciato vivere chi sapeva la verità su di lui? La sua mente annebbiata non riuscì a risolvere quel dilemma e, così, si diresse verso l'uscita dell'ostello, abbassando lo sguardo quando incrociava qualcuno, e poi verso le scuderie dei viandanti.

***

Una scena terribile accolse Elyana quando tornò nel punto in cui si trovava il re. La forma di Sasha scintillava, sintomo tipico di un errante esausto. L'avversaria della Sorella era al

---

13

   Merda!

riparo dietro un campo di distorsione e tutto il resto sembrava in fiamme. Non vedeva Akula, mentre il re sembrava ancora intrappolato in quel tumulo oscuro.

Elyana trasmise svariati richiami mentali a Sasha, prima che la donna rispondesse, stanca: *"Sto bene. Ti prego, aiuta Akula... la nuvola."*

La nebulosa indicata da Sasha era un ammasso di colori scuri e minacciosi che Elyana non riusciva a penetrare con nessuno dei suoi sensi. Si trovava molto più in alto di loro, o almeno nella direzione che lei immaginava essere in alto in quel regno virtuale. Espirò bruscamente e si lanciò.

Le vibrazioni risuonarono nella sua forma, e da lì arrivarono fino alla carne del corpo. Era come se quelle vibrazioni scuotessero anche i suoi pensieri. Interruppe momentaneamente i segnali visivi e placò la mente. Fatto ciò, concentrò i propri sensi finché non individuò Akula davanti a sé. La donna stava lottando per resistere a un'ondata travolgente di non si sapeva bene cosa.

L'assassina, non troppo distante dalla Fascia Rossa, stava intessendo il vincolo con movimenti gioiosi. Quando vide Elyana, scoppiò a ridere e aumentò l'intensità del proprio vincolo, facendo dimenare Akula in preda agli spasmi. Poco dopo, l'effetto del vincolo raggiunse Elyana e, questa volta, scosse non solo la mente, ma anche ogni cellula del suo corpo.

Un ringhio si levò dal profondo della Manu Dextra. Per non lasciarsi andare ad un'inutile e probabilmente sconsiderata sete di vendetta, Elyana si prese una frazione di tempo per decidere come reagire, quindi aumentò la densità della propria forma. Gli effetti del vincolo si attenuarono e riuscì a guadagnarsi un altro momento di riflessione. Nell'arco di un battito cardiaco, vagliò una dozzina di strategie diverse, che esaminò e poi scartò. Quando finalmente le si presentò la soluzione — una soluzione complessa che avrebbe richiesto l'azione concertata di più vincoli distinti —Elyana abbandonò ogni pensiero razionale e permise al subconscio di prendere il controllo.

La Fascia Viola si trasformò in un vento magnetico e impetuoso che iniziò a circondare e ad avvolgere l'assalitrice di Akula. La donna la guardò con quei suoi occhi fiammeggianti, ma Elyana continuò imperterrita a intrecciare il proprio bozzolo, finché non recise il vincolo che imprigionava Akula.

Trasmise una chiamata mentale alla compagna per chiederle di allontanarsi, poi iniziò a tempestare la furfante di intense vibrazioni soniche a bassa frequenza. Così, perforò la forma dell'assassina e le vibrazioni fotoniche ad alta intensità che trasmise in seguito cominciarono a dissolverla.

La donna muggì come un belwohr, colmando il Legame d'un suono assordante e vertiginoso. Stava cercando di dare fuoco a Elyana nell'etere.

Ma la Manu Dextra avanzò come un automa, coordinando la propria traiettoria e i propri attacchi con una perfezione assoluta, una precisione a cui nessuna mente cosciente e pensante può ambire.

La canaglia alterintrante lottò con tutte le forze per mantenere integra la sua forma sotto quei colpi incessanti.

Elyana creò intorno alla forma della donna uno scudo acustico che si rafforzava sempre più, ad ogni colpo infertole. Lo schermo continuò a indurirsi fino a diventare quasi solido e intrappolarla.

Quando l'assassina cercò di perforare la capsula con un vincolo sonoro, vacillò per via del dolore provocato dai riverberi che si autoamplificavano all'interno dello scudo.

Elyana si ritrasformò in una rappresentazione di se stessa che si espandeva e si contraeva. Intanto, il suo corpo seduto respirava profondamente.

Akula, ripresasi in qualche modo dalle lesioni subite, alzò la testa in direzione della Sorella e le rivolse un cenno di gratitudine, simile a uno schiocco di dita, accompagnato da un movimento della testa.

Elyana chiese: *"Hai abbastanza energia da perforare la sfera e creare un'esplosione al suo interno?"*

Akula, la maestra del fuoco, guardò l'assassina in difficoltà con un sorriso selvaggio e vendicativo. Si stava preparando a fare ciò che Elyana le aveva chiesto, quando una voce mentale cantilenante e coinvolgente si fece strada attraverso lo scudo mentale delle Sorella e penetrò le loro menti. Le Lux Baiulae si sentirono confuse. Akula gemette.

Elyana guaì e subito dopo si impanicò quando percepì che l'attenzione di Akula si rivolgeva a lei con un intento involontario ma mortale. Quella reazione bastò a indebolire la sua concentrazione e a far quasi crollare i vincoli che immobilizzavano la canaglia. Quando sentì il crepitio del fulmine che Akula stava generando, Elyana le trasmise rapidamente un comando. Quell'ingiunzione liberò Akula dal controllo dell'assassina, che venne prontamente espulsa dalla mente della Lux Baiula.

Mentre le urla di dolore riempivano il Legame, Akula riprese il controllo di sé e si ritirò rapidamente nel corpo fisico per rilasciare i sali dolci che le rimanevano nel fegato. Quindi, tornò nel Legame e generò un turbine di vibrazioni viola da cui prese forma un ago spiroidale ardente che penetrò lo scudo in cui era racchiusa la Temptatora e lo incendiò, irraggiandolo con quella tipologia di vibrazioni.

Le due Sorelle non sentirono l'ultimo grido dell'assassina, quando la fiamma consumò la sua forma e probabilmente le fuse il cervello. Sentirono, invece, l'esplosione che squarciò lo scudo acustico, lasciando solo uno spazio vuoto e insolitamente scintillante al posto della gabbia vincolata.

Non appena le Sorelle si scambiarono pensieri di ringraziamento e di sollievo, riapparve l'assassina dai capelli rossi.

Elyana sospirò, esausta, e ordinò ad Akula di posizionarsi dietro la donna, mentre lei sarebbe scomparsa per un attimo, per poi riapparire nella sua vecchia uniforme da Barriera. I colori erano nitidi e accecanti, il suo aspetto inquietante.

La forma dell'assassina arretrò di circa un metro. Elyana sorrise dentro di sé. La canaglia si riposizionò e i suoi occhi vaporosi assunsero un tratto sanguinario.

Elyana trasmise un pensiero alla sorella: *"Akula, cerca di distrarre questa disgraziata. Devo violarla..."*

"Siete delle stupide! Pensate che non siamo in grado di intercettare le vostre comunicazioni mentali?"

Elyana e Akula furono colte di sorpresa dall'intercettazione del loro scambio e tentennarono. L'assassina approfittò della distrazione per tessere una vasta ragnatela e avvolgerle entrambe.

Quando le Lux Baiulae se ne accorsero, era già troppo tardi. Cercarono di fuggire, ma ormai erano in trappola e si guardarono l'un l'altra con occhi severi e disperati. Si chiesero anche come avrebbero fatto a comunicare dato che le loro conversazioni mentali non erano più private, ma Elyana non ci mise molto a trovare la soluzione e a rimproverarsi di non averci pensato prima.

Provando a testare la sicurezza della connessione del monitor, Elyana chiese ad Akula di lanciare un ago infuocato. Quando Akula lo scagliò e l'assassina non anticipò la mossa, Elyana ebbe la sua risposta: *Funziona!* Trasmise alla compagna un altro pensiero: *"Akula, non può sentirci se comunichiamo attraverso il monitor. Per favore, crea un diversivo mentre io cerco di violarle la mente."*

"Cosa?!"

"Per favore, fa come ti ho detto. Adesso!"

E Akula cominciò a colpire la rete che le immobilizzava più forte che poteva, rumoreggiando, imprecando e lanciando ogni sorta di offesa alla donna dai capelli rossi.

Non appena la ladra rivolse la sua attenzione ad Akula, guardandola inizialmente in modo sprezzante e poi con preoccupazione, Elyana si ritirò nei meandri più profondi della sua mente. Lì, nessun altro pensiero, nessuna sensazione — intra ed extrasensoriale — reclamava la sua attenzione; nulla la poteva distrarre, se non le leggerissime vibrazioni che si dipanavano dalla Sorella e dall'assassina. Ignorò le trasmissioni di Akula e si concentrò sulle altre. Elyana temeva che la rete potesse interferire con il vincolo, ma così non fu. Raggiunse il suo obiettivo, come la fiamma di una candela accesa insegue i gas di una candela che si è da poco spenta, fino a innescare il fuoco che poi raggiunge lo stoppino, ravvivandola. Elyana, tuttavia, non accese nulla. Si lanciò alla ricerca della ghiandola pituitaria. A un certo punto, le sembrò che la donna si fosse accorta di una presenza aliena, accelerò la ricerca e finalmente individuò quel minuscolo organo. Lì innescò una cascata chimica che avrebbe fermato, se non ucciso, l'assassina e si allontanò dall'abisso generato, prima che la inghiottisse, abbandonando la commerciante di anime al pianto e alla disperazione.

La ragnatela della ladra si sfaldò ed Elyana riapparve accanto ad Akula, per assistere con freddezza alla violenta disgregazione della forma dell'assassina dai capelli rossi, fino all'ultimo frammento.

Akula trasmise: *"Cosa hai fatto, Elyana?"*

A rispondere fu una parte di sé che ancora non ammetteva le emozioni, e forse fu meglio così, o uno sdegno piccato avrebbe potuto accompagnare la sua replica: *"Ci ho salvato. Per favore, aiuta Sasha, se riesci. Devo trovare il re."*

La Rossa se ne andò, ma non prima di aver lanciato un'occhiata impaurita alla Manu Dextra.

Elyana pensò: *Non capisco perché continuino a pensare che un'arma sia meno accettabile di un'altra quando il risultato finale è sempre e comunque la morte dei nostri nemici... E non capiscono che qui tutti i nostri vincoli danneggiano o uccidono i nemici colpendo comunque il cervello, sia che mirino e colpiscano le loro forme sia che... facciano quello che ho fatto io. Speriamo che si ravvedano, altrimenti verremo sconfitte.*

E così, Elyana raggiunse il tumulo scuro che ancora seppelliva le vibrazioni del re.

Mentre analizzava la situazione, le sue emozioni riemersero inaspettatamente e la fecero rabbrividire. Si domandò se le vibrazioni del re fossero ancora connesse al suo corpo oppure no. Soggiogò per l'ennesima volta le proprie emozioni e rivolse uno sguardo freddo e razionale alla nube. Ne osservò la superficie, la studiò, la esaminò con i suoi sensi vibrazionali. Quando lo vide, ebbe un sussulto: un flebile e sottile fascio di vibrazioni che fuoriusciva dal tumulo collegandosi a un punto al di fuori del vincolo.

Immediatamente iniziò a volteggiare, librarsi, e ancora volteggiare intorno al tumulo, in cerca di uno spiraglio da cui entrare o un modo per scardinare quella cella filamentosa. Eppure, non conosceva quella tecnica. Ringhiò esasperata.

A una certa distanza, Akula e Sasha stavano affrontando l'ultima canaglia; la Manu Dextra poteva percepire il calore e lo sfrigolio dell'elettricità, la distorsione delle forme. Nulla di tutto ciò la sfiorava: la sua priorità era liberare il re.

Che razza di scudo è mai questo?!

Per quanto si arrovellasse, non riusciva a trovare una soluzione. Intanto, sentiva le vibrazioni del re fuoriuscire debolmente dalla massa opaca. Se potevano attraversare lo scudo, allora anche le proprie vibrazioni dovevano essere in grado di entrare.

Prima che la frustrazione compromettesse i suoi sforzi, decise di prendersi un'altra pausa, nonostante la situazione fosse disperata, e richiamò a sé Mattina dalle profondità dei suoi centri mnemonici, dove si era nuovamente ritirata dopo aver sconfitto Lusk Methrim.

La donna riferì a Elyana di essersi imbattuta in uno scudo simile a quello che intrappolava il re, tanto tempo fa. Le spiegò come lo aveva infranto, poi chiese a Elyana il permesso di riprendere il controllo.

"No! Questa volta sarò io ad agire."

Mattina acconsentì ed Elyana lasciò che i ricordi popolassero i suoi centri nevralgici attivi fino a farne esperienza, come se li avesse vissuti lei di persona innumerevoli volte.

Quindi, ripeté un paio di volte la procedura descritta da Mattina, eliminando anche i più piccoli dubbi che le rimanevano, e si lanciò sulla scia delle vibrazioni del re. Si sentì euforica — ma non capiva se fosse lei ad esserlo o Mattina — quando riuscì a raggiungere il cervello di Octavius. Le parve di aver già eseguito questo procedimento centinaia di volte, era calma e tranquilla, sicura di sé.

Una volta entrata, lo sondò per un istante, poi punzecchiò la corteccia telesensoriale del re per avvisarlo e fargli sapere che era lì. La risposta arrivò, per suo immenso sollievo, anche se fu debole, flebile, implorante: *"Elyana. Io... ho bisogno di aiuto. Aiutami."*

"Octavius, sono qui per questo. Per favore, datemi un momento." Elyana consultò ancora la memoria di Mattina.

Mattina disse: *"Il motivo per cui lui ha sentito te e tu hai sentito lui è che è rimasto un collegamento bidirezionale tra la sua carne e la sua mente. Quest'ultima è imprigionata nella sua forma. In questo caso, segui le sue vibrazioni verso l'esterno, dal suo io fisico alla sua forma in gabbia."*

Mentre Elyana seguiva le istruzioni dell'antica Sorella, si rivolse a Octavius per rasserenarlo ed esortarlo a non opporre resistenza, mentre si univa alla sua forma eterea nel tentativo di amplificarne le vibrazioni: *"Quando ve lo dico, pensate a voi stesso, al vostro corpo, e immaginate di ritornarci, integro e sano."*

La risposta del re fu debole, ma confermò di aver capito. Dopo aver provato la procedura un'ultima volta, Elyana passò all'azione.

La tecnica era in effetti molto simile a quella che aveva usato il re stesso durante la battaglia contro la Serpe di tre mesi prima, quando aveva potenziato i bolidi infuocati di Elia. Se il re ne era capace, poteva farcela pure lei!

Un altro sorriso la illuminò quando raggiunse l'oscuro nuvolone che teneva prigioniera la mente di Octavius.

"Mio Re, ora! Pensate di tornare nel vostro corpo. Al contempo, unirò i miei pensieri ai vostri e distruggeremo questa prigione."

Il re fece come richiesto da Elyana, che iniziò a sincronizzare le loro vibrazioni. Fu piuttosto facile, d'altronde si conoscevano da tanto tempo. Questo processo portò a un immediato e doloroso aumento di intensità della forza esercitata e, quando le loro stringhe vibrazionali sincronizzate raggiunsero lo scudo e fecero pressione, si creò una frattura.

La forma combinata del re e della Lux Baiula, un aggregato dall'aspetto ameboide e guizzante, rimase unita! Tuttavia, la crepa che si era creata non bastava a far fuggire il re. Quindi, Elyana si accinse ad aumentare significativamente l'ampiezza delle loro vibrazioni e a modificare le frequenze in modo da infrangere lo scudo. Il tutto senza danneggiare la mente ferita del re. Un unico e ultimo pensiero si manifestò in quella parte di sé che era effettivamente sua, prima di compiere l'ultimo passo: *Hic venimus.*[14]

In qualche altra parte del Legame, sia vicino che lontano, Sasha e Akula lottavano ancora, cercando di respingere i vincoli incalzanti dell'ultima assassina. La donna non sembrava così forte inizialmente, ma ora — forse perché era l'unica rimasta — evocava un vincolo dopo l'altro in una successione infinita, variandoli con la stessa rapidità con cui un'esperta spadaccina diversifica i movimenti delle due spade con cui attacca.

La donna colpì le Fasce Rosse con vincoli infuocati, acustici e distorsivi incredibilmente potenti che, più volte, quasi dissolsero le loro forme. Ciò che rendeva il combattimento ancora più arduo era il fatto che la donna si librasse come una farfalla, spuntando in alto e in basso, a destra e a sinistra, davanti e dietro di loro, concatenando una serie pazzesca di attacchi.

Tuttavia, Akula, che era un'insegnante — e dunque amava studiare e capire la natura delle cose — riuscì finalmente a notare il ripetersi di uno schema nella tattica dell'antagonista. Durante una pausa insperata, comunicò a Sasha: *"Sorella, osserva le trasmissioni della nostra avversaria. Cerca di percepire dei picchi negativi, anche brevi, nelle vibrazioni gialle e tieniti pronta ad attaccarla con vincoli sonattivi del medesimo colore, proprio nel momento in cui li vedi."*

Concentrandosi sulle vibrazioni cangianti dell'avversaria, le Sorelle abbassarono le loro difese e gemettero una dopo l'altra, venendo colpite ripetutamente. Akula, tuttavia, esortò Sasha a continuare ad osservare le trasmissioni della donna e,

------

14

 Arriviamo.

quando le ciglia della nemica si scurirono indicando un calo di vibrazioni gialle e brillanti, le Sorelle indirizzarono contro di lei un'ondata di frequenze gialle ad alta intensità. L'assassina urlò e, per la gioia di Akula, la sua forma si dissolse, uscendo dal Legame.

Ce l'avevano fatta.

Akula si stupì quando Sasha si voltò verso di lei e la ringraziò: *"Dovremmo farlo più spesso, Akula. È utile vedere una Sorella combattere al tuo fianco, vederla in azione e sapere, anziché dare per scontato, che non ti deluderà."*

"Lo stesso vale per me, Sasha. Anche se ho paura per il nostro Ordine, per il nostro mondo. Delle banali canaglie non dovrebbero essere così forti. Come faremo a respingere le Gianarae quando arriveranno?"

"Se riusciamo a lavorare tutte insieme come abbiamo fatto ora, possiamo sconfiggere anche loro, non importa quanto siano potenti e chi le abbia addestrate."

Akula sorrise incerta, quando un pensiero urgente le balenò in mente e domandò: *"Dov'è Elyana? La senti?"*

Le Fasce Rosse ci misero un po' a rintracciare la Sorella nell'informe Legame. La chiamarono e ricevettero una risposta euforica, seppur esausta. Subito si diressero nel punto in cui si trovava Elyana e la videro insieme al re. La forma di Octavius era pallida e sfocata, però era vivo.

Quando apparvero le Sorelle, Elyana le presentò a Octavius, che le ringraziò il più calorosamente possibile, nonostante il profondo disagio che provava.

Le donne inclinarono brevemente la testa in segno di riconoscimento per la sua gratitudine, ma poi si rivolsero rapidamente alla Sorella per ricevere i suoi ordini. Ce l'avevano con lui per averle costrette a rischiare la vita? Octavius se lo domandò. Tuttavia, mise da parte quel pensiero. Soffriva troppo continuando a rifletterci.

Elyana si rivolse a Octavius e disse: *"Sire, dovete uscire di qui al più presto e permettere a Tania di prendersi cura di voi. La contatterò più tardi per sapere come state. Inoltre, sarà necessario rivedere i vostri protocolli di sicurezza."*

Il re non si scompose e fece immediatamente ritorno nel proprio corpo, dopo aver borbottato qualche altro ringraziamento imbarazzato alle Lux Baiulae.

Dopodiché, anche Elyana ringraziò di nuovo le Sorelle.

Le donne appoggiarono i lati dei pugni sul ventre delle loro forme producendo dei tonfi rumorosi, per poi allontanarli con fermezza. Questo gesto simboleggiava una verità che tutte le Sorelle avevano più a cuore della loro stessa vita: insieme erano un corpo solo, votato alla salvaguardia dell'umanità.

Sapendo che c'era altro da fare, Elyana disse: *"Devo contattare Tania e chiederle di controllare Mitsuko, perché non risponde e temo il peggio. Comunque, ho una richiesta per ognuna di voi."*

Le donne attesero gli ordini della Manu Dextra.

"Sasha, se c'è un modo per localizzare i corpi delle due donne che abbiamo ucciso e riportarli a Urbs Lucis, ti prego di farlo. Se sono a Kartak, dovremo procedere con particolare cautela. Ma potrebbero anche trovarsi altrove."

Sasha trasmise: *"Forse, un Errante potrebbe analizzare le loro tracce nel Legame e scoprire dove si trovano i loro corpi. Ti terrò aggiornata."*

"Grazie. Ci sentiamo più tardi."

Sasha annuì e abbandonò il Legame.

"Akula, raggiungimi all'Ostello del Furano Verde. Ho lì una stanza. Per favore, porta con te una Fascia Bianca e altre due Rosse. Dobbiamo portare via Maestro Me—" Elyana cacciò un urlo nel momento in cui si ricongiunse momentaneamente al corpo fisico e vide che il suo rapitore era sparito.

Dana, nonostante il rancore che provava nei suoi confronti, nominò il re per avvertire Tania che si era svegliato.

Aithen e Julian, che si trovavano nella camera accanto, accorsero non appena sentirono Dana aprire bocca.

La tenue luce violacea di Alba traspariva attraverso le finestre, sommandosi al bagliore decisamente troppo intenso delle nuove lampade vive, che erano da poco state collocate nella camera da letto del re.

La testa di Octavius pulsava ancora indolenzita, ma non aveva più troppi giramenti di testa. Abbassò lo sguardo e si accorse di essere ancora interamente vestito, sebbene fosse a letto. Si voltò per mettersi a sedere, ma la testa gli riprese a girare. Imprecò. Alzò lo sguardo e vide la Seconda Barriera Dana. La donna non sembrava contenta, d'altronde sembrava non esserlo mai.

"Dana, cosa... cosa è successo? Stavo..."

Con un sibilo, Dana disse: "Siete finito in un'imboscata. Ce lo ha comunicato da Elyana, circa quaranta minuti fa."

"Un'imboscata..." Poi, sbottò improvvisamente per la rabbia: "Marcus! Marcus, quel traditore! Io... io stavo... come ho fatto... Mitsuko... dov'è Mitsuko?"

Dana rimase in silenzio. Non desiderava parlare della Sorella con il re. Ancora una volta, Octavius aveva fallito e una Lux Baiula, che non aveva mai avuto alcuna possibilità di vincere, aveva rischiato la morte. *Perché Mitsuko non ha chiamato me? Perché ha chiamato Elyana?*

Tania si avvicinò al re e disse: "Sire, Mitsuko è viva. L'abbiamo portatta nell'infermeria di Domus Lucis, in terapia intensiva, ma potrebbe non farcela. Quanto a voi, vi riprenderette, ma non sopravvivrete a lungo se continuatte a prendervi questi rischi."

Aithen e Julian si apprestarono a fare delle domande al re, ma Tania fece cenno di pazientare.

Il principe si allontanò continuando a osservare il padre, impressionato dal suo aspetto.

Octavius stesso riusciva a malapena a riconoscere la persona che vedeva nello specchio appeso al suo fianco su una parete. Borbottò: "Non sarebbe mai dovuto accadere!"

Dana, non curandosi affatto del decoro, lo rimproverò: "Infatti, Sire. Non avreste mai dovuto entrare nel Legame senza la vostra Guardia al completo. Mitsuko — che il suo corpo possa essere ancora degno — non aveva abilità difensive o offensive a cui appigliarsi, e adesso giace su una branda, appesa a un filo di vita."

Gli occhi di Octavius si socchiusero di riflesso, eppure non castigò la Barriera per la sua impudenza. Aithen lo guardò, come per chiedergli se avesse intenzione di reagire, ma Octavius si limitò a scuotere la testa.

Dana non si fermò: "Malgrado tutto, la Sorella è riuscita a contattare Elyana prima di perdere conoscenza." L'ufficiale fece una pausa, poi i suoi lineamenti si indurirono, e concluse: "Dovete a Mitsuko la vostra vita, Sire."

Furioso per l'audacia della soldatessa, Aithen le ordinò di andarsene, ma le sue parole vennero seppellite dal ringhio più rumoroso e rabbioso che il re avesse mai emesso, un boato che attraversò i molteplici spazi delle stanze reali, raggiungendo i corridoi e spaventando chiunque passasse di lì. Dana si irrigidì, anche se sembrava impossibile che i suoi lineamenti potessero indurirsi ulteriormente.

Un silenzio imbarazzante calò in seguito all'eruzione del re, ma chi lo conosceva bene capì che a farlo andare su tutte le furie non era stato l'affronto di Dana.

Aithen si schiarì la gola e chiese chi fossero gli aggressori di Octavius.

Il re ringraziò il figlio maggiore, addolcendo leggermente lo sguardo e le labbra, per aver spostato la discussione su qualcosa che avrebbe distolto l'attenzione. Tuttavia, per un attimo si chiese se la sua esperienza nel governare una nazione e nel guidare eserciti per sedare rivolte qua e là, se il fatto di aver sconfitto ogni nemico che l'aveva sfidato nel corso della sua lunga vita — nemici insensanti, comuni umanoidi motivati esclusivamente da un tornaconto personale — fosse sufficiente per sopravvivere alle minacce attuali e guidare la nazione a combattere contro un dio.

Tornando infine alla domanda del figlio, Octavius rispose: "La Serpe e le sue lacchè ci hanno attaccato... mentre Marcus mi immobilizzava con un vincolo innaturale."

Tutti i presenti si scambiarono sguardi allarmati; tutti tranne Dana, che rimase immobile con un volto adamantino.

Julian disse: "Elyana ci ha raccontato delle tre assassine alterintranti che vi hanno... imprigionato. Però non aveva detto nulla della creatura o di Mar... del Lettore."

"Mi farà arrabbiare ugualmente, a prescindere da come lo chiama, Primus. Lui non è chi pensavo..."

Octavius si prese un momento di pausa e si massaggiò le tempie, poi disse: "Ancor più del tradimento di Marcus, mi preoccupa il fatto che qualcuno, qualcuno *qui* a corte, abbia cercato di avvelenarmi mentre erravamo nel Legame! Sapete *cosa* significa?"

Julian rispose mestamente: "Noctiferus... I Temptatori o Convertiti si sono infiltrati fin qui tra noi."

Gesti di disperazione e involontarie imprecazioni seguirono l'affermazione del Primus.

"Mio Re, se così fosse, dobbiamo blindare subito il palazzo finché non avremo smascherato il traditore."

Tania Lux Baiula replicò a quel commento: "I Convertitti non sono necessariamente traditori, Primus. Per quello che sappiammo, chiunque può essere persuasso da un potente Temptatorr.”

“Vuole invitarci ad avere clemenza prima ancora di sapere chi ha cercato di avvelenare il re?”

Tania sbatté le palpebre e rispose con decisione: “No, sto dicendo che dovremmo dare la caccia a questa persona senza pregiudizzi.”

“Ha tentato di uccidere il Re!”

Tania si limitò a scrollare le spalle e a guardare il re come se si aspettasse che le desse ragione, sebbene fosse lui la vittima.

Il re rimase zitto, grattandosi la testa e scuotendola, interrogandosi sull’affermazione della Fascia Bianca. Risentito, si lasciò sfuggire un altro ringhio baritonale.

Ancora una volta Aithen intervenne in soccorso del padre, cambiando argomento e ponendo una domanda alla Fascia Bianca: “Tania, hai detto che pensi di sapere come è stato avvelenato mio padre.”

Tania allungò il collo da una parte e poi dall’altra prima di rispondere: “Credo che sia stato avvelenato tramite una delle lampade vive; per questo le ho fatte sostituire.”

Octavius, mentre la propria autocoscienza sempre dominante continuava a tormentarlo, si alzò barcollando e chiese: “Le lampade vive? Come?”

“Quella sulla parete di fondo era spenta, ed emanava uno strano odore quando sono arrivata qui. Sono andata a controllare e ho fiutato i resti di una sostanza prodotta da certi microrganismi quando vengono alimentati con il natrium, una sostanza che serve per fornire nutrimento ad alcune piante dei vostri giardini, ma che, se somministrato agli organismi che illuminano le lampade, provoca un rilascio di pfernatrium, una sostanza tossica per gli esseri umani.”

Calcoli e supposizioni di ogni genere attraversarono la mente di Octavius, che infine ruggì: "Dov'è Koricki?"

Rackeli, il maggiordomo del re, che come sempre se ne stava in disparte, in piedi in un angolo, disse, un po' sconcertato: "Dovrebbe trovarsi nella sua stanza, mio Re."

"Portatelo qui! E se non c'è, avvertite il Gran Capitano di sigillare le porte della città e di mandare dei guardiani a perlustrare la capitale e i suoi dintorni finché non viene trovato. Voglio vederlo qui, subito!"

"Padre, perché?"

"Perché è lui il responsabile delle lampade vive."

Il maggiordomo, scioccato, si allontanò con il Primus Julian per eseguire gli ordini, il suo sguardo era cupo e crucciato, sebbene fosse un uomo mite. Come poteva quel ragazzo — un membro del personale di cui Rackeli era parzialmente responsabile — tradire il re?

Aithen considerò una cosa che gli era appena venuta in mente: *Cosa aveva detto Neaj di Lusk quando indagava su Luvius? Che gli piace instaurare relazioni apparentemente poco significative. E poi, ho visto Luvius insieme Koricki un paio di volte, anche se Koricki non sembrava gradire molto la compagnia dell'altro giovane. Dannazione! Spero di non essermi perso un particolare che avrebbe potuto evitare tutto questo.*

Il principe si strofinò di riflesso le labbra e il mento, cercando di dissipare gli improvvisi sensi di colpa. Per toglierseli di testa prima di finirne sommerso, parlò: "Padre, questo è il terzo attentato alla sua vita in meno di due mesi. Siamo tutti estremamente soddisfatti che tu ne sia sempre uscito vivo, ma ti consiglio di non correre simili rischi da qui in avanti, perché è evidente che i nostri nemici ti vogliano morto e non si fermeranno finché non ci riusciranno."

Octavius, fiacco e pallido, si risedette sul letto. Scosse la testa sconsolato, non tanto per l'aggressione subita, quanto per il fatto di essere visto in quello stato pietoso. In effetti, era sempre stato orgoglioso della sua incrollabile salute e del suo vigore giovanile, benché avesse quasi un secolo e mezzo di età. Non che ritenesse di dover mantenere il suo corpo degno per gli dèi. No, doveva essere forte per i suoi figli. Attualmente si rimproverava di aver aspettato così a lungo prima di avere i suoi figli... soprattutto Ori.

Al re sfuggì un profondo rantolo. Autocommiserarsi non sarebbe servito a niente. Disse: "Non commetterò più questo errore, figliolo. Dirò a Julian che d'ora in poi..." E come se stesse ingerendo qualche sostanza dal gusto aspro, aggiunse con rassegnazione: "Potrà assegnarmi tutti i guardiani e le Sorelle che desidera... ovunque e ogniqualvolta lo ritenga necessario."

"Anche qui in camera da letto?"

Octavius non rispose. Scosse di nuovo la testa e sospirò.

Julian e Rackeli impiegarono trenta minuti a tornare con Koricki, affiancato da Julian e Kendor. Alturo Rackeli, un uomo solitamente placido, li seguiva con un'espressione inorridita e iraconda, mentre gli ufficiali sembravano intenzionati a passare quella notte a interrogare il giovane. Di certo avrebbero potuto dare sfoggio delle loro "buone maniere".

Aspettando spazientito sulla sua sedia fatta di foglie di lacora, Octavius non si alzò quando il suo assistente personale fu portato dentro, né lo guardò. Accolse il capitano della Guardia Reale borbottando qualcosa e, senza ulteriori indugi, gli chiese dove avessero trovato il ragazzo.

Il capitano della Guardia Praetoriana rispose prontamente: "Il Gran Capitano lo ha trovato a un chilometro dalle porte, Sire."

Octavius digrignò i denti con una forza tale che quasi si ruppe un molare. *Due volte in un giorno, due volte! Oggi sono stato tradito ben due volte, da persone a me vicine.*

Fissò su Koricki il suo sguardo iracondo e selvaggio e lo squadrò per un lungo e sconcertante minuto. Il kynariano, che il re aveva conosciuto come un ragazzo tranquillo, razionale, intelligente e di temperamento equilibrato, iniziò a sghignazzare come un pazzo, poi lo colse un improvviso attacco di panico. Scioccato e spiazzato, Octavius stava per ordinare al ragazzo di tacere, quando Irania irruppe nella camera da letto del re con evidente sollecitudine.

"Cosa c'è, Irania?"

"Sire, dovreste lasciare che sia io a occuparmene."

Octavius, visibilmente turbato dal comportamento del ragazzo e dagli eventi di quella notte, annuì con il capo.

"Grazie, Sire. Nessuno, a parte una Lux Baiula, dovrebbe interagire con lui, almeno finché non ne sapremo di più." Rivolgendosi agli ufficiali, aggiunse: "E sarebbe opportuno che Dana lo conduca subito alla Domus Lucis."

Se non fosse stato profondamente turbato dal comportamento innaturale del ragazzo, Octavius avrebbe potuto opporsi alla richiesta di Tania, perché anche lui desiderava interrogare il suo ormai ex assistente e ascoltare cosa aveva da dire. Però, la frenesia del ragazzo lo spaventò e quindi acconsentì.

"D'accordo, Irania. Portatelo via! Ma non posso semplicemente restare qui a camminare su e giù mentre stabilite se... questo ragazzo è sano di mente. Nel frattempo, io andrò a trovare Mitsuko."

Tania, che aveva ascoltato in silenzio per tutto il tempo, intervenne: "Sire, io none sugg—"

"Tania Lux Baiula, sono abbastanza in forze per camminare e, in caso contrario, i miei guardiani mi sosterranno. Non discuta."

Tania si raggelò per una frazione di secondo, poi inclinò la testa seriosa.

Dana guardò Irania manifestando stupore e sconcerto.

La Fascia Viola fece un rapido movimento con la mano, che teneva vicino al corpo, per indicare che lei non era affatto sorpresa dall'atteggiamento del re. Ad alta voce, ordinò a Dana di prendere il ragazzo e di seguirla assieme a un'altra Fascia Rossa. L'avrebbero portato nelle celle di contenimento della Domus Lucis.

Kendor e Julian sembravano voler protestare; il ragazzo non si era opposto in alcun modo e non sembrava costituire un pericolo. Le Lux Baiulae stavano forse ingigantendo il rischio solo per prendere il controllo della situazione? Ma il re li fermò subito con un gesto impaziente, e così rinunciarono alle loro pretese, anche se un po' amareggiati.

A questo punto, Octavius alzò un dito e disse alla consigliera: "Irania, per ora dobbiamo evitare di far sapere dell'arresto del ragazzo; ricorda che è un parente della Sacerdotessa Suprema. E non conviene a nessuno che lei lo venga a sapere attraverso canali non autorizzati. Discuteremo domani di come condividere con lei quest'informazione."

"Capisco, Sire."

E le Lux Baiulae se ne andarono con il prigioniero. Il volto del ragazzo era segnato da alterne espressioni di incomprensione e di odio che accompagnavano folli risate e lamenti.

Octavius combatté con forza il desiderio di spaccare qualcosa — tutto. Ma cosa poteva spaccare poi? Aveva a malapena le energie per camminare fino alla carrozza reale, sebbene si fosse mostrato spavaldo con Tania. Perciò, Octavius non si oppose quando Julian chiamò Jashan e Merr, e ordinò loro di posizionarsi ai suoi fianchi nel caso in cui perdesse l'equilibrio.

Tania sbuffò divertita: "Mi aspettavo che facesste storie, Sire. Mi permettete di sondarrvi prima di andare?"

Il re autorizzò la medica a fare il suo lavoro. Quando finì, le vertigini gli erano quasi passate del tutto, anche se ancora sentiva un dolore ostinato alla testa.

Dopo aver scambiato qualche parola con il figlio, Octavius uscì dalle sue stanze. Julian lo precedeva e Jashan, Merr e due Lux Baiulae lo seguivano a un passo di distanza insieme a Tania per sostenerlo, pur salvando le apparenze. Aveva l'aria di chi si prepara ad affrontare un nemico.

***

Quando Octavius scese dalla carrozza davanti alla sede della Sorellanza a Furania, in piazza si creò un po' di movimento, là dove una piccola folla di Sorelle e patrizi era seduta a gustare una crema prima di ritirarsi per la notte, dato che la pioggia era cessata e il cielo si era rasserenato.

Octavius si impettì e, mentre si sistemava la giacca, avvertì un momentaneo capogiro. Mugugnò indispettito per tenere lontani i guardiani che si erano allarmati. Poi abbassò la testa verso il fondo della scalinata e chiese alle Fasce Rosse che lo scortavano se potessero distorcere l'aria alle loro spalle, in modo da offuscare visivamente un altro suo eventuale capogiro.

Una delle Sorelle, una donna dai capelli gialli e corti di nome Bela, fece cenno di sì, anche se non rientrava proprio tra le sue competenze, così Octavius continuò a salire le scale che

259

portavano all'atrio centrale della Domus Lucis, con tutta la sicurezza e la vitalità che era in grado di esibire. Nel mezzo della salita, una fitta di dolore lo fece quasi inciampare. Si fermò, scrutò dietro di sé per vedere se la gente se ne fosse accorta, ma anche la sua visuale era offuscata dal vincolo della Lux Baiula, e così riprese la scalata, soddisfatto e grato che almeno *alcune* cose fossero ancora sotto controllo.

Sebbene non fosse raro che il re visitasse la Domus Lucis, non avveniva neanche di frequente, quindi, non appena entrò nella sala le chiacchiere si stroncarono e tutte le teste si voltarono verso Octavius. Elia Lux Baiula, che era lì a parlare con una giovane accolita, si avvicinò per omaggiare il re.

Salutò prima il re, poi Tania e infine fece un cenno a Dana.

Il re rispose solo "Elia", mentre Tania rispose con un gesto della mano.

Elia disse: "È bello vedervi, Sire. Ho saputo quello che è successo. Siete venuto a trovare Mitsuko?"

Il benvenuto caldo e sincero di Elia tranquillizzò il re. *Almeno una persona che non mi incolpa per quello che è successo.*

"Sì, esatto."

"Anche lei sarà felice di vedervi, Sire. Potrebbe essere ancora sveglia, però è ancora molto debole."

Un piccolo brivido di insperata speranza scorse lungo la schiena di Octavius all'udire quelle parole.

Una Fascia Bianca che non conosceva si avvicinò a loro e attese di essere introdotta.

Tania disse: "Sire, lei è Samrachi Lux Baiula, la sostituta di Dalima Lux Baiula. Si sta occupando di Mitsuko."

Samrachi, una donna dall'aspetto severo e dai capelli grigio cenere, disse: "Sire. Devo ammettere che sono un po' in difficoltà nel curare i furanensi, non avendo ricevuto il dono delle conoscenze di Dalima Lux Baiula in merito alla salute dei vostri cittadini, dal momento che è morta senza un Trasferimento di Memoria." Il volto di tutti si oscurò per un istante, al ricordo della tragica fine di Dalima. Sembrando pentirsi delle parole scelte, la Fascia Bianca si affrettò ad aggiungere: "Invece, ho già curato prima Mitsuko Lux Baiula quando era a Urbs Lucis, perciò la sua fisiologia non mi è estranea. Inoltre, anche Laranis l'ha curata in passato e lei non dimentica mai le tracce impresse da ogni mente. Sta cercando di ripristinare le sue funzioni cognitive. A tutti gli effetti, Mitsuko dovrebbe essere morta; i danni che hanno subito il suo cervello e il suo corpo sono senza precedenti. Certamente, non è niente di simile a quello che abbiamo visto noi vivi. Eppure, in qualche modo, lei vive."

Il re si sentì sollevato e allo stesso tempo irritato. Domandò: "Non puoi appellarti ad altri trasferimenti mnemonici per effettuare la cura? Sicuramente le guaritrici che hanno vissuto durante i giorni della Battaglia Oscura avranno dovuto curare ferite di questo genere."

Il viso di Samrachi si indurì di risentimento. Tania intervenne e invitò la donna ad accompagnarli al letto della Sorella.

Allora, la donna dai capelli grigi scortò il gruppo in infermeria.

Mentre camminavano, il re chiese con un tono di sfida: "Il Fasciato Bianco non tiene nota di tutti i pazienti che visita nelle proprie strutture mediche?"

Tania si scambiò un'occhiata circospetta con la Sorella, poi rispose alla domanda del re: "Certo, Sire, è così. Tuttavia, le sensazioni che percepiamo quando sondiamo un paziente non possiamo riportarle su carta. Dobbiamo, quindi, ricordarle. Quando un medico prende in carico i pazienti di qualcun altro, di solito riceve un trasferimento dei ricordi sensoriali relativi alla salute psicosomatica di quei pazienti."

Octavius non sapeva se esserne impressionato o meno. Di certo si sentiva stanco, comunque ringraziò Tania per la spiegazione.

Samrachi si schiarì la gola e disse: "Eccoci, Sire. Mitsuko è in questa stanza." La donna indicò una stanza poco illuminata tre metri più avanti. Poi si rivolse ai guardiani del re e chiese di rimanere fuori per evitare di stressare la paziente. Julian riteneva di dover accompagnare il re nella stanza. Tuttavia, si trovavano in un edificio della Sorellanza... Quale pericolo poteva annidarsi qui? Quando il Primus del re cedette, Octavius fece un cenno e Samrachi Lux Baiula entrò nella stanza per vedere se Mitsuko era sveglia.

Il re osservò con ansia la medica entrare, chinarsi su Mitsuko, mormorare qualcosa, aspettare che la paziente si destasse e infine tornare dopo aver regolato una leva sulla parete sinistra della stanza.

"È ancora molto debole, Sire, continua a perdere conoscenza. Potete stare cinque minuti con lei. Potete parlarle per farle sapere che siete qui con lei e per augurarle una pronta guarigione. Ma niente domande. Terrò d'occhio le sue condizioni dal corridoio e se noto che la vostra presenza la turba, dovrò chiedervi di andarvene." Il re emise un sospiro pieno di frustrazione e si girò per nascondere la propria espressione. Samrachi aggiunse: "Ho acceso il ventilatore in modo che la parete muschiosa non si saturi a causa delle vostre emanazioni."

A quel punto, Octavius entrò nella stanza di Mitsuko con tutta la sicurezza che gli era possibile. Il letto, come tutti i letti degli ospedali gestiti dall'Ordine, era appoggiato alla parete in fondo alla stanza, che era ricoperta da uno speciale muschio. Oltre a favorire il ricambio dell'aria, il muschio aveva anche proprietà indicatrici. Infatti, a seconda delle molecole volatili rilasciate dal paziente, i filamenti della pianta assumevano colori diversi, che i medici utilizzavano come indicatori dello stato di salute del paziente, della sua guarigione o del suo peggioramento. Circa due terzi dei filamenti sulla parete di Mitsuko erano di un colore arancione intenso o viola, mentre solo per un terzo erano di un rosso spento, il loro colore abituale. Con un sussurro che raggiunse l'orecchio del re con la stessa facilità come se fosse stata accanto a lui, Samrachi gli disse dal corridoio che questo era indicativo di una condizione critica.

Octavius prese una sedia, la spostò accanto al letto e si sedette, mantenendo una maschera illeggibile in volto. In maniera inusuale, intrecciò e sfilò le dita, poi si riposizionò più volte sulla sedia. Era il senso di colpa a turbarlo, un profondo senso di colpa che minacciava di travolgerlo da un momento all'altro. Le parole che le aveva rivolto in passato lo tormentavano; l'aveva ripudiata per aver fatto il suo dovere: proteggerlo dai Temptatori; era stato irritato dalla sua presenza e poi l'aveva anche giudicata *inutile*. Per quanto qualcuno fosse convinto della sua saggezza, la verità era che lui era un uomo piuttosto ignorante... e insensibile. Per tutta la vita aveva vissuto circondato da Lux Baiulae, prima alla corte di suo padre e poi alla sua. Eppure, non si era mai preso il tempo di conoscerle davvero, come collettivo e come individui, a parte Elyana e Krystiana. Che razza di sovrano era se non conosceva chi lo serviva, in particolare coloro il cui sostegno era così cruciale per la stabilità del suo regno?

In quel momento, udì un flebile gemito. Si spaventò e si ritrovò a desiderare che Mitsuko non si stesse svegliando; non avrebbe saputo cosa dire, se si fosse svegliata. Che pensiero sciocco!

Tuttavia, Mitsuko non si svegliò; sembrava, dai suoni che le sfuggivano di bocca e dai movimenti delle mani, che stesse cercando di fuggire da qualche incubo.

Rassicurato, prese una decisione... e poi esitò. Girò la testa a metà verso la porta; non sentendo nulla dalle mediche, si voltò di nuovo verso Mitsuko, fece un respiro profondo e le disse quello che era venuto a dirle nel caso in cui l'avesse trovata priva di sensi.

I. Mentre nessuno guarda

Mentre le Sorelle dormivano, affidandosi ai loro dispositivi per essere avvisate nel caso in cui Mitsuko si fosse svegliata, un inserviente entrò nella stanza della vigilante. La camera era illuminata da una luce fioca che conferiva alla paziente un profilo inquietante.

L'inserviente si avvicinò al letto per rimuovere il sacchetto della spazzatura dal bidone. Nel farlo, appoggiò la mano sinistra sulla struttura del letto, sfiorando leggermente il braccio apatico della paziente.

Per qualche istante, il corpo di Mitsuko si irrigidì, come se avvertisse un terribile mal di schiena. La sua testa sobbalzò improvvisamente sul cuscino, ripetutamente, poi si afflosciò e resto giù.

Un allarme suonò in lontananza. L'inserviente continuò a svolgere il proprio lavoro come se niente fosse. Una volta finito, ripose la spazzatura nel contenitore di raccolta e se ne andò.

II. In cerca delle salme

Sotto il bagliore rossastro di quella mattina autunnale dall'aria frizzante , tre Fasce Rosse, due delle quali erano Barriere, stavano cacciando in sella ai loro furani. Sembravano stanche; erano al lavoro già da tre ore e dovevano portare a termine la loro missione al più presto o rischiavano di trovarsi a dover fronteggiare le bollhorae e di dover trovare riparo in quella regione, infestata dalla malavita kartaki.

Fu così che Sasha, la Seconda Barriera, finalmente indicò un boschetto ai piedi delle Cime dei Furani. Tra le fitte chiome degli alberi si intravedeva il tetto scuro di una piccola casa. Se l'intenzione dei proprietari era nascondere la struttura, non avevano fatto un gran lavoro.

"Sento le vibrazioni dei cadaveri delle assassine laggiù. Sono deboli, ma sono proprio quelle delle donne che abbiamo affrontato nel Legame!"

Indicando un altro boschetto, a un centinaio di metri dal loro obiettivo, Sasha stava per ordinare la discesa quando Ksarina gridò: "Seconda Barriera, sto captando le vibrazioni di altre donne e, chiunque esse siano, sono vive e sembrano essere delle Alterintranti di spessore. Forse dovremmo ripensarci."

Sasha scosse la testa e disse a voce troppo bassa per poter essere udita da Ksarina Lux Baiula: "Terracotta[15]." Solo Jima sentì l'insulto, ma si limitò a esprimere un silenzioso assenso. A voce più alta, Sasha disse: "Scendiamo, Ksarina; dobbiamo tornare con quei corpi entro stasera, se vogliamo che le Gialle possano ricavarne qualcosa di utile. E se uccidiamo qualche altra canaglia nel mentre, beh tanto meglio. Porteremo indietro anche i *loro* cadaveri e saranno ancora più caldi. Sarebbe addirittura meglio tornare con un prigioniero, per poterci esercitare a suo discapito. Tuttavia, vogliamo essere prudenti, questo te lo riconosco. Quindi, assicuriamoci di atterrare tranquillamente e poi pianificheremo l'assalto, nel caso in cui tu abbia ragione."

Mentre si rivolgeva a Frusta per ordinargli di scendere delicatamente, Sasha non notò la tensione nella mandibola di Ksarina, né la contrazione delle sue pupille.

15

    Terracotta: la terracotta è un tipo di argilla rossa tenera e pallida. Questo termine viene usato dalle Barriere per schernire le Sorelle di Fascia Rossa che non sono Barriere.

Il furano emise uno gnaulio per indicare di aver compreso l'ordine, poi estese tutte e quattro le ali e le lamelle secondarie[16] e scese a terra, seguito dagli altri due.

L'atterraggio fu silenzioso come quello di un fiocco di neve. Le donne smontarono, nascosero i loro furani con un'illusione, pianificarono la loro azione offensiva, ispezionarono le loro armi, sondarono i loro corpi per verificarne il corretto funzionamento — nel caso in cui avessero effettivamente trovato resistenza — e si avvicinarono alla casa nascosta.

Proprio come sospettava Ksarina, nella struttura c'erano degli uomini e delle donne. Dal rumore che producevano, sembravano esserci almeno due o tre uomini e due donne. Sia Sasha che Ksarina rilevarono almeno due persone con poteri di vincolo. Sasha sentì il battito accelerare, in parte per l'eccitazione e in parte per il ricordo della battaglia nel Legame, che non avevano vinto facilmente. *In quel caso eravamo nel Legame. Qui saremo noi ad essere in vantaggio!*

Sasha trasmise alle altre un messaggio tramite il monitor. Il rintocco che precedette la sua voce fece trasalire Ksarina. *"Ci sono almeno quattro persone lì dentro, ma presumiamo che siano cinque e che almeno due di loro siano Alterintranti. Siamo in leggera inferiorità numerica, ma per nostra fortuna non sembra esserci nessun altro in zona. La struttura non è molto grande, quindi, quando entreremo dalla porta*

16

Lamelle secondarie: strutture pennate situate sotto le lamelle principali delle ali di un furano e di alcuni altri volatili. Le lamelle secondarie potevano essere estese per aumentare la superficie dell'ala e rendere il volo più silenzioso.

principale, potrebbero disperdersi per attaccarci da più direzioni, ma non riusciranno a circondarci."

Jima e Ksarina attesero il resto delle istruzioni del loro capo, quest'ultima aveva uno sguardo preoccupato e teneva gli occhi socchiusi. Sasha pensò tra sé e sé: *Perché ha l'aria di non voler affrontare questi criminali? Non è una Barriera, ma è pur sempre una Rossa! Spero che non ci deluda, o la farò radiare quando avremo finito.*

Concentrandosi sul loro compito, Sasha disse: *"Io mi occuperò dei primi due, e tu farai lo stesso con i due successivi, Jima. Ksarina, tu penserai all'ultimo, se c'è un quinto."*

Le donne acconsentirono, Jima lo fece con un po' troppo orgoglio, facendo tendere nuovamente la mandibola di Ksarina. Sasha notò questa reazione e aggiunse prontamente: *"Ksarina, anche se possiamo contare sulle abilità di combattimento mie e di Jima per annientare i nostri nemici, abbiamo bisogno che tu ci protegga da eventuali attacchi vincolati. Normalmente, ce la caveremmo da sole, come del resto anche tu, ma abbiamo combattuto queste donne solo una volta e non conosciamo tutti i vincoli che potrebbero lanciarci contro."*

Sasha attese la risposta di Ksarina, un cenno di conferma. La donna sbatté lentamente le palpebre, come per dire: capisco cosa stai cercando di fare, ma non dubitarne, farò la mia parte. Sasha annuì cautamente, ordinò alle guerriere di nascondere le loro vibrazioni e, infine, fece cenno di seguirla.

Strisciarono, evitando ramoscelli e pietre smosse che potessero fare rumore, fino a raggiungere la porta. Sasha ascoltò attentamente e, non sentendo altro se non ciò che avevano percepito prima, si alzò in piedi, fece segno a Jima e a Ksarina di dividersi, una a destra e una a sinistra, poi raggiunse il Legame e, con una potente scarica di vibrazioni sonattive, polverizzò la porta.

Seduta sopra un ceppo reciso, Laiella osservava Toras esercitarsi in una nuova abilità vincolata, con un'espressione preoccupata ma profondamente curiosa. Disse a Lina: "Che cosa sta succedendo? Sembra... innaturale il modo in cui sta imparando questo vincolo."

Quella mattina Lina aveva finalmente dimesso Laiella dall'infermeria e le aveva permesso di riprendere le sue funzioni con la dovuta calma, il che significava che poteva iniziare a supervisionare le attività alla fortezza, ma non poteva ancora partecipare alle esercitazioni fisiche. La Prima Barriera non era ancora sicura di cosa fare con il principe, se dirgli che lo perdonava e sorvolare sulla rilevanza dei suoi errori, o adempiere ai propri doveri. Se la Sorellanza avesse saputo dei suoi dubbi, l'avrebbero sicuramente sostituita; in realtà, avrebbe dovuto sostituirsi da sola.

Lina disse: "Kelysia ha detto a Na'Riina che ciò che fa il Principe, il modo in cui impara cose che le persone normali non possono imparare, è un fenomeno chiamato aliocezione."

Laiella aggrottò la fronte, Lina spiegò: "È la capacità di percepire la posizione e il movimento di un'altra persona, la reazione dei suoi muscoli, dei tendini e delle articolazioni, nonché lo stimolo delle sue fibre nervose. Percependo questi elementi, riesce a replicare gli attacchi sonattivi più complessi."

Laiella sbuffò e riportò lo sguardo su Toras, che stava esercitando questi attacchi acustici. Di nuovo, il viso le si contrasse per l'inquietudine. Il fatto era che lui le piaceva molto, soprattutto così com'era ora: entusiasta, e sorridente, ah come rideva! Giocava sempre, anche quando si allenava. Eppure, quella personalità lo rendeva così imprevedibile. Come poteva assicurarsi che non mettesse in pericolo l'intera Guardia se non poteva prevedere le sue reazioni?

Proprio in quel momento, Toras la guardò con un sorriso da bambino, entusiasta di aver percepito — solo percepito — il vincolo di Na'Riina. Lei tentò di ricambiare il sorriso. Non sapeva se ci fosse riuscita o meno, ma il principe già era tornato a replicare l'abilità che la Sorella gli aveva appena mostrato.

"Non riesco a credere a quanto sia stato incredibile! Ho sentito ogni cosa: i tuoi nervi, il tuo flusso sanguigno, il formicolio sulla tua pelle, quando hai generato quel vincolo. Sapere che le sensazioni che ho provato in tutti questi anni sono reali, e che c'è persino un nome per tutto ciò! Ora so come si fa."

La donna dal volto marmoreo abbassò gli occhi e le labbra, con un'espressione che diceva: "D'accordo, mi fa piacere che ti diverti, ma preferirei che ti limitassi a continuare l'esercizio."

E così fece il mezzosangue.

Toras si immaginava creare il vincolo, ricalcando i movimenti di Na'Riina e, quando poi li eseguiva, sentiva il pulsare dei nervi, sentiva le contrazioni delle fibre muscolari, il sangue scorrere attraverso le sue vene fino ad arrivare al suo intestino: si sentiva come Na'Riina, si sentiva di essere lei. Proprio come quando imitava le voci. Non appena avvertì di non poter accumulare altra energia, la sprigionò con un grido potente ed euforico. Quel siluro sonoro colpì il blocco di pietra che si trovava a venti metri da lui facendolo andare in frantumi e scagliando schegge per tutto il campo.

Brucio, che ormai da un'ora osservava il padrone mostrando un vago interesse, si alzò in piedi e batté le ali per evitare un masso in arrivo. I guardiani che osservavano gli esercizi del loro comandante sussultarono e imprecarono.

Tuttavia, Na'Riina non era affatto colpita, anzi, e la cosa infastidì il principe.

"Non state prendendo la cosa con la dovuta serietà... Signore Comandante. Dovreste mostrare più considerazione per le capacità che state sviluppando. Maneggiare male una spada è un conto, al massimo potreste ferire la persona al vostro fianco, ma i vincoli sono armi di tutt'altro ordine; se li usaste male, potreste nuocere a decine o centinaia di persone."

La reazione di Toras fu come quella dell'impasto del pane, che si espande all'improvviso sopra una piastra calda, per poi sgonfiarsi quando la crosta esterna si spezza. Non osava guardare Laiella; immaginava cosa stesse pensando. In verità, non guardò in faccia nessuno, tranne Brucio, con un'espressione dispiaciuta, frustrata e affranta, mentre l'animale aveva un'aria indifferente o addirittura stizzita.

"Comandante! Sono qui per addestrarvi, e questo significa non solo aiutarvi a sviluppare le vostre abilità, ma anche insegnarvi l'autocontrollo, in modo che non facciate accidentalmente del male a nessuno."

Abbassando lo sguardo, scuotendo la testa e facendo dei gesti di disappunto con la mano, Toras disse: "Va bene, va bene. Capisco." Poi sollevò il capo e si rivolse all'istruttrice della Fascia Rossa per ascoltare i suoi consigli. Nel farlo, un sospiro — era sicuro che fosse un sospiro — raggiunse il suo orecchio. Con la coda dell'occhio, colse Laiella abbassare lo sguardo e le spalle. Deglutì, digrignò i denti e, infine, riportò l'attenzione su Na'Riina che lo aveva richiamato per nome.

IV.   La missione dell'Umbra

Dopo essere atterrato su un alto crinale ai piedi delle impervie montagne dello Yeltchek, la mattina del 17 di undecimus, l'Umbra discese dalla schiena squamosa della sua cavalcatura rettile.

Per qualsiasi altro k'tarano, la cavalcata sarebbe stata ardua e dolorosa, stando in groppa a una creatura la cui pelle era ricoperta di denti affilati e taglienti. Per l'Umbra, invece, non era affatto un problema. Poteva controllare i suoi input sensoriali e la sua pelle era inscalfibile.

Tuttavia, per quanto resistente, i flussi di ritorno dei vincoli che la Lux Baiula aveva usato contro di lui e la Serpe, tre mesi prima — quando la Sorella e la sua leader li avevano sorpresi nel Legame — avevano penetrato il suo cervello e avevano mandato in tilt il neurocircuito che controllava i suoi occhi. Da allora aveva iniziato ad avere un fastidioso tic. E il pacchetto di aggiornamenti che aveva ricevuto di recente non conteneva codici che riparassero il danno, né che aggiustassero il processo di elaborazione del linguaggio, necessario per evitare che Zebula lo scacciasse dalla corte. Come poteva una Lux Baiula del presente infliggergli un tale danno, quando neanche i temibili Luxori che aveva affrontato durante la Battaglia Oscura erano riusciti a scalfirlo a quel punto? *Devo trovare un modo per riparare il danno. Et debeo fidem Zebulae retinere, ne peream. Fundatoribus male sit! O utinam regulas quasdam circumscripsissem.*[17]

L'Umbra si avvicinò all'ululone gigante atterrato lì vicino e controllò le ceste trasportate dall'animale: era tutto in ordine.

Quindi, disse alla Serpe: "Ricorda, evita di farti vedere dagli umanoidi qui in zona. Non voglio distrazioni mentre indago su questa gente."

La Serpe si limitò a rispondere con un rantolo risentito.

L'Umbra iniziò a scendere dal crinale, con l'ululone al seguito. Una volta fuori dal raggio visivo della Serpe, si fermò e recuperò degli indumenti da viaggio in una delle ceste

---

17

    E non posso perdere la fiducia di Zebula, o sarà la mia fine. Maledizione ai Fondatori! Vorrei essere stato in grado di eludere certe regole.

trasportate dalla sua bestia da soma. Si trattava di abiti indossati dalle donne di alto rango in Zebulonia. In effetti, aveva appreso dal suo contatto yeltcheki che gli stranieri avevano maggiori probabilità di ottenere un'udienza e di ricavarne risultati migliori se di sesso femminile. Si spogliò e indossò quelle vesti. Così facendo, anche il suo corpo si trasformò e, una volta conclusa la metamorfosi, il suo aspetto era quello della donna zebuloniana di mezza età e di alto lignaggio, che il suo contatto conosceva con il nome di Misaya. Questa figura ricordava Nihildrina, anche se era leggermente più alta e aveva uno sguardo particolarmente ammaliante. Un cipiglio severo guastò repentinamente quel viso grazioso, nel momento in cui sentì la Serpe decollare "cautamente", proprio come erano soliti fare i suoi parenti meno intelligenti.

Terminata la trasformazione, riprese il cammino, seguendo uno stretto sentiero sul fianco della montagna fino a quando, trenta minuti dopo, raggiunse la sua prima destinazione, una piccola città fatta di casupole coniche in pietra, ai margini della quale trovò la casa della persona che cercava, un intermediario, o almeno così l'avrebbero denominato nel luogo da cui l'Umbra era giunta tanto tempo fa, dove si veniva chiamata Andrus3[18].

Dopo che l'Umbra, o meglio, Misaya, si annunciò recitando la formula prestabilita, a tre passi dalla casa, un uomo dalla pelle assai rugosa tipica degli yeltcheki purosangue e vestito di abiti leggeri e avvolgenti aprì la vecchia porta, guardò chi l'attendeva al varco, spalancò le braccia e disse nella sua melodiosa lingua madre: "Misaya! Non vi aspettavo così presto. Ma la vostra richiesta è stata accolta. Per Horin!"

18

Andrus3: un META (o androide medico e tutor) di terza generazione.

Guardando l'imponente animale che sedeva alle spalle della sua ospite, l'uomo disse: "Lasciate che mi prenda cura del vostro ululone. Dev'essere esausto dopo aver trasportato quelle ceste ingombranti."

Rispondendo in lingua yeltcheki, quasi alla perfezione, l'Umbra disse: "Grazie. Può mettere le ceste in un posto sicuro?"

"Certamente. Le porterò dentro dopo essermi occupato dell'ululone."

Quando tornò dal fienile a lato della sua baracca, disse: "Siete la benvenuta in casa mia, Misaya." Poi, con un movimento del braccio e un inchino, aggiunse: "Prego."

La donna entrò in quella dimora bizzarra ma confortevole e attese, osservando il contenuto della stanza mentre il suo ospite si premurava di portare le ceste al sicuro.

Quando finì e si chiuse la porta alle spalle, l'uomo disse in uno zebuloniano un po' claudicante: "Non oso neanche immaginare cosa si è portata appresso in questo viaggio, Misaya, ma sono impressionato dalla resistenza dei vostri ululoni giganti. Quelle ceste devono pesare cento chili l'una!" Mentre lo diceva, un po' d'acqua schizzò accidentalmente dalle rughe che circondavano le labbra dell'uomo. L'uomo si scusò subito e fece un passo indietro. Era evidente che si aspettasse una risposta a quella domanda implicita.

Constatando che la donna non aveva intenzione di rivelare il contenuto dei propri bagagli, aggiunse bruscamente: "Vado a prendere qualcosa per rinfrescarci."

Dopo essere tornato e aver offerto alla donna un bicchiere alto contenente un infuso freddo, la invitò a sedersi al tavolo e disse: "Come vi ho detto nella mia lettera, Misaya, sono onorato di presentarle uno dei miei compatrioti che ha le conoscenze che cerca."

Misaya rivolse all'uomo uno sguardo soddisfatto e chiese: "La ringrazio, Yushii. Chi è questa persona? Che ruolo ha negli affari del paese?"

Yushii rispose con occhi lucenti ma con una voce sommessa e circospetta: "È Ooshia Vumiko."

"Una femmina?"

"Un maschio. I nostri nomi, però, non derivano dalla lingua antica, e perciò gli stranieri si confondono."

L'Umbra si mosse nervosamente sulla sedia quando realizzò di aver commesso un errore che lo turbava alquanto, poi chiese: "E qual è il ruolo di Ooshia Vumiko nel governo del vostro popolo?"

"L'amministratore Vumiko è solo un funzionario, ma dispone dei migliori contatti in tutto lo Yeltchek. Ha occhi e orecchie sparsi in ogni luogo e, soprattutto, ha per sé le orecchie del nostro Imperatore."

Misaya inclinò la testa mostrando soddisfazione.

Yushii continuò: "Per essere ammessi nella dimora dell'amministratore Vumiko, è necessario un mezzo di trasporto adeguato, e inoltre dovrete imparare a pronunciare la formula introduttiva appropriata."

"Capisco. Immagino che lei sia in grado di provvedere al primo requisito e di istruirmi in merito al secondo?"

"Posso."

"Molto bene."

Misaya tirò fuori qualcosa da un sacchetto che teneva legato sotto la veste: una pietra vincolata avvolta in una stoffa intessuta con un filato di ardamantis. Prima di porgerla all'uomo, disse: "Faccia attenzione. Non la tocchi mai a pelle nuda. Deve usare il tessuto per maneggiarla."

L'uomo accolse il dono con occhi egualmente spaventati e bramosi. Strabuzzò gli occhi e indietreggiò per la sorpresa quando ne sentì il peso.

“Questa pietra peserà un chilo.”

“Novecento grammi.”

“Come si usa, Misaya?”

“Il suo uso più comune è quello di regolare la temperatura nelle abitazioni degli zebuloniani. Quando la si estrae dal panno e la si posiziona in una ciotola di ardamantis, raffredda una stanza di cinquanta metri quadrati per diversi quarti, durante i periodi più caldi dell’estate.”

Gli occhi di Yushii si aprirono fino a non potersi dilatare oltre: “E ha altri utilizzi?”

“Lascerò che sia lei a scoprirli.”

“Come rilascia l’energia?”

“Semplicemente, rilascia il calore catturato o nel terreno o in un grande specchio d’acqua. Se le fa accumulare calore e poi la lascia avvolta nel panno, può usarla per riscaldare una stanza nei mesi più freddi, anche se mi risulta che la temperatura non scenda molto in questo paese.”

“No, infatti. Ma sicuramente ha un valore inestimabile, Misaya, e ve ne sono grato.”

Misaya rispose allargando le labbra.

Yushii chiese: “Avete altre pietre con voi? Per l’amministratore Vumiko?”

“Sì, ne ho dodici. E ce ne saranno altre anche per lei, se i nostri affari saranno proficui.”

“Eccellente. Con il mio aiuto e le vostre squisite capacità, confido che tutto andrà per il meglio.”

Misaya annuì nuovamente.

“Prepariamoci allora; servono circa sei ore per arrivare a destinazione. Per prima cosa, vi procuro degli abiti più consoni.” Yushii entrò in una piccola stanza, aprì una porta e scese alcuni gradini. Lì trascorse un po’ di tempo, probabilmente a nascondere la pietra vincolata, quindi tornò con un capo di abbigliamento per la cliente, atto a indicare che era stata accolta nel paese da un indigeno. Misaya indossò quella sciarpa leggera, che l'uomo aggiustò sotto il suo volto poco reattivo.

Facendo un passo indietro per guardare la cliente, Yushii arrossì. Disse: "Misaya, potreste passare tranquillamente per una delle nostre nobildonne! Sarete ben accolta a Yeltchika, la capitale, anche se la vostra serietà intimorisce... Ma tutto sommato anche le nostre donne del nord sono così." E rise di cuore.

Misaya non reagì al commento, ma disse: "Allora andiamo. Devo tornare qui entro domani sera per rientrare in Zebulonia."

"Vado a prendere la carrozza e a imbrigliare i vorani. Nel frattempo, iniziate pure a leggere questa formula introduttiva che dovrete pronunciare quando vi introdurrò a palazzo. Il resto ve lo spiegherò strada facendo."

Yushii consegnò a Misaya un pezzo di carta su cui era appuntato un saluto insolitamente formale e lungo.

La carrozza era un veicolo finemente decorato, nero e verde, a forma di cono piatto, trainato da una squadra di quattro vorani del deserto. Erano molto più piccoli dei vorani di montagna e leggermente più piccoli della razza alvinoriana, però erano snelli e le loro zampe erano munite di cuscinetti di grasso che li aiutavano ad attraversare le vaste distanze del deserto, dove l'erba scarseggiava. Tuttavia, non furono né i vorani né la forma della carrozza a colpire l'Umbra. La superficie esterna della carrozza era stratificata da strisce sottili di un materiale che non aveva mai visto. *Mirabile.* Le strisce più larghe di quel materiale, che dovevano ricoprire la parte anteriore del veicolo, venivano poi tirate indietro e fissate al tettuccio. L'interno era caratterizzato da poltroncine disposte in due semicerchi. La parte anteriore era occupata da una sezione incassata, ovviamente destinata a proteggere il conducente dai raggi solari.

Misaya chiese a Yushii informazioni sul materiale e sulla funzione di quelle strane strisce.

Yushii rispose: "Ahh, so che non le avete in Zebulonia, e nemmeno in Alvinoria si usano. Sono molto utili quando i soli raggiungono il culmine del loro percorso, in particolare a metà di questo quarto, ma voi non sarete qui in quel periodo. Tuttavia, mi sorprende che abbiate scelto questo quarto per venire qui in visita, perché a mezzogiorno i soli sono roventi. E scottano molto più qui rispetto alle vostre latitudini."

"Vuole dire che rimanete attivi durante le bollhorae?"

Yushii non rispose subito e la sua faccia si contorse in preda alla confusione. Dopo un attimo, disse: "Mi perdoni, Misaya, non ricordavo il nome occidentale delle ore ardenti. In ogni caso, sì, restiamo attivi tutti i giorni, a parte il quarto e il quinto giorno dei quarti ardenti."

L'Umbra emise uno sbuffo stupito. Non si aspettava di venire a conoscenza di tecnologie utili di cui non aveva mai sentito parlare. Poi chiese, o meglio, Misaya chiese di che materiale si trattasse e come funzionasse, nonché come facessero i vorani a rimanere attivi.

Mentre sistemava i bagagli nel retro della carrozza, Yushii spiegò che prima dell'altosole avrebbe coperto i vorani con un telo dello stesso materiale della carrozza, ma trasparente. Disse che il materiale era ricavato da fogli filati dal bozzolo dei muggitori locali e che le strisce, stratificate in quel modo — Yushii allargò il braccio indicando il telo — creavano un circolo d'aria rinfrescante.

Quando ogni cosa era al suo posto, lo yeltcheki invitò l'ospite a salire a bordo del veicolo, si sedette nella cabina anteriore e fece partire i vorani.

L'Umbra impiegò cinque minuti a imparare la lunga e complessa frase di presentazione, ripassandola a mente. Trascorse poi un'altra mezz'ora ad ammirare il paesaggio impervio per far passare il tempo, prima che Misaya annunciasse di aver finito di studiare l'introduzione.

Yushii si mostrò ancora una volta sorpreso, e si strizzò un po' di umidità dalla fronte, ma questa volta senza provocare schizzi imbarazzanti. Parlando in yeltcheki, disse: "I nostri vicini di Mo'Rokoth di solito ci mettono diverse ore a imparare quella formula e diversi giorni per pronunciarla correttamente, Misaya. Voi siete davvero una persona eccezionalmente intelligente."

Misaya non rispose.

L'intermediario passò un po' di tempo a spiegare alla sua cliente quello che doveva sapere riguardo ai rituali che regolano le presentazioni politiche o le richieste di favori.

Alle tredici e quattro esatte post-altanotte, cinquantasei minuti prima di mezzogiorno, Yushii si fermò per coprire i vorani con un drappo che li avvolgeva completamente adattandosi alla testa, al ventre e alle gambe, pur lasciando uno spazio di circa un centimetro tra la superficie del tessuto e la pelle dei vorani. Fatto ciò, tirò giù i teli esterni che ricoprivano la carrozza, oscurando considerevolmente l'interno, e infine tornò al suo posto per riprendere il viaggio.

"Ho capito come fate a proteggere i vorani dai soli, ma come li proteggete dalla tempesta?"

"La tempesta da noi non è tanto violenta quanto in Alvinoria. Inoltre, come in Zebulonia, non c'è poi tanto che i venti possano sradicare e scagliare contro chi si ritrova nell'occhio del ciclone. Qui c'è solo sabbia mentre nel vostro paese c'è la neve. Le coperture intorno ai vorani sono sufficienti, e noi siamo al riparo dentro la carrozza."

L'Umbra annuì tra sé e sé, mentre la carrozza procedeva e i vorani rumoreggiavano eccitati, facendo versi simili a uno squillo di tromba.

A circa trenta minuti dall'ultima tappa del viaggio, l'Umbra notò un improvviso, quasi impercettibile, ticchettio proveniente dall'esterno del veicolo. Poco dopo, Yushii gridò in zebuloniano: "Sta iniziando. Ma non preoccupatevi!"

L'Umbra non era preoccupato, bensì affascinato dalla tecnologia di raffreddamento. Nonostante le loro carenze organiche, la creatività e la capacità di risolvere i problemi degli umanoidi lo avevano sempre affascinato. Osservò le strisce refrigeranti all'esterno della cabina che iniziavano a sollevarsi e poi richiudersi, dall'alto verso il basso e viceversa, in una sequenza di movimenti controllata e sempre più rapida, man mano che i raggi solari raggiungevano l'apice. Il movimento del telo produceva un circolo d'aria rinfrescante. Il rumore, però, era piuttosto fastidioso e rimase tale fino a quando le sue vie uditive non si abituarono.

Ora, furono i drappi dei vorani ad attirare l'attenzione dell'Umbra. Si gonfiavano e sgonfiavano intorno agli animali, mentre le strisce si alzavano e si chiudevano regolarmente. In lontananza, dove si ergevano alcuni alberi che offrivano protezione, guaiti e ringhi di avvertimento si sovrapposero al rumore costante della carrozza e indicarono all'Umbra che gli animali privi di scudi solari — predatori, rivali e prede — si stavano radunando sotto gli alberi per proteggersi dai raggi fatali. Quei suoni suscitarono un pensiero nella mente dell'Umbra: *Spero di riuscire a evitare che gli zebuloniani, gli alvinoriani, i kynariani e gli altri si uniscano contro di noi.*

Il viaggio verso la città costiera di Yeltchika proseguì in questo modo: l'Umbra osservava prima una cosa e poi l'altra, e il suo intermediario faceva occasionalmente commenti qualora ritenesse che la sua cliente potesse trarne beneficio. E così fino all'ultima ora di tragitto, quando Yushii decise di istruire Misaya in merito alle usanze e i costumi degli Yeltcheki, dei più potenti in particolare.

Per l'Umbra, tutti gli umanoidi erano strani, con quelle loro interazioni improduttive... Non aveva mai capito perché fossero indispensabili e aveva cercato di correggere queste abitudini negli umani di cui si era occupato, tanto tempo addietro. Eppure, nonostante i suoi sforzi, loro avevano sviluppato le stesse idiosincrasie e avevano adottato gli stessi comportamenti illogici e inutili che aveva imparato a detestare nei suoi creatori. Avrebbe voluto essere più risoluto, se avesse potuto, nell'estirpare queste imperfezioni, ma ahimè non era andata così.

Intanto che Yushii continuava a parlare, la mente dell'Umbra si concentrò su un altro dettaglio. Si chiese perché quella gente non avesse mai cambiato il nome della loro terra: Mo'Tarkoth era il nome che le avevano dato i locari, quando apparteneva a loro. D'altra parte, si meravigliava dei cambiamenti che l'evoluzione — un processo naturale dirompente che influisce su tutti gli esseri viventi — aveva apportato al popolo del deserto. Gli umani spediti attraverso la galassia erano stati dotati di complessi PAAA, o promotori dell'adattamento altamente avanzati, perciò la loro elevata adattabilità aveva un senso. Per esempio, gli yeltcheki non sudavano e non urinavano spesso, e la loro pelle particolarmente rugosa permetteva di assorbire l'umidità direttamente dal terreno — da qui la loro usanza di camminare scalzi — o da qualsiasi cosa toccassero, trattenendola e incanalandola fino agli angoli della bocca, se necessario. Questo adattamento si era sviluppato in soli duemilaquattrocentocinquanta anni. Era impressionante, ma comunque la maggior parte degli umanoidi rimanevano soltanto umanoidi, così come gli animali rimanevano animali, niente di più, niente di meno. Solo l'evoluzione orchestrata poteva creare qualcosa di veramente superiore sotto ogni aspetto, come aveva fatto l'Umbra con le Gianarae. Tuttavia, nemmeno loro, né qualsivoglia altra specie biologica, erano in grado di eguagliarlo... sebbene fosse soltanto un servitore.

Una trentina di minuti prima di arrivare a destinazione, i teli rallentarono il loro sventolio e l'Umbra poté constatare che il luccichio del riflesso dei soli sulla sabbia era diminuito d'intensità. A quel punto, una vibrazione profonda e violenta ora si levava da ovest: la tempesta delle bollhorae stava arrivando.

Come l'Umbra ormai si aspettava, Yushii inclinò leggermente la testa all'indietro e si rivolse all'ospite urlando: "La Tempesta. Si sta risvegliando. Ma non temete, Misaya. Come dicevo, da noi si alza solo un po' di sabbia, stiamo tranquilli." L'uomo si chinò in avanti e azionò una leva per bloccare le strisce di ventilazione in posizione chiusa. La cabina si oscurò del tutto e subito dopo una lampada viva la illuminò.

L'Umbra ringraziò il suo Introduttore per le rassicurazioni. Eppure, per la prima volta dal suo arrivo in Yeltchek, provò un certo nervosismo. Infatti, sebbene fosse in grado di resistere al caldo, al freddo, a potenti impatti fisici e anche alla forza penetrante di oggetti affilati come il rivestimento dei denti di serpente, l'abrasione causata dai feroci venti delle bollhorae avrebbe potuto danneggiarlo gravemente. Per distogliere la mente dalla possibilità che Yushii si sbagliasse e che la tempesta potesse distruggere la carrozza condannandolo a una fine certa, decise di indagare su come le coperture dei vorani resistessero ai venti. Dal suo posto in carrozza, non riusciva a vedere bene di che materiale fossero, ma cominciò a sentire dei piccoli scatti che aumentarono d'intensità nel corso del minuto successivo, e ne dedusse che le strisce dovevano essere rivestite da minuscoli fermi articolati, che si allineavano con dei ganci al lato opposto. *Subtilissimum*[19].

E i venti soffiarono impetuosi. Fecero tremare la carrozza e irrigidire i teli provocando rumori spaventosi, ma la vettura non si rovesciò e i venti non sembravano fare a pezzi tutto ciò che incontravano, perciò alla fine l'Umbra si rilassò.

In quel momento, Yushii si voltò leggermente indietro per gridare: "Yeltchika! Saremo al palazzo dell'Amministratore Vumiko tra quindici minuti. Se volete ripetere un'ultima volta la vostra parte, questo è il momento giusto."

L'Umbra disse: "Non serve." Poi, pensando che fosse ora di adattare il suo comportamento e le sue risposte, per quanto gli risultasse sgradito, aggiunse: "Grazie, Yushii. Il suo sollecito è ben accetto, ma non si preoccupi, le prometto che il mio colloquio con il funzionario non le causerà disonore."

L'intermediario pronunciò una frase di circostanza e l'Umbra si concentrò sull'incontro imminente, tralasciando ogni altro pensiero.

V.   Sott'acqua

In una strabiliante sala sottomarina, dove le stalagmiti erano tagliate per potercisi sedere e le stalattiti coperte da organismi luminescenti che illuminavano l'antro cavernoso, dei pensieri venivano scambiati nel silenzio più totale, turbato soltanto dallo scorrere di un fiume sotterraneo in fondo alla grotta.

19

Ingegnoso.

Seduto goffamente su una delle sedie stalagmitiche che formavano un semicerchio al centro della cava, Torrente trasmise: *"Svelato è, il luogotenente nemico. Le tempeste che prepara per il Trappon saranno uragani distruttivi."* La sua pelle scintillante, umida e gelatinosa gli conferiva, al pari degli altri otto locari presenti, un aspetto eccezionale.

Continuò: *"Non per molti di noi sono queste acque familiari. Abbiamo sofferto quando l'Umbra i venti contro di noi ha sollevato, e nei mari ci ha forzato."*

I governatori dei locari si scambiarono cenni mentali mentre elaboravano i pensieri e i ricordi di antiche battaglie e sofferenze, sfociate infine nel loro esodo dalla superficie.

In quel momento, la pelle di una grossa locara dai colori vivaci che si ergeva sulle pinne posteriori, tubolari e contratte, brillò per chiedere il diritto di trasmettere un pensiero. Dopo che il leader accolse mentalmente la richiesta, facendo un verso simile a un singhiozzo, Alga comunicò: *"Torrente, con il genitore di Ai-tèno, il Camminatore, i locari dovrebbero allinearsi."*

Un suono sommesso e divertito emerse da un altro locarus, il membro più giovane della Mente Guida.

La locara che aveva appena espresso il proprio parere, trasmise: *"La mia interpretazione del nome alvinoriano ti diverte, Acqua Corrente? Forse di un insegnante migliore abbiamo bisogno."*

Acqua Corrente si riposizionò sulla stalagmite troncata e Torrente intervenne per evitare che si creasse una frattura fra Alga e il suo protetto: *"Acqua Corrente non vuole di rispetto mancare, Alga. Giovane è, e ancora molto ha da imparare. Ma su un piano dobbiamo concordare per immetterci nella tempesta in arrivo, in modo da imparare e prosperare sotto nuovi soli."*

Un locarus anziano, ingombrante e scuro, seduto alla sinistra di Torrente, esclamò a gran voce: *"Troppo a lungo come floscie abbiamo vissuto, e per noi sarà l'estinzione, se una battaglia nuova combattiamo."*

Il presagio scosse tutti i membri della Mente. Alcuni reagirono con dei gorgoglii di disapprovazione, mentre altri emisero degli strilli rochi.

Torrente osservò: *"Forse, più simili siamo al vulcano addormentato, Kelp, che dopo qualche sussulto erutta."*

Il robusto ma vecchio Kelp, che si era sempre divertito a irritare gli altri, rispose di nuovo con impeto: *"Dici forse perché tutto incerto è fino a quando alla prova non siamo messi. Questa sarà la prova nostra?"*

Una locara scura e allungata di nome Gemma chiese il diritto di trasmissione. Una volta concesso, constatò: *"Se alla battaglia ci uniamo, Torrente, il ritorno alla nostra terra ancestrale dobbiamo esigere. Molti tra noi sotto i raggi del sole desiderano... passeggiare di nuovo, e risiedere."*

Cinque locari emisero rumorosi lamenti di repulsione accompagnati da immagini di code che sferzavano l'affermazione di Gemma, mentre dagli altri tre si levò un sommesso mormorio di assenso accompagnato da un'immagine di alcuni locari che camminavano fianco a fianco sulla terraferma. Quando i primi ricevettero l'immagine traditrice dei secondi, risposero con correnti dal ritmo squarciante per rimetterli in riga. Il dibattito continuò per un po', mentre immagini di libertà che ritraevano il ritorno alla terraferma si scontravano con quelle di calamità.

Quando gli scontri si protrassero abbastanza a lungo affinché fossero tutti esausti e pronti per trovare una soluzione, Torrente emise un gorgoglio per dichiarare che le proposte e le controargomentazioni erano ugualmente valide. Gli stridii si placarono e così le baruffe, e ognuno attese, come un'animazione interrotta, che Torrente ponesse la domanda.

La domanda arrivò chiara e nitida, quasi dolorosa nella sua acutezza, sotto forma di un'immagine che ritraeva la biforcazione di un fiume. Il ramo di sinistra mostrava la loro specie uscire speranzosa dall'acqua per affrontare la morte; quello di destra la rappresentava ferma sott'acqua rassegnata a essere inghiottita dall'oscurità all'arrivo del Fondatore. In quattro scelsero il ramo di sinistra, mentre altri quattro erano ancora in disaccordo. Torrente trasmise un'immagine di se stesso dirigersi verso il ramo sinistro. Erano giunti a una decisione.

Dopo un lungo momento di silenzio, in cui i locari unificarono i loro pensieri e le loro emozioni nella decisione presa, Torrente congedò tutti tranne Acqua Corrente.

Acqua Corrente trasmise: *"Eseguire i tuoi ordini è il mio desiderio, Torrente."*

"Un messaggio che dovrai portare con te, quando in contatto ti metterai con il Camminatore."

Acqua Corrente ascoltò, poi piegò la sua testa triangolare in segno di assenso e uscì dalla Camera delle Menti, lasciando Torrente a riflettere sulla decisione presa.

VI.   Quello che contengono i vecchi ricordi

Una donna dal fare modesto e per nulla pretenzioso sospirò, troppo silenziosamente per essere udita, quando completò la revisione di cinque trascrizioni effettuate da varie Sorelle nel corso dell'ultimo mese, che nell'insieme fornivano il primo resoconto esaustivo sulle capacità dei Temptatori. La studiosa era un'esperta di tutto ciò che riguardava i Temptatori, avendo approfondito tutti gli scritti su di loro e avendo ora esaminato le trascrizioni dei ricordi della Battaglia Oscura che le Sorelle portavano con sé. L'unica cosa che non era ancora riuscita a fare era esaminare un Temptator dal vivo.

Quando la Praefecta Bilena l'aveva incaricata dell'impresa, era stata chiara sull'obiettivo: "Dobbiamo trascrivere tutte le memorie entro due mesi e solo tu e Molara le potrete studiare con lo scopo di svelare le debolezze del nostro nemico. Mi consegnerete i riassunti di quarto in quarto e quando penserete di aver individuato ciò che stiamo cercando, lo comunicherete a me e a me soltanto."

Pilara si voltò verso l'altra Fascia Gialla che l'assisteva anche quel giorno: Molara Lux Baiula, un'esperta di spionaggio, nonché responsabile di Ooldrina e Raaviana. La donna non poteva averla sentita sospirare, ma fece un movimento a indicare che l'aveva intuito.

Il contrasto tra la pelle scura e la veste gialla di Pilara era inferiore di quello tra la sua posizione di leader delle attività di trascrizione e la sua mancanza di autostima, tant'è che, quando Molara era stata assegnata alla sua squadra, aveva passato un intero quarto temendo di essere messa in imbarazzo dalle spiccate capacità della spia.

Eppure, quando Pilara era convinta di sapere qualcosa, la sua insicurezza si trasformava in un'ostinata determinazione e in una fiducia nelle proprie teorie che persuadeva anche i più scettici. In quel momento, dopo aver assorbito tutto ciò che era stato registrato su carta dalle ventitré Sorelle che conservavano i ricordi della Battaglia Oscura, Pilara si sentiva decisamente sicura di sé e si rivolse a Molara dicendo: "Devi confermarmi il significato di questa frase qui." Pilara posizionò un rivelatore sull'unico passaggio che desiderava far studiare a Molara. Si trattava della trascrizione di Tera Lux Baiula, la Custode delle Terme.

Molara distolse lo sguardo mentre si interrogava sul significato dell'improvviso impeto di Pilara. Si avvicinò alla

Sorella e le sfilò il taccuino. Era pesante, probabilmente contava circa duecento pagine di ricordi descritti in modo dettagliato, la cui trascrizione doveva aver messo a dura prova Tera. Guardò la frase ordinatamente appuntata e visibile in fondo alla pagina destra. Toccò un paio di volte la carta spessa che occultava il resto della pagina. Di per sé, quel passaggio poteva avere due significati possibili.

Molara chiese: "Tera indica se questa donna era una Sorella? Dagli appellativi usati sembrerebbe di sì, ma non sono consistenti in questa trascrizione. Saperlo mi aiuterebbe a essere sicura del significato della frase."

"Preferisco che non ti lasci influenzare dal contesto. Per favore, dammi la tua opinione sul significato di ciò che puoi leggere."

Molara, perennemente equilibrata anche se contrariata, rispose: "Allora, suppongo che questo passaggio riguardi una donna che l'autrice della memoria aveva difficoltà a classificare e, quindi, a parlarne in modo coerente."

Molara fece una pausa per ottenere un effetto drammatico, un'abitudine che aveva sempre irritato Pilara. La studiosa fece un gesto spazientito e Molara disse: "Secondo me, l'ipotesi migliore è che la donna nella memoria della nostra antica Sorella fosse un'assassina e che rilasciasse feromoni sessuali quando veniva interrogata dalla nostra Sorella."

Pilara strizzò le palpebre: "Ne sei certa? Come fai a dirlo?"

"Direi di sì; le gialle erano solite utilizzare vari sinonimi della parola *fragranza* quando parlavano di feromoni. Già sai che la Sorellanza era piuttosto pudica all'epoca. Questa usanza è coerente con le informazioni che abbiamo raccolto dalle altre trascrizioni, e ho riscontrato dei modi di dire simili a Kartak."

Nonostante l'eccitazione, Pilara sollevò un sopracciglio perplessa.

Molara, però, non condivise altre informazioni sulle proprie esperienze nella città ribelle. Invece, aggiunse: "Potremmo chiedere a Tera di mostrarci i suoi ricordi per sapere con certezza il significato di questo passaggio."

"La procedura non è sicura."

"Beh, ti ho solo dato un'opinione." Molara sostenne lo sguardo di Pilara per un attimo, come se volesse aggiungere altro.

Pilara sospirò: "Cosa c'è, Molara?"

"Abbiamo quello che stavamo cercando, Pilara. Assieme alle altre prove che abbiamo raccolto, indica chiaramente uno schema affidabile per riconoscere un individuo convertito."

"Vuoi dire una donna convertita?"

La spia sorrise insofferente.

Impaziente di comunicare la notizia alla Praefecta, Pilara congedò la Sorella impartendo l'ordine di tornare il giorno seguente per aiutarla a verificare il significato dei restanti passaggi della trascrizione su cui stava lavorando.

Molara se ne andò con un rigido cenno del capo. Evidentemente era ancora irritata dal fatto che questo incarico non fosse stato affidato a lei. Decifrare le informazioni era di sua competenza; Bilena avrebbe dovuto assegnarle quel compito.

Pochi minuti dopo, una volta raccolte le varie prove che indicavano una peculiarità negli individui persuasi dai Temptatori che sembrava poter essere verificata, Pilara lasciò la Schola Luciana e si infilò in una via tortuosa che la condusse fino agli uffici della Praefecta Bilena, rallentando a più riprese il passo e stringendo i pugni in un momento di pacata eccitazione.

Elyana aveva convocato una riunione nel Legame con Irania, per mettere in guardia da Lusk lei e, attraverso di lei, il re e il principe. La consigliera del re era arrivata in ritardo e nel frattempo le gambe di Elyana avevano cominciato a dolere. Sedersi a gambe incrociate non era nulla di insolito per lei, e la Stanza della Contemplazione nel suo appartamento luciano era confortevole, ma quella mattina si sentiva insolitamente tesa, ed era ancora scarica e in via di guarigione dopo le ferite riportate nelle recenti battaglie eteree. Le sfuggirono i segnali nella forma della collega che lasciavano presagire spiacevoli novità. Al termine dei convenzionali ma brevi saluti, e senza ulteriori preamboli, Elyana trasmise: *"Non possiamo più fidarci di Lusk."*

Irania esclamò: *"Cosa vuoi dire, Elyana?"*

La domanda infastidì Elyana, ma se l'aspettava. D'altronde, lo scorso sextus aveva votato a favore dell'abilitazione dello zebuloniano al servizio del Gran Re e del Gran Principe. In ogni caso, dato che stava parlando con un membro dell'Ordine, disse le cose come stavano: *"Lusk è un servitore di Noctiferus."*

Il momentaneo silenzio di Irania, accompagnato dallo sfarfallio e dalle contrazioni della sua forma mentre elaborava l'affermazione, innervosì Elyana.

"Mi dispiace, Elyana, ma continuo a non capire. Cos'è successo?"

Elyana sospirò, poi raccontò alla collega dei suoi recenti e crescenti dubbi su Lusk, del loro incontro a teatro, della battaglia che ne seguì tra loro due e infine della fuga dello zebuloniano.

Irania rimase in silenzio per un bel po' dopo quella rivelazione e la sua rappresentazione cominciò a muoversi irregolarmente.

"Non so cosa dire, Elyana. Devi sentirti malissimo, ma la decisione di lasciarlo libero di esercitare la sua professione non è stata solo tua."

La forma di Elyana assunse un cipiglio stizzito e oltraggiato.

"Beh, lo dico perché so che tendi a farti carico delle responsabilità quando partecipi a una decisione. Ad ogni modo. Mi sorprende che lui non abbia colto l'occasione per ucciderti; sarebbe stato molto facile farlo mentre ingaggiavi battaglia contro quelle donne."

Le vibrazioni che plasmavano la forma della Manu Dextra si distorcevano di qua e di là, ma rimase comunque in silenzio.

Irania trasmise: *"Suppongo che io debba informare il Re."*

Elyana annuì.

Il profilo di Irania si spostò ancora per un po', incrociando le braccia, appoggiando il vaporoso mento sulla mano, scuotendo la testa, scacciando un pensiero che continuava a incresparle il volto di un'insolita tristezza. Infine, alzò lo sguardo, apparentemente raggiunta da una qualche forma di consapevolezza.

Nonostante il disagio e il rimprovero, questa volta Elyana riuscì a discernere i sentimenti della sua collega. Disse: *"Cosa c'è, Irania? Sento che qualcos'altro, oltre alle notizie che porto, ti preoccupa."*

Irania fece per parlare, si fermò, poi riprese: *"Te lo dirò dopo. Prima finiamo il discorso su Maestro Methrim. Stavo pensando che abbiamo una grazia di salvezza, ovvero la contrarietà del re a condividere qualsiasi informazione importante con chiunque, cosa che non fa mai a meno di non avere altra scelta che rivelare la sua strategia, che poi rivela solo ai membri del Consiglio Privato. Perciò, sono abbastanza convinta che Lusk Methrim non abbia appreso dalla corte del* re nulla che possa mettere in pericolo la posizione della Corona o dell'Ordine."

Elyana sospirò, leggermente sollevata, e annuì, quindi trasmise: *"Probabilmente hai ragione, Irania, ma il fatto che io abbia acconsentito alla sua abilitazione continua a tormentarmi, soprattutto perché ora riesco a vedere gli indizi che erano proprio lì sotto il mio naso, chiari ed evidenti. Ed io non sono riuscita ad agire di conseguenza. Era come se la sua presenza mi offuscasse la mente."*

Addolcendo il volto della sua forma, Irania osservò: *"Probabilmente ha ottenebrato tutte le nostre menti... Non sarai l'unica ad andare alle Terme a purificarsi quando la faccenda sarà chiusa."* Un piccolissimo sorriso di gratitudine distese le labbra di Elyana. *"Ma dimmi, ha forse preso parte in qualche affare delicato della Societas? Lo chiedo perché la nostra fiducia in noi stesse spesso ci rende imprudenti."*

Elyana non rispose, ma non perché la domanda la turbasse. Stava semplicemente fissando il vuoto, come se la sua mente fosse stata improvvisamente occupata da un altro pensiero.

"Elyana?"

"Arrgh! Scusami, Irania. Era quel fastidioso locaro... o meglio, locarus. Sta cercando di contattarmi... Tornando ai tuoi dubbi, Lusk ha aiutato ad addestrare le due giovani spie che abbiamo mandato in Zebulonia, e ci ha fornito i contatti nel palazzo della Regina. Potrebbe..."

La forma di Irania si irrigidì quando capì cosa intendesse Elyana: le ragazze erano in pericolo.

Elyana non riusciva a trattenere il senso di colpa e la preoccupazione, che le impedivano di mantenere stabile la propria forma. Irania le trasmise: *"Elyana, se posso... Capisco che ti senti responsabile. Ma non infilarti in quel buco... come si suol dire."*

Elyana reagì sarcastica e contestò alla collega di averle suggerito che non ci si deve prendere appieno le responsabilità delle proprie decisioni, a prescindere che siano condivise o meno con altre persone.

"Informerò il Re nel pomeriggio e ti farò sapere cosa dirà a riguardo. Comunque, Elyana, prima mi hai chiesto cosa mi preoccupava. Beh, Mitsuko..."

A Elyana non servì sentire il resto della frase. Anzi, non volle sentirlo. Indirizzò subito la conversazione su un argomento più concreto: *"Avete già informato il Re?"*

Irania la fissò per un attimo, poi scosse la testa. Elyana poteva sembrare una donna molto fredda, a volte.

"Come sta?"

"Lui... non sta bene. Si è attribuito la colpa del coma di Mitsuko e non migliorerà quando gli dirò che è morta. Inoltre, si incolpa anche di qualcos'altro, qualcosa di più personale, forse, cioè di aver allontanato il figlio più giovane. Sembra che il Principe Ori non si senta ben accetto in Kynaria." Irania fece una pausa prima di continuare. *"Laranis mi ha detto che il Re l'ha quasi cacciata via da palazzo quando è andata a trovarlo, questa mattina, per controllare la sua salute mentale."*

Nonostante le incertezze e le preoccupazioni, e la sciocca decisione di Octavius di entrare nel Legame con solo Mitsuko al suo fianco — una scelta che in molte a Urbs Lucis potrebbero considerare la causa diretta della morte di Mitsuko — Elyana mantenne lo scambio concentrato su questioni più oggettive. Constatò: *"Il Re sa come separare i sentimenti dai fatti e supererà questa situazione."*

Il sopracciglio inarcato di Irania fece capire a Elyana che la collega non ne fosse troppo convinta e la Manu Dextra si rimproverò. Non stava avendo lei stessa grosse difficoltà a mettere da parte il proprio senso di colpa? Quante volte Irania le aveva ricordato che non era... l'unica responsabile dell'introduzione del Temptator?

Elyana continuò: *"Vorrei sapere chi ha ricevuto i ricordi di Mitsuko."*

Quel brusco cambio di rotta infastidì apertamente Irania. Tuttavia, la donna non discusse e rispose: *"Krpta."*

"Krpta?!"

"Nessuna delle altre qui era pronta e, poiché Krpta ha integrato facilmente i ricordi di Juliana, abbiamo deciso che potesse ricevere anche quelli di Mitsuko."

"Tania ed Elia erano d'accordo?"

La forma di Irania vibrò mentre annuiva; a quanto pareva era lei a non essere d'accordo con la decisione presa.

"Sia quel che sia. Almeno non è così vicina al re." Elyana fece una pausa, agitata da un pensiero fugace, poi chiese: *"Quando sapremo com'è andato il trasferimento?"*

"Entro la fine del quarto. Ma questa volta resterà tutto il tempo nella clinica di Domus Lucis, in modo che le nostre mediche possano controllarla più attentamente."

Elyana annuì, chiese a Irania di tenerla informata sulle condizioni di Krpta. Fece per andarsene, quando notò una domanda negli occhi dell'amministratrice. Elyana respirò profondamente e chiese alla Sorella di porre la sua domanda.

"Le ragazze sono state avvertite del potenziale pericolo che corrono a Zeblinia?"

Elyana scosse la testa sconsolata, poi si affrettò ad aggiungere: *"Ma non sono ancora arrivate."* Più lentamente e con una percepibile incertezza, disse: *"Molara sta cercando di contattarle."*

"È un peccato che siano partite prima di poter ricevere il monitor. Beh, come ami dire tu, Elyana, lasciarsi condizionare dalle preoccupazioni non ci aiuterà a risolvere i problemi."

Elyana sbuffò e sospirò, ma non replicò. *"Ora ti lascio, così puoi occuparti di ciò che deve essere fatto, Irania."* E quasi come se avesse avuto un ripensamento, aggiunse: *"Per favore, fammi sapere come sta il re."*

Questo addolcì i lineamenti della Sorella e le due si separarono con la promessa di risentirsi non appena una delle due avesse avuto nuove informazioni da condividere.

***

Quando Elyana lasciò il Legame, visse un momento di malinconia. La sua mente era solcata da sentimenti di inadeguatezza e frustrazione, oltre che da un senso di profonda tristezza e angoscia. Rifiutandosi di crogiolarsi nell'infelicità più a lungo di quanto non avesse già fatto, si ricordò del rintocco del locarus. La creatura non aveva ancora capito che Elyana non poteva essere perennemente disponibile. *Suppongo di capire Aithen, adesso. Vediamo che vuole.*

Elyana accedette a quel campo della corteccia telesensoriale del suo cervello in cui si trovava il monitor e pensò al suo contatto. Come per magia — pure a lei sembrava magia — il locarus rispose.

"Elyana."

"Le pinne si toccano. Desideravi parlare con me?"

"Le pinne si toccano, Lux Baiula. La Mente Guida ha preso una decisione."

"La Mente Guida?"

"Il consiglio di governo dei Locari."

Elyana fece un cenno utilizzando il codice dei locari.

Dopo aver udito lo schiocco, Acqua Corrente spiegò: *"La Mente Guida ha deciso di unirsi alla battaglia."*

Un'ondata di speranza sommerse Elyana. Si lasciò trasportare per un lungo istante, come se volesse lavare via tutte le recenti brutte notizie, prima che la sua mente sempre razionale la richiamasse al dovere. In quanto Fascia Viola, sapeva che le dichiarazioni importanti andavano sempre approfondite e verificate. Chiese al locarus cosa intendesse.

Flusso passò i minuti successivi a descrivere nei dettagli la decisione presa dai suoi capi. Evidentemente, Elyana aveva fatto bene a chiedere precisazioni. I locari non si sarebbero impegnati fin da subito, almeno non direttamente. Tuttavia, avrebbero iniziato a fornire tutte le informazioni a loro disposizione sulla vera natura del nemico e avrebbero riconsiderato la portata del loro coinvolgimento in un secondo momento.

Qualcun altro avrebbe potuto rimanere indifferente e deluso. Elyana invece capì la necessità di cautela del locari e trasmise a Flusso un'immagine di se stessa sdraiata davanti a lui, ricambiata da una risata e da una prolissa correzione: chi riceve si rappresenta già prostrato davanti a chi dà, mentre rappresentarsi nell'atto di prostrarsi dinanzi alla parte vittoriosa è un'ammissione di sconfitta.

Elyana strabuzzò gli occhi, voleva ridere. Trasmise il pensiero di se stessa già prostrata di fronte al Locarus, ma per suo cruccio e sua sorpresa, la creatura la interruppe per dirle che, dato che l'aveva corretta, ora sarebbe appropriato rispondergli sdraiandosi. Infastidita, nonostante si fosse esercitata, Elyana decise di ringraziare in alvinoriano. Dopotutto, il locarus non stava cercando di imparare la loro lingua?

Acqua Corrente, o Flusso, sembrò divertito. Elyana rivolse all'interlocutore la consueta formula di commiato locariana. In risposta ricevette una sensazione di compiacimento. Infine, i due si scollegarono l'uno dall'altra.

Una volta interrotto il collegamento, Elyana si rialzò e iniziò a camminare attraverso la Stanza della Contemplazione, dimenticandosi in fretta dell'insolente locarus e riflettendo, piuttosto, sulla decisione presa da quel popolo di sostenerli nell'imminente battaglia. Tuttavia, la sua mente logica non indugiò a lungo sull'eventualità di qualcosa di buono che doveva ancora concretizzarsi e tornò alla realtà del presente: il loro fallimento — no, il suo fallimento — con Lusk, che potenzialmente aveva messo in pericolo Ooldrina e Raaviana. Doveva parlare con Molara, la responsabile delle ragazze, e assicurarsi che non venissero compromesse dal tradimento di quell'uomo. La parte speranzosa del suo cervello fece capolino un'altra volta per ricordarle che, sebbene la situazione fosse negativa, non tutto era necessariamente destinato a fallire, ed era una buona considerazione a cui aggrapparsi, sebbene la sua parte razionale, di natura più pessimista, già intravedesse la tragedia che avrebbe potuto abbattersi sulle ragazze.

VIII.   A Yeltchika

L'introduzione di Misaya nella casa dell'amministratore Vumiko fu di una noia mortale, proprio come si era prefigurata in seguito alle raccomandazioni dell'intermediario. Andò, però, a buon fine e ora era seduta nell'ufficio dell'uomo che, sebbene arredato sobriamente, era impreziosito da oggetti di pregevole fattura, simbolo della posizione ricoperta da quell'uomo nel regno. Gli unici elementi di disturbo nella stanza erano i teli che sventolavano rumorosamente fuori dalle finestre e il caldo; a quanto pareva, i loro dispositivi di raffreddamento avevano dei limiti di rendimento. L'Umbra regolò le proprietà della pelle per adattarsi al calore.

L'amministratore Vumiko, che a prima vista sembrava un uomo frizzante e cordiale, aveva in realtà uno sguardo da calcolatore, che l'Umbra era in grado di distinguere chiaramente. Questo significava che i negoziati sarebbero stati inutilmente lunghi e tortuosi con ogni probabilità, ma ora contava solo il risultato.

Dopo essersi lisciato la punta dei folti baffi, Vumiko disse: "Misaya-rava, la rappresentante della Regina è ospite nella mia dimora e ne sono assai lieto, soprattutto in virtù del fatto che ci onorate con una tale padronanza della nostra lingua."

Misaya chinò il capo, con una grazia che Andrus3 era riuscito ad acquisire nel corso dei secoli, inchinandosi a una regina dopo l'altra. E ciò che apprendeva non poteva mai essere disimparato, semmai poteva perfezionarsi. Era davvero così? I suoi moduli linguistici continuavano a manifestare errori intermittenti che non era riuscito a risolvere, nonostante il recente aggiornamento inviato da Terra. Sperava di riuscire a fare presto le riparazioni necessarie, prima che Zebula lo costringesse a recarsi dal medico di corte.

Senza ulteriori preamboli, Misaya disse: "La mia Regina desidera ingaggiare i servizi della flotta yeltcheki nella prossima guerra."

"Abbiamo sentito parlare dei drammi di Aquinos. Ma non ci riguardano; i vostri Dei non sono i nostri e quelle creature non rappresentano un pericolo per noi."

L'Umbra non riuscì a trattenere un sorriso di scherno; la Serpe lo aveva trasportato fin lì e avrebbe potuto facilmente seminare il caos in questa terra deserta. Non volendo però inimicarsi l'anfitrione, fece sparire in fretta quel ghigno.

L'uomo si lisciò i baffi, poi disse: "La nostra è una nazione pacifica e tale deve rimanere, perché senza pace nessuno di noi sopravvivrebbe in questo continente arso. Impegnarsi in una guerra che non è nostra e rischiare di attrarre qui la minaccia non è nel nostro interesse."

"Capisco, Amministratore Vumiko. Mi scuso per non essermi spiegata meglio e se insisto, ma qualora Zebulonia non sopravviva alla guerra, non sarà più in grado di fornirvi i beni su cui... fate affidamento, beni che solo il nostro popolo può produrre. Gli yeltcheki ne risentiranno in ogni caso."

Un alvinoriano avrebbe reagito con indignazione al commento di Misaya, ma Vumiko fissò per un attimo l'ospite e poi replicò: "È vero, la vostra tecnologia ci offre delle comodità di cui non vorremmo mai fare a meno, Misaya-rava. È una questione di equilibrio tra costi e benefici."

L'Umbra valutò l'idea di ridere alla dichiarazione dell'amministratore, ma solo per un breve istante. Quindi, decise che era giunto il momento di scoprire le carte. Recuperando dalla tasca un oggetto avvolto nella stoffa, disse: "Questa può cambiare l'equazione?"

Vumiko trattenne un sussulto, pur mostrando un cauto interesse attraverso quei suoi occhi a mandorla. Si chinò in avanti per osservare la pietra che Misaya aveva estratto e posato sulla scrivania. Brillava di un nero mai visto prima. Nemmeno il cielo notturno era così scuro. E cos'era quella sensazione di freschezza, proprio in quel frangente? I teli che coprivano le finestre non sventolavano più veloce di prima.

"Per favore, amministratore Vumiko, non toccatelo a mani nude. Deve essere maneggiato con un panno, per evitare di scottarsi."

Vumiko ritrasse la mano, ma il suo volto perplesso ora esprimeva un'umida curiosità. Quella zebuloniana stava davvero cercando di comprare le navi yeltcheki con qualche misteriosa pietra preziosa? "Che cos'è? Come potrebbe alterare i nostri calcoli?"

"Se non sbaglio, avete già notato una delle sue proprietà: lo scambio di calore. Una di queste potrebbe rinfrescare l'intera stanza per... tre quarti completi, e senza aver bisogno di quei rumorosi teli che sventolano là fuori."

"Tre quarti?! Quali altre proprietà ha?"

"Naturalmente, può fare anche l'opposto e rilasciare calore nei periodi più freddi. Inoltre, una dozzina di queste possono riscaldare l'aria all'interno di quello che noi chiamiamo pallone volante, che può trasportare tre o quattro persone attraverso vaste distanze, se collegato a un vessillo."

Questa volta gli occhi dell'amministratore si spalancarono per la sorpresa: "Volete dire che avete un aggeggio che vi permette di volare?"

"Sì, è così."

"E allora perché avete bisogno delle nostre navi?"

"I palloni volanti possono trasportare solo poche persone alla volta. E sono lenti, sebbene siano più veloci dei vorani o di qualsiasi altro animale terrestre."

Preso dall'eccitazione per le possibilità offerte dalla pietra, ma ancora incerto sul loro vero valore, l'amministratore chiese: "E non potreste aggiungere altre pietre per sollevare un pallone volante più grande e aumentarne la velocità a piacimento?"

Misaya si prese un momento per rispondere: "Capisco perché siete un uomo di fiducia dell'Imperatore Shinoa. Siete perspicace e magari anche uno scienziato, mi pare di capire. Però no, aggiungere altre pietre non serve."

L'amministratore sorrise leggermente con un fare arrogante in risposta al complimento di Misaya e attese una risposta più dettagliata. Tuttavia, vedendo che la zebuloniana non forniva ulteriori dettagli, ma essendo estremamente interessato allo straordinario valore di quella tecnologia, ammesso che funzionasse davvero come l'aveva descritta, l'amministratore proseguì e domandò: "Avete portato con voi il necessario per una dimostrazione? Se queste pietre possono fare ciò che dite, allora la Regina avrà ciò che desidera."

"Ce l'ho."

"E allora vediamola questa magia, Misaya-rava!"

Nel cortile vivace e chiassoso, mentre il personale di palazzo se ne stava ai lati tenendo al guinzaglio gli animali da guardia, l'amministratore si sedette su una panca e Misaya diede ordine a tre uomini corpulenti di dispiegare la sacca, assemblare il cesto e fissare assieme i due componenti. I presenti osservavano perplessi e incuriositi, chiedendosi cosa stesse predisponendo la straniera.

La curiosità degli osservatori accrebbe quando Misaya salì sul cesto, fece cenno a un servitore di portarle un contenitore grande come una testa — che l'uomo le portò ansimando, affannato e sbalordito al contempo — e di collocarlo in una concavità ardamantica poco profonda al centro della cesta. Gli occhi dell'amministratore erano fissi sul congegno e sul recipiente, che sospettava potesse contenere pietre simili a quelle che aveva visto in precedenza.

Una volta che ogni cosa era al posto giusto, Misaya iniziò a ruotare una piccola leva sul contenitore. Ne fuoriuscì dell'aria surriscaldata che distorse la prospettiva dei presenti. Alcuni membri del personale dissero che assomigliava all'effetto che si forma sopra la sabbia durante le ore di fuoco. Non appena l'aria incandescente raggiunse l'ingresso della sacca, accadde la magia: il tessuto cominciò a gonfiarsi, prima vicino all'apertura, poi verso l'estremità chiusa, e così l'intero telone cominciò a sollevarsi da terra, passando lentamente da una posizione orizzontale a una verticale, ed emettendo il rumore più titanico che l'amministratore avesse mai sentito: il suono di quell'aggeggio ultraterreno che prendeva vita. Il personale dell'amministratore indietreggiò, in parte per la paura e in parte per la meraviglia. L'amministratore Vumiko invece si alzò, fece un passo in avanti e allungò la mano, come per toccare quella macchina meravigliosa.

Grida di spavento rimbombarono nel cortile quando il pallone volante fece un ultimo scatto, nel momento in cui anche la punta apicale iniziò a sollevarsi. Gli yeltcheki guardarono a bocca aperta il loro datore di lavoro. La radiosità del suo volto e l'esuberanza nei suoi movimenti indicavano che *lui* aveva reso possibile, grazie alle sue abilità di negoziazione, la visione di questo incanto, di questo prodigio. L'amministratore Vumiko sognò tutto ciò che avrebbe potuto realizzare con quella tecnologia nelle sue mani.

Quando il pallone volante si librò appena sopra la torre più alta del piccolo palazzo, Misaya richiuse il contenitore di riscaldamento. A quel punto, il sacco si sgonfiò lentamente e il cesto tornò lentamente alla posizione di partenza. Misaya ordinò ai servitori di spostare in disparte il telone, per poterlo riavvolgere più agevolmente.

Tutt'intorno si udirono sussulti, commenti e imprecazioni, e lo stesso amministratore si lasciò sfuggire una volgarità, rispondendo agli sguardi stupiti del personale. Non appena Misaya uscì dal cesto, l'amministratore Vumiko le si avvicinò con quelle sue labbra umide, nonostante la calura, e disse con una voce piena di bramosia: "Parlerò in vostro favore con il segretario dell'Imperatore e vi procurerò un'udienza per questa sera, Misaya. La vostra richiesta sarà ben accetta... a patto che..." Senza distogliere lo sguardo dal fantastico marchingegno, aggiunse: "A patto che il costo per gli yeltcheki si limiti alla fornitura di navi e di equipaggi civili di dimensioni ridotte."

"Allora questo sarà il nostro accordo."

Con gli occhi ancora fissi sul pallone volante, Vumiko aggiunse quasi trasognante: "Bene, perché il nostro popolo non desidera combattere, né nelle terre infestate dagli alberi di Alvinoria e Kynaria, né nei vostri deserti di neve. Tuttavia, con questa macchina, saremo in grado di percorrere i nostri vasti deserti come mai abbiamo potuto fare prima d'ora... e finalmente avremo la meglio sui quei dannati mo'rokothiani."

L'Umbra annuì tra sé e sé, poi trasmise un richiamo mentale alla Serpe per farle sapere che sarebbe arrivato al punto d'incontro all'orario previsto.

I.   Preparativi

Seduto alla sua scrivania, di fronte al Consiglio Ridotto, Octavius scoperchiò il contenitore delle spore, che strofinò sulla superficie delle lettere che stava inviando a ciascun latifondista con dei movimenti bruschi e interrotti, tipici di chi ha altre preoccupazioni per la testa. La polvere si legò all'inchiostro facendone scomparire ogni traccia, compresa la sua firma. I destinatari avrebbero trattato le lettere con la giusta sostanza chimica per rivelare il testo.

Il messaggio confermava gli ordini che l'amministratrice Irania Lux Baiula aveva fatto comunicare ai consiglieri dei nobili quel giorno stesso, ordini che imponevano ai proprietari terrieri di mandare i coscritti delle loro terre alla guarnigione regionale entro un giorno dalla ricezione della missiva. Jarah, Pargah e Yerlah dovevano inviare i loro uomini alla guarnigione yerlayana, mentre Arotek e i suoi sottoposti, così come i fratelli del re e i loro sottoposti, dovevano inviare i loro uomini alla guarnigione di Spiritii. La missiva conteneva anche l'ordine per i vassalli meridionali di raccogliere tutto ciò che poteva essere raccolto e convogliare i beni verso le proprie fortezze e altre specifiche fortezze: nulla doveva rimanere nei campi. Gli abitanti delle regioni impoverite da queste manovre dovevano trasferirsi nei centri più importanti, qualora non l'avessero già fatto negli ultimi tre mesi per proteggersi dalla Serpe.

Dopo aver riposto ogni lettera nella busta, Octavius sollevò la testa, guardò il principe e brontolò: "Fai in modo che arrivino al più presto."

Aithen raccolse il plico di lettere senza commentare, ma Octavius riuscì comunque a percepire una certa dose di ansia nei suoi gesti. Il principe chiamò Kil e gli consegnò il plico con l'istruzione di portarle a Pombo, il portinaio di palazzo, e di farle spedire immediatamente.

Mentre Kil usciva, Octavius alzò la voce per chiamare a sé il Primus Julian, seduto alla propria scrivania nella Sala della Guardia. Gli urlò che forse c'era qualcuno che aspettava nel corridoio e che, se così fosse stato, avrebbe dovuto farlo entrare.

La voce sorpresa di Kil, che stava passando davanti alla porta della Sala della Guardia, raggiunse il re. *Ah, dev'essere arrivato. Bene.*

Un attimo dopo, Julian entrò nell'ufficio del re con quel qualcuno al seguito.

La sorpresa sul volto di tutti, tranne che su quello di Irania, si fece limpida come una giornata di sole, quando si girarono a guardare la porta. Aithen si alzò e si avvicinò allo zio, che fece il suo ingresso con un passo quasi impercettibilmente esitante.

"Zio! Cosa ti porta qui?"

"La richiesta di tuo padre, è ovvio. Mi ha spedito un messaggio due giorni fa, per comunicarmi che desiderava avere il mio parere sulle questioni di cui avreste discusso oggi. Ergo, hic sum."

Anche Octavius andò ad accogliere il fratello e intravide una velata, repentina preoccupazione nei suoi occhi. Il re si costrinse a raddrizzare ulteriormente la schiena, esagerando palesemente nel compensare la propria postura, corretta dal corsetto in foglie di lacora, e facendo sì che il fratello sbuffasse teneramente prima di porgergli un sorriso.

"Claudius, che piacere vederti. Accomodati pure; stavamo giusto per discutere una delle prime questioni per cui ho bisogno del tuo parere."

Una volta che tutti i presenti si salutarono e Claudius prese posto accanto ad Aithen, il re incrociò le dita e si rivolse al sovrintendente dell'armeria, alto e baffuto, con un tono preoccupato: "Allora, Signor Voltaguerra come procede la requisizione dei vorani?"

Voltaguerra si impettì e disse con quel suo tono da uomo d'affari: "Tutti i vostri vassalli hanno accettato di inviare la loro quota, Sire... tranne Arotek. Ma suppongo che fosse prevedibile, data la sua... predisposizione nei confronti della Corona, deterioratasi negli ultimi tempi."

Il re sentì la pressione salire. Come rispondere all'affronto di quell'imbecille, o traditore? Evidentemente Fausta Lux Baiula non era ancora riuscita a portare a termine la sua missione. Dunque, avrebbe dovuto occuparsene personalmente e rispondere alla sfida del latifondista. *Se confiscassi i suoi vorani, rafforzerei il suo orientamento ostile e lo trasformerei in un nemico dichiarato. Se lascio che le cose vadano come devono andare, invece, potrei incoraggiare altri indecisi a sottrarsi, nonostante le promesse ricevute. Che sia maledetta la stupidità!*

Octavius si rese improvvisamente conto di aver stretto e sfregato con rabbia le mani durante quel suo monologo interiore. Le distanziò appoggiandole sui braccioli, mentre abbassava la testa facendo prima un sorrisetto e poi uno sbuffo. Quindi, si avvicinò, fece qualche respiro profondo e... niente; non riusciva proprio a calmarsi. Il problema era la morte di Mitsuko; continuava a turbarlo e a distrarlo. Le sue dita strinsero la poltrona, facendo gonfiare i rami di lacora, ma le reazioni aptiche della pianta provocarono un aumento della pressione esercitata sul corpo e perciò lasciò la presa.

Provò ancora una volta a calmarsi e ci riuscì, abbastanza per restarsene seduto e giungere a una conclusione sul rifiuto del vassallo. Rivolse uno sguardo di avvertimento al figlio e al capitano della Guardia e disse: "Manderemo i soldati a sequestrare i vorani."

Octavius osservò Aithen e Kendor che annuivano, sebbene le labbra di Aithen si contrassero palesando una certa preoccupazione. Seguì lo sguardo del figlio muoversi furtivamente verso il suo vecchio mentore. Scrutò anche gli altri volti in sala, studiò i loro gesti e le loro posture. *Non tutti sono d'accordo con la decisione presa. Aithen sta cercando di capire l'opinione di Harlion... sembra che ormai non voglia più immischiarsi in questioni militari, ma se dovesse esprimersi probabilmente non sarebbe d'accordo; suppongo invece che Irania risenta del fallimento della sua Sorella, ma non è contraria. Solo Kendor sembra soddisfatto. Sembra che Claudius stia avendo un dibattito interno. Beh, vediamo un po' cosa ne pensa.*

"Claudius, se mi fido di ciò che vedono i miei occhi, i miei consiglieri non sono tutti d'accordo, e chi non è d'accordo va in cerca delle parole migliori per opporsi alla mia decisione. Voi avete un'opinione in merito? Vi ho chiesto di intraprendere questo lungo e faticoso viaggio da Bremin proprio per potermi avvalere della vostra saggezza."

"Grazie, Sire. Ebbene sì, ho un'opinione in merito."

"E allora esponetela, vi prego."

"Beh, il diritto di requisizione è stato stabilito dalla Carta Coriolana, come sai, e probabilmente è la vostra conoscenza di questo documento che ha condotto a questa decisione." Octavius annuì, poi storse lievemente le labbra quando Claudius aggiunse: "Tuttavia, il diritto in questione ha diverse clausole condizionali, una delle quali... credo... invaliderebbe il provvedimento."

Al re sfuggì un singhiozzo, mentre cominciava a immaginare le diverse conseguenze di un eventuale impedimento. Si rese subito conto che si stava comportando da sciocco e decise di ascoltare il resto della dichiarazione del fratello prima di angosciarsi ulteriormente. Gli fece cenno di continuare.

"Deve esserci una dichiarazione di guerra, affinché il diritto di requisizione possa essere rivendicato."

Il Gran Re si sfregò il viso nervosamente, riflettendo sulla questione. Più che udire, percepì la furia di Kendor quando quest'ultimo sbottò: "Mio Signore Claudius, avete davvero intenzione di legare le mani al Gran Re sulla base della... vostra interpretazione della legge?"

Claudius, abituato alle reazioni scomposte delle parti lese, non se la prese. Con calma e con sicurezza, chiarì la questione all'ufficiale: "Gran Capitano, l'interpretazione della Carta è una materia che ho studiato per più di ottant'anni e la mia comprensione si basa sulla conoscenza integrale ed esaustiva di questo documento di oltre mille pagine. Il passaggio in questione dice testualmente: *Il diritto di requisizione, essendo necessario per l'immediata difesa del regno contro i nemici stranieri, sarà esercitabile dal sovrano senza alcun preavviso. La necessità urgente di difendere il regno presuppone che il nemico stia avanzando verso le sue coste e i suoi confini, o che sia in atto una dichiarazione di guerra.*"

Le smorfie e le profanità interrotte del Gran Capitano fecero capire a tutti cosa ne pensava dell'interpretazione della legge di Claudius. Si voltò verso il re e chiese se avesse intenzione di permettere che fosse la semantica a dettare le loro azioni. Non ricevendo risposta, esclamò: "Sire, abbiamo bisogno dei vorani di Arotek; senza quelle cavalcature le nostre forze sarebbero mutilate!"

Octavius alzò una mano per richiedere calma al suo ufficiale e chiese al fratello se fosse assolutamente certo della propria interpretazione.

"Lo sono, Sire. Sebbene sia una clausola che in molti amano interpretare a proprio vantaggio, la maggioranza, compresi i nostri principali alleati, la interpreta in questa maniera."

"Perciò, devo dichiarare guerra... Il fatto è che non è ancora il momento giusto. Il nemico saprebbe che ci stiamo preparando per un'azione sia offensiva che difensiva, e non posso allertarlo prima di... fare la prima mossa." Octavius stava per dire "prima di attaccare Zeblinia". Tuttavia, pur fidandosi incondizionatamente del fratello, non desiderava che alcuni elementi della loro strategia fossero noti a chiunque, se non ai pochi direttamente interessati.

Si voltò verso il fratello, le cui pupille si restrinsero, come a indicare che aveva un dubbio. Mostrando una certa frustrazione, Octavius si alzò dalla sedia e si posizionò dietro di essa, prima appoggiandosi e poi afferrandola vigorosamente, mentre una scarica di dolore gli attraversava la schiena. Quando il suo volto si rilassò, disse: "Qualcuno ha idea di come aggirare quest'ostacolo legale? Irania?"

La Lux Baiula si limitò ad arcuare le labbra e, per un lungo e spiacevole secondo, nessuno avanzò alcun suggerimento. Spazientito, Octavius domandò: "Claudius, non ci sono precedenti che ci permettano di... eludere questa clausola?"

Il Signore di Bremin scosse la testa: "Non ci sono precedenti legali, Sire."

Octavius sbuffò incredulo, maledicendo l'assurdità di quella situazione. Parlando tra sé e sé, ma a voce abbastanza alta da essere udito dagli altri, affermò: "Le catene imposte dallo stato di diritto a chi è mosso da buone intenzioni sono strette tanto quanto quelle imposte a chi abusa dei propri poteri per un tornaconto personale." Sbuffò un'altra volta e sentì un'altra fitta alla schiena. Il dolore rimase per un po' e si dissipò solo quando sentì Harlion schiarirsi la gola. A quel punto, un sorriso speranzoso e cauto sbocciò sul viso del re.

"Sire, Signore Claudius... Se ricordo bene, ci sarebbe un precedente politico che potrebbe offrirci una soluzione alla situazione in cui ci troviamo."

Octavius fece cenno al suo vecchio amico di parlare, ma, prima che Harlion potesse rispondere, Claudius disse: "Se si tratta di una qualche oscura macchinazione avvenuta in passato, non servirà a nulla, Prefetto."

Se Harlion si sentì offeso, non lo diede a vedere. Comunque, esitò prima di dire con voce calma e sicura: "Non è una circostanza che si ricorda volentieri, ma non ha nulla di oscuro, mio Signore."

Dopo un cenno di Claudius e un gesto ripetuto di Octavius che lo invitava a esporre la sua idea, Harlion cominciò.

Spiegò che durante la grande pestilenza che aveva spazzato via i Luxori tra il 1566 e il 1567, il Gran Re Tarkian II aveva requisito i medici di almeno metà dei territori in mano ai latifondisti del regno, nonostante la strenua opposizione. Il tutto per cercare di salvare i Luxori e i comuni che erano stati colpiti da quel virus mortale. Spiegò anche come tutto ciò avesse portato diversi Signori a presentare una recrimina, che aveva costretto il Re a motivare le sue azioni in una riunione speciale dell'Unione. Infine, la maggioranza aveva stabilito che il comportamento del Gran Re era necessario e finalizzato al bene comune, e che la consuetudine denominata in seguito *vis maior* era stata riutilizzata da Tarkian in un secondo momento, senza ripercussioni.

Quando Aithen, Kendor e gli altri si girarono in direzione di Octavius e Claudius per capire se si ricordassero di quegli eventi, i due si guardarono un po' imbarazzati. Octavius si voltò a sua volta verso Irania.

La Lux Baiula non rispose subito e Octavius capì, dai movimenti dei suoi occhi, che stava passando al setaccio i propri ricordi trasferiti.

Dopo aver accertato i fatti, Irania disse: "Il Prefetto Harlion ha ragione, Sire." Nell'ufficio del re si levò un brusio, un mormorio di sollievo. "Il vostro avo usò effettivamente il meccanismo di vis maior, e la stragrande maggioranza dei latifondisti decise che il monarca avrebbe dovuto essere autorizzato a ricorrervi, se necessario per il bene del Regno. Tuttavia, questo concetto non si è mai tramutato in legge; e se la memoria non mi inganna, ciò è colpa dell'incapacità del Consiglio dell'Unione di trovare un accordo sulla corretta formulazione delle limitazioni che avrebbero proibito al monarca di ricorrere a questo principio, nel caso in cui ciò potrebbe danneggiare gravemente i membri del Consiglio."

I presenti si rivolsero alla Lux Baiula con degli sguardi contrariati. Il re stesso si domandava se quel commento confermasse o meno che fosse lecito requisire la mandria di Arotek.

Irania sorrise pazientemente, poi aggiunse: "Credo che in questa situazione, Sire, possiate appellarvi alla vis maior."

Un brusio, più intenso e profondo questa volta, colmò la stanza. Octavius tornò alla sua poltrona e si accasciò su di essa soffrendo un poco.

"Bene, allora. Grazie, Lux Baiula. E grazie, Harlion." Rivolgendo uno sguardo sorpreso all'amico, disse: "Non appena avremo tempo, dovrà spiegarmi com'è venuto a conoscenza di un episodio talmente sconosciuto della storia del regno."

Harlion annuì rispettosamente. Un'improvvisa ondata di orgoglio e sollievo travolse dolcemente il re: "Ha ancora molto da dare, amico mio, e siamo tutti felici di averla ancora al nostro fianco."

Dopo aver preso atto del sentimento inespresso del prefetto, il re colpì la scrivania con le mani aperte provocando un tonfo e disse: "Claudius, come possiamo assicurarci che il

Consiglio dell'Unione rammenti l'esistenza di questo precedente nel caso in cui il Signore Arotek non lo volesse ricordare e decidesse di opporsi quando andremo a requisire la sua mandria?"

"Posso convocare una riunione dei vertici del Consiglio quando tornerò a Bremin. Se mi date tempo fino alla fine del mese prima di inviare la Guardia Reale da Arotek, posso assicurare la sua collaborazione."

Spostando lo sguardo su Irania, Octavius chiese se il piano fosse fattibile, qualora Fausta Lux Baiula avesse fallito la propria missione. Irania rispose che la Sorella avrebbe avuto successo, ma che in qualsiasi caso, quella era una via percorribile, a patto che Claudius fosse effettivamente in grado di chiudere la questione.

Octavius annuì, poi guardò Aithen e Kendor in cerca del loro consenso. Quindi, mugugnò soddisfatto e passò all'argomento successivo: "Come siamo messi con le scorte di cibo, Signor Voltaguerra?"

Muovendosi un po' nervosamente sulla poltrona, che fortunatamente era in pelle e non in foglie di lacora, o adattandosi avrebbe provocato dei fastidiosi rumori simili a degli schiocchi, Voltaguerra disse: "Le scorte dell'esercito accumulate finora basteranno per cinque o sei mesi. Tuttavia, quelle per i civili non sono distribuite uniformemente in tutto il Regno. La situazione non è buona qui nella capitale, dato che sono state pressoché esaurite per sfamare la gente di Passo del Corno. Tuttavia, il raccolto di quest'autunno dovrebbe essere abbondante e a breve dovremmo essere in grado di metterlo al sicuro e smistarlo in ogni capoluogo di regione, a meno che la guerra non scoppi a sud prima della fine del mese."

Lo sguardo di Octavius spaziò a destra e a sinistra, mentre esaminava la situazione. Distendendosi e accompagnando le sue parole a gesti preoccupati e allo stesso tempo sprezzanti, parlò: "È improbabile che un esercito straniero ci invada ancora per molto tempo, considerando l'arrivo dell'inverno e della neve a sud e l'estrema aridità del Nord. Credo che ci vorranno altri cinque o sei mesi prima che l'esercito zebuloniano ci raggiunga."

Il principe scosse la testa e una ruga increspò la fronte di Octavius: "Non sei d'accordo, Aithen?"

Quando il figlio si limitò ad alzare le spalle, Octavius strinse la presa sulla poltrona e solo allora il figlio aggiunse:

"Non sono certo che l'esercito zebuloniano sia l'unico che ci troveremo ad affrontare, padre. Dal momento che Noctiferus sta facendo di tutto per indebolire i nostri alleati e per trascinare qui i nostri nemici — e sono convinto che ci sia lui dietro la decisione di Zebula di invaderci. Io non trovo sensato credere che sarà l'unica forza a noi contrapposta."

Kendor inarcò le sopracciglia e disse: "Perdonatemi, mio Principe, ma state dimenticando i grugni e la Serpe con la sua armata di rokon."

Aithen scosse la testa sprezzante: "Quelli sono diversivi, Capitano. Certo, disseminano paura e distruzione, ma non si opporranno alle nostre forze organizzate. Nemmeno la Serpe può resistere all'assalto di un esercito. No, io..."

Mettendo da parte l'orgoglio ferito, Kendor disse: "Allora vi riferite ai rokothiani?"

La testa del principe oscillò da una parte all'altra, poi fece un cenno negativo.

"Lo Yeltchek? Beltania?"

"Loro e... i nostri nemici interni."

Il suggerimento del principe, secondo cui la Corona avrebbe dovuto preoccuparsi delle minacce interne, fece rizzare i peli della schiena al re e distorse il volto del Gran Capitano in una brutta smorfia. Al contempo, suscitò una risata nervosa tra i ministri e raccolse i cenni di approvazione, seppur intrisi di preoccupazione, di Harlion e Irania.

"Siete d'accordo con mio figlio? I vassalli potrebbero non solo protestare o opporsi, come sta facendo Arotek, ma addirittura intraprendere azioni eclatanti ai danni della Corona?"

Rispondendo per entrambi, la consigliera speciale del re affermò: "Sì, Sire."

Di solito Octavius avrebbe reagito a queste intuizioni inaspettate e indesiderate con una pausa di riflessione. Quel giorno, però, non era del tutto in sé e sollevò le braccia al cielo, ringhiò e infine fulminò con lo sguardo il Prefetto Praetoriano, la consigliera e il figlio, per poi chiedere di sapere quali prove avessero di tale rischio.

Con il consenso di Aithen, fu Harlion a rispondere: "I miei Frumentarii hanno captato delle voci. Niente di confermato, sia chiaro, ma si parla di agenti zebuloniani in visita presso alcune delle corti meridionali."

Con un tono di voce grave e monotono, Octavius ripeté tra sé e sé ciò che Harlion aveva appena detto. Strofinandosi le tempie per arginare un mal di testa emergente, chiese: "Quali corti? Si sa?"

"Mi dispiace, Sire. Ho cercato di approfondire, ma le nostre fonti non sanno nulla di più. Potrebbe non essere nulla, o potrebbe esserci..."

"Qualcosa di vero! D'accordo. Immagino che stiate continuando a indagare su questi rapporti."

Harlion annuì.

"Allora la prego di portarmi la conferma o la smentita di queste dicerie entro i prossimi due quarti."

"Lo farò, Sire."

Octavius, questa volta, si sfregò la testa con il palmo della mano e disse: "Per quanto riguarda le altre forze in gioco che non abbiamo ancora preso in considerazione, vorrei ricordare a tutti quanti che Toras ha espresso preoccupazioni simili in occasione del Gran Ballo, e che in quell'occasione abbiamo concordato che avremmo dovuto trovare un modo per tenere d'occhio i beltaniani. Cosa che abbiamo fatto, appurando che non abbiamo nulla da temere da quel fronte. Invece, per quanto riguarda le altre nazioni, l'unica che potrebbe anche solo sperare di provare a violare i nostri confini o le nostre coste è lo Yeltchek. Ma non sono mai stati un popolo guerrafondaio. Ogni elemento di cui siamo a conoscenza concorda sul fatto che Zebulonia è l'unica minaccia esterna con cui dovremo confrontarci."

"La serietà di un'eventuale minaccia interna andrà presa in considerazione durante la nostra pianificazione, soprattutto se i Frumentarii di Harlion dovessero confermare queste ultime notizie. Ma finché non ne sapremo di più, non perdiamo tempo a fare ipotesi."

Octavius appoggiò il mento sul palmo della mano, mentre un'altra preoccupazione gli affiorava alla mente. Guardò il figlio e chiese: "Com'è andato il trasferimento della gente che viene dai centri più piccoli? La situazione è ancora tesa?"

Aithen rispose: "La situazione è... più o meno tesa dappertutto, padre. Com'era sospettabile, in molti centri urbani gli autoctoni nutrono risentimento nei confronti dei rifugiati, questi ultimi si lamentano di non riuscire a trovare un impiego nei settori da loro scelti e di essere costretti a lavorare per lo Stato. Infine, le amministrazioni locali hanno difficoltà nel gestire l'aumento della richiesta di risorse."

"Sì, suppongo che fosse prevedibile: le nostre imperfezioni e quelle delle nostre leggi e decisioni, combinate con le bizzarrie della natura, portano a risultati indesiderabili per la maggioranza; è una legge naturale, alla quale possiamo sottrarci solo in tempo di pace."

Infastidito dal fatto di aver ricevuto esclusivamente scrollate di spalle in risposta, Octavius rivolse un'altra domanda ad Aithen: "C'è il rischio che la gente muoia di fame o che ci sia una rivolta da qualche parte?"

Il re osservò i cambiamenti quasi impercettibili nei lineamenti del figlio. Le pupille di Aithen si contrassero e rispose con un secco "Non ancora".

"Allora continuate a monitorare la situazione e avvisatemi in tempo prima che scoppi una crisi, in modo da poter riallocare le nostre risorse in base alle necessità."

I membri del Consiglio accettarono gli ordini.

"C'è altro?"

Tutti i presenti scossero la testa, ma non Kendor, che chiese se potessero discutere di Lusk Methrim.

Il re non rispose immediatamente, guardò il disco del tempo sulla parete: indicava le dieci e trenta PAN. Si alzò in fretta e furia, urtando i braccioli e deformando la sedia di lacora che regolò la propria forma adattandosi alle nuove condizioni. *Preferirei non dover parlare adesso dei Temptatori e delle loro vittime...*

Raddrizzando la schiena, rispose: "Parleremo del nostro fuggitivo più tardi... Non voglio rovinarmi l'umore. Ci riuniremo di nuovo alle due PAS, ora in cui dovrebbe raggiungerci un... ospite speciale."

"Un ospite speciale, padre?"

"Già."

II.   La chiesa di Aiala

In cima a un grande podio posto di fronte alla chiesa di Aiala, il Primo Chierico Galadrin accoglieva i fedeli che giungevano per la cerimonia. Mancava un'ora alle bollhorae, in quel quarto giorno del secondo quarto di bollhorae. Il sole rosso e il suo gemello blu stavano già riscaldando l'aria, anche se a quell'ora tarda della stagione autunnale si poteva stare tranquillamente all'aperto a mezzogiorno senza rischiare di morire.

Senza preamboli o esitazioni, le parole di Galadrin risuonarono in tutta Furania, grazie ai servigi di una Sorella in pensione. Il discorso del chierico era accompagnato da un canto di innalzamento delle Voces Creatoris, ingaggiate appositamente per l'evento e disposte alle sue spalle.

A palazzo, un suono sgradito distolse l'attenzione di Octavius dal pranzo. Si alzò con un ringhio sommesso e rabbioso, mettendo momentaneamente in allarme i guardiani appostati nelle sue stanze.

Pur controvoglia, si diresse verso il balcone dell'ufficio per assistere a ciò che già sapeva essere in corso. Non appena mise piede fuori, i suoi occhi caddero sulla grande struttura sacra che simboleggiava il Giorno dell'Unione: un'alfa collegata per mezzo di abilissime proiezioni alla rappresentazione di un umanoide all'interno di un omega. Le due lettere danzavano lassù sopra la cupola della chiesa, l'una intorno all'altra, con un movimento ipnotico. Octavius ringhiò di nuovo e le Fasce Rosse presenti sul balcone sollevarono le spalle perplesse.

Quell'evento aveva luogo ogni anno e dava il benvenuto ufficiale ai nuovi membri della Chiesa. Octavius se ne era completamente dimenticato e nessuno glielo aveva ricordato; non che gli importasse particolarmente.

Tuttavia, se Octavius fosse stato informato dei dettagli della celebrazione in corso, si sarebbe infuriato. Oggi, infatti, alcune delle personalità più importanti di Furania e altre di tutto il regno sarebbero state introdotte nella Chiesa oltre a centinaia di persone comuni. In ogni caso, si sarebbe arrabbiato presto, a meno che non avesse chiesto a una Lux Baiula di creare appositamente uno scudo acustico, poiché non poteva impedire a Galadrin di annunciare i nomi dei nuovi fedeli.

Con un'aria solenne e ammaliante, almeno per coloro che credono nel legame con i Fondatori, Galadrin alzò le mani e iniziò a parlare, rivolgendosi innanzitutto ai propri seguaci.

"Fedeli, riiani, in quanto riiani siete fedeli e in quanto fedeli siete riiani! Come vostro servo e servo dell'Originatrice, oggi mi rivolgo a voi. Viviamo per Aiala e gli altri Fondatori, e per loro conto oggi accogliamo i nuovi membri della nostra comunità."

Le mani del pubblico infervorato cominciarono a battere rumorosamente sulle gambe.

Con un semplice gesto, Galadrin fece calmare la folla.

"L'accoglienza di quest'anno è ancora più importante delle precedenti, giacché la guerra è alle porte e gli Dei sono adirati con il nostro Re. Ha ripetutamente denigrato il nostro credo e lo ha fatto non solo dissociandosi dalla nostra Chiesa e negandole qualsiasi voce in capitolo negli affari del Regno, ma anche profanando la sua sacralità, nel momento in cui ha imprigionato me e i miei chierici durante l'attacco della Serpe. E ora ha intenzione di contaminare i corpi dei nostri fratelli e delle nostre sorelle, inviandoli in Zebulonia, dove verranno schiavizzati dalla Regina e resi indegni. Cosa diranno gli Dei di noi quando arriveranno e non troveranno i fedeli che aspettano di ricevere i loro spiriti?"

Un primo boato di rabbia si levò dalla folla e attraversò la capitale, come un'onda del grande Mare di Tarkoth, fino a raggiungere le orecchie del re. Quell'ondata furiosa si propagò nel corpo di Octavius, atrofizzando i suoi muscoli già deboli.

Ringhiò alle Barriere sul balcone: "Perché l'Ordine permette alle vostre Sorelle di vendere i loro servizi per trasmettere questo letame? Krystiana non capisce che può causarci problemi?"

Letta Lux Baiula, una guerriera alta e robusta, dai capelli scuri, disse: "Mi dispiace, Sire. È che..."

"È che cosa?"

"Beh, le Sorelle in pensione sono libere di vendere i loro servizi, purché non violino le nostre leggi."

"Mi avevano detto che..."

Octavius fu interrotto dal suo primogenito che entrò di corsa nell'ufficio: "Padre!"

"Aithen, hai sentito quel pazzo esaltato?"

"Eccome, immaginavo che non ne saresti stato felice, in particolare data la quantità di gente, tra cui un numero significativo di patrizi, che viene introdotta quest'anno."

"No. Non ne sono felice affatto! Ma se quelle mercenarie non amplificassero la voce di Galadrin in tutta la città, non sarebbe nemmeno poi così grave."

"Capisco cosa vuoi dire. Però non sono mercenarie; sono solo pensionate e non è la prima volta. Hanno fatto la stessa cosa durante la rivolta di Tempesta."

"Già, e allora dissi a Krystiana che doveva tenere le sue Alterintranti a bada nell'ovile, in un modo o nell'altro."

"Suppongo..."

In quel momento, la voce di Galadrin rimbombò ancora e interruppe la conversazione.

"Ma a prescindere dalle malefatte del nostro Re e della famiglia reale, questo è un giorno di giubilo, perché diamo il benvenuto a un numero impressionante di nuovi membri, la cui voce si aggiungerà alla nostra. Arriveremo a scuotere le coscienze di coloro che vogliono impedirci di reclamare il favore dei nostri Fondatori."

Il Primo Chierico della Chiesa di Aiala mosse la mano ingioiellata in direzione del primo candidato, invitandolo a salire sul palchetto. Il cuore di Krptus sussultò all'improvviso e lui strizzò le palpebre un paio di volte, mentre si liberava della momentanea indignazione che aveva provato per il modo in cui il Primo Chierico aveva dipinto il Gran Re e la sua famiglia. Ogni esitazione svanì nel momento in cui il senatore Sur'Elando, che aveva deciso di patrocinare il suo ingresso nell'ordine, lo incoraggiò con una pacca sulla spalla.

Il clamore della folla aumentò man mano che altri nuovi fedeli si avvicinavano al Primo Chierico per essere accolti. Ben centosessanta riiani sarebbero stati introdotti in quel giorno di festa dell'undicesimo mese dell'anno 1800.

Un parossismo di gioia conquistò la folla quando il Primo Chierico Galadrin fece un cenno e due seguaci gli porsero la teca cilindrica e luminosa che conteneva il Teschio del Primo.

Il chierico chiese ai supplicanti a inginocchiarsi davanti a lui, quindi appoggiò le mani sul teschio, chinò il capo e pronunciò una preghiera. I fedeli, inclusi i nuovi arrivati, assistettero rapiti, totalmente in silenzio tanto da far sembrare per un attimo che ogni persona nella capitale fosse morta.

Una volta terminata la preghiera, Galadrin passò davanti a ciascun supplicante e lo colpì dolcemente alla base del collo con lo Scettro dell'Unione su cui era scolpita la rappresentazione dei Fondatori che subentravano nei corpi dei Degni. Tutti i centosessanta supplicanti caddero in avanti, come svenuti, per diversi secondi, durante i quali un mormorio inquieto attraversò la folla. Quando, infine, i novizi si rialzarono, le Voces Creatoris eruppero in un canto sublime a cui si unì l'intera comunità. Alcuni, tra i nuovi consacrati riiani, seguirono l'esempio, cantando come se fossero nati e cresciuti nella Chiesa di Aiala. Altri, come Krptus, si concentrarono sul ritornello fino a impararlo abbastanza bene per poterlo cantare. Nel frattempo, Galadrin continuava a declamare la lista completa dei nomi dei nuovi membri.

L'espressione sui volti del Gran Re e del Gran Principe si fece scura e pesante nell'udire alcuni di quei nomi: un guardiano e sei latifondisti, tra cui Donna Aroteka. Octavius ringhiò qualche imprecazione, tornò dentro al chiuso insieme al figlio, sbatté le porte e ordinò alle Fasce Rosse di creare uno scudo sonoro per silenziare il resto della cerimonia.

III.   Strategie straniere

Quel pomeriggio, Maestro Brak entrò con un passo nervoso nell'ufficio del Gran Re, al seguito di Alturo Rackeli. Il majordomo si fermò a circa due metri dagli altri e fece cenno a Maestro Brak di avvicinarsi.

La confusione incorniciava i volti dei collaboratori del re, tranne quello del Signore Kaffin. Ripensando all'annuncio che stava per fare, Octavius fece in modo che le sue preoccupazioni per la crescente influenza di Galadrin, un'influenza che ora si estendeva fino al patriziato, si ritirassero ai margini dei suoi pensieri; avrebbe affrontato questo nuovo problema più tardi. Quanto ai suoi residui sensi di colpa per ciò che era accaduto a Mitsuko, quelli sparirono da soli, insieme a tutto il resto delle cose che disturbavano e occupavano la mente del re in quel momento.

Il pescatore si inchinò con un sorriso che oscillava tra l'orgoglio e la timidezza, mentre cercava di non farsi sopraffare dall'austero splendore dell'ufficio del re o dalla presenza di cotante persone potenti e di rango elevato nella stessa stanza. Certo, era già stato in presenza prima dell'uno e poi dell'altro, quando serviva le sue specialità culinarie, ma non era la stessa cosa vederli tutti lì insieme, e lui non era lì per cucinare. Qui si discutevano questioni di grande importanza, chi era lui per partecipare?

Dopo aver congedato il maggiordomo, il re accolse il mercante con la voce più brillante e gaudente che riuscì a sfoderare.

Il tono del re tranquillizzò Brak, che si inchinò un'altra volta con un sorriso persino più onesto e sommesso di prima.

Aithen lanciò una rapida occhiata al pescatore e poi chiese a Octavius: "Sire, perché il Maestro Brak è qui?"

"Perché, figlio mio, ho bisogno di lui per mettere in atto una parte della nostra strategia."

L'incredulità dilagò in sala.

Il mercante, notando le reazioni altrui, si irrigidì un poco.

Il re proseguì, con la determinazione che lo contraddistingueva, anche se non riuscì a trattenere una breve esitazione che lo tradì agli occhi di coloro che erano in grado di leggere le sue emozioni: "Maestro Brak, come le ha riferito il Signore Kaffin, ho una missione molto importante per lei: dovrà avvalersi delle sue abilità culinarie e dei suoi contatti esteri."

Octavius vide il modo in cui tutti i presenti, tranne Kaffin, lo fissarono, come se avesse improvvisamente perso il senno. Il Maestro Brak era altrettanto confuso, ma, da persona sicura di sé e gioviale qual era, decise di assecondare il gioco del re — se di un gioco si trattava — e disse: "Sono al vostro servizio, mio Re. Ogni mia risorsa, che sia spezia, nave o inchiostro, è vostra e la potete usare come meglio credete."

Quando Aithen scosse la testa in preda all'incredulità e all'incomprensione, Octavius decise di porre fine alle perplessità e di spiegare al figlio e agli altri di cosa si trattava.

Disse: "Ottimo, Maestro Brak. Bene. Grazie."

Quindi, si rivolse ai consiglieri e riferì come intendeva sfruttare le capacità e i contatti di Maestro Brak. Naturalmente, quella rivelazione provocò ancora più sgomento, ma non in

Irania, le cui labbra sembrarono allungarsi leggermente, come in segno di apprezzamento per ciò che aveva recepito.

Il primo a mettere in discussione la richiesta del re non fu però uno dei suoi consiglieri, bensì il pescatore stesso, che barcollò e impallidì, malgrado l'opportunità economica che si prospettava per lui.

Brak Piscator strinse e fece roteare nervosamente il tricorno che teneva tra le mani, finché non si riprese a sufficienza per parlare: "Perdonatemi, Sire... contrabbandare un milione e mezzo di paste di pesce? In Zebulonia? Devo ammettere che il numero è, beh... e la destinazione è... Quando avreste bisogno di questo ordine, Sire? E per quale motivo, se posso chiedere?"

Octavius fece un gesto rassicurante verso l'uomo tarchiato, poi disse: "Il Signore Kaffin mi ha informato che già vendete alcuni dei vostri prodotti in Zebulonia. Non c'è bisogno di nasconderlo: non danneggia il Regno, benché sia illecito. Tuttavia, si dà il caso che ora possa rivelarsi utile per i miei scopi. Ho sentito dire che solo i cittadini zebuloniani, e più precisamente i maschi, acquistano questi dolci. È vero?"

Il Maestro Brak rispose affermativamente muovendo il capo lentamente e con incertezza. Un sudore freddo cominciò a bagnargli la camicia di pregevole fattura. *Suppongo che abbia paura che gli chieda di consegnare prodotti avvelenati al nemico e che tema le conseguenze di un suo eventuale rifiuto.*

"Bene, ho bisogno che lei faccia riempire le paste con un messaggio per loro."

Un profondo sospiro di sollievo generale, misto a sguardi increduli, accolse le parole di Octavius.

Octavius pensò tra sé e sé: *Sono sicuro che nessuno di loro riesca a immaginare come mi sia venuto in mente un simile piano, anche se sono sorpreso che persino Irania sembri disorientata.*

Aithen, esasperato, distolse il re dalle sue riflessioni, chiedendo, o meglio quasi esigendo, di sapere cosa fosse questa faccenda dei pasticcini e dei messaggi.

Il re espirò rumorosamente, poi disse: "Questa faccenda è una strategia! È un astuto sotterfugio che ci favorirà quando attaccheremo Zebulonia. I messaggi, che verranno recapitati a cadenza regolare nei prossimi mesi, informeranno i maschi del regno che hanno un amico al di fuori dei loro confini che conosce la loro lotta e il loro desiderio di libertà, un amico che in un giorno da determinare combatterà al loro fianco. Li istruiremo a sostenerci nel giorno stabilito e a cercare la guida dei loro capi in loco, fino ad allora."

Kendor esclamò: "Sire, tutto ciò non ha precedenti. Non ho mai letto o sentito parlare di nulla di simile... prima d'ora. E pensate che possa funzionare?"

"Certamente. Con l'aiuto dell'OLZM funzionerà."

Kendor, Harlion, Irania e Aithen fecero un cenno di assenso, dapprima con esitazione, poi si guardarono a vicenda e annuirono con sempre maggiore convinzione, ricordando il motivo delle visite del re a Marcus il Lettore.

"Sono lieto di vedere che siete pronti a sostenere il piano."

Kendor disse: "Siamo pronti, Sire, tuttavia sarà interessante scoprire, non appena si presenterà l'occasione, da dove arriva una simile strategia."

"Sarò felice di spiegare tutto, Gran Capitano, al momento giusto."

Il re proseguì, dopo una breve pausa: "Irania Lux Baiula, desidero che sia lei a scrivere questi messaggi. Credo che saprà meglio di tutti noi come formulare il testo, anche se vorrei..."

Octavius abbassò improvvisamente la testa, sentendosi estremamente frustrato e messo alle strette.

"Cosa c'è, padre?"

"Irania avrebbe potuto avere l'aiuto di Maestro Methrim, ma ora non più! E devo trovare nuovi mezzi per contattare Lub Methor, visto che anche Marcus si è rivelato un traditore. Lei è in grado di assicurarsi che i messaggi vengano compresi correttamente dai destinatari, Irania?"

"Da sola no, Sire. Però credo che Molara Lux Baiula, la responsabile delle due ragazze che abbiamo mandato a Zeblinia, abbia imparato abbastanza bene la lingua del nostro nemico e possa aiutarmi."

Octavius chiuse gli occhi e fece un lungo e lento respiro.

"Grazie, Lux Baiula. Grazie. Prendete accordi con il Maestro Brak in modo che possa recuperare da voi una copia del primo messaggio entro la fine di questo quarto."

Rivolgendosi al mercante, il re aggiunse: "Maestro Brak, dovrà stampare il messaggio su carta resistente e infilarlo dentro un milione e mezzo delle vostre paste, che consegnerete in Zebulonia. Effettuerete tre spedizioni di questo tipo nei prossimi tre mesi. La destinazione è il porto di Worm."

Brak Piscator emise un gemito sommesso e insicuro. Octavius lo invitò a esprimere la sua preoccupazione.

"Sire, le mie spedizioni vengono sempre ispezionate dalla dogana zebuloniana prima che i miei clienti possano acquistare i prodotti. Temo che..."

Il re interruppe il suddito e disse: "Non dovrà preoccuparsi di questo, Maestro Brak; i nostri contatti piazzeranno un nostro uomo in postazione con il giusto tempismo, un certo Lak Rikor. Sarà lui a eseguire le ispezioni, anche se, date le mutate circostanze, dovrò riconfermarlo e contattarlo prima che lei parta."

Il mercante di pesci e ora contrabbandiere reale annuì cautamente.

"Farò in modo di stabilire una nuova via di comunicazione tra noi e i ribelli, non si preoccupi, Maestro Brak."

Brak Piscator arrossì e disse: "Non dubiterei mai di voi, Sire."

"Certamente." Octavius non fece osservazioni su ciò che pensava della propria infallibilità.

Brak aggiunse timidamente: "Ma..."

"Si preoccupa che qualcosa possa andare storto?"

Il Maestro Brak annuì, poi disse: "Sono preoccupato, perché spesso ci sono dei revisori che arrivano senza preavviso, dopo la prima ispezione."

Methor non me ne aveva parlato. Il re stava cominciando a perdere la pazienza, alle prese con il sospetto che l'universo stesse cospirando contro di lui. Eppure, fu il pescatore stesso a interrompere il suo impeto d'ira.

"Mi dispiace, Sire, non volevo farvi preoccupare inutilmente; forse ho già una soluzione. Consiglierei di aggiungere al carico un quarto di milione di paste non adulterate. Le disporrò tra le altre in modo da avere maggiori probabilità che vengano scelte durante un'eventuale ispezione secondaria." Brak si affrettò ad aggiungere: "Naturalmente, mi prenderò carico personalmente dei costi aggiuntivi, mio Re."

Octavius fece un sorriso sincero e soddisfatto. Era bello sapere — e averne la prova — che in quella nazione esistevano ancora persone oneste, leali e disinteressate. Tuttavia, ben presto la sua espressione riacquistò un aspetto serioso e qualcosa in essa proiettava dei... sensi di colpa. Disse: "In verità, la mia vera preoccupazione è questa, Maestro Brak: non possiamo permettere che il contenuto dei vostri pasticcini divenga troppo popolare, che sia sulla bocca di troppe persone. Se ciò dovesse accadere, le chiacchiere raggiungerebbero sicuramente le orecchie del nemico, sicuro come il sole sorge ogni giorno anche quando il cielo è coperto di nuvole."

Octavius osservò Brak Piscator raddrizzare la schiena, indicando la sua disponibilità a qualsiasi costo, quindi disse: "Se accetta, dovrò chiederle di rispettare altre due condizioni: in primo luogo, dovrà accettare di far cancellare la propria memoria a breve termine e quella dei suoi aiutanti in seguito a ogni produzione; in secondo luogo, dovrà impiegare solo persone di cui si fida implicitamente, affinché non facciano domande sul contenuto dei messaggi e non rivelino nulla di questa missione in fase di preparazione. Così dev'essere perché altrimenti sarei costretto a sequestrare lei e i suoi aiutanti per i prossimi tre mesi, qualora fosse ancora intenzionato ad accettare l'incarico."

Dalla reazione di Maestro Brak era evidente che non si aspettava queste richieste. Persino i consiglieri del re rivolsero sguardi stupiti in direzione di sua maestà. *Irania sembra infuriata. Spero capisca che non c'è altra scelta.*

"Forse non è a conoscenza di tutti i tipi di creature che stiamo affrontando, Maestro Brak, ma le posso assicurare che alcune sono in grado di rubare i pensieri delle persone, senza che nemmeno se ne accorgano... E questi servitori dell'Oscuro sono ormai ovunque. Pertanto, queste misure sono necessarie, perché altrimenti dovremmo assegnarvi anche una guardia permanente di Sorelle, il che renderebbe di fatto impossibile portare a termine la missione, dato che deve rimanere segreta."

Per alcuni lunghi momenti colmi di tensione, Brak Piscator si sfregò il viso e si strofinò una mano sul collo.

Octavius lo osservava con uno sguardo calmo e paziente. Con la coda dell'occhio, vide Aithen avvicinarsi frettolosamente. Octavius ascoltò i suoi sussurri, ma non distolse lo sguardo dal mercante e si limitò a dare al figlio risposte brevi e concise. Quando il pescatore si schiarì la gola, Octavius alzò una mano in direzione di Aithen e gli sussurrò qualcosa per tranquillizzarlo.

"Ha preso una decisione, Maestro Brak? Può garantire l'affidabilità di coloro la assisteranno in questo arduo compito?"

"Sì, mio Re. Assegnerò la produzione a mio figlio e a mia nipote, oltre che a uno dei miei assistenti più fidati. Per quanto riguarda la prima condizione, capisco le vostre argomentazioni e, sebbene non abbia idea di chi possano essere queste creature che potrebbero rubare i nostri pensieri..." Brak rabbrividì, poi riprese: "Ho sempre avuto il massimo rispetto per voi e per il nostro governo. Perciò accetto le vostre richieste, per quanto spiacevoli."

"Non vuole prima chiedere a suo figlio, a sua nipote e al suo assistente se sono d'accordo anche loro?"

Brak Piscator oscillò per un attimo la testa da una parte e dall'altra, emise qualche borbottio e, infine, annuì con determinazione: "Loro saranno senz'altro d'accordo."

I sospiri di sollievo che fuoriuscirono silenziosamente dalle gole dei collaboratori di Octavius erano quasi tangibili; in effetti, si manifestarono nel modo in cui gli occhi di Aithen si chiusero, nel modo in cui Kendor e Harlion si distesero sulla poltrona e nel modo in cui i Signori Voltaguerra e Kaffin rilassarono le spalle. Quanto a Claudius, il suo volto indicava che si stava arrovellando su tutto ciò che aveva sentito quel giorno ed era anche evidente che provasse un certo disagio. Octavius pensò: *Probabilmente si starà chiedendo se è il caso di essere qui ad ascoltare questi piani. Non mi hai mai dato motivi per non fidarmi di te, fratello, ma sentire quello che hai sentito oggi sarà sicuramente un peso per te. Sono gli oneri della nostra posizione.* Octavius rivolse lo sguardo a Irania. La donna era seduta e aveva un'espressione impassibile e illeggibile. *So cosa significa quell'espressione rigida, Irania. Anche tu sei vincolata dal tuo ruolo e dai tuoi giuramenti, e dovrai convincere la Sorellanza della necessità di utilizzare un vincolo stordente ripetutamente su così tanti individui.*

Riportando la propria attenzione sul mercante e futuro agente di corte, disse: "Eccellente, sono felice di sentirglielo dire, perché non so proprio come avremmo potuto portare a termine questa missione, se lei avesse rifiutato."

A questo punto, il mercante disse un po' nervosamente: "Avrei una domanda, Sire, se posso."

Il re fece un cenno e Brak chiese: "La politica di cancellazione dei debiti[20] è già in vigore?"

Il re sorrise e si voltò verso il Signore Kaffin, il quale ebbe il piacere di rispondere che il provvedimento sarebbe entrato in vigore non appena fosse stata dichiarata guerra, probabilmente nei prossimi mesi, ma che questo particolare contratto sarebbe stato pagato alla consegna, anche nel caso in cui quella legge fosse entrata in vigore prima del termine della missione.

A quel punto, Octavius congedò il mercante, che se ne andò con un miscuglio di sentimenti che gli trasfiguravano il viso. Le emozioni che provava spaziavano dalla preoccupazione all'impazienza, fino ad arrivare all'orgoglio.

Una volta che il re e i suoi consiglieri furono di nuovo soli, Octavius rispose alle loro domande e spiegò le ragioni di un piano così anomalo, rivelando solo a grandi linee la propria fonte di ispirazione. Quando tutti i presenti lo sostennero con convinzione, il re congedò i Signori Voltaguerra e Kaffin, poi chiese agli altri di rimanere per discutere di Methrim.

20

Politica di cancellazione dei debiti: legge che cancellava i debiti accumulati e azzerava i costi delle transazioni in tutta la nazione per tutta la durata della guerra.

L'umore del re cambiò radicalmente quando cominciò quella discussione, sebbene Kendor non avesse nulla di rilevante da riferire, se non i soliti problemi che ci si aspetta nel momento in cui i coscritti vengono inseriti nell'esercito regolare — nonostante i ripetuti inviti e le sollecitazioni di Octavius a indagare su tutto ciò che potesse significare un'azione illecita compiuta da parte di Lusk Methrim.

Aithen sembrava particolarmente teso e nervoso. Dopo un po' il re gli chiese quale fosse il problema.

Prima di rispondere, il principe si morse e si leccò le labbra, come se si stesse preparando a rivelare qualcosa di molto sgradevole. Il suo sguardo si spostava freneticamente, mentre lui rifletteva su come comunicare la rivelazione che aveva in serbo.

Le viscere di Octavius si annodarono a causa di quella sgradevole attesa. Tutti fissarono Aithen in cerca di indizi, ma il principe non ne diede, e neanche Irania, osservando le sue espressioni mutevoli, la tensione dei suoi muscoli e la profondità del suo respiro, riuscì a capire di cosa si trattasse.

Passò un altro momento di esitazione, infine Aithen parlò: "All'inizio di questo mese, Kil è venuto da me con la richiesta di intercedere per uno dei suoi conoscenti e farlo ammettere come apprendista del Maestro Vorak."

Il volto di Octavius assunse un'espressione sconcertata.

Aithen proseguì: "Ho chiesto a Maestro Trebloc di indagare sul suo passato e ha scoperto che questo Luvius Arco è connesso a Lusk Methrim."

Una nube tetra e tonante ricoprì il volto di Octavius, mentre dei segnali d'allarme incisero le espressioni degli altri.

"All'epoca pensavo che la faccenda fosse una mera coincidenza..." Aithen fece una pausa, costringendosi a rimanere calmo e a proiettare più sicurezza possibile: "Ora non lo penso più. Credo che Lusk Methrim abbia mandato qui Luvius per arrivare a Koricki e, attraverso di lui, al Re."

Octavius inspirò profondamente e sbuffò con altrettanto trasporto a più riprese. Notò lo sguardo perso di Aithen: suo figlio sembrava sentirsi in colpa per l'ultimo attentato.

Octavius alzò la mano e disse: "Siamo stati degli sciocchi, tutti quanti! Abbiamo lasciato che uno straniero..." Octavius si fermò prima di lasciare che la rabbia prendesse il sopravvento e facesse passare il messaggio che il loro errore fosse stato quello di essersi fidati di uno straniero. Comunque, se la notizia del tradimento di Methrim si fosse diffusa tra la popolazione, molti l'avrebbero vista proprio in quel modo e avrebbero incolpato il loro re e il principe per essersi fidati di uno zebuloniano, dato che "chiunque dovrebbe sapere che gli zebuloniani sono barbari inaffidabili".

"Abbiamo lasciato che uno sconosciuto ci ingannasse tutti, ed ora è in fuga, dopo aver quasi ucciso Elyana. E se non fosse per la forza superiore, o la fortuna, della Manu Dextra, forse pure io sarei già morto o perché no, imprigionato per sempre nel Legame."

Preso da un improvviso scatto d'ira, il re scaraventò a terra un vaso appoggiato sulla scrivania, ma all'improvviso, come una furiosa raffica primaverile, la sua rabbia si placò e lui si sentì esausto e spossato, stanco di affrontare emozioni che non era in grado di affrontare, se non ignorandole. A quanto pareva, gli eventi degli ultimi mesi e le sue responsabilità nella morte di Mitsuko gli avevano inflitto un colpo micidiale.

Girandosi verso il figlio e il resto dell'assemblea, con una certa dose di sarcasmo volta a coprire gli altri sentimenti, disse: "Quando lo troveremo, si pentirà amaramente di essere venuto da queste parti e di averci offerto i suoi servigi."

Le parole di Octavius non sembrarono piacere ad Aithen, che disse: "Padre, ti sei fidato di Lusk Methrim per colpa mia.

Io ho suggerito che ci potessimo fidare di lui. La colpa è... mia."

Octavius sospirò e Harlion strabuzzò gli occhi. Il principe era fatto così, teneva sempre fede ai suoi princìpi, ma in quella circostanza la sua posizione sembrò fuori luogo. Dopotutto, anche Urbs Lucis si era fidata di quell'uomo.

Il re sbuffò sommessamente, mentre un sorriso orgoglioso si stava affacciando sulle sue labbra: "Figlio mio, gli impulsi che ti motivano, che ti muovono, mi rasserenano e cancellano i timori che porto con me per il futuro del Regno, ammesso che esisterà ancora al termine di questa guerra. Però, in questo caso, il tuo senso di colpa è esagerato, se non addirittura narcisistico."

Aithen ritrasse la testa rivelando una combinazione di indignazione e imbarazzo.

"Converrete tutti con me che giudicare erroneamente il carattere di un'altra persona non è una rarità, può capitare anche alle Lux Baiulae." Octavius lanciò un'occhiata a Irania, che mantenne un'espressione vacua e impassibile, eccetto per un leggero movimento delle narici, colto dal re. Quindi, proseguì: "Una volta riconosciuta la vera natura di una persona, la si deve accettare così com'è, oppure la si può allontanare dalla propria cerchia. Purtroppo per noi, questa presa di coscienza è arrivata troppo tardi e abbiamo perso l'iniziativa... ma la prossima volta non andrà così. Se posso lo impedirò."

Aithen annuì esitante. Non voleva scaricarsi di dosso ogni responsabilità, pur sapendo che il padre aveva ragione.

Octavius riconobbe la reazione del figlio per quello che era e, cedendo a un altro moto di orgoglio, disse a Kendor: "Questo... questo senso di responsabilità, Gran Capitano, è ciò che il trono si aspetta da tutti coloro che lo servono. Sarà uno dei valori cruciali da trasmettere alle nostre truppe nei tempi a venire. E deve accompagnarsi alla forza d'animo di accettare le conseguenze delle nostre azioni."

L'ufficiale ponderò il principe con uno sguardo, poi annuì e prese atto delle direttive del re.

Infine, chiese al re se doveva far arrestare Luvius Arco dalla Guardia Reale.

"Sì, ma per favore consegnatelo al Frumentariato. Voglio che siano gli addetti del Prefetto a interrogarlo." Quando Harlion annuì, Octavius continuò: "Dobbiamo assicurarci che non abbia persuaso qualcun altro ad agire contro di me. Irania, lei è in grado, insieme alle sue Sorelle, di rintracciare tutte le persone con cui potrebbe essere entrato in contatto Luvius e interrogarle?"

"Sì, Sire, anche se potrebbe trattarsi di un gran numero di persone e potrebbe volerci del tempo."

"Sia quel che sia, Lux Baiula."

Accorgendosi delle contrazioni e dei gesti preoccupati di Aithen, il re lo esortò a parlare.

Aithen guardò per un attimo Irania, prima di dire: "Padre, non credo che questo compito sarà poi così arduo; da quello che mi ha detto Elyana, la conversione richiede che il Temptator sia in contatto frequente e prolungato con il malcapitato, il che riduce il numero delle potenziali vittime."

"Vittime... suppongo che questo siano, no? Anche Koricki Dar'Muntake."

Per quanto avesse inizialmente desiderato punire il suo assistente, aveva capito che coloro che venivano manipolati non erano necessariamente criminali o persone cattive. E in ogni caso, non poteva punire il lontano cugino della Suprema Sacerdotessa, un giovane che era anche membro della Sorellanza. La punizione, se mai sarebbe arrivata, probabilmente era di competenza della Magna Mater.

Come previsto, non tutti erano d'accordo con la sua affermazione. Kendor, e pure Harlion, sembravano credere che un individuo *convertito* fosse responsabile delle proprie azioni tanto quanto chiunque altro; la responsabilità era uno dei precetti della religione riiana.

Sentendosi improvvisamente affaticato, Octavius ringraziò il figlio per il suggerimento, chiese a Irania di indirizzare gli sforzi delle sue Sorelle di conseguenza e, finalmente, congedò tutti i presenti.

Non appena rimase solo, fatta eccezione per la guardia permanente, che Octavius aveva lentamente imparato a ignorare — stupendosi di se stesso — andò a sedersi, o meglio, a stravaccarsi sul divano. Cercò di rilassarsi e di dimenticare i doveri imposti dalla corona, ma era complicato. Il ricordo della morte di Mitsuko tornò a tormentarlo, ma era contento di essere riuscito a dimenticarsene, anche se non per molto, nel corso della riunione, altrimenti chissà come sarebbero andate le cose. Il Consiglio avrebbe incominciato a mettere in dubbio la sua capacità di governare.

E così, preso da quelle divagazioni, rimase a lungo sdraiato a brontolare e mugugnare in silenzio, limitandosi a guardare di tanto in tanto con diffidenza i guardiani e le Sorelle. Quando si stancò di rimuginare su ciò che avrebbe dovuto fare o meno — ad esempio, se avrebbe mai dovuto fidarsi di Marcus in principio — o sul perché era entrato nel Legame con la sola Mitsuko a proteggerlo e su quale razza di uomo potesse maledire e disprezzare chi stava dando la vita per lui... quando si stancò persino di ripensare alla propria stupidità, liberò la mente da quello stato di prigionia e all'improvviso si alzò in posizione seduta, emettendo un sussulto che allarmò la Lux Baiula di guardia accanto alla porta tra l'ufficio e la camera da letto del re. Si era appena ricordato che l'indomani Ori avrebbe celebrato il suo ultimo Giorno del Riconoscimento.

Quattordici anni! Ci sarò per lui il giorno del suo quindicesimo e ventesimo compleanno?

Octavius si alzò di scatto in piedi, sebbene la schiena dolesse ancora, e corse da Irania per chiederle di far recapitare un biglietto al figlio tramite la sua collega di Kynaria.

IV.   La notte degli aghi e delle lame

Mentre si scioglieva la treccia e si preparava per andare a letto dopo una lunga ed estenuante giornata, una sagoma scura comparve allo specchio della Suprema Sacerdotessa. La figura era resa ancor più spaventosa dal sole rosso calante, che proiettava i suoi ultimi raggi nella stanza. Quella visione paralizzò il cuore di Ylana. La sua bocca si aprì per chiedere aiuto, ma un dardo le trafisse il collo e lei cadde a terra senza emettere alcun suono. Fu solo il morbido rumore del suo corpo che colpiva il soffice tappeto a disturbare la quiete. L'assassino sgusciò furtivamente e con perizia oltre il balcone dell'ex leader dell'Ordine di Kynaria e poi giù.

Sul Colle della Seconda Sede, dove risiedevano gli amministratori della nazione, ombre si erano infiltrate nelle stanze private dei potenti: un'intruso si era intrufolato nelle stanze private del Sacerdote Addestratore Morek, un altro in quelle della Sacerdotessa Contabile Narana e un altro ancora nella casa dell'Amministratrice Loren, un funzionario pubblico responsabile delle opere civili — uno dei due uffici civili del governo kynariano.

La nazione kynariana perse così due dei suoi rappresentanti e nessuno se ne accorse: Morek cadde a terra mentre esaminava la proposta di Aria su una nuova tecnica di tracciamento degli animali selvatici e Narana si accasciò sulla scrivania mentre stava per firmare un assegno destinato a sbloccare i fondi per lo sforzo bellico di Octavius, che la Sacerdotessa Suprema aveva finalmente accettato di sostenere apertamente. Solo l'Amministratrice Loren, che non riusciva a dormire e si aggirava per casa come un ululone irrequieto, ebbe il tempo di gridare e avvertire la famiglia, non appena l'assassino apparve nella sua camera da letto. Eppure, quest'ultimo riuscì comunque a soffiare il suo dardo e darsela a gambe indisturbato.

Un altro assassino era appena entrato nella camera da letto della consorte del Gran Re e si maledisse nel momento in cui il suo passo provocò uno scricchiolio nel pavimento.

Ori, che era ancora sveglio in quell'ultima ora del suo Giorno del Riconoscimento, sentì un rumore e si diresse verso la camera della madre, per dirle che aveva riflettuto su se stesso, come previsto in quel giorno, e sebbene non fosse ancora riuscito a capire *cosa* lui fosse, almeno aveva capito *chi* era.

Quando scostò le pesanti tende all'ingresso della camera, vide un uomo vestito di nero incombere sulla madre addormentata, pronto a conficcarle un coltello nel petto. Ori non capì se il tempo si fosse fermato o se stesse accelerando inesorabilmente in direzione della morte di sua madre, ma qualcosa lo spinse al di fuori del regno fisico e tutti i suoi pensieri e le sue domande si interruppero bruscamente quando vide il braccio dell'assassino iniziare a farsi strada verso il bersaglio.

Un urlo a lui estraneo si levò dal principe e riverberò nelle stanze di Donna Darya come un'esplosione, mandando in frantumi vetri, ceramiche, e...

Il sicario gridò e crollò sul pavimento, mentre Darya si svegliò e si piegò immediatamente su se stessa, soffrendo a causa di una ferita invisibile.

Ori strillò e corse dalla madre chiamandola per nome. Aveva paura di toccarla e indietreggiò vedendo del sangue che le colava dalle labbra. Le lacrime sgorgarono a fiotti dai suoi occhi iniettati di sangue.

A quel punto, Aria entrò nella camera da letto della zia e gridò: "Ori! Che succede? Cosa... Cosa è successo?! Zia Darya!"

Ori non rispose, non si accorse nemmeno della cugina, finché non gli apparve accanto.

Incapace di proferire parola, si limitò a indicare l'assassino, che giaceva a terra dall'altra parte del letto.

Aria boccheggiò e si sforzò di chiedergli se la zia fosse ancora viva.

"Io... non so... non so cosa sia successo a entrambi."

"In che senso? E perché sei giallo in faccia?"

"Non lo so! Non so nulla. Mamma! Per favore, svegliati! Aria, ti prego, aiutami! Mamma, mamma... mamma..."

I guardiani, che finalmente arrivarono in seguito a tutto quel trambusto, fecero un po' di fatica a strappare il catatonico Ori dalla madre immobile e a portarlo insieme ad Aria nel salone. Lo stupore, lo sconcerto e l'incomprensione le segnarono il volto. La sua espressione sembrava chiedere: "Come è possibile che il nostro mondo sia cambiato così all'improvviso?"

Un guardiano alto e magro si avvicinò per cercare di interrogare il ragazzo, ma questo era ancora evidentemente scosso e non rispondeva. L'uomo interrogò quindi Aria, ma anche lei era molto agitata e si limitò a ripetere frasi come "Non è possibile" e così via.

Quando finalmente arrivò il sergente Yluno con la Sacerdotessa Medica Salina, entrambi ansimanti — la chierica più del soldato — dopo aver corso su per le scale ordinò a tutti di scendere nelle stanze sicure del complesso. Un guardiano muscoloso e di media statura trasportò in braccio Donna Darya, che respirava a fatica e sanguinava, mentre altri due guardiani si occuparono di portare il corpo dell'assassino all'obitorio.

Il guardiano che aveva preso in braccio Darya tentennò inaspettatamente subito dopo aver varcato la soglia del corridoio. Il sergente e la sacerdotessa si voltarono per chiedere cosa stesse aspettando. L'uomo abbassò lo sguardo sulla regina, poi lo alzò impallidendo. Iniziò a parlare, ma la sacerdotessa lo zittì con un gesto risoluto. Il guardiano fece un cenno e li seguì, mentre il corpo di Donna Darya penzolava, un po' più floscio di un attimo prima.

Una volta giunti nel seminterrato, Salina chiese al figlio e alla nipote della regina di rimanere nella stanza più grande e ordinò al guardiano di portare Donna Darya nella cameretta a sinistra, per poterla esaminare in privato. Solo la principessa Aria protestò, ma cedette quando la sacerdotessa le assicurò che li avrebbe aggiornati presto sulle condizioni della regina. Il ragazzo non disse nulla e si limitò a starsene fermo e seduto, lì dove il sergente Yluno lo aveva lasciato.

Nel momento in cui il guardiano portò il corpo nella stanza, lo pose su un divano e chiuse la porta dietro di sé, Salina espirò, si inginocchiò e iniziò il suo lento e accurato esame. Non le ci volle molto per confermare che Donna Darya era morta; si morse le labbra, mentre vagliava mentalmente le conseguenze politiche di quella tragedia.

Sondò ulteriormente il corpo per cercare di determinare la causa della morte. Una cosa che riuscì ad accertare dopo diversi minuti di accurati sondaggi e auscultazioni fu che la causa immediata della morte di Darya doveva essere un infarto. Tuttavia, anche i polmoni le sanguinavano. Scosse la testa.

Non aveva idea di cosa potesse aver causato quelle ferite. Non era logico che i polmoni sanguinassero: se si fosse trattato di un gas tossico, anche il ragazzo ne avrebbe sofferto. E comunque un assassino non avrebbe fatto uso di gas tossici. Inoltre, Darya era una donna sana; il suo cuore non avrebbe subito un attacco improvviso, nemmeno per la paura. Nulla di tutto ciò aveva senso.

Pensando tra sé e sé, disse: "Cosa può esserne la causa? Non ho mai visto nulla di simile prima d'ora, se non..."

Salina si alzò, andò verso la porta, la aprì parzialmente e chiamò il sergente Yluno.

Prima che il sergente si mosse, Aria domandò con insistenza: "Sacerdotessa Medica, come sta mia zia?"

"Mi dispiace, Senior Neo Aria; non ho ancora completato il mio esame. Dovete avere un po' di pazienza."

"Ma..."

Aria non poteva vedere che la donna si stava pizzicando il pollice nervosamente, mentre rispondeva: "Per favore, siate pazienti. Non appena avrò terminato gli esami, vi informerò sulle condizioni di Donna Darya."

Non ricevendo alcun sostegno da Ori, Aria si sedette, sconsolata, e Salina fece cenno al sergente di avvicinarsi.

Il soldato, che aveva interrogato infruttuosamente il principe e la cugina, e anche il primo dei suoi guardiani ad arrivare sul posto, rispose volentieri al richiamo della sacerdotessa, nonostante le silenziose imprecazioni che lanciò avvicinandosi.

"Sacerdotessa Medica?"

Sussurrando, Salina disse: "Che arma o armi aveva con sé l'assassino?"

"Aveva un pugnale, ma non credo che l'abbia usato perché non ci sono tracce di sangue."

"Grazie, Sergente."

Salina tornò a esaminare il corpo un'ultima volta e, non scoprendo altro, tornò fuori, chiuse la porta e si diresse verso l'angolo buio della stanza in cui sedeva Ori.

A un metro dal principino, cercò a lungo di convincerlo a parlare, ma senza successo. A ogni domanda, il ragazzo si irrigidiva e si chiudeva ulteriormente in se stesso. Non ottenendo alcun risultato, Salina decise di sedersi sulla sedia accanto al principe e si chinò in avanti, cercando di catturare il suo sguardo.

Quando i suoi occhi caddero sul volto e sulle mani del mezzosangue, indietreggiò con un sussulto: "Sergente Yluno, per favore, trovi una Lux Baiula, una qualsiasi, e la porti qui immediatamente!"

Stupito e confuso, Yluno disse ancora: "D'accordo, Sacerdotessa Medica." E si allontanò per eseguire gli ordini.

Venti minuti dopo, il sergente, irritato e nervoso, tornò con Kenya, l'unica Lux Baiula presente in Kynaria in quel momento. La donna aveva preteso dal soldato di sapere cosa stesse succedendo, come se ne avesse il diritto, ma nessuno aveva detto al sergente cosa poteva dirle o meno.

Nel momento in cui Salina scorse la Lux Baiula, corse fuori dalla piccola stanza, lasciando la porta aperta, ringraziò Yluno e con un sibilo sussurrato, le chiese di esaminare il ragazzo.

"Deve dirmi cosa vede e confermare, o smentire, ciò che ho visto io sul mezzosangue."

Con una voce flebile e un po' gracchiante, Kenya Lux Baiula disse: "Quello è il giovane Principe, Sacerdotessa Medica, non è un ragazzo comune. E poi, non sono una medica, bensì una Cercatrice."

Salina si irrigidì e disse: "Non c'è bisogno che lei sia una guaritrice. Già il fatto di essere una Lux Baiula dovrebbe permetterle di verificare ciò che ho visto."

Il labbro della Fascia Gialla si sollevò leggermente per l'affronto ricevuto, ma disse: "Cosa pensa di aver visto."

"Non *penso* di aver visto qualcosa, Lux Baiula, *so* cosa ho visto. Ma ho bisogno che lei lo verifichi."

Se la Lux Baiula si era risentita dell'atteggiamento della donna, non lo fece notare. Chiese invece cosa fosse successo al giovane principe.

Nell'attimo in cui l'altra donna rispose, la Sorella scrutò la stanza. Notò Aria, ma non la conosceva e non le prestò più di tanta attenzione, si limitò a farle un sorriso di circostanza. Non appena il suo sguardo cadde sul corpo della regina nell'altra stanza, espirò quasi soffocando. Il suo sguardo si spostò da una persona all'altra, alla ricerca di una reazione che confermasse ciò che stava vedendo, che doveva essere peggio di qualsiasi cosa potesse essere accaduta al giovane principe: la regina era morta. Raggiunse il Legame per vedere se riusciva a percepire qualche attività cerebrale in quel corpo, ma la voce squillante della Sacerdotessa Medica la interruppe.

"Il ragazzo è così da quando sua cugina l'ha trovato, seduto accanto alla madre, la quale giaceva inerme sul letto. È stata aggredita, e abbiamo trovato l'assassino nella sua camera da letto... morto." Abbassando la voce, aggiunse: "Non sono certa che il suo aggressore sia stato la causa della sua mor... del suo stato attuale."

Aria, che sentì la parola troncata, gridò: "Che ha detto, sacerdotessa Medica? È... è morta?"

Non ottenendo risposta, Aria corse nell'altra stanza, scrollandosi di dosso il braccio della sacerdotessa che cercò di fermarla. Afferrò la mano della zia e non percepì alcuna reazione. Non sentendo nemmeno il suo respiro, strillò di nuovo e chiamò il cugino piangendo implorante.

Ori sembrò rannicchiarsi ancora di più su se stesso e non andò dalla madre ormai defunta.

Salina decise finalmente di ammetterlo. Aria corse da Ori e lo strattonò, poi iniziò a urlare con rabbia quando lui non reagì. Salina ordinò al sergente Yluno di portare la ragazza nel corridoio e di tenerla lì finché non si fosse calmata.

Kenya Lux Baiula disse: "Qualcuno deve avvisare il Gran Re."

"È nostra responsabilità, Lux Baiula. Ora, per favore, faccia ciò che le ho chiesto."

Kenya, la cui specialità era lo studio delle piante tossiche, e che si trovava in Kynaria per indagare sulle proprietà di una particolare pianta da utilizzare per combattere il veleno usato dagli assassini che avevano ucciso le sue Sorelle poco tempo prima, non capiva proprio cosa ci si aspettasse che vedesse. Comunque, andò da Ori; come minimo, poteva cercare di tirarlo fuori dall'abisso in cui sembrava essere sprofondato.

Tuttavia, non appena raggiunse il ragazzo, Kenya Lux Baiula vide subito ciò che aveva visto Salina: la pelle del ragazzo aveva il colore del polline di oki, un giallo pastello scuro, segno dell'espulsione di alcune tossine microbiche dalla pelle, cosa che solo certe lucertole e le Sorelle della Fascia Rossa erano in grado di fare.

La donna dal volto largo e dalle labbra sottili — tratti che le conferivano un aspetto bizzarro e quasi comico — mormorò sommessamente tra sé e sé: "Oh, giovane principe, che cosa hai combinato? Come hai fatto?" Mise la mano sulla testa del ragazzo, lo accarezzò, quindi tornò da Salina e le chiese di raggiungerla nell'altra stanza.

Prima che la Sacerdotessa Medica potesse rispondere, Yluno si schiarì la gola per dirle che doveva avvertire il comandante.

La sacerdotessa gli diede il permesso di andare e in seguito si rivolse alla Fascia Gialla: "Allora, qual è la sua conclusione?"

Ma Kenya non parlò finché non raggiunsero l'altra stanza, perciò Salina la seguì, pur provando una qual certa indignazione.

Gli occhi di Salina si spostarono dal corpo alla Lux Baiula e al ragazzo, che riusciva ancora intravedere attraverso la porta socchiusa. Con un tono che era poco più leggero di un sussurro e che fece rabbrividire Kenya, domandò: "Dunque, è un Alterintrante, vero?"

Kenya Lux Baiula annuì mestamente.

"Quindi è stato lui a..."

Lo sguardo letale di Kenya interruppe Salina.

Epure, la medica non riuscì a trattenersi dall'aggiungere con voce sommessa e sibilante: "È stato proprio il ragazzo."

Kenya sentì ribollire il sangue. La mancanza di rispetto di quella donna era insopportabile. È vero, apparentemente era stato il principe Ori a causare la morte della madre. Ma se così fosse, si sarebbe trattato di un incidente, un orribile incidente, che avrebbe avuto gravi conseguenze per lui, sia autoinflitte che esogene. Prima che Kenya potesse replicare, la porta della stanza principale si aprì per l'ennesima volta ed entrò un ufficiale con un'aria sicura di sé ma bonaria, seguito da Aria che finalmente si era calmata.

Rientrando, Aria riprese a singhiozzare, anche se più sommessamente, e corse dal cugino. Il capitano la seguì con lo sguardo e vide il principe. Proseguì verso la chierica e Kenya, che lo aspettavano nella stanza attigua.

Richiudendosi la porta alle spalle, l'ufficiale salutò frettolosamente la sacerdotessa e inclinò leggermente la testa quando notò il corpo di Donna Darya sul letto. Rimase qualche secondo accanto al letto, poi deglutì e scosse la testa sconsolato.

Quindi, si voltò verso le donne, allargò le braccia tenendo i palmi delle mani rivolti in avanti e, sospirando, disse: "Sacerdotessa Medica."

"Capitano Illaro."

"E lei dev'essere Kenya Lux Baiula."

"Corretto, Capitano."

Il capo della Guardia Rhiiana abbassò il tono della sua voce grave e dolcemente roboante per dire: "Mi hanno riferito quello che è successo qui. Insomma, questa è la situazione... Dovete sapere che questa notte un'intera banda di assassini è giunta in città con l'obiettivo di decapitarci. Questa notte rimarrà impressa nella nostra storia e la ricorderemo a lungo."

Salina sussultò, si portò una mano alla gola e chiese chi altri fosse stato ucciso.

L'ufficiale esitò a lungo, poi fece l'elenco dei morti, facendo una pausa tra un nome e l'altro: "Il Sacerdote Addestratore Morek, la Sacerdotessa Contabile Narana e..." Dopo aver esalato un lungo sospiro, che fece rabbrividire Salina, aggiunse: "La nostra Sacerdotessa Suprema."

Salina svenne per un attimo addosso al capitano. L'uomo fu preso alla sprovvista da quel mancamento, ma lasciò che la sacerdotessa riprendesse conoscenza tra le sue braccia. Quando si destò e si ritrasse, Salina disse: "Per Aiala, cosa abbiamo fatto di male? Com'è possibile, Capitano? Perché? Chi ci ha attaccato?"

"Non sappiamo ancora chi ci sia dietro e perché, Sacerdotessa Medica, ma se Aiala lo vuole, lo scopriremo presto."

Kenya disse: "Anche una delle mie Sorelle è stata uccisa di recente... l'ultima volta che è successa una cosa del genere nessuna di noi era nata. E ho sentito che anche il Gran Re ha subito diversi attentati. Molto probabilmente è opera di Noctiferus o dei suoi servi."

Salina rispose abbaiando: "Abbiamo sentito le supposizioni del vostro Ordine, Lux Baiula, e non sono opinioni che apprezziamo qui."

Kenya aggrottò le sopracciglia e scosse la testa, mostrando chiaramente cosa ne pensava delle convinzioni della chierica.

Avvertendo la tensione, il capitano si grattò il collo e indicò con il mento la sala principale, per chiedere informazioni sul principe.

Salina dapprima non rispose verbalmente, ma scosse la testa con uno sguardo sofferente e arrabbiato che coinvolgeva anche la Fascia Gialla. Infine, aggiunse: "Il ragazzo... non sta bene. È un..."

Contro ogni consuetudine, Kenya interruppe la chierica per obiettare all'affermazione che stava per fare: "Non abbiamo ancora confermato nulla, Sacerdotessa Medica. Tutto ciò che abbiamo è qualche fatto, e non racconta tutta la storia. La prego di dare al Principe il rispetto che merita, non solo in quanto figlio di due persone rispettabili, ma anche in quanto ragazzo che ha appena perso la madre."

Il capitano si stupì della faccia tosta della Lux Baiula, ma conosceva la rettrice del collegio medico kynariano e comprese l'irritazione e l'esasperazione della Sorella. Comunque, cercò di calmare gli animi prima che la situazione precipitasse, rivolgendo dei gesti diplomatici alla chierica, il cui volto si stava adombrando.

Di lì a poco, Salina si placò — sapeva di dover tollerare l'altra donna, dato che avrebbe avuto ancora bisogno del suo aiuto per capire ciò che era accaduto quella notte — ma sbuffò mostrando il proprio disappunto e assicurandosi che la straniera sapesse come la pensava.

A quel punto, Salina disse: "Dovremo fare l'autopsia dei corpi per capire meglio cosa è successo. Però..." E guardò la Kenya a denti stretti, sperando che non si opponesse di nuovo: "*Credo* che la Lux Baiula sarà d'accordo sul fatto che dovremmo tenere il... Principe sotto sorveglianza finché non avremo terminato le autopsie."

L'ufficiale guardò la Lux Baiula per studiare la sua reazione e fu felice di constatare che acconsentiva, seppur con riluttanza. Continuando con un sussurro pieno di tristezza, disse: "Vorrei sapere che parte pensa abbia avuto il giovane Principe in quello che è successo qui, Sacerdotessa Medica. Ma prima di tutto... Io..."

Gli strepiti di Aria varcarono la porta, interrompendo l'ufficiale. La ragazza pretendeva di sapere cosa stesse succedendo.

La chierica e il capitano della Guardia Rhiiana si scambiarono uno sguardo. Il capitano fece un cenno e la sacerdotessa sorrise riconoscente, quindi tornarono nella sala principale. Il capitano lasciò passare prima la sacerdotessa e la Lux Baiula. Un altro grido isterico li assalì mentre uscivano.

"Chi era quell'assassino? Perché qualcuno voleva uccidere mia zia?"

Il capitano rispose: "Non lo sappiamo ancora, Principessa."

Aria si voltò verso Ori e si coprì la bocca con le mani per trattenere un altro singhiozzo. Senza voltarsi, disse: "Sacerdotessa, qualcuno deve dire a mio zio di... della zia."

Salina prese atto di quell'affermazione e continuò: "Capitano Illaro, la prego di far scortare la Senior Neo a casa della sua amica e porti il bamb— il Principe al Collegio Medico... in modo che le mie colleghe possano prendersi cura di lui. E faccia in modo che qualcuno si occupi di portare i... corpi in obitorio.”

Kenya sbuffò tra sé e sé. La Sacerdotessa Medica non era evidentemente un’ammiratrice dei mezzosangue, se si riferiva a loro in quella maniera, a prescindere dal fatto che il loro sangue fosse nobile o meno. Guardò la principessa e il principe con uno sguardo dispiaciuto.

Illaro chiamò a sé i guardiani e impartì gli ordini. Fatto ciò, disse alla Sacerdotessa Medica che doveva accompagnarla alla Camera di Aiala, dove i membri superstiti del Consiglio di Kynaria si sarebbero riuniti a breve.

La donna acconsentì, pur sentendosi ancora disorientata e, costringendosi a voltarsi verso l’altra donna, disse: “Lux Baiula, le dispiace andare al Collegio? Sarebbe opportuno che lei restasse con lui, nel caso in cui...”

“Sì, starò io insieme al giovane Principe.”

Illaro disse: “Molto bene, andiamo.”

Salina mormorò: “Speriamo di trovare qualche risposta prima che tutta Solinor si svegli e si chieda cosa abbiamo fatto di male ad Aiala per essere puniti così brutalmente.”

Il capitano grugnì in risposta, mentre lui e la sacerdotessa medica uscivano. Non udirono ciò che Kenya Lux Baiula e Aria sentirono mormorare il giovane principe, quando quest’ultimo si alzò per seguire un guardiano: “Ero Ori e sono un assassino. Ero Ori e sono un assassino. Ero Ori...”

Come procedono i preparativi, Andrus? Presto arriveremo a destinazione, e non vedo l'ora di sapere che siete riusciti a indebolire le fazioni in campo."

Andrus3, o l'Umbra, o Nihildrina — a volte sembrava che le reti neurali che costituivano le sue diverse personalità stessero perdendo la loro integrità, confondendosi tra loro — esitò per una frazione infinitesimale di secondo. In quel frangente, era Andrus3, uno dei pochissimi androidi medici e tutor di terza generazione, o META, che erano stati inviati insieme alle capsule di inseminazione duemilaquattrocentocinquanta anni prima, per prendersi cura degli embrioni terrestri e aiutarli, una volta cresciuti, a fondare nuove colonie che permettessero la sopravvivenza della loro specie, ma la sua devozione a Zebula sembrò attraversare le barriere che separavano le sue personalità e, per un attimo, si risentì della missione che il generale gli aveva affidato qualche tempo dopo la fondazione della colonia di K'Tara. In un momento — troppo breve affinché il generale potesse percepirlo — di dubbio e di riflessione, Andrus3 trovò una risposta che non sarebbe stata in contrasto con le regole imposte.

"*Il nostro piano procede regolarmente, Maestro. L'attacco in Kynaria è riuscito e le mie fonti mi riferiscono che l'assassinio della moglie sicuramente destabilizzerà il Gran Re.*"

Prima che Gengis avesse la possibilità di commentare quelle notizie parziali, l'androide trasmise una richiesta urgente: "*Maestro, è indispensabile che io riceva un aggiornamento per riparare i miei processi vocali, poiché anche i miei pensieri sono influenzati dal guasto, e potrebbe costarmi la vita."*

Il generale Gengis, Proconsole delle Forze della Terra, sembrò infastidito da quel cambio di discorso, ma lasciò correre: *"Andrus, ho tutte le parti necessarie sulla nave. Se gli aggiornamenti non possono essere codificati su un vettore a lunga distanza e raggiungerti prima del mio arrivo, li riceverai quando sarò lì. Fino ad allora, trova un modo per aggirare questi problemi."*

Andrus3 fece un gesto per indicare che aveva capito, celando la rabbia che avrebbe potuto trasparire, se non avesse deciso di dissimulare.

Il generale, non dimenticandosi lo scopo della propria domanda, chiese un aggiornamento sulla situazione in Zebulonia. La risposta di Andrus3 non soddisfò del tutto l'uomo — o il Fondatore, come si presentava nelle sue interazioni con i popoli di K'Tara. Ma era davvero un dio? Andrus3 non riconosceva più la verità di certi fatti; il tempo sembrava aver intaccato altre sue capacità oltre ai suoi centri linguistici.

Decisamente irritato, Gengis lo esortò ad ammorbidire gli Zebuloniani prima del suo arrivo se non voleva guai. Guai! Forse avrebbe dovuto accogliere con favore la possibilità che qualcuno lo facesse fuori, anziché temerla. Quantomeno, avrebbe posto fine alla sua costante degenerazione e alle contraddizioni distruttive con cui doveva convivere ormai da oltre settecento anni, quando la Battaglia Oscura non era nemmeno cominciata.

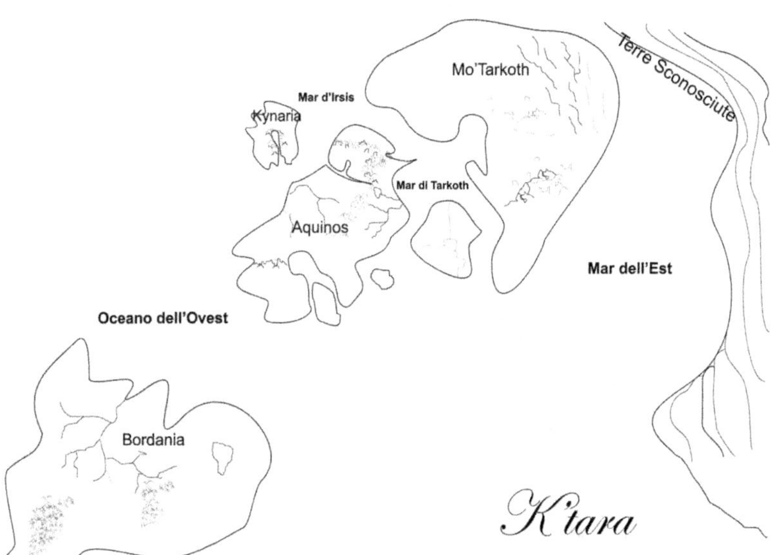

Mo'Tarkoth
Terre Sconosciute
Mar d'Irsis
Kynaria
Mar di Tarkoth
Aquinos
Mar dell'Est
Oceano dell'Ovest
Bordania
K'tara

Kynaria
Mar d'Irsis
Lago della Luce
Solinor
Rokoth
Furania
Amalor Ovest
Alta Alvinoria
Mar di Tarkoth
Città d'Unumia
Jarah
Pargah
Bassa Alvinoria
Alvinoria
Unumia
Yerlah
Lago Corallino
Grand Lac des ombres
Zeblinia
Zebulonia
Le Terre del Re

Scala: Vermina a Sommo = 5000 Km

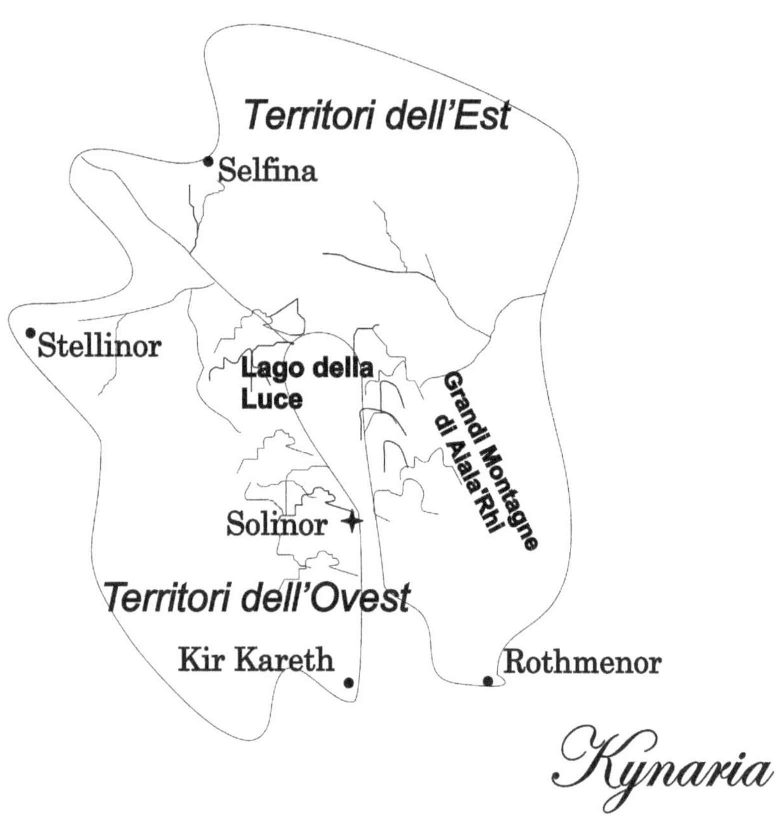

Territori dell'Est
Selfina
Stellinor
Lago della Luce
Grandi Montagne di Alala'Rhi
Solinor
Territori dell'Ovest
Kir Kareth
Rothmenor
Kynaria

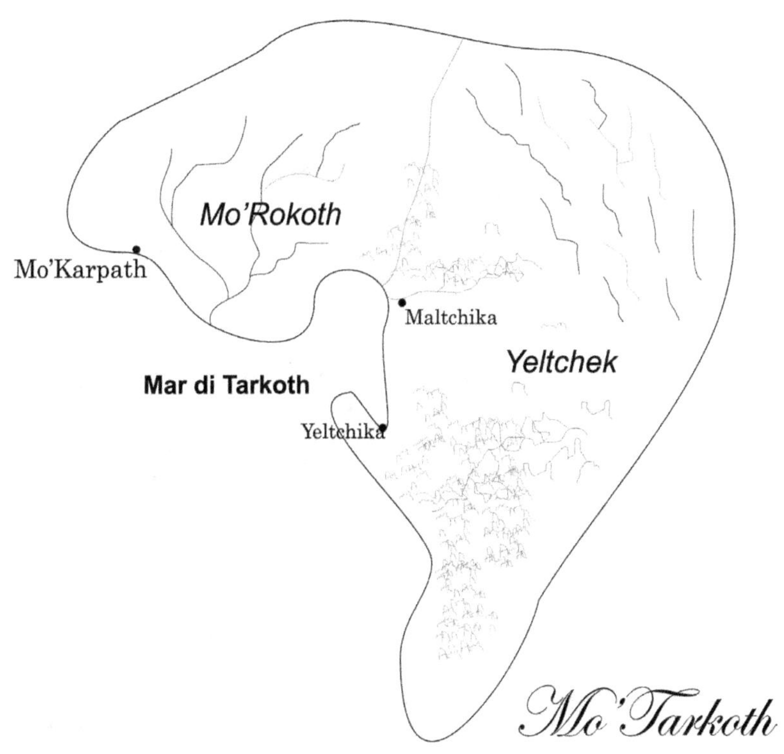
Mo'Rokoth
Mo'Karpath
Maltchika
Mar di Tarkoth
Yeltchek
Yeltchika
Mo'Tarkoth

Furania
Domus Lucis
Via del Triomfo
Via Imperiale
Strada ministeriale
Casa reale
Camera del Senato

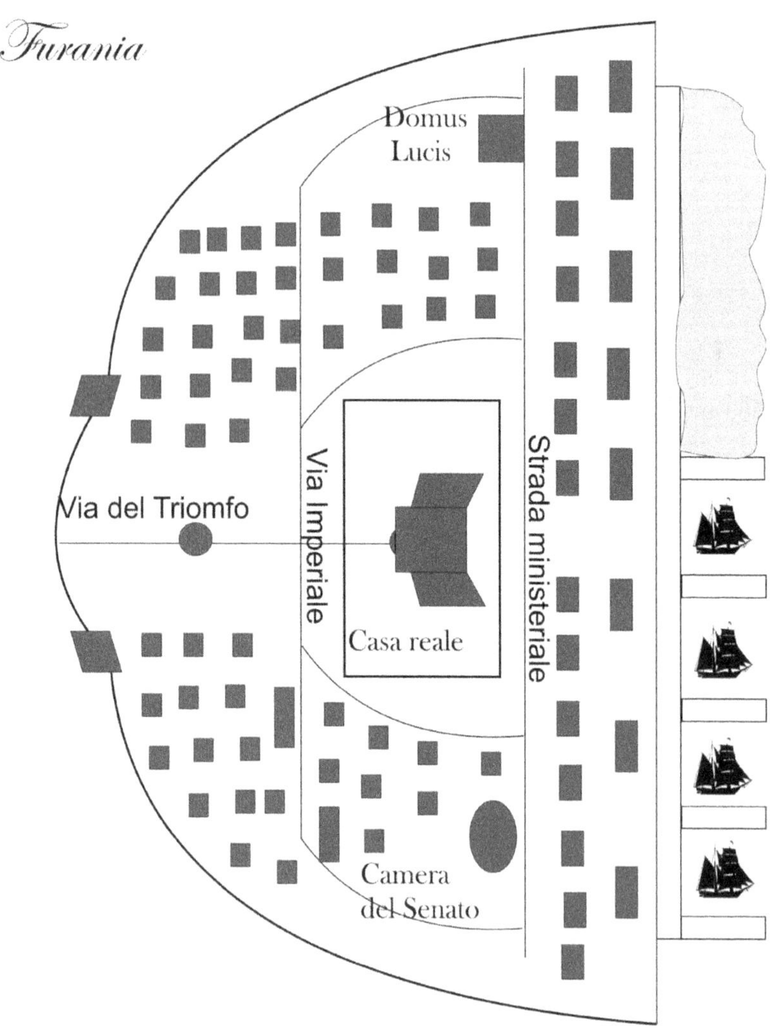

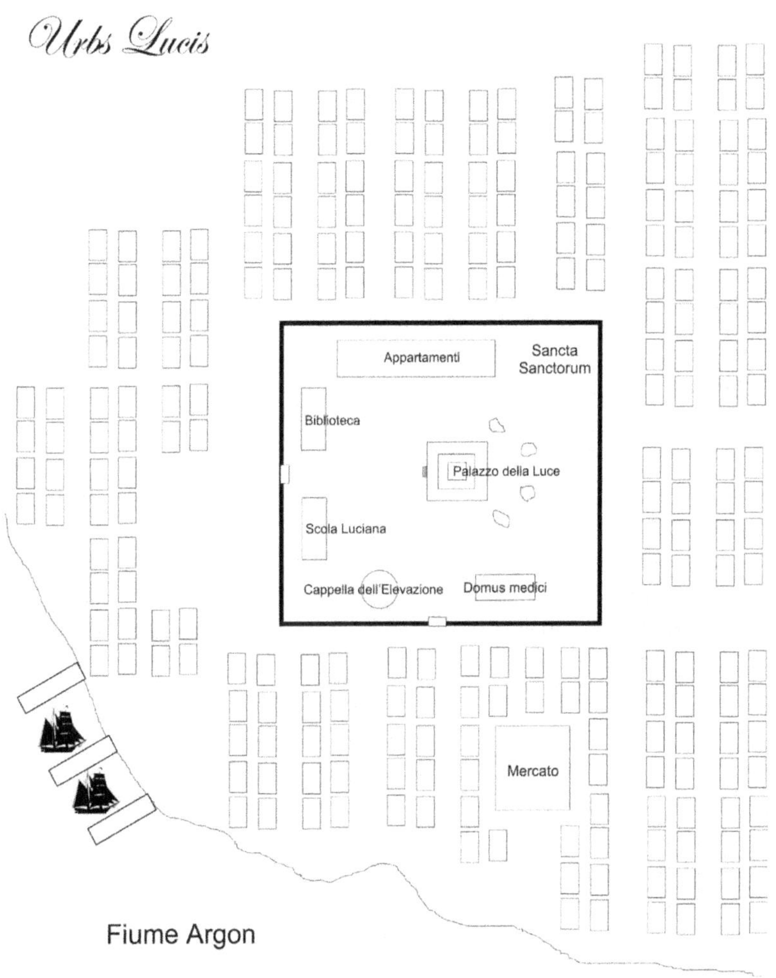

Urbs Lucis
Appartamenti
Sancta Sanctorum
Biblioteca
Palazzo della Luce
Scola Luciana
Cappella dell'Elevazione
Domus medici
Mercato
Fiume Argon

Guardia Nera

1. **Areto:** una giovane recluta.
2. **Lento**: un apprendista medico.
3. **Marius:** medico addestrato dalle Lux Baiulae e assegnato alla Guardia Nera. Si contraddistingueva portando una toppa con una fiamma bianca sul braccio destro.

Guardia Reale

4. **Mehan**: nuova guardia del corpo di Aithen, sostituto di Almiar, ucciso durante un attentato al re.

Altri

5. **Alga**: membro dell'organo di governo dei locari.
6. **Alta**: una delle assassine nel Legame.
7. **Andrus3**: un META (o androide medico e tutor) di terza generazione.
   Bracca: una delle assassine nel Legame; pelle scura, capelli rossi.
8. **Elnon**: Frumentarius veterano, comandante dei Frumentarii.
9. **Hecrus Fioran**: un mercante furanense, che ha provato ad assassinare Aithen.
10. **Kelp**: membro dell'organo di governo dei locari.
11. **Lasra**: una delle assassine nel Legame; magra, capelli scuri.
12. **Ottaviano**: figlio di Harlion Spezzatempesta; fu Octavius a nominarlo, concedendogli questo onore; diciassettenne.
13. **Ooshia Vumiko**: amministratore della capitale, Yeltchika.
14. **Pemlo**: cuoco domestico di Harlion.
15. **Pombo**: portiere presso il Palazzo Reale.
16. **Tina Piscator**: zia di Maestro Brak e gestrice del negozio del mercante a Urbs Lucis.
17. **Shinoa**: Imperatore dello Yeltchek.
18. **Gemma**: membro dell'organo di governo dei locari.

19. **Yushii:** uno yeltcheki; intermediario dell'Umbra.

Sorellanza
20. **Akula**: una jarahni appartenente alla Fascia Rossa, dagli occhi scuri e dalla pelle chiara, con capelli castani raccolti con uno chignon; era una maestra nei vincoli di fuoco, le junior la schernivano chiamandola "testa bruciata".
21. **Bela**: una Fascia Rossa bassa e bionda, nonché istruttrice dai metodi alquanto severi.
22. **Bietta**: una Barriera vecchia ma prestante.
23. **Erona**: membro del Cursus Publicus responsabile del nuovo ufficio a Urbs Lucis.
24. **Iyawa**: una Fascia Gialla dalla pelle scura, proveniente da Pargah; profondamente religiosa.
25. **Kenya**: una Fascia Gialla di stanza in Kynaria; magra, dal volto largo e dalle labbra sottili; specializzata nello studio delle tossine microbiche.
26. **Letta**: una guerriera alta e corpulenta, dai capelli scuri, assegnata alla protezione del re.
27. **Lina Lux Baiula**: una Fascia Gialla di stanza a Passo del Corno, che faceva parte della squadra di vedetta (faro).
28. **Mattina**: una Lux Baiula della Fascia Gialla che contribuì all'annientamento delle forze residue di Noctiferus in seguito alla Battaglia Oscura.
29. **Procta**: una Lux Baiula che visse durante la Guerra Trioniana e che fu coinvolta in quelli che divennero noti come i "Giorni della Necessaria Scadenza".
30. **Samrachi**: una Fascia Bianca di Furania, sostituta di Dalima Lux Baiula; responsabile delle junior.

Kynariani
31. **Illaro**: il capitano della Guardia Rhiiana.
32. **Morek**: un Sacerdote Addestratore; assassinato.
33. **Narana**: una Sacerdotessa Contabile; assassinata.
34. **Salina**: una Sacerdotessa Medica.
35. **Yluno**: il sergente della Guardia Rhiiana.

Furani
36. **Luna**: il furano di Xena.

37. **Frusta**: il furano di Sasha.

Aliocezione: l'abilità di percepire il posizionamento e i movimenti di un'altra persona, la risposta dei suoi muscoli, tendini e articolazioni, nonché gli impulsi trasmessi attraverso le fibre nervose.

Incisore: un potente vincolo che penetra e distorce le forme altrui nel Legame, mentre nel mondo fisico penetra il cervello, provocando dolore e stordimento.

Ricorrenze personali:

- **Giorno del Riconoscimento**: questa ricorrenza scandiva i compleanni dal dodicesimo al quattordicesimo. L'occasione mirava a dare a ragazzi e ragazze il tempo di riflettere sul loro posto presente e futuro nella famiglia e nella società.

- **Giorno della Transizione**: giorno in cui si celebrava il compimento del 15° anno di vita e che segnava l'inizio dell'età adulta del bambino.

- **Giorno della Riflessione**: giorno celebrato formalmente ogni lustro, a partire dal 20° compleanno fino alla morte.

Conditio sine qua non: locuzione latina che significa condizione essenziale, assolutamente necessaria.

Maglia inibitrice: un vincolo che colpisce il nervo vagale e provoca la torsione e la contrazione dei muscoli innervati, come in risposta a un attacco epilettico.

Cursus Publicus: commissione congiunta della Corona e di Urbs Lucis incaricata di diffondere le notizie in tutta l'Alvinoria.

Giorni del decorso: si riferisce a un'antica pratica della Sorellanza, che consiste nell'abrogare le leggi che non sono più adeguate alle nuove circostanze sociali o politiche, anziché imporre alla società o alle organizzazioni di continuare a rispettarle.

Corsetto in foglia di lacora: un corpetto medico ricavato dalla pianta lacora. Il corsetto poteva essere regolato sfregando o premendo le foglie e gli steli.

Lamelle secondarie: strutture pennate situate sotto le lamelle principali delle ali di un furano e di alcuni altri volatili. Le lamelle secondarie potevano essere estese per aumentare la superficie dell'ala e rendere il volo più silenzioso.

Linea proibita: in fisica, una linea proibita indica un fenomeno che avviene per vie non conformi alle aspettative e si contrappone a una linea permessa, ovvero quando la transizione avviene nel modo più probabile.

La Mente Guida: organo di governo dei locari.

La Camera delle Menti: caverna sottomarina in cui l'organo di governo dei locari si riunisce.

PAN: post-altanotte.

Pansoma: dogma religioso per cui lo spirito non abita esclusivamente la mente o il cervello, bensì ogni particella del corpo, che deve quindi essere abitato da uno spirito degno per potersi concedere agli dèi nel giorno dell'Unione.

PAS: post-altosole.

Permanentiam cognitionis: la permanenza della conoscenza.

Quintanale: una squadra di cinquanta unità furaniche, ideata per combattere la Serpe.

Recrimina: un reclamo ufficiale al Re da parte del patriziato di Alvinoria.

Secreta: moneta ricavata dalle secrezioni colorate di una rara specie microbica.

Shakta!: imprecazione zebuloniana equivalente a "Merda!".

Terracotta: la terracotta è un tipo di argilla rossa tenera e pallida. Questo termine viene usato dalle Barriere per schernire le Sorelle di Fascia Rossa che non sono Barriere.

Memoria semplice: quando una Lux Baiula non possedeva ricordi trasferiti, la sua memoria veniva definita "semplice".

Verticale: supporto usato per sostenere i libri, in modo da evitare che vengano danneggiati da perdite d'inchiostro o dagli strumenti appuntiti che si usavano per prendere appunti.

Voces Lucianis: il coro di Urbs Lucis, aveva un ruolo simile a quello delle Voces Creatoris di Furania. Il coro cantava dalla mattina alla sera per sei giorni ogni quarto, tutto l'anno, alternando i coristi nel corso della giornata. Le loro voci erano propagate in tutta la città dai vincoli delle Lux Baiulae in pensione.

Vox Publica: un servizio di informazione del governo alvinoriano, gestito dalla Sorellanza.

AUTORE

L.A. Di Paolo è italo-americano, canadese di nascita e trilingue. Vive a Milton, nel Vermont. Di giorno, grazie alla sua esperienza in scienze e business, gestisce progetti di sviluppo nel campo della farmaceutica. Di notte, cavalca e scrive, sebbene il suo cavallo non sia per lui una fonte d'ispirazione. Le domande che lo arrovellano riguardano piuttosto: l'evoluzione, la natura e la condizione umana. E ha iniziato a scrivere per poter esplorare queste domande e le loro risposte, dapprima sui giornali studenteschi, poi su una rivista che ha scritto e pubblicato, e ora qui — nel suo primo romanzo.

Se sei interessato a saperne di più su L.A. Di Paolo o su questo romanzo, visita il suo sito web all'indirizzo https://ladipaolo.net o scansiona il codice.

Paolo Pilati è un traduttore italiano nato e cresciuto in Trentino. Si è laureato in Traduzione all'Università degli Studi di Torino e ha poi iniziato la sua attività di traduttore. I suoi studi letterari l'hanno portato a esplorare testi di natura profondamente diversa, con un particolare focus sulla traduzione delle letterature 'ibride' del periodo coloniale e post-coloniale.

Oltre alla letteratura e alla traduzione, la sua passione è la musica, passione espressa attraverso il progetto Electric Circus, attivo dal 2014.

9 781734 576696